# 先秦文学与文化

## 第九辑

赵逵夫 主编　　韩高年 副主编

甘肃省先秦文学与文化研究中心主办

上海古籍出版社

图书在版编目(CIP)数据

先秦文学与文化. 第九辑 / 赵逵夫主编. —上海：上海古籍出版社，2020.12
ISBN 978-7-5325-9830-4

Ⅰ.①先… Ⅱ.①赵… Ⅲ.①中国文学－古典文学研究－先秦时代－文集②文化史－中国－先秦时代－文集 Ⅳ.①I206.2-53②K220.3-53

中国版本图书馆 CIP 数据核字(2020)第 236550 号

### 先秦文学与文化(第九辑)

赵逵夫　主　编
韩高年　副主编
上海古籍出版社出版发行

(上海瑞金二路 272 号　邮政编码 200020)
(1) 网址：www.guji.com.cn
(2) E-mail：guji1@guji.com.cn
(3) 易文网网址：www.ewen.co

商务印书馆上海印刷有限公司印刷
开本 890×1240　1/32　印张 11.125　插页 2　字数 320,000
2020 年 12 月第 1 版　2020 年 12 月第 1 次印刷
ISBN 978-7-5325-9830-4
I·3534　定价：48.00 元
如有质量问题，请与承印公司联系

顾　　问　林庆彰　裘锡圭　谭家健　崔富章
　　　　　宋兆麟　陈鼓应

编　　委　（以姓氏笔画为序）
　　　　　马世年　王长华　王　辉　王　锷
　　　　　王震中　方　勇　方　铭　过常宝
　　　　　伏俊琏　刘跃进　刘毓庆　池万兴
　　　　　杜泽逊　李炳海　李清凌　汪受宽
　　　　　张文轩　张崇琛　张新科　罗家湘
　　　　　周玉秀　周建忠　郑　开　郑杰文
　　　　　赵生群　赵逵夫　赵　辉　祝中熹
　　　　　贾海生　晁福林　钱宗武　徐正英
　　　　　徐志啸　高华平　郭建勋　黄怀信
　　　　　彭　林　韩高年　傅道彬　雒江生

主　　编　赵逵夫
副 主 编　韩高年
执行编辑　董芬芬　赵茂林

# 目　　录

"三皇"与三皇时代考论 / 赵逵夫　（1）
三皇来源考 / 付希亮　（54）
大夏河孕育的夏代文明 / 漆子扬　（69）

先秦阴阳家、农家、小说家的学术批评考论 / 高华平　（81）
以朴释玄：劳健《老子古本考》老学思想探赜 / 方　勇　吴剑修　（102）
祭祀、体道与《老子》的哲理表达 / 张艳芳　（115）

秦文化特点及秦文化与甘肃关系考论 / 杨　玲　（129）
秦"初县"邽、冀及中国县制起源探论 / 刘雁翔　（175）
何谓秦人
　　——试论秦族族源及其与秦人关系 / 陶兴华　（186）

《诗经·豳风·七月》解诂 / 雒江生　（204）
汉代四家《诗》文本差异及其形成原因 / 赵茂林　（216）
《诗经》札记二则 / 伏麒鹏　（234）

宋玉论 / 汤漳平 （240）

陆时雍《楚辞疏》《诗》《骚》关系探微 / 罗剑波　赵　月 （257）

《楚辞订注》作者许清奇生平及作品考 / 徐　敏　许富宏 （275）

越王句践世子的名谓及音读 / 俞志慧 （289）

咬字嚼义四则 / 祝中熹 （297）

"子所雅言"之"所"字新解 / 雒　鹏 （313）

战国遣册文字释读二则 / 田　河 （319）

穆字的造字之义及周人的宗法政治观念 / 赵　健 （324）

写本学对中国早期文献研究的意义 / 伏俊琏讲述　杜泽逊主持 （331）

# "三皇"与三皇时代考论

## 赵逵夫

（西北师范大学文学院　甘肃兰州　730070）

**内容提要**　燧人氏、伏羲氏、神农氏（烈山氏）本为中国文明起源与国家形成的第一、第二阶段中先后兴起的三个氏族或聚落之称，也用以指这三个氏族或聚落的杰出首领和所代表的三个历史发展阶段，在《周书》《国语》《左传》《六韬》《管子》《易·系辞》《尸子》《商君书》《慎子》《世本》等十多种先秦典籍中俱有反映，非如有些学者所说为秦汉间人所编造；"三皇"见于《周礼》《六韬》《庄子》《文子》《列子》等书，亦非如有些学者所说最早见于《吕氏春秋》。"皇"字见于甲骨文，本义是指一种上面插着羽毛的冠，舜时祭祀所用，原应为五帝之前氏族或聚落首领所戴，故春秋、战国间人用来指称远古三个时期中杰出的首领。余杭反山玉器上戴羽冠的人像、商周铜鼎上作为主题图案的人像表现的应是"三皇"时代某一氏族或聚落首领。

**关键词**　皇　三皇　燧人氏　伏羲氏　神农氏

## 一、简单的历史回顾

### （一）问题的提出

1936年，顾颉刚、杨向奎在《燕京学报》专号之八发表了《三皇考》一文。这其实是一部近二十万字的专著。论文认为"皇"字在战国以前只当形容词和副词用，训"美"、训"大"，惯于用来形容天神，偶然也用为动词，到战国之末方才"人化"；认为"三皇五帝"为战国秦汉间人所伪造，对蒙文通等"悍然断三皇五帝为古无其人"、"悍然断凡称'三皇五帝'的都是晚出之书、诞妄之说"的观点，大为称赞。此前的1929年，《史学杂志》曾发表蒙文通、缪凤林的两封信，总题为《三皇五帝说探源》。蒙先生以为"战国之初惟说'三王'，及于中叶乃言'五帝'，及于秦世乃言'三皇'"；缪先生以为"三皇之说盖起于道家理想之世的具体化"。① 蒙、缪两文实上承刘恕、崔述、康有为、崔适诸家，②下启顾颉刚、杨向奎二位之宏论。

顾颉刚、杨向奎的论文发表三年之后，吕思勉有《三皇五帝考》，③该文整理相关之古帝传说，是在总结、提炼前述论著基础上写成，运用文献方面注意时代之先后，考虑到其相互关系，扎实可信。然而吕文论"三皇之异说有六"，第一条所列举为纬书《河图》《三五历》，第二条为《史记·秦始皇本纪》，第三条为《尚书大传》，第四条为《白虎通》，第五条《春秋纬》之《运斗枢》《元命苞》，第六条为皇甫谧《帝王世纪》。除第二条、第六条外全为纬书，纬书形成于西汉之末至东汉大盛。第二条是汉代的书，第六条则为晋代著作。文中说："然皇、帝二名，虽出先秦之世，究为后起之说。""战国之世，列国皆称王，关涉较多，强弱渐判，乃谋立一更尊于王之号。于是借天神之名而称之曰帝。""然论古史者，犹不以是为已足也。乃不从尊卑着想，而从先后立义，据始王天下之义，造一皇字，而三皇之名立焉。"④仍以为"三皇"之说为秦汉以后

---

① 《三皇考》《三皇五帝说探源》，并见吕思勉、童书业编著《古史辨》第七册中编。上海古籍出版社影印，1982年版，第20—282页，第314—337页。

② 刘恕说见其《通鉴外纪》卷一，言《周礼》经周末秦汉增损，伪妄尤多，"秦以前诸儒或言五帝，犹不及三皇"。（《四部丛刊》本，商务印书馆1919—1935，第48册，第17页下栏，第19页上栏。）崔述说见其《补上古考信录》，以为"皇乃尊大之称"，言"世又传仓颉始作书契，然则书之起于义农以后，必也；义农以前未有书契，所谓'三皇十纪'帝王之名号，后人何由知之？"（商务印书馆，1937年版，第1页、第4页）康有为之说见《新学伪经考》，其中《史记经说足证伪经考》中说："刘歆欲臆造三皇，变乱五帝之说以与今文家为难"，（《康有为全集》一，上海古籍出版社，1987年版，第412页。）崔适之说见其《春秋复始》，亦以为"三皇"之说系刘歆所伪造。

③ 见《古史辨》第七册中编。

④ 吕思勉：《三皇五帝考》，《古史辨》七中编，第343、344页。

人所造。

以上这些说法在学术界的影响很大。近二十多年中有著名史学家还说:"人间历史上的'五帝说'已盛行后,直至战国末季,还没出现人间历史上的'三皇说'。可是天神的三皇说在战国末季却出现了。而到战国结束时期写出的《吕氏春秋》一书中,开始出现人间历史上的'三皇'一词,但没有具体的人名。可知这显然是受神秘的'三、五'这套数字的概念影响下,率意地顺口说成的,所以举不出人名。也有不可免的因素是,人们好古,喜欢层累地向上追加古史,在已习惯于五帝说之后,又要向上追溯,以致三皇说终于不免产生出来了。"①所以,对这个问题不能不认真加以探讨。

**(二) 纷乱中科学思想指导下的思考**

1947年徐炳昶、苏秉琦合写《试论传说材料的整理与传说时代的研究》一文,刊《史学集刊》第五期。论文对传说时代研究文献的类型、传说材料的整理、传说时代研究的基本方法与原则、传说中的史实、传说时代的历史等问题都有系统而精辟的论述。如关于传说材料的整理,根据传说的本质或来源分为"原生的""再生的"两类;又根据其价值分为三等:第一等是直接引用的,保存于古代社会间的古代传说或遗迹的材料;第二等是根据旧说或兼采异说而有所损益,或系综合整理的著述;第三等是改窜旧说,另成系统,或者材料晚,与旧说抵触者,或来源不明,或根据再生传说记述等。同时,又按材料的内容与写定的先后,分为三期:第一期包括商周到战国前期的作品,第二期包括战国后期到西汉末的作品,第三期为东汉以后的作品。徐旭生(炳昶)与苏秉

---

① 刘起釪:《几次组合纷纭错杂的"三皇五帝"》。该文又云:"很显然,最初的三皇是指天神,与五帝初为五方帝之称天神并无二致。"见《古史续辨》,中国社会科学出版社,1991年版,第106、107页。又李衡眉在《中国社会科学》1997年第2期所刊《三皇五帝传说及其在中国史前史中的定位》一文说:"早在本世纪初,已故顾颉刚先生即已指出,三皇五帝之说,实非华夏族上古神话中所固有,其产生当在战国秦汉之际。此时期正当中国历史上一个文化剧变的大时代。这一看法,颇有见地。"第179—190页。

琦合写的这篇论文虽然刊于七十年以前,在今天仍然有很大的现实指导意义。

过去的百年间关于上古史的很多论著,对有关材料未作科学的分析,不考虑其相互之间的关系及产生的迟早,只着眼于相互间的抵触与差异;不考虑先秦文献流传中的复杂性,而从中提取个别的词语、材料来确定整个文献产生的时代;不考虑先秦文献存留至今日的是极少数,一些反映远古历史的文献,春秋战国时人尚能看到而今天已不可能看到,以默证为据否定一些传说;不考虑一些远古时口传材料同遗迹、实物、图腾符号、原始文字、岩画、地画及陶器、铜器上图案的相辅流传,而它们一定程度上保持着事件要素,这一实际;不考虑当时还有些礼仪制度和古老的习俗尚可作为推断远古历史的参考等等,而以所论遥远渺茫完全加以否定。总之,只寻找各说的牴牾之处,从而发现矛盾,而不是从中发现反映历史真实的线索与材料,探究相关材料之间的关系并排除后人所附加的东西。这种不分先后一锅煮的做法,淡化、埋没了一些较早的文献。

儒家经典中只有《周礼》《易传》和《荀子》中提到"三皇"及燧人、伏羲、神农,其他都没有涉及。这是因为《周礼》中所包含一些较早的文献,并非孔子所编定,而其成书又在孔子之后。荀况的思想已同正统儒家思孟学派的思想有了一定距离。儒家强调礼制,与道家抨击礼制、追求小国寡民、保持人之常性的思想对立,故一般不提三皇与三皇之世,而是借尧舜而说盛世。道家以三皇之世"教化而不诛",无法权、礼制的约束,人民饱食暖衣而不知其他,认为是值得向往的理想社会,常借三皇之世的"无为之治"来反对三王(夏、商、周)五霸以来,将人民推入长期灾难的战争,反对专制者为维护自己的统治所标榜的种种说教,故多言及"三皇"。法家、兵家虽也重礼制法规,但不似儒家只借禹、汤、文、武论礼制、言大义,所以在论及远古社会时也会提到三皇、三皇氏、三皇之世。过去有人断言:"凡称'三皇五帝'的都是晚出之书",[①]是违背事

---

① 见顾颉刚《顾颉刚古史论文集·三皇考·童序》(第三册)中引刘恕的话。中华书局,1996年版,第12页。

实的,也没有完全理解儒、道、法、兵各家社会政治理论上的差异。

王玉哲在其《中华远古史》第一章末尾说:"我们对这些古籍流传下来的远古传说,哪怕是带有神话性质的传说,也不能弃之不理。我们既不能盲目地信为实录,也不能全部斥之为荒诞不经。有巢、燧人、伏羲、神农、黄帝等传说均出现于战国,……不过这些古代传说大都多少有些口耳相传的依据,不会完全是无根的向壁虚造。"①我认为我们对传说中的"三皇五帝"应该抱这样的态度,进行认真的研究。对王玉哲的说法要作一点补充的是:提到三皇及其时代的《周书》《国语》《左传》《太公伏符阴谋》《周礼》《六韬》《管子》《易·系辞》《世本》等,有的成书于春秋时代,而加进了一些较迟的材料;有的虽成书于战国,但其中包含有较早的材料。至少这几种书中关于燧人、伏羲、神农传说的记载应是春秋以前所传。

同时,这在古文献更深、更隐蔽的文化因素中可以得到印证。新时期出土的大量文献证明,以往被定为伪书的一些典籍并不纯粹为伪;对汉字产生历史的新认识,史前考古取得的成就以及西方口传史理论的引入,都使关于"三皇"的问题有重新检讨之必要。

近十余年中有几篇谈"三皇五帝"或"三皇"的论文问世,有的在文献的钩稽与运用上尚有缺憾,有的在理论与方法上不是很清晰,我因就此旧文加以增订发表,愿向学界朋友请益商讨。

## 二、如何看待春秋战国时代关于"三皇"的传说

**(一) 先秦文献关于三皇的记载及三皇的历史顺序**

《周礼·春官·宗伯》中说外史"掌三皇五帝之书"。② 清王鸣盛

---

① 王玉哲:《中华远古史》,上海人民出版社,2003年版,第48页。
② 郑玄注,贾公彦疏,彭林整理:《周礼注疏》卷三一,十三经注疏本,上海古籍出版社,2010年版,第1027页。

《十七史商榷》卷一《索隐改补皆非》条云："《周礼·春官》'外史掌三皇五帝之书。'则五帝以前固有三皇矣。"①关于《周礼》一书,过去或以为周公所作,或以为刘歆伪托。在疑古思潮影响之下,大部分人不相信它的文献价值。张亚初、刘雨的《西周金文官制研究》据近五百件青铜器铭文中的近九百条官制材料,与《周礼》一一对比,认为"《周礼》在主要内容上,与西周铭文所反映的西周官制,颇多一致或相近的地方",②则《周礼》一书虽为春秋战国时人所编订,但保留一些西周文献是可以肯定的。目前发现的西周金文中无"外史",但有"内史""中史"。则本有外史,只是出土文献中尚未见到而已。夏商西周共一千三百年,头绪纷繁复杂,出土的文字资料才有多少?所以,《周礼》关于"外史掌三皇五帝之书"的说法,不能轻易否定。春秋以前人,不仅相信有五帝,也相信五帝以前有三皇。

《太平御览》卷七六引《六韬》云:"至于伏羲氏、神农氏,教民而不诛;黄帝、尧、舜,诛而不怒。"举"三皇"之后两位。《六韬》之书实为姜子牙的《太公言》《太公谋》《太公兵》删削而成,其中加入了一些春秋战国间有关军事的文字,但也包含有流传很久的材料。《太平御览》卷七六又引《太公伏符阴谋》曰:

> 武王曰:"三皇之治,毋礼义而民利之,何也?"太公曰:"三皇之时,近之则利,去之则病,所谓上圣神德而治,其次教而化之。近圣赏罚之。"③

则传世太公之书中有关于"三皇"的内容可以无疑。且两处所载,意思相合。惟书名或作此,或作彼,不同编抄之本同时流传,亦古书流传中常见的现象。

---

① 王鸣盛撰,黄曙辉点校:《十七史商榷》,上海书店出版社,2005年版,第90页。
② 张亚初、刘雨:《西周金文官制研究·前言》,中华书局,1986年版,前言第3页。
③ 李昉等撰:《太平御览》,中华书局影印,1960年版,第356页。

《管子·轻重戊》云：

> 虙戏作，造六法以迎阴阳，作九九之数以合天道，而天下化之。神农作，树五谷淇山之阳，九州之民乃知谷食，而天下化之。黄帝（燧人）作，钻燧生火，以熟荤臊，民食之，无兹胇（胃）之病，而天下化之。①

提到伏羲（亦作虙羲）、神农、燧人，并对他们的功业有概括的论述。《管子·揆度》云：

> 齐桓公问于管子曰："自燧人以来，其大会可得而闻乎？"管子对曰："燧人以来，未有不以轻重为天下也。"②

据这段文字，《管子》中实以燧人为"三皇"之首。则《轻重》篇先说伏羲，是从论轻重的角度，以事为序，非以时为序。

《易·系辞下》也是只提到"三皇"中的后两位，先说"古者包牺氏之王天下也"，然后说"包牺氏没，神农氏作"，最后说"神农氏没，黄帝、尧、舜氏作"。③

《庄子·缮性》：

> 逮德下衰，及燧人、伏羲始为天下，是故顺而不一。德又下衰，

---

① 见黎翔凤《管子校注·轻重戊》，中华书局，2004 年版，第 1507 页。"燧人"原作"黄帝"。郭沫若《管子集校》引陈立、张佩纶、闻一多之说俱以为"燧人"之误。下文始言"黄帝之王，童山竭泽"，则此处当为"燧人"无疑。今据以改正。法，原作"峜"。洪颐煊云："'峜'当作'佱'。'佱'，古文'法'字。"郭沫若《管子集校》引庄述祖说同（庄氏又以为"佱"可通"政"）。又引闻一多之说，引《说文》等补证为"法"字之误。见《郭沫若全集》历史编八，人民出版社，1985 年版，第 399—402 页。

② 《管子校注》卷二三，第 1371 页。

③ 孔颖达撰：《周易正义》卷八，《十三经注疏》整理本，北京大学出版社，2000 年版，第 350—352 页。

及神农、黄帝始为天下,是故安而不顺。

又《盗跖》:

神农之世,……耕而食,织而衣,无有相害之心,此至德之隆也。然而黄帝不能致德,与蚩尤战于涿鹿之野,流血百里。①

这也是以燧人、伏羲、神农为序,神农下连黄帝。②《韩非子·五蠹》论上古之世,"使王天下"③也以燧人氏为首。

《尚书序》孔颖达疏云:仓颉,"慎到云:在庖牺之前。"④孔颖达列数说而慎到之说在最末,说明并不赞成慎到之说。当时所见慎到之书是否有窜简之类,也难说。但无论怎样,《慎子》一书言及庖牺是没有问题的。又,明代以来流行的万历间人慎懋赏编《慎子》,其《内篇》有云:"昔宓羲氏仰观象于天,俯观法于地,观鸟兽之文与土地之宜,近取诸身,远取诸物,于是始画八卦,以通神明之德,以类万物之情。……故曰:易道深矣,人更三圣,世历三古。"⑤虽然慎懋赏在《自序》中自言"为辑其可知者",然而多杂取他书之文以充篇幅。即如上引后一段,与《易·系辞下》的一段文字大同小异,故本文不以为据。

《荀子·正论》云:"何世而无鬼,何时而无琐,自太皞、燧人莫不有也。"⑥这是由后向前推而言之("太皞"指伏羲)。总的来说,先秦典籍中虽然个别文献中由于引述角度上的原因顺序有所变化,但可以看出

---

① 郭庆藩:《庄子集释》,中华书局,1961年版,第551、995页。
② 《庄子·至乐》述孔子就颜回之齐答子贡语:"吾恐回与齐侯言尧、舜、黄帝之道,而重以燧人、神农之言。"第620页。虽因所论事不及伏羲,而此二者次序则顺。又《庄子·盗跖》在有巢氏与神农之间有"知生之民",言其"不知衣服,夏多积薪,冬则炀之",第995页。"积薪而炀之"乃言会点火取暖,应指燧人氏而言。
③ 陈奇猷:《韩非子新校注》卷一九,上海古籍出版社,2000年版,第1085页。
④ 孔安国传、(唐)孔颖达正义,黄怀信整理:《尚书正义》卷一,十三经注疏本,上海古籍出版社,2007年版,第3页。
⑤ 《慎子内外篇》,《四部丛刊》本,第94册,第3页上栏。
⑥ 王先谦:《荀子集解》卷一二,中华书局,1988年版,第337页。

当时普遍的看法,即"三皇"是以燧人氏、伏羲氏、神农氏为位序的。

《礼记正义》卷一孔颖达疏引《易纬·通卦验》"遂皇始出,握机矩"之语,注:"遂皇,谓遂人,在伏羲前。"①据《隋书·经籍志一》,郑玄注《易纬》,②郑玄是东汉时经学大师,博学多识,故于三皇的顺序承秦汉以前旧说。

汉初伏生的门徒张生、欧阳生据伏生说著《尚书大传》卷五云:

> 遂火为遂皇,伏羲为戏皇,神农为农皇也。遂人以火纪。火,太阳也,阳尊,故托遂皇于天;伏羲以人事纪,故托戏皇于人……神农悉地力,种谷疏,故托农皇于地。③

这里"三皇"的次序,同先秦所传一致,只是根据汉代天命论中的"天、地、人"之说将三皇分别托之于"天、地、人",为唐司马贞补《三皇本纪》中"天皇、地皇、人皇"说提供了依据。另外,所谓"火,太阳也"之说,与上古所传"钻燧生火"之说并不相合,同样是加进了汉人的观念,由东汉时以"祝融"代替"三皇"中燧人氏而来。故其说与《风俗通》引《含文嘉》、宋均注《援神契》引《甄耀渡》等纬书之说同④。谯周《古史考》所说与之相同。《白虎通》卷上《号》云:"三皇者何谓也?谓伏羲、神农、燧人也。"⑤与上古所传一致,惟顺序上将燧人置于最后,可能是当时文献中关于伏羲、神农的记述较多,而关于燧人的记述较少,印象较为模糊的

---

① 郑玄注,(唐)孔颖达正义,吕友仁整理:《礼记正义》,十三经注疏本,上海古籍出版社,2008年版,第1页。

② 魏徵等撰:《隋书》卷三二,中华书局,1973年版,第940页。

③ 伏胜撰:《尚书大传》,上海古籍出版社,2012年版,第45页;又见《四部丛刊》本,第11册,第59页。《史记·秦始皇本纪》"人皇"作"泰皇","泰",盖由"太"而来,"太"又由"人"而误。

④ 参《风俗通义·三皇》引《春秋运斗枢》说:"伏羲、女娲、神农,是三皇也。"吴树平《风俗通义校释》,天津人民出版社,1980年版,第10页。《孝经援神契》宋均注:"以伏羲、神农、遂人为三皇。"《纬书集成》,河北人民出版社,1994年版,第993页。

⑤ 陈立撰:《白虎通疏证》,中华书局,1994年版,第49页。

原因。下面接着说:"或曰:伏羲、神农、祝融也。"这明显是受《尚书大传》误导。

其他异说也见于汉代纬书及魏晋以后之书。纬书《尚书中候敕省图》《春秋元命苞》《春秋运斗枢》皆以伏羲、女娲、神农为三皇,无燧人而有女娲,东汉高诱注《吕氏春秋·用众》、唐司马贞补《三皇本纪》等从之。然而与古代所传女娲与伏羲氏的关系相矛盾。因为古文献中言女娲与伏羲俱为风姓,而且有的书中说女娲是承伏羲而王,"承庖牺(伏羲)制度",是属于伏羲氏的。① 《春秋命历序》以"遂皇、伏羲、女娲"②为三皇,这里增加了女娲而去掉了神农。可见纬书中自相矛盾。一个是去燧人而增女娲,伏羲、神农之顺序未变;一个是去神农而增女娲,燧人、伏羲的顺序未变。将女娲加进三皇之中,很可能与吕后称制之时一些方士、文人为迎合舆论需要而造作有关,后被造纬书之方士所采用。纬书中很多内容来自秦汉间方士之说,所以也不是没有这个可能。司马贞补《三皇本纪》重拾此说,则可能与迎合武则天称帝时的宣传需要有关。

燧人氏、神农氏在先秦很多文献中都提到,前者反映了中国旧石器时代向新石器时代过渡阶段,磨制石器过程中发明了人工取火的事实,后者反映了中国母系氏族社会晚期很长的一段时间为原始农业时期。在这两个漫长的历史阶段中,必然会出现较杰出的氏族或聚落首领。汉唐时有的书中去掉燧人氏或神农氏,是毫无依据的行为,缺乏历史见识。

《礼稽命征》又以伏羲、神农、黄帝为三皇,魏晋以后伪《孔传序》、皇甫谧《帝王世纪》,孙冯翼注《世本》及王嘉的《拾遗记》承其说,这与魏晋以后朝代更迭中道教流行,方士神化黄帝、不断抬高黄帝的地位有关。③ 至于刘

---

① 《帝王世纪》云:"女娲氏代立,亦风姓也,承庖牺制度。""女娲氏没,大庭氏王有天下,次有柏皇氏、中央氏、栗杨氏、骊连氏、赫胥氏、尊卢氏、混沌氏、昊英氏、有巢氏、朱襄氏、葛天氏、阴康氏、无怀氏,凡十五世,皆袭庖牺氏之号也。"皇甫谧:《帝王世纪》,中华书局,1985年版,第2、3页。

② 《纬书集成》,第880页。

③ 汉代纬书中也有同先秦时期较早文献所载大体一致者,如《礼含文嘉》以"虙戏、燧人、神农谓之三皇",《纬书集成》,第494页。

恕《通鉴外纪·引》以包牺、神农、黄帝为三皇,①毫无根据,可以不论。

一些论著或工具书不论时代先后、不加分析地罗列出五六七八种说法,而不是探究其产生的先后、主次与相互关系,往往遗漏一些时代较早的记述,徒为乱人耳目,并无意义,这里不再一一罗列。

## (二) 关于三皇历史的承传

《庄子·天运》"孔子西游于卫"一节载春秋时鲁太师师金之语:

> 故夫三皇五帝之礼义法度,不矜于同而矜于治。故譬三皇五帝之礼义法度,其犹柤梨橘柚邪!其味相反而皆可于口。

可见在先秦时代对三皇、五帝时期社会生活的规则,所谓"礼义法度"等的大概情况、大体的区别,人们还是知道一些的。以为三皇之间、五帝之间、五帝与三皇之间,礼仪、法度、习俗并不完全相同。②

《文子·道原》云:

> 古者三皇得道之统,立于中央,神与化游,以抚四方。是故能天运地滞,轮转而无废,水流而不止,与物终始。③

战国之时人们认为三皇时代的领导管理行为完全是顺应自然、依赖自然,与人们的生存活动合为一体。当时当有许多较具体的传说存在。《文子》的《精诚》《九守》《道德》《自然》等篇还提到"三皇五帝"。《吕氏春秋》的《贵公》《用众》《禁塞》《孝行》也都提到"三皇五帝"。

---

① 《通鉴外纪·引》以包牺、神农、黄帝为三皇,《顾颉刚古史论文集·三皇考·童序》中称引刘恕的话,以伏羲、神农、共工为三皇(第9页)。特此说明。

② 《庄子集释·天运》,第514页。下文"孔子见老聃而语仁义"一节载子贡之语云:"三王五帝之治天下不同,其系声名一也。"第526页。与上文之论"三皇五帝"无关,当作"五帝三王",乃承上而误。又有因"三王"在前而误改"王"为"皇"者,皆不可从。

③ 王利器:《文子疏义》卷一,中华书局,2000年版,第2页。

以上所列各书中均未言"三皇"具体所指,联系前面所引《六韬》《管子》《易·系辞》《庄子》《文子》《慎子》《荀子》等书及下文所引《世本》《尸子》《韩非子》文字可知,这是因为"三皇"具体所指为当时人所共知,不必每次提及都得一一列举。

　　可能很多人会说:数千年前的社会现象,靠口耳相传,可靠吗?首先,我们认为,根据传播学的规律,历史事件流传时间越久,越概括而凝练,一些枝叶会不断失去,一些次要事件的情节、过程会集中到主要事件上去,一些次要人物的事迹、事件会集中到主要人物身上去,慢慢地只有主干而没有细节和过程。对于这些自古相传的极其概括的事件,具有代表性、标志性的人物,我们不能轻易否定。

　　其次,在文字产生以前,人们的群体记忆力要比我们想象的强得多。因为当时生活内容简单,历史单纯,人们会设法把自己氏族、部落的重大历史事件传承下去。比如上古文献中常看到的韵语,就可以使传说不易走样(先秦兵书中多韵语,就是为了便于记忆);联系相关地点、遗迹编成故事,代代相传(如关于燧人氏察五木以发明钻燧取火等),在有关遗址立石,刻上图腾标志,在陶器、玉器、石器上刻画有关图画等。在近几十年发现的陶器、玉器、铜器上已有了一些勾画字符及图像,今人虽不能全解,但上古之人是知道它们所包含的意思的。

　　《说文·古部》云:"古,故也。从十口,识前言者也。"①"识"即记的意思。人类从很早起就根据生理特征来进行社会的分工。盲人的记忆力特强,因而瞽史、蒙瞍均前后相承以讲诵历史。另外,上古时保存文献者往往是代代相承,也有利于保存和解说,因为还有些世代相传的遗迹、遗物和刻在木、石、陶器上的图案、符号、文字记录,也由这些人看管和解说。这些东西起着提示要点、保持记忆的作用。《世本·作篇》云:"沮诵、仓颉作书。"②"沮诵",即诅诵,为执掌和讲诵历史与文献者。"沮"为"诅"之通假。"诅"之"咒诅""盟誓"二义,均包含有反复念诵之

---

① 许慎:《说文解字》,中华书局影印,1963年版,第50页。
② 宋衷注:《世本八种·张澍稡集补注本》,中华书局,2008年版,第9—11页。

义。《礼记·玉藻》云:"动则左史书之,言则右史书之。"①这反映着远古口传与书传相辅而行的事实。《庄子·大宗师》写南伯子蔡问女偊,何以知"道"。女偊曰:

> 闻诸副墨之子,副墨之子闻诸洛诵之孙,洛诵之孙闻之瞻明,瞻明闻之聂许,聂许闻之需役,需役闻之於讴,於讴闻之玄冥,玄冥闻之参寥,参寥闻之疑始。②

反映了远古时代有专职口传史事的人员。所述人名"副墨"即是"与书写文字相辅而行"的意思;"洛诵""於讴""瞻明"(上古盲人多以"明"为名)之称,也同职守有关。这些人专门向氏族或聚落成员及后来之王侯贵族讲诵古史、古事、古言、古礼。由此可见,上古时代是有一套传承历史的体系的。

再次,中国初期的文字符号在距今六千多年前已经产生。这个时间相当于神农时代。以前学者们认为中国文字从殷商时代开始。唐兰1933年为商承祚《殷契佚存》作的序中,提出安特生《甘肃考古记》所载辛店期陶器上的彩绘符号是一种较古的文字,与商周文字属于同一系统。他于1934年问世的《古文字学导论》中重申此看法,推断"假定中国的象形文字,至少已有一万年以上的历史,象形象意文字的完备,至迟也在五至六千年以前"。③ 近几十年在全国很多地方出土的大量刻画符号和原始文字,证实了唐先生的论断。台湾学者李孝定自1969年以来发表了一系列论文,由已发现的陶文研究汉字的起源;大陆学者郭沫若、于省吾也于1973年、1974年先后发表论文,认为中国文字从仰韶发现的刻画符号算起,已有六千多年的历史。近年来这方面的研究论著更多。当时的原始文字有可能多写在木板、树皮、竹片之类较易书写的东西上,这些东西不可能保存至今,我们只能在陶器上看到一些标

---

① 《礼记正义》卷三九,第1180页。
② 《庄子集释》卷三上,第256页。
③ 唐兰:《古文字学导论》(增订本),齐鲁书社,1981年版,第79、80页。

识一类的简单文字或符号(郭沫若以为属花押、族徽、物勒工名之类)。即使是刻画符号和标识类原始文字,也可以记下一些很关键的内容(如族名、地名、大事、特定事物的数量等)。它在相当长的时间中保持着口传史料要素上的准确性。

第四,直至春秋时代,尚存有比《尚书》更早的远古文献。《左传·昭公十二年》楚灵王说左子倚相:"是良史也,……是能读《三坟》《五典》《八索》《九丘》。"杜预注:"皆古书名。"①《尚书序》云:"古者伏羲氏之王天下也,始画八卦、造书契,以代结绳之政,由是文籍生焉。"又云:

> 伏羲、神农、黄帝之书,谓之《三坟》,言大道也。少昊、颛顼、高辛、唐、虞之书,谓之《五典》,言常道也。……八卦之说,谓之《八索》,求其义也。九州之志,谓之《九丘》。丘,聚也。言九州所有土地所生,风气所宜,皆聚此书也。②

从炎黄时代到春秋末年共两千五百多年,到今天也就留下了《尚书》《周易》《诗经》《春秋》《左氏春秋》《国语》《逸周书》等不到十部书籍。仅西周灭亡、春秋列国数百年的战火和秦始皇的焚书、项羽的烧咸阳宫,上古文献的损失已可想而知。那么,上古文献当中留下来的历史文化信息,我们应极其珍视,不能轻易否定。

近几十年,考古工作者、历史学家研究的结果,证明中国史前期,即在炎黄以前确实存在磨制石器及发明人工取火,经济上以初期耕耨和渔猎为主的阶段,以原始农业和畜牧为主的阶段,及初步发展的农业为主的阶段这样的三个历史阶段。如果依传统的说法认为"三皇"是指五帝之前的三个帝王,自然是有问题的;但如果说战国之末才出现笼统的"三皇"之称,尚未编造出"三皇"具体所指,不但不符合文献所反映的事实,也对人类社会发展的一般规律和中国史前阶段所经历的社会状况缺乏足够的认识。

---

① 杨伯峻:《春秋左传注》(修订本),中华书局,2009年版,第1340页。
② 《尚书正义》卷一,第2、458页。

**(三) 对有关文献的认识与评价**

过去关于先秦典籍的认定大体采取"有罪推定"的办法,只要有一点问题或疑点,便判定全书为"伪书"。实际上先秦典籍的成书与流传情况与秦汉以后大不相同。比如前面提到的《管子·轻重戊》,在上一世纪中,学者们或认为"汉文景间所作",①或言"并汉武、昭时理财家作",②甚至主张王莽时所作③,总之,为汉代所成,几成定论。但五十多年来,学者们对它进行了深入的研究,提出了新的论断。容肇祖在五十年代有《驳马非百〈关于管子轻重篇的著作年代问题〉》,肯定《轻重篇》的著作年代"大致是战国","疑出自齐人依托管子的著作",④论证至为严谨。今人胡家聪《管子新探》第二十章对《轻重篇》的作时作了进一步的深入探讨,⑤对主张作于汉代各说提出的理由一一加以辩驳,并以大量事实证明其作于战国时代。池万兴的《管子研究》第二章第一节对《管子》一书及各家之说进行认真研究后指出:

> 《管子》一书既非一人之作,亦非一时间之作,它包含了春秋时代齐国的史官以及管仲的门人弟子、后代,直到战国田齐时代稷下学宫崇尚管仲功业的可以称之为"管仲学派"的稷下学士的论著。也就是说,《管子》一书的断限应该是春秋管仲时代到战国末年。⑥

李学勤《〈管子〉"乘马"释义》一文,对治《管子》者一直未能弄清楚的"乘马"一词之义加以考释,认为其本义是军赋单位,这同古代兵农合一、行

---

① 王国维:《月氏未西徙大夏时故地考》,《观堂集林(附别集)》,中华书局,1959年版,第1156—1158页。
② 罗根泽:《管子探源》,《诸子考索》,人民出版社,1958年版,第489—499页。
③ 马非百:《管子轻重篇新诠》,中华书局,1979年版,第4页。
④ 《历史研究》1958年第1期。
⑤ 胡家聪:《管子新探》,中国社会科学出版社,1995年版,第363—386页。
⑥ 见池万兴《〈管子〉研究》第二章第一节《〈管子〉的作者与时代》,高等教育出版社,2004年版,第63页。

政编制与军事编制合为一体的制度有关。李先生说:"《乘马》篇列于《经言》,说明其形成较早。值得注意的是篇中已出现'轻重'的字样。"文章又引《史记·管晏列传》中说管子"贵轻重,慎权衡"等文字,论证"《轻重》的不少基本思想还是与包括《乘马》在内的《经言》一脉相承,轻重家乃管子这一学派的继续和发展。"①那么,《管子·轻重》与春秋时管仲非无关系,其中言及伏羲、神农、燧人,言齐桓公与管仲曾讨论燧人以来之事,未必没有根据。同理,《庄子》《列子》中说老子、孔子、子贡及宋太宰曾言及"三皇"或"三皇五帝",即使有关孔子、子贡的是虚构的寓言,老子、宋太宰及庄子与其门人、弟子曾多次言及三皇应是有所依据的。

关于《周礼》,上文已说过。《六韬》一书的性质,前面也已提及。此书自宋以来不少人怀疑是伪书,清姚际恒言:"其辞俚鄙,伪托何疑!"《四库总目提要》亦言其"大抵词意浅近,不类古书"。② 然而1972年山东临沂银雀山西汉墓出土了一些失去篇名的残简,其内容与今本《六韬》基本一致;次年河北定县西汉墓又出土一批被称为《太公》的竹简,其篇目有编序,有的内容同今本《六韬》一致,有的则超出今本。三国时人谢承《后汉书》卷三言徐淑"善论太公《六韬》",范晔《后汉书·何进传》言"太公《六韬》有天子将兵事"。③ 今本《六韬》全书也是以文王、武王同太公对话的形式写成,则今本《六韬》乃东汉时由《太公》改编而成。《汉书·艺文志》兵家类无《六韬》,而道家类有"《太公》二百三十七篇";"《谋》八十一篇,《言》七十一篇,《兵》八十五篇"。④ 我以为《六韬》一书,其《武韬》之五篇当由《太公言》删削而来,《文韬》十二篇当由《太公谋》删削而来,其余《龙韬》《虎韬》《豹韬》《犬韬》计三十三篇,由《太公兵》删并而来。其中也有后世附益之文字,但主要材料应有很早的来

---

① 李学勤:《〈管子〉乘马释义》,《管子学刊》1989年第1期,第31页;又《李学勤文化随笔》,中国青年出版社,1999年版,第119页。
② 《四库全书总目》,中华书局,1965年版,第836页。
③ 周天游:《八家后汉书辑注》,上海古籍出版社,1986年版,第74页;范晔撰:《后汉书》卷六九,中华书局,1965年版,第2246页。
④ 班固著:《汉书》卷三〇,中华书局,1962年,第1729页。

源。此有《群书治要》《文选》注引《武韬》《太公金匮》文字可知其大概。则其成书应不迟于《孙膑兵法》。①

《列子》一书,自清代姚际恒以来,不仅将其中文字有矛盾或与史事不合者皆定为后人所附益,甚至连刘向《叙录》也定为伪作。民国以来,众口一词,斥为"伪书"。但近年来严灵峰、郑良树、陈广忠、马达等人进行深入细致的研究,证其原书散佚残缺后,后人整理中掺进了一些后代的文字,但原书并不伪。②

又《文子》一书,在河北定县西汉墓出土了竹简本,即使流传中多有窜乱增益,也只是和西汉前期的《淮南子》有些牵扯不清,绝非宋人黄震所说为《通玄真经注》的注者唐代默希子(徐灵府)所伪造。③

由这些来看,过去一些学者断定"言'三皇五帝'之书皆晚出",并不能成立。有的学者因《庄子·天运》篇提到"三皇五帝",便认为《天运》篇的写成比《吕氏春秋》还迟,这都是先入之见。商先公先王世系见于汉代人所著《史记》,个别人物《山海经》等书提到,但文字错讹难通,根本无人注意,经王国维研究,与甲骨文反映的基本相合。对先秦古书不作具体分析而简单地分为"真""伪"两类,是对先秦古书流传情况不了解的表现。李学勤有《对古书的反思》一文,对先秦古书的复杂情况有细致的分析和精辟的论述,此处不多说。

总之,先秦典籍中关于燧人、伏羲、神农及"三皇"的传说是有早期传说与文献的根据的。

---

① 陈青荣《〈六韬〉作者及其成书年代》一文认为《六韬》成书于春秋时代。见其《姜太公新论》,北京燕山出版社,1993年版。或主成书于战国,见刘宏章《〈六韬〉初探》,《中国哲学史研究》1985年第2期,第48—56页;徐勇主编《先秦兵书通解》,天津人民出版社,2002年版。

② 见严灵峰《列子辨诬及其中心思想》,台北时报文化出版事业有限公司,1983年版;郑良树《〈列子〉真伪考述评》、《〈列子〉成书时代研究管窥》等论文五篇,见其《诸子著作年代考》,北京图书馆出版社,2001年版;陈广忠《为张湛辨诬——〈列子〉非伪书考之一》、《〈列子〉三辨——〈列子〉非伪书考之二》、《从古词语看〈列子〉非伪——〈列子〉非伪书考之三》,刊《道家文化研究》第十辑,上海古籍出版社,1996年版;马达《列子真伪考辨》,北京出版社,2001年版。

③ 见《黄氏日抄》卷五五,文渊阁《四库全书》本,第708册,第410页。

## 三、由"皇"字本义看"三皇"的身份与服饰特征

### (一) 过去对"三皇"的误解

人们对"三皇"的传说完全抱着怀疑的态度,有种种原因,而旧的史学家将"三皇"只作为具体的人,并且在服饰、形象、权力、势力范围等方面理解得同后代帝王一样,与现代历史学、考古学所揭示的史前阶段的实际大不相合,是原因之一;学术界对早期文献缺乏正确的分析与判定,很多问题没有弄清楚,也是一个重要原因。

纬书《春秋运斗枢》在列举"三皇"之后有这么几句话:"皇者,合元履中,开阴布纲,指天画地,神化潜通。"这完全将三皇说成像天帝一样法力无边的神灵;《春秋元命苞》曰:"皇者,煌煌也,道烂然显明。"①这也同样带有神化的味道。这种解说形成于谶纬盛行的汉代。历史发展到了十九世纪、二十世纪,这自然也就成了学者们否定三皇存在的最简单的原因。

作为氏族或聚落的首领,"三皇五帝"的"皇"同"帝",并不是纬书中写的神通广大的神圣,其形象也非东汉武梁祠石刻上的身穿长服、着冕垂旒的样子。武梁祠上的那种形象不可能出现在五六千年之前。但这并不等于"三皇"不存在于那个漫长的历史时期。燧人氏、伏羲氏、神农氏本是指远古时期的氏族,但传说中则变为指具体的人。从传播学的理论上说,这是很自然的现象,是一个规律。自然传播中,人们会把一些事迹、事件集中在与之有关联的、影响最大的人物或者事件上去。因为每一次的传播,接受者总是根据自己的知识积累来理解并在传播活动中无意识地进行加工补充。结果在集体记忆中必然地忽略一些细节,淡忘一些次要的人和事,而将有关情节集中到具有标志性的人物和事件上去。

从历史发展的实际来说,有氏族或聚落,就会有氏族或聚落的首领。

---

① 上引两条纬书文字,并见《太平御览》卷七六《叙皇王上》,第355页。

在一个氏族或聚落的发展史上,也总会有一位最杰出的领袖。所以,人们是以"燧人"、"伏羲"、"神农"指这三个先后登上远古历史舞台的氏族或中心聚落的最杰出的首领,也是合于长时段群体传播的规律的。

他们既然是首领,虽然不会如周秦以后帝王那样身着黻绣、头戴冕旒,但也不会如今天一些普及读物上画的或某些纪念地、展厅所塑,披着长发,肩上和腰里缠着树叶(明刊本《三才图会》上的神农像即是满身树叶,手里拿着一棵草在品尝)。理解上的简单化,也同样违背了历史的事实。当时虽然没有严格的等级制度和特权,但是,第一,他们作为氏族或聚落的首领统领大家,总有一定的权威;第二,他们对外是氏族或聚落的代表,要显示氏族或聚落的威望;第三,他们也是行使神职的人物,在氏族或聚落内部有一定的宗教地位和图腾象征性。那么,他们至少在聚会、仪式等行使职权的场合,总会有某种标志性的服饰。

**(二) "皇"字本义考**

《说文·王部》说:"皇,大也。从自王。自,始也。始王者,三皇,大君也。自,读若鼻。今俗以始生子为鼻子是。"①近人汪荣宝认为《说文》的解释是据秦代以后变更古文立说的,并未揭示出"皇"字的本义。其《释皇》一文云:

> 古钟鼎彝器,"皇"字屡见。上形作ᗌ,作ᗌ,作ᗌ,作ᗌ,并可证明其必非"自"字。古文"王"多作王。今所见古文"皇"字,下皆作土或作土。皇者,舜时宗庙之冠,与夏之收、殷之冔、周之冕相当。古文"皇"字,即象其形,〇象冠卷,ᗌ象冠饰,土象其架。郑注《王制》云:"皇,冕属,画羽饰焉。"余考古文弁作ᗌ,上形作ᗌ,与古文"皇"上形极似,明其同出一源。②

---

① 段玉裁:《说文解字注》,上海古籍出版社影印,1988年版,第9—10页。
② 汪荣宝《释皇》,刊《国学季刊》1卷2期,1923年出版;又《华国学刊》1卷1期,1923年出版。本文引文又见蒋人杰《说文解字集注》"皇"字条,上海古籍出版社,1996年版,第35、36页。字下点为笔者所加。

汪氏关于"皇"字上部的解说,至为精辟。《说文》解"皇"字的构成与本义全错。汪氏论述引及郑玄注《王制》中"皇,冕属,画羽饰焉"二句七字,更具启发性。

二十世纪六十年代初,郭沫若在对长安县张家坡铜器铭文汇释时说:

> 查《周礼·春官·乐师》有皇舞,郑司农云:"皇舞者以羽冒覆头上,衣饰翡翠之羽。"……又《礼记·王制》:"有虞氏皇而祭。"注云:"皇,冕属也,画羽饰焉。"我意画羽饰之冕亦是后起之事,古人当即插羽于头上而谓之"皇"。原始民族之酋长头饰亦多如此。故于此可得"皇"字之初义,即是有羽饰的王冠。①

不仅引述了几条重要文献,还列举民俗现象为据,更显得坚实可信。

二十世纪八十年代陆宗达、王宁作《释"皇"》一文,在郑玄、汪荣宝二位先贤的基础上对有关问题作了充分的阐述,又有所推进。文中列举金文中"皇"字的多种写法后指出:"从'皇'字最初的字形看,其字当作 ᗱ,绝非'自'字,下作土或 ⤊,也非'王'字。古文王作 舌,与土形迥别。"从而肯定:

> "皇"为舜时宗庙之冠,与夏之收、殷之冔、周之冕同类。"皇"的字形 ⊖○ 象冠綦,ⱵⱵ 象冠饰,土 ⤊ 象其架,与"坐"下之"土"象灯架意同。②

文章引了《说文·兒部》:

---

① 郭沫若:《长安县张家坡铜器群铭文汇释》,《考古学报》1962 年第 1 期,第 1—32 页。
② 陆宗达、王宁:《释"皇"》,见《古汉语词义答问》,甘肃人民出版社,1986 年版,第 45 页。

◎,冕也。周曰◎,殷曰吁,夏曰收。从兒,象形。◎,籀文◎,从艹,上象形。①

特别值得注意的是,论文还指出:"'皇'与'翌'在文献中常常通用。"②并引《说文·羽部》:"翌,乐舞以羽翿,自翳其首,以祀星辰也。从羽,王声,读若皇。"③《说文》的这段文字为我们正确认识"皇"字的本义提供了有力的证据。

李学勤发现,现存美国弗利尔美术馆的玉璧上有冠状符号,他说:"可能是一种有羽毛的冠。"并说:"原始的'皇'字或许是一种用羽毛装饰的冠。大汶口陶器符号'丁'像这一类冠。"④这里将"皇"字追溯到了距今约六千三百年到四千四百年的大汶口文化时代。

汪荣宝、郭沫若和陆宗达、王宁、李学勤关于"皇"字的解释都极准确精到,可谓各有贡献。

金文中,"皇"作"皇"、"皇"、"皇"、"皇"等形,近人徐文镜《古籀汇编》列出六十四个见于古铜器铭文的"皇"字,大体都是一圆圈(或中有一横)上有并排向上伸出的竖笔;个别的上部作"十",与"壴"("鼓"字左部,为下部有架、上部有装饰的鼓的象形。)字之上部相似⑤。因上古之鼓用于祭祀等仪式,其上部往往饰有彩色羽毛。《礼记·王制》云:"有虞氏皇而祭,深衣而养老;夏后氏收而祭,燕衣而养老;殷人冔而祭,缟衣而养老;周人冕而祭,玄衣而养老。"郑玄注:"皇,冕属也,画羽饰焉。"孔颖达疏云:"收,言所以收敛发也。"⑥所谓"画羽饰",是说以有花纹的羽毛为饰。特别指出"画羽"是指五彩的尾羽。

---

① 参《说文解字》,第 177 页上栏。
② 《古汉语词义答问》,第 46 页。
③ 《说文解字》,第 75 页下栏。
④ 李学勤:《论新出土大汶口文化陶器符号》,《文物》1987 年第 12 期,第 80 页。
⑤ 徐文镜:《古籀汇编》第一上,武汉古籍书店影印,1980 年版,第 16—17 页。
⑥ 《礼记正义》,卷二〇,第 575、576、578 页。

《诗经·周颂·有瞽》:"设业设虡,崇牙树羽。"孔颖达疏:"设其横者之业,又设其植者之虡,其上刻为崇牙,因树置五采之羽以为之饰。"①锦鸡等的尾羽都较长,装饰起来远近可见。

所谓"冕属",非一般人平时所穿戴。《王制》言有虞氏在祭祀仪式上才戴这种名叫"皇"的冕冠。蔡邕《独断》卷下曰:"冕冠,周曰爵弁,殷曰冔,夏曰收。"②"收"、"冔"、"弁",都是冠弁之名。

根据民俗学的原理,仪式上,尤其祭祀仪式上的服饰大都是前代服饰的遗留。而"皇"作为一种冕冠,在有虞氏即舜的时代已是很古的冠弁式样了。

皇作为一种很古老的冠冕,上面插有彩色的羽毛,这同"皇"字在金文中的写法是一致的。金文"皇"字上部向上伸展的竖笔,即是像冠圈上的羽毛。黄德宽主编《古文字谱系疏证·瑒部》列出见于《甲骨文合集》及各种金器铭文的"皇"字六十四个,与《古籀汇编》所收互有异同,而同者多,而后者的最大意义是有见于《甲骨文合集》的"皇"字五个,见于许进雄《怀特氏等所藏甲骨文集》(加拿大皇家安大略博物馆,1979年)的"皇"字一个(怀特八一六),共六个。共同的特征是在一圆圈或囗上有三五条竖线,少者上面只有两条。下面是"十"或"ψ"或一竖,该书所收金文中四个"皇"字,也是如此。③ 下面的"十"或"ψ"或一竖,即

---

① 郑玄笺,孔颖达正义,朱杰人整理:《毛诗注疏》卷一九之三,《十三经注疏》本,上海古籍出版社,2013年版,第1956页。
② 蔡邕撰:《独断》,《四部丛刊》三编本,32册,第1013页。
③ 黄德宽主编:《古文字谱系疏证》,商务印书馆,2007年版,第1739页。该书所收出于楚地的金器铭文中"皇"字有所变异:表示长羽的竖是在"王"字之上,而且竖画上有短横,似乎表示在长羽上还缀有飘带。另外该书说"殷商文字作ᑐ,象火炬光焰上腾之形"(第1740页)。有欠确切。因为火炬是长条形,而且光焰上不可能有交叉形。又,刘钊、洪飏、张新俊编著《新甲骨文编》(福建人民出版社,2009年版)卷一收有见于《甲骨文合集》的"皇"字六个,其中四个与《古文字谱系疏证》所收相同(即六三五四、六三五五、六九六○、六九六一),一个见于李学勤、齐文心、艾兰《英国所藏甲骨集》(中华书局,1985年版),(英五四三),与该书所列第一个(合计六三五四)实为同一字而出于两书者;末一个(六九一三)上面有四条竖线的圆形为正方形,下面的一竖又向左折上去,同几种甲骨书中所收"皇"字都有较大差异,应非"皇"字,故文中不另述。

放这个神圣羽冠的冠架。

又《礼记·王制》中"有虞氏皇而祭",这个"皇",《经典释文》卷一一作"翌",曰:"音'皇',本又作'皇'。"①可见"皇"、"翌"本是一字,是隶定时分化为两种写法:以"翌"为有虞氏以前一种冠冕之名,以"皇"为远古时的人王即"三皇"的"皇"字之称。那么,可以肯定"皇"最早的写法其上部并不从"自",而是像羽毛之形。②

金文中"皇"字中部作"〇"、"⊝",这是类似于周代爵弁或冕的东西,应该是用皮所制,可以戴在头上。周代一般人的冠只用于束发,并不覆盖头顶或戴在头上,但天子在举行祭祀等大典时所戴的冕、弁和贵族穿礼服时所戴的弁却是加于头上的,同今天的帽子相近。《仪礼·士冠礼》郑玄注:"皮弁者,以白鹿皮为冠,象上古也。"③所以说,周代的皮弁应是远古之时有很高地位的人所戴皮弁的遗留,用白鹿皮做成。远古时代的氏族或聚落首领头上的羽毛,应是插在这种皮弁之上的。以情理推之,三皇时的皮弁,也应是白鹿皮做成。为什么一定要用白鹿皮呢?因为白鹿极少,物以稀为贵。只有氏族或聚落的首领戴此冠,以显示其特殊的身份。虽然当时的聚落、氏族首领在经济上并无特权,也从事生产劳动,但在原始宗教仪式中和决定一些重大事件的聚会上总起着主导与决策作用,在冠冕服饰上有他行使特殊权利时的标志。上古时人的皮衣(名曰"裘")、皮帽都是翻毛的,从毛色、式样可以看出其地位。远古之时虽然纺织工艺尚在起步阶段,很不成熟,不可能制作出精细华美的衣料来,但是取之自然界,以毛色光亮和有花纹的畜兽之皮作衣,以罕见的珍贵动物之皮作弁,并用长而华美的翎毛为装饰,是完全能够做到的。

至于"皇"字的"美"义,见《广雅·释诂一》:"皇,美也。""华"义,见

---

① 陆德明撰:《经典释文》,中华书局影印,1983年版,第175页。
② 翌之隶定为皇,或者同翌上部"羽"左边"习"上的短横与提画残缺有关,或者因后人已不知其本义而取其异体。
③ 郑玄注,贾公彦疏,王辉整理:《仪礼注疏》卷一,《十三经注疏》本,上海古籍出版社,2008年版,第28页。

《尔雅·释言》:"华,皇也。"①都是由羽冠一义引申而来。据陈独秀在《小学识字教本》的解释,"美"的原始义为人戴羽之形,"美、义均非从羊",否定了《说文》的解释,而认为"美爵"的"美"字"像人戴毛羽美饰之形"。②至于"皇"字的"大"义、"君"义,则由聚落首领一义发展演变而来。

距今六七千年以前,不可能有高贵华丽的纺织品来为聚落的首领作冠服,取之于自然,用最长、最美丽、最珍贵的羽毛来装饰冠服,应该说是一种创造,在人类服饰史、美学史上具有重要的意义。在远古时期,氏族、部落的首领未必与后代的帝王一样,有专门的宫殿,大量的侍从,因此,也不会时时戴着那种具有特殊标志性的"皇冠"。但是,在军事会议、祭祀或其他仪式上,一定是戴着这种冠,同时也穿着相应地显示身份的服装(如虎豹之皮的外套等),而最关键、最突出地显示其身份的是戴着这种皇冠。主要以冠饰显示地位、级别、身份,不但在中国,全世界很多民族都是如此。

## 四、远古皇冠之俗在后代的遗留

炎帝作为神农氏最后一位首领,自然是戴皇冠(羽冠)的。黄帝、颛顼等是否也戴皇冠,难以肯定。舜、禹以后的首领、君王除在祭祀仪式上之外,肯定是不再戴羽冠了。但作为人们记忆中留下极深刻印象、与很多传说相联系的一种冠戴习俗,仍存留于其他很多方面。

### (一)中原与周边少数民族文化中皇冠的遗存

首先在具有模拟性表演场合的演员的佩戴上保留了下来。上古的舞蹈中,有一种"皇舞"。《周礼·春官·乐师》:"凡舞,有帗舞,有羽舞,

---

① 郝懿行等著:《尔雅·广雅·方言·释名》清疏四种合刊本,上海古籍出版社影印,1989年版,第360页,第134页。
② 陈独秀:《小学识字教本》,巴蜀书社,1995年版,第107页。

有皇舞,有旄舞,有干舞,有人舞。"郑玄注:"故书'皇'作'䍿'。郑司农云:'……皇舞者,以羽冒覆头上,衣饰翡翠之羽。'"郑众谓:"'䍿'读为'皇'。书亦或为'皇'。"①

前引陆宗达、王宁文引《说文·羽部》:"䍿,乐舞以羽翿,自翳其首。以祀星辰也。从羽,王声。"②所谓"羽翿",即顶上插有羽毛的旗。以其覆于首,则羽毛竖于头顶,弯曲下垂。嘉峪关黑山岩画,S3号刻一人,S4号刻二人,均叉腰站立,"头上有羽毛状饰物"。S18号刻一人站立,"头上饰羽毛状物"。S31,刻二排舞蹈人,"头上有羽毛状饰物";S34号与S31号略同。S81号"刻二排舞者,一手叉腰,一手挥舞,有的着长裙,有的露双足和头饰羽状物"。③《说文·舛部》所列"舞"字的古文作"翼",表示头上有两支长羽毛的一人在跑。"亾"此处表义而音读如"无",后人视之为表声。④ 云南晋宁出土西汉时铜器上,还可以看到戴羽冠舞蹈的图像。其铜贮贝器盖上的纹饰是:舞者手里拿着长羽翎,头上插有羽翎。这可能就是上古中原一带"羽舞"的遗留,所谓"礼失而求诸野"。其铜鼓上的纹饰则是舞者一手执干(盾),一手执戚(斧),应是"干戚舞",但也戴着插有羽翎的冠(见图一)。这种古老的"皇冠"在商周以后变为舞者所戴,其神圣性和作为权力标志的意义也就不存在了。历来的戏剧舞蹈总是帮助人保留某些集体记忆。

图一 西汉滇族执干戚舞者,云南晋宁铜鼓纹饰(摹本采自《文物》1974年第1期)

其次,在后世一些少数民族君王、

---

① 《周礼注疏》卷二六,第863页。
② 《说文解字》,第75页;参段玉裁《说文解字注》,第140页。
③ 见甘肃博物馆《甘肃嘉峪关黑山古代岩画》附表,载周菁葆主编《丝绸之路岩画艺术》,新疆人民出版社,1993年版,第387、389、390、391、397页。
④ 《说文解字注》,第234页。

显贵、巫师之类特殊人物冠饰上的遗存。四川广汉三星堆出土铜人像冠式中,有一种"三耸羽饰的武冠"(见图二)。① 三星堆遗址相当于中原殷商时期。蜀人是氐、羌南徙后同当地土人交融形成的,它的文化带有远古北方民族的一些特征。宁夏贺兰山岩画的"人面像"上,"有的插羽毛","有的头上有角状和羽毛装饰"。② 这与后来景颇族祭司的冠饰相近。关于中国少数民族中以羽饰冠的风俗,王政《战国前考古学文化谱系与类型的艺术美学研究》一书的第十章《中国岩画人物"羽饰"与巫术"美饰"人类学》部分可以参看。③

图二 四川广汉三星堆博物馆藏品(又见宋镇豪《中国风俗通史·夏商卷》,第381页)

《周礼·地官·羽人》:"掌以时征羽翮之政于山泽之农,以当邦赋之政令。凡受羽,十羽为审,百羽为抟,十抟为缚。"④这自然不是一般羽毛,而是又长又美的珍贵羽毛。《尚书·禹贡》"徐州"下言及"羽山",又说到"羽畎夏翟"。⑤ 畎,山谷。夏,大。"翟"之本义为长尾的野鸡。后亦用以指野鸡的羽毛。雄野鸡有五彩羽毛。《诗经·邶风·简兮》:"右手秉翟",毛传:"翟,翟羽也。"⑥则羽山是因为自古出长大的五彩锦鸡

---

① 宋镇豪:《中国风俗通史·夏商卷》,上海文艺出版社,2001年版,第383页。
② 见李祥石《宁夏贺兰山岩画》,载周菁葆主编《丝绸之路岩画艺术》,第12页。
③ 王政:《战国前考古学文化谱系与类型的艺术美学研究》,安徽大学出版社,2006年版,第257—276页。
④ 《周礼注疏》卷一六,第496页下栏。
⑤ 《尚书正义》卷六,第204、205页。
⑥ 《毛诗注疏》卷二之三,第222页。

毛而得名。鲧被殛于"羽山之郊",①时当虞舜之时,此山已因雉羽而出名,由此也可以看出羽为冠服之装饰,远在尧舜之前。根据当时的经济发展情况,一般人只是以兽皮、树皮、树叶遮其身,以"画羽"为饰,只能是氏族、聚落的首领。

再次,古代知天文者等特殊身份者戴此冠。这好像是继承了远古氏族、聚落首领所兼宗教职责"上知天文"的一方面,且只限于鹬羽。《说文·鸟部》:"鹬,知天将雨鸟也。"②颜师古《匡谬正俗》以为因此古之知天时者戴此冠。1984年湖北江陵张家山出土《奏谳书》简一七七记春秋时鲁国一佐丁"冠鹬冠",柳下季以其"有小人心,盗君子节",③收以为奴。可见即使由鍪(五彩羽饰的冠)演变为鹬弁,也非一般人所能戴。《左传·僖公二十四年》:"郑子华之弟子臧出奔宋,好聚鹬冠。"④子臧以罪出奔,又不知天文而好聚鹬冠,郑文公恶之,诱杀于陈蔡之间。

第四,春秋战国时,勇者也戴有羽之冠。《史记·仲尼弟子列传》言子路年轻时"好勇力,志伉直,冠雄鸡,佩豭豚"。⑤ 所谓"冠雄鸡",即指以带有尾部羽毛的雄鸡皮罩在冠上,羽毛后扬。当时中原地区武士流行戴鹖冠。这都是继承了远古皇冠体现的勇武、威风的一面,但也只限于鹖羽。同时也不是满头插或插一圈,而是插两支。《续汉书·舆服志下》云:"环缨无蕤,以青系为绲,加双鹖尾,竖左右,为鹖冠云。五官、左右虎贲、羽林、五中郎将、羽林左右监皆冠鹖冠……鹖者,勇雉也,其斗对一死乃止。故赵武灵王以表武士,秦施之焉。"⑥战国鹖尾冠骑士的图像,在青铜器中尚可以看到(见图三)。

第五,战国之时君王的内侍之臣戴羽冠。"赵武灵王贝带、鵔鸃而

---

① 《山海经校注》,第472页。
② 《说文解字》,第81页上栏。
③ 彭浩、陈伟、[日]工藤元男主编:《二年律令与奏谳书》,上海古籍出版社,2007年版,第372页。
④ 《春秋左传注》(修订本),第4240页。
⑤ 司马迁:《史记》卷六七,中华书局,2013年版,第2650页。
⑥ 范晔:《后汉书》,中华书局,1965年版,第3670页。

图三 战国鹖尾冠骑士(洛阳金村出土金银错狩猎纹铜镜局部,周汛、高春明《中国古代服饰大观》,重庆出版社,1995年版,第299页)

图四 宋人《明妃出塞图》中北方少数民族官员形象(局部)

朝,赵国化之",名"鹖冠"。① 至西汉惠帝时,"侍中皆冠鹖鹨"。② 至北朝之时,武士仍戴鹖冠。

第六,有的隐士也戴鹖冠。③ 隐士、道士的服饰多保持古时的式样,以显示不同流俗,与古人同心。由此也多少可以看出羽冠为古代流风。

以上这些遗俗从不同的方面承袭了三皇羽冠的一些特殊含义:舞蹈者取其仪式性并表示为古代礼俗,氏族首领取其为权力象征一义,知天文者取其得先圣神力一义,贵族取其表示身份高贵一义;武士取其威武一义;隐士则取其行不流俗、道接往古一义。

三皇不像后代的帝王有很大的势力范围,但都是特定历史阶段中最强大氏族或聚落的首领,冠服习俗也影响及其他氏族或聚落,加之三皇延续的时间总共五千年上下,所以其羽饰冕冠的遗风存留在以后的很多习俗之中,至当今的戏曲服饰中尚可以看到。如武将或少数民族首领常在冠后插着两只孔雀尾翎或锦鸡尾翎等。我们看宋人作《明妃出塞图》表现汉代北方少数民族官员,头上就插两支野鸡毛(见图四)。元

---

① 何宁:《淮南子集释》卷九,《主术训》,中华书局,1998年版,第676页。
② 《史记》卷一二五,第3849页。
③ 顾实《汉书艺文志讲疏》:"《鹖冠子》一篇。楚人,居深山,以鹖为冠。"上海古籍出版社,2009年版,第122页。

代后妃及命妇行礼时所戴的顾姑冠,顶上也插有翎羽(见图五)。有意思的是,在殷墟妇好墓出土一个圆雕玉人(编号371),头发编成一长辫,绕头缠在头上,经左耳后,将辫梢缠至右耳后侧。同墓出土另一圆雕裸体玉人(编号376),发辫的辫梢塞入右耳后辫根下。还有一圆雕玉人,脑后垂一短辫(编号371)。看来梳辫子的风俗在商代以前是比较盛行的,原生活在中国东北长白山一带满族垂辫子,也是古风的遗留。满族官员头上插花翎,情形与此类似。这是我们老祖宗最古老服饰风俗的遗留。中原地区的人民遭遇战乱之后的迁徙,无非一向南、一向北。所以少数民族的服饰往往反映着较原始的习俗。

图五 戴顾姑冠的元代贵族妇女(周汛、高春明《中国古代服饰大观》,第13页)

此外,后代帝王的仪仗中,皇帝身后常打着两个羽扇(仪仗扇),略高于头,是否为上古"皇"的变相,也值得研究。

## (二) 由远古楚民俗与印第安人遗俗看三皇时代氏族聚落首领的冠饰

南方的楚国,由于春秋以前相对独立发展,又由于楚人"信巫鬼,重淫祀"①,所以在长沙出土战国帛书图像中,留下了反映史前阶段楚人始祖冠饰的图像:图像上的人有三个头颅,右臂已断(见图六)。《山海经·大荒西经》云:"有人焉,三面,是颛顼之子。三面一臂。"又云:"有人名曰吴回,奇左,是无右臂。"②显然,画面上表现的正是三面一臂的吴回。《史记·楚世家》:

---

① 《汉书·地理志下》,第1666页。
② 袁珂:《山海经校注》,第412—413页。

图六 楚祖吴回（祝融）像（长沙出土楚帛书，见陆思贤《神话与考古》，文物出版社，1995年版。原标作"颛顼"，误）

楚之先祖出自帝颛顼高阳。高阳者，黄帝之孙，昌意之子也，高阳生称，称生卷章，卷章生重黎。重黎为帝喾高辛居火正，甚有功，能光融天下，帝喾命曰祝融。共工氏作乱，帝喾使重黎诛之而不尽。帝乃以庚寅日诛重黎，而以其弟吴回为重黎后，复居火正，为祝融。①

可见，帛画上的人物，正是史前时代楚人的祖先吴回。② 值得注意的是：这个人物三个头上都有四条长形饰物，显然为羽饰。这样看来，至五帝时代，至少南方有的氏族或中心聚落的首领仍戴此种羽冠。王政《战国前考古学文化谱系与类型的艺术美学研究》一书第十章第四节《域外民间文化中的羽饰》对澳洲、北美洲一些原始民族中的羽饰有较多的论述，可以参看。

可以使我们对"三皇"时代氏族、聚落首领的冠服有一个具体想象的，是北美印第安人酋长的冠饰。我看到一些北美印第安酋长的照片，

---

① 《史记》卷四〇，第2027页。
② 帛画上三面一臂的人物，学界定义为颛顼，误，应为祝融。"楚祖高阳"是指祝融，非指颛顼。颛顼是楚与秦的共同远祖，祝融是楚人的始祖。《国语·郑语》言楚为"重黎之后"，《国语》卷一六，上海古籍出版社，1988年版，第510页。又云："融之兴者，其在芈姓乎？"第511页。"融"即祝融，芈姓即楚人。《左传·僖公二十六年》载楚武王以夔不祀祝融与鬻熊而灭之。《礼记·丧服小记》说："王者禘其祖之所自出，以其祖配之。"其祖是鬻熊，其祖之所自出（远祖）自然是祝融，司马迁将高阳与颛顼相混，误。参赵逵夫《吴回·南岳·不死之乡——探索有关楚民族的一个神话》，刊《民间文艺季刊》1987年第1期，第67—73页；《离骚辩证·高阳·祝融·吴回》，收入《屈骚探幽》（修订版），巴蜀书社，2004年版，第303—305页。

其头上都是用几十厘米长的彩色羽毛编成一圈(见图七)。美国拍摄于1933年电影《小天使》中印第安人酋长的帽子也是如此。另一部美国电影《白羽毛》中印第安人酋长的帽子是:用一样长的彩色羽毛骈联编成约人身两倍长的带子,其正中作成圆形,戴在头上,两头在身后对称垂下,羽端向外,显得特别威严。我想这应该是有民俗学根据的。今印第安歌手所戴帽子上也插着美丽的长羽(见图八)。史哲《土著人的隐秘世界》一书第四章《印第安人的昨天和今天》所附印第安人酋长、演员和仪式上的头饰,就有八幅头上插着各种漂亮的羽毛。① 据近代和当代许多地理研究成果证实,西伯利亚东北部在一万年以前的冰冻期,有一条狭长的陆桥,使亚洲与北美的西北部(今美国阿拉斯加州)相连接。很多考古学家、人类学家、历史学家、民俗学家一致认为,北美洲的印第安人为蒙古人种的后裔。亚洲蒙古人种的一部分最早是从这里先后迁移到北美洲的,后来也有从水上乘船过去的,成为今天印第安人的先

图七 印第安酋长(见史哲《土著人的隐秘世界》,中国民航出版社,2004年版,第169页)

图八 南美厄瓜多尔的印第安三人乐队中的成员马可(《光明日报》2012年5月14日第12版)

---

① 史哲:《土著人的隐秘世界》,中国民航出版社,2004年版,第140—194页。

民。这方面的研究论著很多,毋庸赘述。① 那么,印第安人这种冠饰同中国史前时代氏族首领的羽冠有关,亦不足为怪。

郭沫若说"画羽之冕亦是后起",更早之时应是"插羽于头上而谓之皇",指出了"皇冠的形成过程,即由头饰向冠饰的转变",是很有道理的。联系上古岩画和一些原始民族的冠饰来看,很可能在伏羲氏以前只是在头上扎了长而美的羽毛,后来才固定于皮弁之上。总之,由于"皇"这种羽冠为五帝以前首领所戴,后人便以"三皇"统称传说中我们祖先所经历这三个阶段中杰出的首领;尽管说春秋以前只有燧人氏、伏羲氏、神农氏之传说而无"三皇"之称,但也不能说这种称说毫无根据。刘起釪《几次组合纷纭错杂的"三皇五帝"》一文云:

> "本来'皇'字在早先的文献以及金文中,只是形容词或副词,为尊大、美善之意,常用以形容上天、上帝和祖先。到战国中后期,把神话中的帝尧、帝舜等作为人间帝王来称呼,而战国群雄中的强者也争想称帝,天帝位号归了人王。于是人们开始把常用以形容天帝的皇字移作天帝的位号,因为《楚辞》的《离骚》里有了'西皇',又以'皇'字直称天帝,《九歌》里有了'东皇'、'上皇',《橘颂》里有了'后皇',皇成了上帝的称谓,以前叫'帝'、'上帝'或'后帝'的,此时叫'皇'、'上皇'或'后皇'了。"②

这是尚未弄清"皇"字的本义,未对先秦有关文献作全面梳理和科学、细致的研究,也未关注与之相关的大量民俗学材料,而形成的误解,现在看来显然是大可商榷的。

---

① 参乔健编著《印第安人的诵歌》第一部分《美洲与亚洲文化的远古关联》,广西师范大学出版社,2004年版;华国胜《加拿大印第安文化与亚洲文化关系简析》,《社会科学战线》,2003年第2期,第262、263页。
② 刘起釪:《古史续辨》,第107页。

## 五、从史前玉器和商周青铜器看"三皇"的图像

冠是身份的标志,而首领、君王之冠更是独一无二的象征。直至今日仍有"王冠"、"加冕"之说(如英国的女王)。上面我分析了"皇"字之义,论述了三皇羽冠在先秦时及此后周边少数民族以至印第安人酋长冠饰上的遗存。下面从史前阶段氏族、聚落首领的冠服,探索史前时代氏族、聚落首领的形象在上古玉器、青铜器中的存留与演变。

### (一)"三皇"服饰的图腾标志性

《列子·黄帝》言"庖牺氏、女娲氏、神农氏、夏后氏蛇身人面,牛首虎鼻"。① 如果这里只是说伏羲氏、女娲氏、神农氏,我们还可以只从神话方面去理解;但其中也说到夏后氏,就不能只从神话方面解释了。我以为这应从氏族的图腾标志方面去理解。东汉王延寿《鲁灵光殿赋》云:"伏羲鳞身,女娲蛇躯。"②《路史·后纪一》罗苹注引《玄中记》云:"伏羲龙身。"③《山海经·海内东经》:"雷泽中有雷神,龙身而人头,鼓其腹。"④《山海经》所反映与其他典籍的记载暗合。则《列子·黄帝》中"蛇身人面"指伏牺氏、女娲氏而言,"牛首虎鼻"指神农氏、夏后氏而言。由《山海经》《列子》所载可知,伏羲氏龙身或鳞身的传说产生很早。马克思说希腊神话"是已经通过人民的幻想,用一种不自觉的艺术方式加工过的自然和社会形式本身"。⑤ 远古时代既不可能有文字资料留下来供我们了解,则结合考古材料正确地解读有关的神话,是我们认识远

---

① 杨伯峻:《列子集释》,中华书局,1979年,第83、84页。
② 《文选》卷一一,上海古籍出版社点校本,1986年,第515页。
③ 《路史》卷一〇,文渊阁《四库全书》本,383册,第73页。
④ 《山海经校注》,第329页。
⑤ 马克思:《政治经济学批判导言》,见《马克思恩格斯选集》第2卷,人民出版社,1995年,第29页。

古社会历史的手段之一。

　　学者们都认为伏羲氏是以龙为图腾的。龙本是马的神化(大约到神农时代又被加上了两只角,有了牛的部分形象)。不论怎样,既然被神化,便与寻常之马不同。上古之人看到鱼蛇能凭虚游于水中,便想象神马可以腾空而行。因而,被神化的马便是鳞身。上古之时最美丽华贵的皮弁是以珍贵羽毛为饰,华美威武的衣服也多用兽皮做成。远古之时有一定地位或以勇武称者,秋冬当以有花纹的虎豹之皮或其他色泽鲜亮的畜兽之皮为服。但当时人们生活资源的很大一部分来之于狩猎,所以这些畜兽之皮并不太珍贵。水中鳞类的皮却因其难取,每张皮的面积又小,集合为一件衣服很不容易,故更显珍贵。周代以前国君、贵族的皮弁以白鹿皮为之者,亦以其稀罕之故。我以为伏羲氏首领在特定场合所着外衣可能是用漂亮结实的鱼鼍或蟒蛇之皮做成,穿上它全身闪光,也不易射穿,更显其威武不凡。文献中载伏羲氏"作结绳而为罔(网)罟,①以佃以渔",看来其以龙蛇为图腾是有原因的。因之,其首领以鱼鼍蟒蛇之类的皮为衣,更体现出首领之于氏族的代表性。

　　关于神农氏形象的传说,典籍中也有反映。司马贞补《三皇本纪》言神农氏是"人身牛首",②《绎史》卷三引《河图挺辅佐》言"伏羲禅于伯牛",③同《列子·黄帝》言其"牛首"是一致的。则神农氏应是以牛为图腾者。那么,神农氏(烈山氏)的衣裳应是用牛皮做成,皮弁上同样以羽毛为修饰。今在战国的玉人中,尚可见到牛角形冠饰(见图九),只是上面没有羽饰。北美印第安人以牛为图腾的氏族,其长者的帽子上不仅有牛角,也有羽饰,只是羽毛不太长,位置也有变化(见图十)。这至少可以成为我们对神农氏首领冠饰进行推断的一个参考。《周礼·夏官·节服氏》:"郊祀裘冕。"④裘冕为上古天子祭祀所着。《周礼·夏官》中的记载应多少反映了史前阶段氏族首领冠服的状况。

---

　　① 《周易正义·系辞下》,《十三经注疏》整理本,北京大学出版社,2000年版,第351页。
　　② 《史记》附录二,第4024页。
　　③ 《绎史》,文渊阁《四库全书》本,365册,第80页下栏。
　　④ 《周礼注疏》卷三七,第1206页。

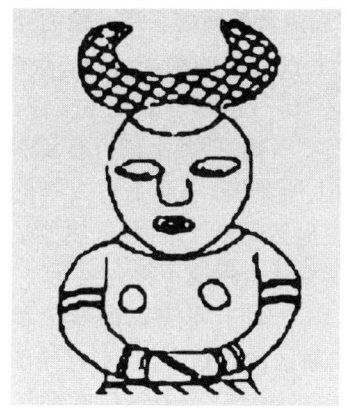 

图九　战国时中山国牛角形冠玉雕人（《中国古代服饰大观》，重庆出版社，1995年版）

图十　印第安部族以牛为图腾的长者（史哲《土著人的隐秘世界》，第178页）

　　中国史前阶段氏族、聚落首领戴有特别冠饰的图像，在上古时代的玉器、青铜器中尚能看到，只是由于以前很多问题没有弄明白，长期形成的某些误解影响着人们的思维，所以未能有清楚的认识。

　　商周青铜器上图案化的所谓"兽面"，今通称"饕餮纹"。最早使用这个名称的是北宋吕大临《考古图》。其卷一癸鼎下云："中有兽面，盖饕餮之象。"①其后宋徽宗敕编的《宣和博古图》亦取此说，后人相沿，遂成定说。考吕大临之所据，乃《吕氏春秋·先识》中的几句话："周鼎著饕餮，有首无身。食人未咽，害及其身。以言报更也。"②但是，此处所说周鼎上的"饕餮"，究竟是特指某鼎上的一个图案，还是总称商周鼎上作为主题纹饰的所谓"兽面"图案，还很难说。商周之时"铸鼎象物，百物而为之备"，③其中在重要部位突出加以表现的未必即是饕餮。据《吕氏春秋》一书而言，亦非只有饕餮：《达郁》言"周鼎著鼠，令马履

---

　　① 吕大临、赵九成：《考古图 续考古图 考古图释文》，中华书局，1987年版，第7页。
　　② 陈奇猷：《吕氏春秋新校释》，上海古籍出版社，2002年版，第956页。
　　③ 《春秋左传注》，第669、670页。

之",《慎势》言"周鼎著象"。《离谓》则云:"周鼎著倕而龁其指。"倕为尧之巧工。所谓"龁其指"云云,应是反映了上古之时的某一传说。《适威》云:"周鼎有窃曲,状甚长,上下皆曲。"①"窃",据陈奇猷先生之说,为"卨"字之重文,商人之祖契,本字作"卨"。"有卨"即其上刻铸有契的形象。以此来看,《吕氏春秋》所说的周鼎上所刻铸,多有上古人物的像,"饕餮"只是图象中之一种。吕大临之说显然是以点带面,虽然他是用推测的口吻说"盖饕餮之象",但对后代博物学者形成了很大误导。

图十一 良渚文化玉琮上羽冠人图像(《浙江余杭反山良渚墓地发掘简报》,《文物》1988年第1期)

对于商周青铜器上饕餮纹的重新解读,实有赖于二十世纪八十年代在浙江反山、瑶山出土良渚文化玉器上的纹饰图像。李学勤认为,这是"饕餮纹最完整、复杂的型式"。反山玉琮上的图像(见图十一),②李学勤认为"上方为戴有羽冠的首部,其下为左右分张的双手","下方是踞坐的两足"。③ 这是完全正确的。良渚文化距今四五千年,那时玉器上具有象征意义的图案,应是更早阶段的历史人物或图腾形象。惟中部,李先生理解为躯体上有目有口,我则以为那两个对称的圆圈是表示乳部或护乳部的装饰,中部的凸形,也是护身甲之类(上古之人用犀牛之皮作甲,刀箭不入,应有所承)。两个胳膊近弯曲之处各有一向上张开的方片,就显示了这一点。

---

① 《吕氏春秋新校释》,第1121、1188、1291、1382页。
② 图及有关介绍参浙江省文物考古研究所反山考古队《浙江余杭反山良渚墓地发掘简报》,《文物》1988年第1期,第1—36页。
③ 李学勤:《良渚文化玉器与饕餮纹的演变》,见《走出疑古时代》,辽宁大学出版社,1997年版,第89页。

而且,如果身上那两个对称的圆形图案是眼睛,则不会有两手分别从左右两面托护着。这同南北朝时期明光铠的上身部分极为相似。① 这种明光铠的式样也应是有所继承的。

反山除一座墓之外,其余各墓均有一件同玉琮图像上部基本一样的玉饰,头戴羽饰冠,脸呈倒梯形。身体部分的布局大体相近,但具体图形有很大不同,并不表现为有目、有口的兽面,而是两个胳膊伸开,各抓住一只大鸟。考古工作者因这些玉饰出土时均在头骨一侧,认为是具有神灵意义的头像,命名为"冠状饰"。我以为这不是一般的饰物,而反映着对祖先神的信仰。《山海经·大荒东经》:"有困(因)民国,勾姓而食。有人曰王亥,两手操鸟,方食其头。"②下面说到"王亥托于有易,河伯仆牛"等。玉饰所表现即商代卜辞、《古本竹书纪年》中说的商先公王亥。"因"为"殷"字之借。但王亥为汤之八世祖,当夏代中叶。而良渚文化在公元前3300—2250年间,在夏代以前。《山海经》中关于王亥的记述,只说明了先商文化也是源远流长,有所继承的。反山玉饰上的图像应反映着比王亥时代更早的传说。那么,我们就完全可以认为它是神农时代或炎黄时代某一聚落杰出首领的图像。

反山出土玉琮人像头上羽冠下缘的长条上也有圆圈图案,表示羽饰是插在皮冠上的。身上突出的双乳的标志,显示了女性在当时社会中的地位。当然,也不排除部落首领在突出对双乳的表现时,巧妙地将上身的服装图案变为某一兽面,以乳为目,即作为氏族图腾的眼睛的可能。《山海经》中说的形天氏"以乳为目,以脐为口",③有可能就是这种

---

① 见周汛、高春明撰文,周汛、高春明、邹震亚、刘月美绘图:《中国历代服饰》,学林出版社,1984年版。关于明光铠图,原书说明云:"明光铠"一名的来源,据说与胸前和后背的圆护有关。因为这种圆护大多以铜铁等金属制成,并且打磨得极光,颇似镜子。明光铠穿戴展示图系"根据出土陶俑,石刻复原绘制。"第103页。

② 《山海经校注》,第351、352页。吴其昌《卜辞所见殷先公先王三续考》云:"'困民'之'困',乃'因'字之误。此二字本极易误。'因民''摇民''赢民'一声之转也。"见《古史辨》(七)下,第357页。

③ 《山海经校注》,第214页。

含义。从这个角度说,李学勤的看法是有道理的。这个玉琮为我们提供了认识中国史前时代氏族首领形象的实物依据。

我指出反山玉琮图案上设置眼睛一样两个圆圈的本意,便解释清楚了何以要在人像的前胸绘制图腾的问题,也就解决了何以形成"两个面孔"的人形的问题。我以为玉饰上的人像都是远古氏族首领的图像,同古埃及法老的头像具有同等重要的意义。玉琮上的图像和很多玉器、铜器上的主题图案,则突出地表现了图腾的部分,而简化、淡化或干脆省略了人的头像,这应同社会意识的转变有关。

**(二) 从上古摩崖、玉器与商周青铜器看三皇的图像**

上古摩崖、玉器和商周青铜器上的羽冠人面纹表示一种特殊的权力和地位,这由西北、西南大量头饰羽毛的上古岩画和玉器上的图形可以证明。云南沧源岩画中,头上有羽饰的很多(如图十二、十三)。余杭反山的一个玉钺上部靠刃口处有一图形,与玉琮上的完全一样。又台北故宫博物院收藏的一件玉斧,上面的羽饰非常突出,并可以看出有两支对称的孔雀毛。上古时代斧钺是权力的象征。《尚书·牧誓》周武王"至于商郊牧野,乃誓。王左杖黄钺,右秉白旄以麾",然后誓师。《顾

 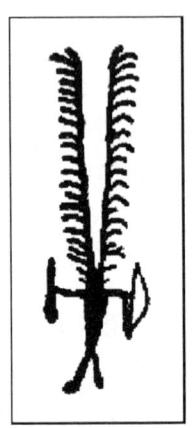

(图十二、十三均见王政《战国前考古学文化谱系与类型的艺术美学研究》,安徽大学出版社,2006年,第274页)

命》写康王继位的仪式上也是"一人冕,执钺,立于西堂"。① 《史记·殷本纪》云:"汤自把钺以伐昆吾,遂伐桀。"② 春秋以前,鼎是权力的象征,所以有楚庄王问鼎之事,古代君王礼服上也绣着斧形图案。那么,作为斧钺、大鼎、琮上主题图案的这种羽冠人面图像,应显示着至高无上的权力、地位和神灵辅佐。

与此相近的,还有1963年在山东日照两城镇发现的玉锛。此件玉锛的下部两面也有接近于商周时代所谓饕餮纹的图饰。如李学勤所说,此图案"顶上有饰羽的冠形"。此外,在偃师二里头遗址的墓葬中,出土了几件与此图案相近的铜饰。玉琮上人物胸部好像"以乳为目"的那个兽面图像,马承源和李学勤都认为可能是当时龙的形象。③ 这个判断是正确的。只是,我以为并非所有的"饕餮纹"都是由龙形象而来,有的是由其他的图腾演变而来,如河南安阳1004号大墓出土的商后期方鼎,其正中显然是牛形图案(见图十四)。甘肃灵台出土"ㄐ"铭铜方鼎上也显然为牛形图案(图十五)。④ 如果说龙图腾与传说中的伏羲氏有关,则这个牛形方鼎上的图案应同传说中的神农氏(烈山氏)有关。应该指出,即使伏羲氏、神农氏代表的那个时代结束了,但作为一个氏族及其文化还是会传承下来的,将同轩辕氏、陶唐氏(尧氏族)等其他氏族的文化共同发展,或相互融合。虞舜被夏禹所代,但其子商均授封,其后或失或续,至周武王又封舜之后妫满于陈;商朝虽亡,而微子奉其祀,宋为其后,故《商颂》得传于后世。有关伏羲氏、神农氏的重要史实会传至后代,原因与此相类。

---

① 《尚书正义》卷四,第419、420页;卷一八,第735页。
② 《史记》卷三,第124页。
③ 马承源以为辽宁西部发现的红山文化龙形玦,如把龙的脸部平面展开,与反山玉琮上的兽面非常近似。说见马承源主编《中国青铜器》,上海古籍出版社,1988年版,第317页。李学勤说见《良渚文化玉器与饕餮纹的演变》,《走出疑古时代》,第89页。
④ 初世宾:《甘肃灵台白草坡西周墓》,《考古学报》1977年第2期,第106页。

图十四　商代牛方鼎，河南安阳侯家庄出土（宋镇豪《中国风俗通史·夏商卷》，书前彩页）

图十五　西周铭铜方鼎，甘肃灵台县白草坡出土（杨重琦《陇上珍藏》，敦煌文艺出版社，2001年版，第169页）

图十六　商代大禾人面青铜方鼎（宋镇豪《中国风俗通史·夏商卷》，书前彩页）

　　胸部有图腾的图像在以后的玉器和铜器上不见了，但在铜鼎的主要部位以人像为主题图案的例子至商代仍可见到。如湖南宁乡出土商代后期的人面方鼎，我以为就是这种习俗的遗留（见图十六）。

　　在大地湾文化、仰韶文化和马家窑文化遗址中发现了不少有人面图案的器具。如天水师赵村出土一马家窑类型陶罐，其显著部位有一个人面。这些人面像都应从宗教和社会组织的方面去认识，很可能是某氏族、聚落首领的像。明白这一点，对于我们进一步揭示夏

代以前的历史具有重大的意义。《墨子·耕柱》中说:

> 昔者夏后开使蜚廉折金于山川,而陶铸之于昆吾。……鼎成,三足而方……九鼎既成,迁于三国。夏后氏失之,殷人受之;殷人失之,周人受之。①

《左传·宣公三年》亦云:

> 昔夏之方有德也,远方图物,贡金九牧,铸鼎象物,百物而为之备,使民知神奸。……桀有昏德,鼎迁于商。②

在三代,鼎是作为王权的象征的。前一个王朝灭亡了,后一个王朝继承它。至于上面所铸图像究竟为哪一个氏族的祖先,已不再考虑。这就是商代铜鼎上作为主题图案的兽像或人像不止一种的原因。

## 六、中国史前史与三皇时代的社会与文化

"燧人氏"、"伏羲氏"、"神农氏(烈山氏)",本是对中国远古三个大的氏族或聚落的称谓。《列子·黄帝》即以"伏羲氏"、"女娲氏"、"神农氏"、"夏后氏"并列言之。而传说中这三个不同时期氏族的经济发展状况及社会文化上的特征,大体上反映了中国史前农耕聚落期和中心聚落期,③所以后来也以之代指我国远古时期所经历的三个历史时期,如

---

① 孙诒让:《墨子间诂》,中华书局,2001年版,第422—426页。
② 杨伯峻:《春秋左传注》,第669—671页。
③ 关于中国远古由村落向聚落再向国家的转变,参李学勤主编《中国古代文明与国家形成研究》(云南人民出版社,1997年版)上编第一篇第一章《文明社会的标志与国家形成的轨迹》。该书将包括中国在内的世界上第一批原生形态的文明起源和国家形成划分为三大阶段:即由大体平等的农耕聚落形态发(转下页注)

《六韬》中言"三皇之世",《尸子》中言"燧人之世、伏羲之世",《商君书》、《庄子》并言"神农之世"。

先秦文献中关于三皇时代的社会与文化状况也有所记述。《六韬·五音》云:

> 古者三皇之世,虚无之情以制刚彊,无有文字,皆由五行。五行之道,天地自然,六甲之分,微妙之神。①

后面四五句是说,当时人们认识客观世界是凭借金(金属类)、木(植物类)、水、火、土(土石类)相生(助长)、相克(控制)的道理,已知用天干、地支相配计算时日。② 其中说当时人"虚无之情以制刚彊,无有文字",也是符合历史实际的。《文子·上义》云:"昔者,三皇无制令而民从,五帝有制令而无刑罚。"③《战国策·赵策二》:"宓戏(伏羲)、神农教而不诛,黄帝、尧、舜诛而不怒。"④"诛"的最早的意思是惩罚和申斥,后转变为杀戮之义。

先秦文献中关于三皇时代的社会状况,对燧人、伏羲、神农分别论述者更多。下面分别对有关材料加以钩稽论说。

### (一) 燧人氏

传说中的燧人氏同发明人工取火有关。我们祖先对于人工取火意识的形成和经验的积累,应经历了相当长的时间,而不是由某一个人突然发现的。打磨石器时产生火花,使先民认识到石块相碰相磨可以产

---

(接上页注)展为含有初步分化和不平等的中心聚落形态,再发展为都邑国家形态。农耕聚落时期在中国有前 7100—前 5000 年的彭头山、磁山、裴李岗、老官台、河姆渡的农耕聚落和半坡、姜寨之类的遗址。秦安大地湾一期、二期文化也应属此一发展阶段。

① 骈宇骞、李解民、盛冬铃等:《武经七书》,中华书局,2007 年版,第 435 页。
② 因六十甲子中有甲子、甲戌、甲申、甲午、甲辰、甲寅,故称"六甲"。
③ 《文子疏义》卷一一,第 472 页。
④ 范祥雍:《战国策笺证》卷一二,上海古籍出版社,2006 年版,第 1050 页。

生火。到中石器时代，人们在这方面积累了较多的经验，智力也有所发展，不但会设法从打击石块中取火（如挑选敲击后容易产生火花的燧石，以野棉花、植物干叶之类附着燧石以取火等），且已开始打磨工具，在一些石器、木器上钻孔。钻燧取火、钻木取火的方法便产生了。《世本·作篇》中说："燧人出火。造火者燧人，因以为名。"①这同前引《管子·轻重戊》燧人"钻燧生火，以熟荤臊"的说法一致。看来燧人氏是发明了钻木取火的氏族。《尸子》言："燧人上观星辰，下察五木，以为火。"②又言："燧人之世，天下多水，故教民以渔。"③《韩非子·五蠹》言："钻燧取火，以化腥臊，而民说之，使王天下，号之曰燧人氏。"④

距今约一万多年的山顶洞人已有各式各样打磨得比较精致的石器，遗址有灰烬，并有燧石器和石珠陪葬。此时可能已有了取火、储火的办法，但难度很大。至数千年后的新石器时代早期，中原地区普遍进入母系氏族社会，形成大体平等的初期农耕聚落形态，专门的取火工具、取火方法应已形成。首先发明了便捷有效的取火工具和取火技术的氏族，便是后人所称的"燧人氏"。尽管它并不一定有后来的炎帝、黄帝那样大的活动范围，但它在那个历史阶段中代表了先进的文化，所以人们用"燧人氏"来指称它所代表的那个时代。

据学者们的普遍看法，新石器时代早期仍以打制石器为主，以渔猎、采集为主要经济，已发明了弓箭，产生了初级农业和畜牧业。如上面所言，钻燧取火和击石取火的经验来之于打磨石器和在石器上钻孔。燧人氏是我国远古史上最早开始加工石器的氏族。我国先秦文献中列燧人氏于三皇之首，正与此相合。燧人氏是我国新石器时代初期代表着最先进生产力的、影响最大的一个氏族。

中国境内发现的中石器时代遗址有内蒙古呼伦贝尔盟海拉尔的松山、陕西大荔沙苑、河南许昌灵井、河北阳原虎头梁等遗址，时间约相当

---

① 《世本八种》，第107页。
② 《二十二子·尸子卷下》，上海古籍出版社影印，1986年版，第374页。
③ 同上，第374页。
④ 陈奇猷：《韩非子新校释》卷一九，第1085页。

公元前一万年至七千年之间。在山西沁水下川,发现有自旧石器时代晚期到中石器时代的遗存,时间距今一万年左右。湖南澧县彭头山发现新石器早期农耕聚落遗址,距约九千一百年至八千二百年。这些大体相当于传说的燧人氏时代。《韩非子·五蠹》言"古者丈夫不耕,草木之实足食也;妇人不织,禽兽之皮足衣也",①便与这一时期的经济状况相当,当时经济上主要以渔猎和采集为主,农耕尚处于初级阶段。

### (二) 伏羲氏

"伏羲"本是氏族的名称。文献中也写作"宓羲""虙羲""宓戏""庖牺""包牺",上古之音同。伏羲氏的兴盛时代是在燧人氏之后,但它们并不一定是前后相承的关系,也不一定在同一区域之内。《山海经·海内东经》云:"雷泽中有雷神,龙身而人头,鼓其腹。"②这同汉代《诗含神雾》"大迹出雷泽,华胥履之,生伏羲"、③王延寿《鲁灵光殿赋》"伏羲鳞身"的说法有些关联,反映了伏羲传说的分化情况。又传说伏羲"生于仇夷,长于成纪",而"徙治陈仓"。④ 陈仓其地在今陕西省宝鸡市。又《左传·昭公十七年》"陈,太皞之虚也",⑤其地在河南淮阳一带。则根据先秦所传,伏羲氏是由西北(今甘肃陇南、天水一带)向东迁徙的,经济上应是农业、渔猎、饲养相结合的。又长沙子弹库战国楚帛书有:

> 曰(粤)故(古)大能雹戏,出自□(母)华胥,居于雷□(泽),厥田渔鱼,□□□女,……乃娶虞尾□□子之子曰女皇,是生子四□,是襄天地,是格参华。⑥

---

① 陈奇猷:《韩非子新校释》卷一九,第1087页。
② 《山海经校注》,第329页。
③ 《太平御览》卷七八引,第364页上栏。
④ 王谟辑:《汉唐地理书钞·荣氏遁甲开山图》,中华书局,1961年版,第47页。
⑤ 《春秋左传注》,第1391页。
⑥ 李零:《长沙子弹库战国楚帛书研究》,中华书局,1985年版,第64页。

这同汉代纬书《诗含神雾》"大迹出雷泽,华胥履之,生伏牺"之说大体一致。① 至于"虞尾"其地,新出版清华简《系年》的第三章:"飞廉东逃于商盖氏,成王伐商盖,杀飞廉,西迁商盖之民于邾虞,以御奴虘之戎,是秦先人。"②李学勤先生以为"邾"即今甘谷南部与礼县北部相接的朱圉山。则远古虞尾其地,亦距此不远。这与文献所载伏羲生处相合。

前引《管子·轻重戊》言:"虙羲作,造六法以迎阴阳。"郭沫若《管子集校·轻重戊》引闻一多先生之说,认为"八卦古有六法之称(六爻之义盖本如此)"。③ 可见,《管子》中这句话反映了时代较早的传说。《尸子》卷下曰:"虙牺氏之世,天下多兽,故教民以猎。"又云:"伏羲始画八卦,列八节而化天下。"④

《世本·作篇》载:"伏牺制以俪皮嫁娶之礼。"又曰:"伏羲作琴。"⑤《易·系辞下》曰:

> 古者包牺氏之王天下也,仰则观象于天,俯则观法于地,观鸟兽之文与地之宜,近取诸身,远取诸物,于是始作八卦……作结绳而为罔罟,以佃以渔。⑥

《文子·精诚》曰:

> 虙牺氏之王天下,枕方寝绳,杀秋约冬,负方州,抱员天,阴阳所拥,沉滞不通者窍理之,逆气戾物伤民厚积者绝止之。其民童蒙,不知西东,视瞑瞑,行蹎蹎,侗然自得,莫知其所由,浮游汎然不知所本,罔养不知所如往。⑦

---

① 赵在翰辑:《七纬·诗纬·诗含神雾》,中华书局,2012年版,第258页。
② 李学勤主编:《清华大学藏战国竹简》(贰),中西书局,2011年版,第141页。
③ 郭沫若:《管子集校》,科学出版社,1956年版,第400、1289页。
④ 《二十二子·尸子卷下》,第374页中栏。
⑤ 《世本八种》,第107、108页。
⑥ 《周易正义》卷八,第350页下栏—351页上栏。
⑦ 王利器:《文子疏义》卷二,第73、74页。

"八节"即立春、春分、立夏、夏至、立秋、秋分、立冬、冬至。可见当时对季节气候的变化已有了基本的认识。所谓"以佃以渔",即又种地,又渔猎。当时人们的很多创造是从各种自然现象和常看到的事物中受到启发,就连长度单位寻、尺、寸等也是先民们根据人自身有关部位的长度而定的。《说文·尺部》:"尺,十寸也。人手却十分动脉为寸口,……周制寸、尺、咫、寻、常、仞诸度量,皆以人之体为法。"又《寸部》:"度人之两臂为寻,八尺也。"①可见《系辞》所说的"仰则观象于天,俯则观法于地","近取诸身,远取诸物"云云,同后世神化的所谓"上知天文,下知地理"是两回事,确实反映了一定的历史真实。《庄子·大宗师》:"夫道……伏戏氏得之,以袭气母。"又《缮性》:"及燧人、伏羲始为天下,是故顺而不一。"②《楚辞·大招》云:"伏戏《驾辩》,楚《劳商》只。"③则战国时代有些关于伏羲时代社会状况的传说,甚至有传为伏羲时代流传下来的歌曲。联系《世本》所谓"伏羲作琴"来看,应是完全可能之事。《荀子·成相》云:"基必施,辨贤、罢,文、武之道同伏戏。"④这就反映出战国之时对伏羲时代的社会治理方式有些较具体的传说。

在距今七八千年前我们的先民已经会作绳索、织网罟,有一定的计算知识,并有原始宗教。"八索"最早为纪事的工具,即所谓"结绳记事",但也是和数的观念联系在一起的。《周易集解》引虞郑《九家易》:

> 古者无文字,其有约誓之事,事大大其绳;事小小其绳。结之多少,随物众寡,各执以相考,亦足以相治也。⑤

这是反映了古人结绳记事的一种手段。记事之绳有八,从中国自古代将数之奇偶和凶吉相联系的传统习俗来看,我以为古人是以垂绳的单数记凶事、偶数记吉事。《周礼·天官·宫正》:"去其淫怠与其奇

---

① 《说文解字注》,175页下栏,第67页上栏。
② 《庄子集释》卷三上,第246、247页,卷六上,第551页。
③ 洪兴祖:《楚辞补注》,中华书局,1983年版,第221页。
④ 《荀子集解》卷一八,第460页。
⑤ 李鼎祚:《周易集解》,中华书局,2016年版,第458页。

袤之民。"郑玄注："奇袤，谲觚非常。"①《史记·李将军列传》："大将军青亦阴受上诫，以为李广老，数奇，毋令当单于。"②可见中国古代以"奇"即单数表不吉，而以"偶"、"对"、"双"、"丽"表示吉利。后来由结绳而产生占卜之具，也是以奇为凶、为不顺，以偶为吉、为顺利而形成。

《易·系辞下》云："上古结绳而治，后世圣人易之以书契。"又云伏牺氏"作结绳而为罔罟"。③ 结绳为网罟是结绳织网用于打鱼，结绳纪事是在此基础上产生的方法，所谓"结绳"是指在绳上打结。后又以"八索"为占卜之具，这几种现象之间，有一定的连带关系。"八索"实为八卦的前身。"卦"即"挂"、"挂"，原指挂着的记事绳索。"示"字实际上就是"八索"的象形。"示"，《说文》作"示"，表示一根主绳上垂着几条绳索；甲骨文中有"丅"、"丅"等字，学者们亦释为"示"。《说文·示部》："示，天垂象，见吉凶，所以示人也。"④所谓"天垂象"，是赋予"八索"以神圣的性质，实际是言一绳上垂着的八条分别记载吉凶之事的绳索，逐渐转变为用于占卜的工具。比如，将八条绳索甩起，任意抓，看抓住的是哪几根，以占事之吉凶。后来发展为连取三次数，由三个数字来定吉凶。近几十多年中发现的数字卦绝大多数是一、五、六、七、八这五个数字组成的，大约最早是用一至八这八个数字记数，但因为"二、三、三"连写易相混，故不用。后来又进一步抽象为奇数只用"一"，偶数只用"八"；又进一步图案化，将"八"拉平变为"--"。占卜一次取三个数，或奇或偶，重叠起，便成今八卦之数。⑤ 由"八索"到今天我们看到的八卦之间，经过了漫长的过程。以前解释八卦之来源者，未得其门，至今有的书中还说八卦是由"天"、"地"、"风"、"雷"、"水"、"火"等汉字而来，不只缺乏根据，也颠倒了出现先后关系。

《周礼·春官·外史》云："掌三皇五帝之书。"郑玄注："楚灵王所谓

---

① 《周礼注疏》卷三，第102页。
② 《史记》卷一〇九，第3454页。
③ 《周易正义》卷八，第356页上栏，351页上栏。
④ 《说文解字》，第7页下栏。
⑤ 参赵逵夫《八进位制孑遗与八卦的起源及演变》，《伏羲文化》，中国社会出版社，1994年版，第132、133页。

《三坟》、《五典》。"①按《左传·昭公十二年》楚灵王论左史倚相曰："是良史也。……是能读《三坟》、《五典》、《八索》、《九丘》。"②《八索》未必即讲八条绳索占卜之法；因为沿用旧名是史官的陈法。但"八索"后来又成为"八卦"理论的一个分支，应是保留了较原始的占卜之法。在甘肃秦安大地湾一期文化（距今约七千八百年）遗址中，发现有刻画符号，有陶片磨成的纺轮坯，陶器上多有网状绳纹，则当时已具备产生八卦前身"八索"的物质和智力基础。

同时，从大地湾遗址901号房址的面积、规模与布局，乃至其巨大的火塘和压实磨光的地面看来，这个火塘不是用于一般取暖或炊事，而是宗教或其他仪式所用。这个堂，也应是进行宗教仪式和召集会议之用。那么，在当时已产生了具有较高权威的氏族、聚落首领，集中而议事。传说的伏羲时代，当农耕聚落获得第一步扩展、完善和内聚的时期，即大体平等的农耕聚落阶段的后期，也即新石器晚期的前段，距今约八千至七千年左右。秦安大地湾一期文化至半坡文化之前经济上以农耕、渔猎、饲养为主的时期，应在这个时间范围之内。磁山—裴李岗文化也属于这一时期。

### （三）神农氏

《易·系辞下》又云：

> 包牺氏没，神农氏作。斫木为耜，揉木为耒。耒耨之利，以教天下。盖取诸益。日中为市，致天下之民，聚天下之货，交易而退，各得其所。③

这段文字指出了神农时代不仅已能制造专用的农具，而且有了交换农产品和生产、生活用具的市场。《国语·鲁语上》云："昔烈山氏之有天

---

① 《周礼注疏》卷三一，第1027页。
② 《春秋左传注》，第1340页。
③ 《周易正义》卷八，第351页。

下也,其子曰柱,能殖百谷百蔬。夏之兴也,周弃继之,故祀以为稷。"①又《左传·昭公二十九年》云:"有烈山氏之子曰柱为稷,自夏以上祀之。"②《礼记·祭法》云:"是故厉山氏之有天下也,其子曰农,能殖百谷。夏之衰也,周弃继之,故祀以为稷。"③"厉山氏"即烈山氏,"厉""烈"一音之转。所谓"烈山氏"即神农氏,古人刀耕火种,"烈山泽而焚之",④故称这个善于耕种的部族作"烈山氏",称其最后的一位首领为"炎"帝,"炎"也是由烈山火种的特点而来。后来有的学者以为"炎"反映着炎热的气候特征,认定为南方部族,完全是望文生义。战国之时关注农耕的神农家兴起,故人们又称烈山氏为"神农氏",后以其意思明了而成对烈山氏的普遍称呼。"烈山氏"是神农氏较早的称谓。因战国以后文献中称作"神农氏",故本文也以"神农氏"称之。柱应是烈山氏的一位杰出人物,故夏代以前人奉之以为稷神。上面文字反映了神农时代的种植无论粮食作物还是蔬菜作物,都已趋于多样化。《太平御览》引《周书》云:

> 神农之时天雨粟,神农遂耕而种之。作陶冶斤斧,为耒耜钼耨以垦(垦)草莽,然后五谷兴助。⑤

"天雨粟"神话,反映了其氏族在农作物品种的选择、培育方面取得很大的成绩。据《周书》所言,当时已掌握了制陶和简单的冶炼工艺。制作出斤、斧和耒、耜、钼(锄)、耨等农具,可见农业生产已经较前发达,谷物的种类也比较多。《六韬》引"神农之禁"云:"春夏之所生,不伤不害。"⑥《管子·形势解》云:"神农教耕生谷,以致民利。"又前引《轻重

---

① 《国语》卷四,第166页。
② 《春秋左传注》,第1503页。
③ 《礼记正义》卷五五,第1802页。
④ 《孟子注疏》卷五下,十三经注疏整理本,北京大学出版社,2000年版,第173页。
⑤ 《太平御览》卷七八,第366页。
⑥ 《群书治要·六韬》,中华书局,1985年版,第525页。

戌》云:"神农作,树五谷淇山之阳。九州之民乃知谷食,而天下化之。"①又《尸子》云:"神农氏治天下,欲雨则雨,五日为行雨,旬为谷雨,旬五日为时雨,正四时之制,万物咸利。"②这实际上是说当时已进一步掌握了自然规律,能顺应天时。又云:"神农耕而王,所以观耕。"③说明氏族、聚落的首领特权还不大,仍然参加耕种活动。周天子每年的籍田,是这种古风的遗留。因为周人也是以农耕而起家的。《尸子》又云:"神农氏夫负妻戴,以治天下。尧曰:'朕之比神农,犹旦与昏也。'神农氏七十世有天下,岂每世贤哉?牧民易也。"④这是说神农氏并非每位首领都德能兼具,只是当时人民淳朴,易于管理。这是符合史前社会的实际的。其中言神农氏七十世,自然是大略言之,后世以一世三十年。上古之人寿短,以每世二十年计,则七十世一千四百年上下。燧人氏距今约一万至八千年前;伏羲氏距今约八千至六千三百年前;神农氏距今约六千三百至五千年前。⑤《商君书·画策》云:"神农之世,男耕而食,妇织而衣,刑政不用而治,甲兵不起而王。"又《开塞》云:"故神农教耕而王,天下师其知也。"⑥《文子·上义》引《神农之法》曰:"丈夫丁壮不耕,天下有受其饥者。妇人当年不织,天下有受其寒者。"⑦这些文字,对当时社会经济与社会制度、首领与广大聚落成员的关系等作了概括的论述。《文子》中用了"天下"一词,这也是后人对传说的神农时代有所怀疑的原因之一,认为在那个时代不可能产生统一了中华大地的帝王。其实,"天下"一词在中国不同历史阶段上的含义并不相同。在神农时

---

① 《管子校注》卷二〇,第1183页。
② 《二十二子·尸子卷下》,第374页中栏。
③ 《太平御览》卷八二二引《尸子》,第3663页下栏。
④ 《二十二子·尸子卷下》,第374页中栏。
⑤ 从世界上古社会发展的状况和发展的一般规律看,时代越早,社会的经济、文化、人的思想观念发展变化越缓慢。故按三皇的顺序,燧人氏时代应最长,伏羲时代次之,神农时代又次之。神农氏末期首领为炎帝,即有黄帝起而与之争战,进入部族首领更迭较频繁的五帝时期。关于三皇各段之时间,文中只是考虑到上述因素的大体估计。
⑥ 蒋礼鸿:《商君书锥指》,中华书局,1986年版,第107、53页。
⑦ 《文子疏义》卷一一,第494页。《吕氏春秋新校释·爱类》略同,第1472页。

代,也就只指人们目之所及的土地;至夏商时代,主要指中原与黄河流域;春秋战国以后又不断扩展,也包含江南和西域之地。至于包含五大洲四大洋,则到清代以后。对此,我们不能像人们对"皇"字的含义一样,以今天的观念去理解。

《庄子·盗跖》云:

> 神农之世,卧则居居,起则于于,民知其母,不知其父,与麋鹿共处,耕而食,织而衣,无有相害之心。①

这是说神农之世人民生活安静而满足,处于母系氏族社会的兴盛阶段,尚盛行走访婚(大体同于南方少数民族近代尚存的阿注婚)。②

《世本·作篇》:"神农作瑟。"又其《帝系》云:"神农乐曰《扶持》。"③这是说当时已有了音乐艺术方面的活动与创作。

应该说,这些记载反映了中国母系氏族公社繁荣时期的状况。当时经济上已进入以较发达的以种植农业为主的阶段,并产生了畜牧业。如果同考古成果联系起来看,则大体上相当于仰韶文化时期与大汶口文化早期,属新石器晚期的后一段。从社会发展的角度说,应属初步分层与分化的中心聚落时期。

战国以后人之所以称烈山氏为"神农氏",是言其农业技术高,种植农业得到空前发展。战国时农家如许行等人自称其学说为"神农之

---

① 《庄子集释》卷九下,第995页。
② 这种婚姻状态在六十年代中期以前甘肃省武都县坪芽乡藏族民众中尚盛行。1970年我到坪芽公社招生,发现学生的家庭主要成员中都填的是母亲和舅舅,而没有填父亲的。校长告诉我们,那里成年妇女的配偶只在晚上去女方家居住,白天劳动在他自己家,同女方家庭无经济上的关系,对孩子也没有抚育的责任。我觉得这是北方所存史前婚姻状态的活化石,同南方少数民族的有关资料一起俱可以弥补摩尔根《古代社会》一书之不足。当时的社会环境不允许我对存在于西北的这一古老习俗作详细调查。文革后我即到了兰州,对此未能深入调查,深感遗憾。
③ 《世本八种》,第7、83页。

言"。① 严可均辑《全上古三代文》,将见于《管子·揆度》的《神农之数》同见于汉唐之书的《神农之法》《神农之教》《神农书》《神农占》俱视为"三皇"中神农之作,是只看名称的简单化处理。这些文献显然是战国时农家言,虽亦总结了以前的一些农业经验,但产生时间迟得多。弄清了这个问题,不仅可以对战国时农家的学说有具体的了解,也不会因神农时代不可能产生那样的著作而否定历史上神农之世的存在。

**(四)余论**

在传说的三皇时代,中华大地上有很多的狩猎与农耕聚落。《庄子·胠箧》中与伏羲氏、神农氏并列的有容成氏。前些年刊布的上博简《容成氏》中列举的远古氏族有容成氏、尊卢氏、赫胥氏、乔结氏、仓颉氏、轩辕氏、神农氏、木韦氏、垆氏等,②《汉书·古今人表》中也有所汇集,如《庄子·大宗师》中与伏羲并提的狶韦氏,《庄子·盗跖》《韩非子·五蠹》中列于燧人氏之前的有巢氏等。有巢氏很可能是南方氏族,③难以断定其大体时代。上述氏族中,有的可能是存在于三皇之世的。后代所谓燧人氏、伏羲氏、神农氏(烈山氏),是举不同历史阶段之影响大者、强者,他们分别在一定阶段中形成一个中心,代表了中国文明起源与国家形成第一阶段和第二阶段不同时期的历史。

以上对"三皇"的有关文献传说、"皇"字的本义、远古时代氏族首领的冠服在后代祭祀冠服、舞蹈冠饰、知天文者和贵族、武士等的冠饰,以及周边少数民族首领、北美印第安人酋长冠饰等当中的遗存,及远古氏族、聚落首领的形象在上古玉器、铜器上的反映,作了一些探讨。总之,我认为"燧人氏"、"伏羲氏"、"神农氏"本为远古氏族、聚落之称,因其在经济发展和文化方面的特征分别反映了中国农耕聚落阶段和中心聚落

---

① 《孟子注疏》卷六上,第 2705 页。
② 参《上海博物馆藏战国楚竹书》(三),上海古籍出版社,2002 年版,第 250、293 页。
③ 参王文清《凌家滩文化应是"三皇"时代的有巢文化》,《东南文化》2002 年第 11 期,第 32—36 页,并参安徽省文物考古研究所、含山县文物管理所《安徽含山县凌家滩遗址第三次发掘简报》,《考古》1999 年第 11 期,第 1—12 页。

阶段的历史。后来的传说中将这三个时期的创造发明皆分别集中于一人之身，故也用来指这三个氏族的杰出首领。"皇"本为尧舜之前氏族、聚落首领所着羽冠之名，故春秋战国时人们把传说中的燧人、伏羲、神农统称为"三皇"。

我不认为中国上古时代有过后代帝王那样的"三皇"，但关于燧人、伏羲、神农是流传有自的，春秋战国时人称他们为"皇"，有民俗学的依据，在当时也有更多的文献学的依据。有氏族、聚落，就有氏族、聚落首领。三皇五帝时代氏族、聚落首领的形象在史前的玉器、陶器和商周时代的铜器上有所反映。这是我们以后的研究中应予充分注意的一点。

二〇〇四年八月二十一日初稿<br>
二〇一六年六月二十八日定稿

■ **作者简介**

赵逵夫，西北师范大学文学院教授、博士生导师、甘肃省先秦文学与文化研究中心主任。

# 三皇来源考*

## 付希亮

(内蒙古师范大学文学院　内蒙古呼和浩特　010022)

**内容提要**　二十世纪初,古史辨运动兴起,顾颉刚提出"层累的古史观",认为三皇来自春秋战国秦汉人的创造。这种判断过于简单粗暴了。中国历史上经历过三皇联盟时代,并且先秦时代保留了一部分与之相关的文献,故先秦著述中多出现"三皇"一词。在黄帝之前,有伏羲氏、神农氏先立。据《山海经》记载,在今天陇山以西、渭水以北存在着被命名为"皇人""中皇""西皇"的三座山。《山海经》源自商初诞生的《山海图》,经秦代巫祝所转写成书,它对"三皇山"的记载说明三皇的正确称号是东皇(皇人)、中皇、西皇。《水经注》记载显示,在今天陇山以西、渭水以北存在着许多与伏羲、女娲、神农有关的地名传说。显然,"三皇"并非战国秦汉人向壁虚造,他们在中国历史上真实存在过。"三皇"是先于五色帝联盟而存在的一个地方部落联盟,其首领是伏羲、女娲、神农。他们是良渚文化区的土著居民,由于躲避洪水而北迁中原。三皇部落联盟征服了屈家岭、大汶口和王湾三期文化区居民后,以本联盟为核心,组建了一个规模更大的以黄、炎为首的五色帝联盟。从"三皇"发展到"五色帝",这是中国文明起源时期历史发展的主流。

**关键词**　顾颉刚　三皇　良渚文化区　蚕桑

从先秦到清末,在中国人的观念中,三皇五帝是中国最早的君主。

---

\* 本文系作者国家社科后期资助项目《图腾分析路径下中国五帝文明及其起源综合研究》(16FZS002)阶段性成果。

在中国先秦文献中，三皇与五帝经常相提并论。《周礼·春官·宗伯》记载："外史掌书外令，掌四方之志，掌三皇五帝之书，掌达书名于四方。"《庄子·天运》记载："故夫三皇五帝之礼义法度，不矜于同而矜于治。"《吕氏春秋·孟夏季》记载："天下无粹白之狐，而有粹白之裘，取之众白也。夫取于众，此三皇五帝之所以大立功名也。"二十世纪初，古史辨运动兴起，顾颉刚提出"层累的古史观"，认为三皇五帝来自春秋战国秦汉人的创造，其言虽辩，但不足以服人。近日从《中华文史论丛》2018年第1期上读到赵逵夫教授的大作《"三皇"与三皇时代考论》，对赵先生立论之高、证据之充实，衷心佩服之至。笔者正好也曾从事这方面的研究，故写了这篇文章，请赵先生指正。

## 一、良渚文化区是太昊伏羲氏的住地

从中国古代文献看，与太昊伏羲氏有关的地点主要有四处：

一处在甘肃天水地区。《水经注》卷十七《渭水上》记载："瓦亭水又南，迳成纪县东，历长离川，谓之长离水。右与成纪水合，水导源西北当亭川，东流出破石峡，津流遂断。故渎东迳成纪县故城东，帝太皞庖牺所生之处也，汉以属天水郡，王莽之阿阳郡治也。又东潜源隐发，通之成纪水，东南入瓦亭川。""荣氏《〈开山图〉注》曰：伏羲生成纪，徙治陈仓也，非陈国所建也。"①成纪在今甘肃秦安县东南。《太平御览》卷七十八《皇王部三》记载："《遁甲开山图》曰：仇夷山西绝孤立，太昊之治，伏牺生处。"②仇夷山今称仇池山，在今甘肃西和县大桥乡，与成纪相距一百公里左右，都属天水地区。

一处在河南周口市淮阳县。《水经注》卷二十二《颍水、洧水、潩水、

---

① 郦道元著，陈桥驿校证：《水经注校证》卷十七，中华书局，2007年版，第431，426页。
② 李昉编：《太平御览》（第一册）卷七十八，河北教育出版社，1994年版，第671页。

潧水、渠（沙水）》记载："沙水又东迳长平县故城北，又东南迳陈城北，故陈国也。伏羲、神农并都之。城东北三十许里，犹有羲城实中。舜后妫满，为周陶正。武王赖其器用，妻以元女太姬而封诸陈，以备三恪。"①《左传·昭公十七年》记载："陈，大皞之虚也。"②

一处在山东东平湖、微山湖周围地区。《左传·僖公二十一年》记载："任、宿、须句、颛臾，风姓也。实司大皞与有济之祀，以服事诸夏。邾人灭须句，须句子来奔，因成风也。"③《水经注》卷八《济水二》记载："济水又北，迳须朐城西。城临侧济水，故须朐国也。《春秋·僖公二十一年》，子鱼曰：任、宿、须朐、颛臾，风姓也，实司太皞与有济之祀。杜预曰：须朐在须昌县西北，非也。《地理志》曰：寿良西北有朐城者是也。"④东平湖、微山湖之西，古有大野泽，又称雷夏。《尚书·禹贡》记载："济、河惟兖州，九河既导，雷夏既泽，灉、沮会同。"孔安国注："雷夏，泽名。"孔颖达正义曰："《地理志》云，雷泽在济阴成阳县西北。"⑤其地在今山东菏泽一带。《史记·五帝本纪》记载："（舜）渔雷泽。"刘宋裴骃集解："郑玄：雷夏，兖州泽，今属济阴。"张守节正义引《括地志》云："雷夏泽在濮州雷泽县郭外西北。《山海经》云：雷泽有雷神，龙神人头，鼓其腹则雷也。"⑥从今天的地图看，河南濮阳与山东菏泽相邻，《尚书·禹贡》所说雷泽就在此处。华胥履大人迹而生伏羲，其地在雷泽。山东菏泽之雷泽与雷泽以东太昊之后封国相临近，说明雷泽与太昊伏羲氏存在一定联系。

一处在重庆市东北部大巴山一带。《山海经·海内经》记载："西南有巴国。大皞生咸鸟，咸鸟生乘厘，乘厘生后照，后照是始为巴人。有

---

① 郦道元著，陈桥驿校证：《水经注校证》卷二十二，第535页。
② 李学勤主编：《春秋左传正义》卷四十八，北京大学出版社，1999年版，第1368页。
③ 李学勤主编：《春秋左传正义》卷十四，第399页。
④ 郦道元著，陈桥驿校证：《水经注校证》卷八，第206页。
⑤ 李学勤主编：《尚书正义》卷六，北京大学出版社，1999年版，第139、140页。
⑥ 司马迁：《史记》卷一，中华书局，1963年版，第32、33页。

国名曰流黄辛氏,其域中方三百里,其出是尘土。有巴遂山,渑水出焉。又有朱卷之国。有黑蛇,青首,食象。"①巴国为太昊伏羲之后,可见此地与太昊伏羲有一定联系。

在新石器时代考古地图上,甘肃天水属于马家窑—齐家文化区,山东菏泽和河南淮阳属于大汶口—典型龙山文化区与仰韶—河南龙山文化区交界处,渝东大巴山一带位于屈家岭文化的西端。这四处都有太昊伏羲氏的后代生活过的遗迹,但都不是其发源地。其发源地在江苏太湖流域,他们是良渚文化区的土著居民。其根据如下。

证据一:伏羲生于雷泽,雷泽即太湖。

《帝王世纪》记载:"太昊帝庖牺氏,风姓也。母曰华胥,燧人之世,有巨人迹出于雷泽,华胥以足履之,有娠,生伏羲。……蛇身人首,有圣德。"②雷泽在今太湖一带。吴承志《山海经地理今释》卷六曰:"雷泽当作震泽。"震泽即今太湖。《汉书·地理志》颜师古注云:"(会稽郡)吴,故国,周太伯所邑。具区泽在西,扬州薮,古文以为震泽。"③《山海经·海内东经》记载:"雷泽中有雷神,龙身而人头,鼓其腹。在吴西。"④雷泽即震泽,的确在吴县之西。可见《山海经·海内东经》所说的雷泽,就是太湖。太湖流域是良渚文化的中心,有高度发达的新石器文化。此处才是伏羲真正出生地,山东菏泽地区的雷泽是伏羲部落北迁中原后的住地。

证据二:伏羲母为华胥,太湖流域有姑苏城、姑苏台。华胥与姑苏读音相近。《列子·黄帝第二》记载:"(黄帝)昼寝而梦,游于华胥氏之国。华胥氏之国在弇州之西,台州之北,不知斯齐国几千万里;盖非舟车足力之所及,神游而已。"⑤

证据三:伏羲方牙(或曰苍牙)、风姓,与良渚文化玉琮上所刻画的至上神像带有鸟图腾特征相合。《左传·僖公二十一年》记载:"任、宿、

---

① 郭璞注,毕沅校:《山海经》卷十八,上海古籍出版社,1989年版,第119页。
② 皇甫谧撰,徐宗元辑:《帝王世纪辑存》,中华书局,1964年版,第2页。
③ 班固:《汉书》卷二十八上,中华书局,1997年版,第1590页。
④ 郭璞注,毕沅校:《山海经》卷十三,第97页。
⑤ 杨伯峻:《列子集释》,中华书局,1979年版,第41页。

须句、颛臾,风姓也。实司大皞与有济之祀,以服事诸夏。邾人灭须句,须句子来奔,因成风也。"①这证明伏羲确为风姓。风即凤鸟,伏羲部落的图腾为凤鸟。良渚文化最具地方特征的文化产品是玉琮。其玉琮上刻画着其天神形象,据王明达《浙江余杭反山良渚墓地发掘简报》记载:"神人的脸面作倒梯形。重圈为眼,两侧有短线象征眼角。宽鼻,以弧线勾划鼻翼。阔嘴,内以横长线再加直短线分割,表示牙齿。头上所戴,外层是高耸宽大的冠,冠上刻十余组单线和双线组合的放射状羽毛,可称为羽冠;内层为帽,刻十余组紧密的卷云纹。脸面和冠帽均是微凸的浅浮雕。上肢形态为耸肩、平臂、弯肘、五指平张叉向腰部。下肢作蹲踞状,脚为三爪的鸟足。四肢均是阴纹线刻,肢体上密布卷云纹、短直线和弧线,关节部位均有小尖角外伸。在神人的胸腹部以浅浮雕突出威严的兽面纹。重圈为眼,外圈如蛋形,表示眼眶和眼睑,刻满卷云纹和长短弧线。眼眶之间有短桥相连,也刻卷云纹和短直线。宽鼻,鼻翼外张。阔嘴,嘴中间以小三角表示牙齿,两侧外伸两对獠牙,里侧獠牙向上,外侧獠牙向下。鼻、嘴范围内均以卷云纹和弧线、直线填满空档。整个纹饰高约 3 厘米,宽约 4 厘米,肉眼极难看清所有细部。这神人兽面复合像应是良渚人崇拜的'神徽'。"②良渚天神头戴羽冠,脚为三爪的鸟足③,说明其部落的图腾为鸟,正与伏羲凤鸟图腾相合。良渚天神"阔嘴,内以横长线再加直短线分割,表示牙齿",其口为方口,其牙齿为整齐的方形牙齿,正与伏羲之名"方牙"相合。陈民镇说,"方牙"指的是良渚玉琮之方齿,也有一定道理。④

证据四:伏羲"木德""含养蠢化""丝桑为瑟",与良渚文化区居民最早种桑养蚕相符合。

东晋王嘉《拾遗记》记载:"春皇者,庖牺之别号。……丝桑为瑟,均土为埙,礼乐于是兴矣。……以木德称王,故曰春皇。其明睿照于八

---

① 李学勤主编:《春秋左传正义》卷十四,第 399 页。
② 王明达:《浙江余杭反山良渚墓地发掘简报》,《文物》1988 年第 1 期。
③ 浙江省文物考古研究所:《瑶山》,文物出版社,2003 年版,第 35 页图三二。
④ 陈民镇:《中华文明起源研究——虞朝、良渚文化考论》,安徽大学出版社,2010 年版,第 113 页。

区,是谓太昊。昊者明也,位居东方,以含养蠢化,叶于木德,其音附角,号曰木星。"①"含养蠢化"即养蚕。有了蚕丝,才能"丝桑为瑟"。《艺文类聚》卷十一《帝王部一》所载曹植《庖牺赞》,其中提到伏羲用蚕丝造瑟。其辞曰:"木德风姓,八卦创焉。龙瑞名官,法地象天。庖厨祭祀,罟网鱼畋。瑟以象时,神德通玄。"②张之恒在其主编的《中国考古学通论》中说:"(良渚文化区)丝织品有绢片、丝线和丝带。……丝织品的出现,说明中国在四五千年前就已开始养蚕织绢,中国是世界上养蚕织绢最早的国家。"③良渚文化区是中国种桑养蚕的发源地,以养蚕取丝作瑟闻名的伏羲自然是良渚文化区人。

证据五:太昊伏羲氏与双龙(蛇)有密切关系,良渚文化区出土的陶片上有双龙(蛇)的图像。

《左传·昭公十七年》记载:"大暤氏以龙纪,故为龙师而龙名。"④在出土的东汉画像石上,伏羲女娲的形象是交尾的双龙(蛇),这一点闻一多《伏羲考》已论述。⑤ 可见,太昊伏羲氏与双龙(蛇)有密切关系。

朱乃诚在《良渚的蛇纹陶片和陶寺的彩绘龙盘——兼论良渚文化北上中原的性质》指出,至今考古学者在良渚文化区发现了10例蟠曲蛇纹,其流行时间在距今4 600—4 300年之间,其花纹与山西襄汾陶寺文化遗址中所发现的蟠龙陶盘有密切关系,他推断:"存在于中原腹地的这类良渚文化器物的制作,可能出自良渚人之手。"⑥由此可知,良渚文化区盛行蟠龙花纹,太昊伏羲氏来自良渚文化区。

---

① 王嘉撰,萧绮录,齐治平校注:《拾遗记》卷一,中华书局,1981年版,第1—2页。
② 欧阳询撰,汪绍楹校:《艺文类聚》卷十一《帝王部一·太昊伏羲氏》,上海古籍出版社,1965年版,第209页。
③ 张之恒编:《中国考古学通论》,南京大学出版社,1991年版,第162、163页。
④ 李学勤主编:《春秋左传正义》卷六,第136页。
⑤ 闻一多:《闻一多全集》第三册《神话编·诗经编上》,湖北人民出版社,1993年版,第58页。
⑥ 见《东南文化》1998年2期,第20页。

## 二、女娲氏来自良渚文化区

关于伏羲与女娲的关系,据古代文献记载,一种说法是女娲为伏羲的妻子。卢仝在《与马异结交诗》中说:"女娲本是伏羲妇。"①唐代张说《唐享太庙乐章·钧天舞》中说:"合位娲后,同称伏羲。"②一种说法是女娲为伏羲的妹妹。五代马缟《中华古今注》中说:"女娲,伏羲妹,蛇身人首。"③还有一种说法是,女娲是伏羲的弟弟。《世本八种》记载:"女氏,天皇封弟瑝于汝水之阳,后为天子,因称女皇。其后为女氏。夏有女艾,商有女鸠、女方,晋有女宽,皆其后也。"④闻一多《伏羲考》证明女娲是伏羲的妹妹和妻子。既然伏羲为良渚文化区的首领和天神,女娲自然也是良渚文化区的首领和神灵。二人应该是由一个古老部落分化出来的两个新部落的首领。伏羲部落的图腾为鸟,女娲部落的图腾为云。南宋罗泌《路史·后纪·女皇氏》中说:"女皇氏炮娲,云姓。"其子罗苹注:"按《洞神部》:'伏羲姓风,女娲姓云,号女皇,名娲。'盖古圣人有不相袭。以知书传所言'女娲风姓',止本伏羲言之,不知其尝更也。"⑤从罗泌父子所言及《洞神部》所载看,女娲部落与云有关。闻一多在《高唐神女的传说分析》中提出朝云之神为中国古代的高禖神⑥,而中国古代的高禖神为女娲。赵翼《陔余丛考》卷十九中说:"《风俗通》云:女娲祷祀神祇,为女婚姻,置行媒,自此始。《路史》因之,谓女娲佐

---

① 陈贻焮主编:《增订注释全唐诗》卷三七七,文化艺术出版社1997年版,第1938页。
② 郭茂倩:《乐府诗集》,中华书局,1979年版,第152页。
③ 马缟撰,吴企明点校:《中华古今注》,《苏氏演义》外三种,中华书局,2012年,第121页。
④ 宋衷注,陈嘉谟等辑:《张澍萃集补注本》,《世本八种》,中华书局,2008年版,第47页。
⑤ 罗泌:《路史·后纪》卷二《太昊纪下·女皇氏》,《四库备要》第44册,中华书局,1989年版,第65页。
⑥ 闻一多:《闻一多全集》第三册《神话编·诗经编上》,第25、26页。

太昊,祷于神祇,而为女妇,正姓氏,职婚姻,是曰神媒。则女娲亦但系创置婚姻媒妁之人。"①可见,女娲为云姓并非空穴来风。

伏羲也称宓羲。"宓羲"之"宓"读音为"密",与女娲为"高禖神"之"禖"字同音。云是女娲部落的图腾,良渚玉琮所刻画的天神身上画满了云雷文,这说明女娲与伏羲的确同为良渚文化区的首领和神灵,二人关系极为密切。

## 三、炎帝神农氏也来自良渚文化区

1. 炎帝与神农氏之分合

中国古代人一向将神农氏看作炎帝所属的氏族名号。董仲舒在《春秋繁露》卷七《三代改制质文第二十三》中说:"(汤)以神农为赤帝。"②王符《潜夫论·五德志》记载:"有神龙首出常(羊),感姙姒,生赤帝魁隗。身号炎帝,世号神农。"③《帝王世纪》记载:"炎帝神农氏,……一号魁隗氏,是为农皇。"④梁代萧绎《金楼子》卷一记载:"炎帝神农氏,姜姓也,母曰女登,为少典妃。游华阳,有神龙感女登,生炎帝,人身牛首,有圣德,以火承木,都陈,迁鲁。嘉禾生,醴泉出。在位百二十年。"⑤《路史后纪·炎帝》记载:"炎帝神农氏,姓伊耆,名轨。"⑥

但是古代也有人对炎帝的名号提出怀疑。清代赵翼在其《陔馀丛考》卷十六中说:"又如《三皇纪》谓炎帝神农氏,则神农即炎帝也,而谯

---

① 赵翼:《陔余丛考》卷十九,商务印书馆,1957年版,第365页。
② 董仲舒撰,苏舆义证,钟哲点校:《春秋繁露义证·三代改制质文第二十三》,中华书局,1992年版,第186页。
③ 王符撰,汪继培笺,彭铎校正:《潜夫论笺校正》卷八《五德志第三十四》,中华书局,1985年版,第389页。
④ 皇甫谧撰,徐宗元辑:《帝王世纪辑存》,第11页。
⑤ 萧绎:《金楼子》卷一,清《知不足斋丛书》本。
⑥ 罗泌:《路史·后纪》卷三《炎帝》,《四库备要》第44册,第69页。

周《古史考》则以炎帝与神农为二人。"①由此可见,对炎帝的名号最早提出怀疑的是西晋学者谯周。从古代文献看,谯周的看法有一定道理。《管子·封禅第五十》记载:"桓公既霸,会诸侯于葵丘,而欲封禅。管仲曰:'古者封泰山禅梁父者七十二家,而夷吾所记者十有二焉。昔无怀氏封泰山,禅云云;伏羲封泰山,禅云云;神农封泰山,禅云云;炎帝封泰山,禅云云;黄帝封泰山,禅亭亭。'"②从这一材料看,《管子》的作者已把炎帝和神农看成了二人。谯周提出此观点后,唐王朝祀典也把炎帝和神农当成两个人来祭祀。后晋刘昫等所编《旧唐书》卷二十四中说:"武德、贞观之制,神祇大享之外,每岁立春之日,祀青帝于东郊,帝宓羲配,勾芒、岁星、三辰、七宿从祀。立夏,祀赤帝于南郊,帝神农氏配,祝融、荧惑、三辰、七宿从祀。"③唐朝祀典以神农氏配祀赤帝,说明他们把赤帝与神农氏看成了两个人。那么神农氏是否为炎帝的称号,神农与炎帝到底是一人还是两人成为我们首先需要解决的问题。

笔者认为中国传统看法,即认为神农氏为炎帝的氏族称号的看法更合理。根据一:《逸周书·尝麦解》中记载:"昔天之初,□作二后,乃设建典,命赤帝分正二卿,命蚩尤于宇,少昊以临四方,司□□上天未成之庆。蚩尤乃逐帝,争于涿鹿之河,九隅无遗。赤帝大慑,乃说于黄帝,执蚩尤,杀之于中冀,以甲兵释怒,用大正顺天思序,纪于大帝。用名之曰:绝辔之野。乃命少昊清司马、鸟师,以正五帝之官,故名曰质。天用大成,至于今不乱。"④从这一材料看,黄帝杀蚩尤之前,部落联盟有黄帝和赤帝两个首领,即二后,蚩尤奉赤帝之命,定居于少昊之所。火为赤色,赤帝即炎帝。黄帝杀掉蚩尤、打败赤帝之后,才成为联盟的唯一总首领,从而接上了"大帝"的统绪。这里的大帝应该就是太昊伏羲。其政统顺序是大帝(伏羲)—赤帝—黄帝,这正与《周易·系辞下》所记

---

① 赵翼:《陔余丛考》卷十六,商务印书馆,1957年版,第288页。
② 黎翔凤撰,梁运华整理:《管子校注》卷十六《封禅第五十》,中华书局,2004年版,第952、953页。
③ 刘昫等:《旧唐书》卷二十四《礼仪四》,中华书局,1975年版,第909页。
④ 黄怀信等:《逸周书汇校集注》卷六《尝麦解第五十六》,上海古籍出版社,2008年版,第781页。

载的帝王世系相符合,其记载是:"包牺氏没,神农氏作,斫木为耜,揉木为耒,耒耨之利,以教天下,……神农氏没,黄帝、尧、舜氏作,通其变,使民不倦,神而化之,使民宜之。"①其顺序是伏羲、神农、黄帝。这两种文献所记载的中国上古政统顺序一致。

根据二:东汉灵帝熹平四年所立《帝尧碑》证明伊耆氏为炎帝之后,同时也是神农之后,其图腾为赤龙。其记载是:"帝尧者,盖昔世之圣王也。其先出自块隗,翼火之精。有神龙首出于常羊。□□□□□□□□生赤□□□□□□□也,名纪乎河洛,爰嗣八九。庆都与赤龙交而生伊尧。"洪适解释说:"右帝尧碑篆额,灵帝熹平四年立。《帝王世纪》曰'炎帝一曰魁隗氏'。此云块隗者,犹包牺之为伏羲也。《春秋纬》曰'庆都出观三河,有赤龙负图,下有人衣赤,面八采,兑上丰下,足履翼星,奄然风雨,龙与庆都合而有娠。既乳,视尧如图表',兹所谓翼火之精也。炎帝传八世,故曰爰嗣八九。尧在位七十载,故曰历运遭七。"②由此可见,伊耆氏帝尧为赤龙之后。伊耆氏与上古农神有密切关系。《礼记·郊特牲》记载:"伊耆氏始为蜡。蜡也者,索也,岁十二月,合聚万物而索飨之也。蜡之祭也,主先啬而祭司啬也。"③先啬就是农业之祖神农,神农的后代伊耆氏创立了祭祀其祖先神农的蜡祭。这样看来,神农部落的图腾就是赤龙,神农部落就是炎帝部落。

根据三:神农氏一名烈山氏,采用刀耕火种生产方式,与尚火之炎帝职掌相同。北魏郦道元《水经注》卷三十二《漻水》曰:"漻水北出大义山,南至厉乡西,赐水入焉。水源东出大紫山,分为二水,一水西迳厉乡南,水南有重山,即烈山也。山下有一穴,父老相传,云是神农所生处也,故《礼》谓之烈山氏。水北有九井,子书所谓神农既诞,九井自穿,谓斯水也。又言汲一井则众水动。井今堙塞,遗迹仿佛存焉。亦云:赖乡,故赖国也,有神农社。赐水西南流入于漻,即厉水也,赐、厉声相近,

---

① 李学勤主编:《周易正义》,北京大学出版社,1999年版,第298、299页。
② 洪适:《隶释·隶续》卷一,中华书局,1985年版,第13页。
③ 李学勤主编:《礼记正义》卷二十六,北京大学出版社,1999年版,第802页。

宜为厉水矣。"①烈山氏是上古主管五谷种植之官。据《左传·昭公二十九年》记载："颛顼氏有子曰犁，为祝融；共工氏有子曰句龙，为后土，此其二祀也。后土为社；稷，田正也。有烈山氏之子曰柱为稷，自夏以上祀之。"②上古先民刀耕火种，祝融为火正，负责观测天象、颁布时令，烈山氏负责协助祝融指挥各部落割草砍树，待其深秋干枯之后放火焚烧，掩埋草木灰，待来年在其土地上播种农作物，稷官烈山氏与尚火之炎帝职掌相同，故神农有烈山氏和炎帝的称号。

神农氏与伏羲、女娲同为三皇，汉代经师有以祝融或燧人取代女娲为三皇者。班固《白虎通义》卷一记载："三皇者，何谓也？谓伏羲、神农、燧人也。或曰伏羲、神农、祝融也。《礼》曰：'伏羲、神农、祝融，三皇也。'"③实际上，祝融、燧人与神农在尚火上是一致的。祝融为火正，燧人为钻木取火技术的发明者，与烈山氏一样，都为火的主管者，三者也许属于同一部落的不同称呼。三皇名号本文采用郑玄的观点，以伏羲、女娲、神农最为合理，神农就是炎帝。④

2. 炎帝神农氏与伏羲氏始终相伴、密切相关

从古代文献看，炎帝神农氏与伏羲住地始终在一处。《太平御览》卷一百五十五《州郡部一》记载："《帝王世纪》曰：宓羲为天子都陈，在

---

① 郦道元撰，陈桥驿校证：《水经注校证》卷三十二，第745页。
② 李学勤主编：《春秋左传正义》卷五十三，北京大学出版社，1999年版，第1511页。
③ 班固撰，陈立疏证，吴则虞点校：《白虎通疏证》，中华书局1994年版，第49页。
④ 赵翼《陔余丛考》卷十六《三皇五帝》篇曰："《大戴礼·五帝德》及史迁《五帝本纪》，皆专言五帝而不言三皇。然三皇之号见于《周礼》外史掌三皇五帝之书，不得谓三代以前无此称也。第未有专指其名者，其见于秦博士所议，但云天皇、地皇、人皇而已。孔安国《书序》乃以伏牺、神农、黄帝为三皇……郑康成依《运斗枢》注《尚书·中候》则以伏牺、女娲、神农为三皇，帝鸿、金天、高阳、高辛、唐虞为五帝。司马贞因之作《三皇本纪》，亦以伏牺、女娲、神农为三皇。孔颖达注《尚书》最尊安国，故其驳郑注谓女娲但修伏牺之道，无所改作，不得列于三皇。既不数女娲，则不可不取黄帝为三皇。……然颖达又云：诸儒说三皇，或数燧人，或数祝融，以配牺农。"（商务印书馆，1957年版，第287、288页）

《禹贡》豫州之域,西望外方,东及明绪,于周陈胡公所封,故《春秋传》曰:'陈,太昊之墟也。'于汉属淮阳,今陈国是也。神农氏亦都陈,又营曲阜,故《春秋》称'鲁,大庭氏之库'。"①今河南淮阳曾为伏羲之都,也是神农之都。山东曲阜为神农氏所经营之地,同时也是伏羲后代任、宿、须句、颛臾之国的分封地。

二者都是养蚕作丝、制作琴瑟的圣王。关于神农养蚕取丝制琴瑟之事,《世本八种·张澍稡集补注本》有记载:"伏羲作琴……伏羲作瑟……神农作琴……神农作瑟。"②东汉桓谭《新论》记载:"昔神农氏继宓义而王天下,上观法于天,下取法于地,近取诸身,远取诸物,于是始削桐为琴,绳丝为弦,以通神明之德,合天地之和焉。"③"绳丝为弦"说明神农氏为发明养蚕技术的良渚文化区居民。唐代李善所注《文选》卷十八《赋壬·长笛赋》记载:"昔庖羲作琴,神农造瑟。"李善注:"庖羲即伏羲也。《琴操》曰:昔伏羲氏之作琴,所以修身理性,反天真也。《淮南子》曰:神农之初作瑟,以归神反望及其天心也。"④可见,琴瑟为伏羲神农所共创制。

画八卦本来是伏羲之事,而神农氏也有画八卦和演绎六十四卦之说。《帝王世纪》曰:"神农氏,……重八卦之数,究八八之体为六十四卦。"⑤卢仝《与马异结交诗》中说:"神农画八卦,凿破天心胸。女娲本是伏羲妇,恐天怒,捣炼五色石,引日月之针、五星之缕把天补。补了三日不肯归婿家,走向日中放老鸦。月里栽桂养虾蟆,天公发怒化龙蛇。此龙此蛇得死病,神农合药救死命。天怪神农党龙蛇,罚神农为牛头,令载元气车。"⑥卢仝所叙述的伏羲、女娲、神农的传说当来自唐代民间。从其诗内容看,神农与女娲、伏羲之事绞缠在了一起。此民间传说

---

① 李昉编:《太平御览》(第二册)卷一五五《州郡部一·叙京都上》,第474、475页。
② 宋衷注,陈嘉谟等辑:《张澍稡集补注本》,《世本八种》,第6、7页。
③ 桓谭著,朱谦之校辑:《新辑本桓谭新论》,中华书局,2009年版,第64页。
④ 萧统编,李善注:《文选》卷十八,上海古籍出版社,1986年版,第821页。
⑤ 皇甫谧著,徐宗元辑:《帝王世纪辑存》,第11页。
⑥ 陈贻焮主编:《增订注释全唐诗》卷三七七,第1938页。

属于民众集体意识,必有远古渊源,此材料说明三皇之事本来就密不可分。

神农氏图腾为赤龙。伏羲部落的图腾为凤鸟,但却带有鲜明龙的特征。《左传》记载,太昊伏羲氏"龙师而龙名"。伏羲之所以带有龙的特征,应该是其婚族图腾为龙所致。

神农的某些文化特征,也为伏羲所具有。《世本八种·张澍稡集补注本》记载:"伏羲乐曰《扶来》。澍按:《扶来》,一作《扶犁》,亦即《凤来》也。古来犁同音。""神农乐曰《扶持》。澍按:《通典》云神农乐名《扶持》,亦曰《下谋》。《孝经·钩命诀》云:神农之乐曰《下谋》。《太平御览》载《乐书》引《礼记》云:神农播种百谷,济育群生,造五弦之琴,演六十四卦,承基立化,设降神谋,故乐曰《下谋》,以名功也。或云神农命邢夭作《扶犁》之乐,制《丰年》之咏,以荐釐,是曰《下谋》也。"①伏羲之乐为《扶犁》,神农乐也有此名。神农乐还有《下谋》之名,"谋""禖"音同,下谋就是高禖神女娲的下宫。

神农的妻子来自桑蚕之国。《路史·后纪三》记载:"(神农)纳承桑氏之子。"罗苹注:"《汉书》作桑水氏,书传多作奔水氏,字转失也。吴起云昔承桑氏之君,修德废武,以灭其国。……唐太宗《金镜述》惟作桑氏,即承桑也。"②"桑水""承桑""桑氏",说明神农氏的妻子来自桑蚕之国,即伏羲女娲之国。《逸周书·史记解第六十一》记载:"大臣有锢职哗诛者,危。昔者,质沙三卿,朝而无礼,君怒而久拘之,哗而弗加。哗卿谋变,质沙以亡。"③《艺文类聚》卷十一《帝王部一》记载:"《帝王世纪》曰:炎帝神农氏,姜姓也,人身牛首,长于姜水,有圣德,都陈,作五弦之琴,始教天下种谷,故号神农氏,诸侯夙沙氏,叛不用命,箕文谏而杀之,炎帝退而修德,夙沙之民,自攻其君,而归炎帝。""质沙"当为"夙沙"之误。夙(觉心入)沙(歌生平),华(鱼晓平)胥(鱼心平)读音相近,笔者怀疑夙沙国即华胥国。质沙之乱,出现了"哗卿""哗诛",突出的就

---

① 宋衷注,陈嘉谟等辑:《张澍稡集补注本》,《世本八种》,第82、83页。
② 罗泌:《路史·后纪》卷三《炎帝》,《四库备要》第44册,第72页。
③ 黄怀信等:《逸周书汇校集注》卷八《史记解第六十一》,第1015、1016页。

是"哗"字,这应该是华胥之国的标志。从古代文献看,华胥国亡于神农部落。战国吴起《吴子·图国第一》记载:"昔承桑氏之君,修德废武,以灭其国。"①承桑之国为种桑养蚕的伏羲女娲之国,因有德无武备,结果被灭,灭其国者是其婚族神农氏。《战国策》卷三《秦一》记载:"昔者神农伐补遂。"②伏羲之"伏"读音为职并入,羲为歌晓平,补为鱼帮上,遂为物邪入。伏羲与补遂读音较为接近。补遂可能就是伏羲氏。由此看来,三皇部落联盟从良渚迁徙到中原地区后,其政权从伏羲族转到神农族,其间还发生了内乱和战争。

综上所述,神农氏与伏羲氏居地始终相伴,养蚕、作乐器、崇拜龙、所作之乐等文化特征相同,由此判断,神农氏与伏羲氏、女娲氏一样,都是良渚文化区土著居民。

## 结　语

二十世纪初,古史辨运动兴起,顾颉刚提出"层累的古史观",认为三皇五帝来自春秋战国秦汉人的创造。他在《与钱玄同先生论古史书》中说:"从战国到西汉,伪史充分的创造,在尧舜之前更加上了多少古皇帝。于是春秋初年号为最古的禹,到这时真是近之又近了。自从秦灵公于吴阳作上畤,祭黄帝,经过了方士的鼓吹,于是黄帝立在尧舜之前了。自从许行一辈人抬出了神农,于是神农又立在黄帝之前了。自从《易·系辞》抬出了庖羲氏,于是庖羲氏又立在神农之前了。自从李斯一辈人说'有天皇,有地皇,有泰皇,泰皇最贵',于是天皇、地皇、泰皇更立在庖羲氏之前了……时代越后,知道的古史越前;文籍越无征,知道的古史越多。"③顾先生把复杂的上古史看得太简单了。

---

① 吴起:《吴子·图国第一》,世界书局,1935年版,第1页。
② 诸祖耿:《战国策集注汇考》卷三《秦一·苏秦始将连横》,凤凰出版社,2008年版,第118页。
③ 顾颉刚:《古史辨》第一册,上海古籍出版社,1982年版,第65页。

中国历史上经历过三皇联盟时代,并且先秦时代保留了一部分与之相关的文献,故先秦著述中多出现"三皇"一词。我们今天所见先秦文献提到"三皇"的有《周礼》《庄子》《文子》《吕氏春秋》《列子》等。《周易·系辞》和《逸周书·太子晋解》都提到,在黄帝之前,有伏羲氏、神农氏先立。据《山海经》记载,在今天陇山以西、渭水以北存在着被命名为"皇人""中皇""西皇"的三座山。《山海经》源自商初诞生的《山海图》,经秦代巫祝转写成书,它对"三皇山"的记载说明三皇的正确称号是东皇(皇人)、中皇、西皇。《水经注》记载显示,在今天陇山以西、渭水以北存在着许多与伏羲、女娲、神农有关的地名传说。显然,"三皇"并非战国秦汉人向壁虚造,他们在中国历史上真实存在过。"三皇"是先于五色帝联盟而存在的一个地方部落联盟,其首领是伏羲、女娲、神农。他们是良渚文化区的土著居民,由于躲避洪水而北迁中原。三皇部落联盟征服了屈家岭、大汶口和王湾三期文化区居民后,以三皇部落联盟为核心,组建了一个规模更大的以黄、炎为首的五色帝联盟。从"三皇"发展到"五色帝",这是中国文明起源时期历史发展的主流。

■ **作者简介**

付希亮,1969年生,男,河北魏县人,内蒙古师范大学文学院副教授,硕士生导师。研究方向是神话、上古史和古代文学。

# 大夏河孕育的夏代文明

## 漆子扬

(西北师范大学文学院　甘肃兰州　730070)

**内容提要**　甘肃是华夏文明的重要发祥地,大夏人生活在大夏河(今广通河)流域的甘肃广河、和政一带。作为当时全国文化政治中心的大夏地区,将彩陶艺术推向顶峰,创造了开辟人类新纪元的马家窑文化。大夏人的子孙大禹深受故乡彩陶文明的熏陶,治理洪水,统治诸夏,开创夏代文明的先河。为了纪念大禹的历史功业,今临夏地区的积石山、和政、广和等县历史上修建了大量禹王庙,有的村庄也以禹王命名。大夏河地区的玉石之路文明、彩陶文明和夏文明相互印证,说明大夏河地区曾经一度是夏文明的中心区域。

**关键词**　甘肃　大夏河　大禹故里　夏都　夏代文明

## 一、大禹故里考述

第一次听闻大禹的故里在临夏大夏河(今广通河)流域的和政、广河一带,着实惊诧不已。2014年甘肃省政府文史馆关于建设甘肃文化大省的座谈会上,著名历史地理学家、西北师范大学敦煌研究所所长李并成教授,根据自己掌握的文献材料,就甘肃始祖文化研究提出了一系列令人耳目一新的宏论,最激动人心的莫过于大禹故里在临夏的新见。李老师认为大禹故里的研究,是甘肃始祖文化研究的重要选题,对宣传甘肃历史上的"一带一路"的社会意义、文化意义不可估量,建议甘肃应该尽早组织专家考察研究。可惜甘肃学者并没有充分认识到这一始祖现象对建设文化大省的重大意义。一文激起千层浪,2016年8月5日美国《科学》杂志发表了南京师范大学吴庆龙教授研究团队的文章《公元前1920年的洪水暴发为中国传说中的大洪水和夏朝的存在提供依据》。媒体报道后,引起国内考古学界、文化界、新闻界的强烈反响和普通读者对大禹的热切关注。人们在赞扬大禹为治水事业,三过家门而不入的同时,纷纷追问大禹的故里、生活年代、浩浩洪水和女娲补天的关系。

大禹的先祖是黄帝。按《史记·夏本纪》所述:禹,父亲鲧,鲧之父颛顼,颛顼之父昌意,昌意之父黄帝。禹是黄帝的玄孙。学术界一般认为黄帝是陕西西部人。《国语》卷十《晋语四》:"昔少典取于有蟜氏,生黄帝、炎帝。黄帝以姬水成,炎帝以姜水成。"①少典,即少典国,非人名,指生活在今陕西岐山、扶风一带的少典部族。有蟜氏,是生活在今河南新郑、嵩县一带的部族。《史记·五帝本纪》也说黄帝是少典之子,②黄帝出生、成长在陕西西部姬水流域的少典国。西晋皇甫谧《帝王世纪》第一《自开辟到三皇》以为黄帝生于今山东寿丘,长在陕西的姬水。③《史记·夏本纪》张守节正义引《帝王世纪》云:禹,名文命,字密,一作高密,夏后氏,姓姒。因受封为夏伯(今河南阳翟县),故称夏禹、伯禹。母亲修己,有辛氏。禹母"见流星贯昴,梦接意感,又吞神珠薏苡,胸坼而生禹。"④文献记述古代伟大人物的诞生,都富有神秘的传奇色彩,大禹也不例外。母亲吞了神珠薏苡,怀孕十四个月,因无法正常分娩,胸脯裂开,大禹才得以出生。

从文字学角度分析。《玉篇·虫部》云:"禹,虫也。"伏羲風姓,風从虫。大禹和伏羲同属于蛇系氏族,或者说属于龙系氏族、水系氏族。大禹父亲名鲧,《说文》云鲧为鱼也。故而鲧也属于龙系氏族、水系氏

---

① 来可泓:《国语直解》,复旦大学出版社,2000年版,第499页。
② 司马迁:《史记》,中华书局,1959年版,第1页。
③ 宋翔凤、钱保塘辑,刘晓东点校:《帝王世纪》,辽宁教育出版社,1997年版,第4、5页。
④ 司马迁:《史记》,中华书局,1959年版,第49页。

族。伏羲是生活在古成记地区龙系氏族的领袖,先民运用拟喻性的思维将他塑造为执掌洪水、风云雷雨的龙神、雷神,这一神话形象总离不开水的范围。以此,我们可以推想大禹应该是伏羲部族中西迁大夏河后的后裔。关于夏代的原始文献资料没有流传下来,几乎都是传说史。大禹的出生地也缺乏文献资料的记载,汉代以后的学者根据自己掌握的有限材料予以表述,结论千差万别。有的认为大禹生于石纽,有的认为生于西夷,有的认为在西羌,有的认为在四川汶川,有的认为在大夏。先看西夷说。晋皇甫谧《帝王世纪》第三《夏》云:大禹"长在西羌,西夷人也。"[1]《史记·五帝本纪》唐司马贞索隐也说大禹"本西夷人"。明陈士元撰《孟子杂记》卷二《逸文》说"孟子称禹生石纽,西夷人也"。此文未见于汉赵岐注的《孟子》传本。石纽究竟是何地,下文还要论述,此处不赘。西夷,泛指古代西部地区的部族。如《孟子》卷八《离娄下》:"文王生于岐周,卒于毕郢,西夷之人也。"我们知道周文王是陕西岐山一带人,孟子为什么说他是西夷人?东汉赵岐注云:"岐山下,周之旧邑,近畎夷,畎夷在西,故曰西夷之人也。"[2]说明在先秦,西夷不仅指古代巴蜀西部的部族,也指今秦陇地区的部族。在尧舜时代,以洮河、渭河为核心的黄河上游是文明的中心区域,大禹的先辈应该是生活在这片地区的西夷,不大可能是西南地区的西夷,而甘肃地区正位于这个方向。

再有西羌、西戎说。一说大禹生长于西羌,一说大禹兴于西羌,一说大禹出于西戎。长,即成长之意。兴者,兴起壮大之意。出,指出生。长于西羌者,《史记·六国年表》刘宋裴骃集解引皇甫谧曰:"传曰禹生自西羌,是也。"[3]晋皇甫谧《帝王世纪》第三《夏》云:大禹"长在西羌,西夷人也。"[4]两者结合起来理解,说明大禹生长于西羌,毫无疑问是西羌人。

---

[1] 宋翔凤、钱保塘辑,刘晓东点校:《帝王世纪》,辽宁教育出版社,1997年版,第17页。

[2] 廖明春、刘佑平整理,钱逊审定:《孟子注疏》,北京大学出版社,2000年版,第252页。

[3] 司马迁:《史记》,中华书局,1959年版,第686页。

[4] 宋翔凤、钱保塘辑,刘晓东点校:《帝王世纪》,辽宁教育出版社,1997年版,第17页。

宋李昉等撰《太平御览》卷八十二《皇王部七·夏禹》引《帝王世纪》云禹"长于西羌,夷人"。①《太平御览》引文和宋翔凤、钱保塘辑本《帝王世纪》相较,脱一"西"字。但都认为大禹是生在西羌、长在西羌的西夷人。

还有兴于西羌者。《史记·六国年表》:"夫作事者必于东南,收功实者常于西北。故禹兴于西羌。"②司马迁以为大禹从西羌兴起,通过治理洪水,获得舜的禅让,最后建立夏朝。再有出于西羌、西戎者。汉陆贾《新语·术事》记述:"文王生于东夷,大禹出于西羌。"③王利器先生认为"文王"为"大舜"之误,舜,东夷人。文王,西夷人。文王不可能列于大禹之前,故《术事》误。汉桓宽《盐铁论》卷五《国病第二十八》也说"禹出西羌",明张之象注"戴叔鸾传云:大禹生西羌"。又《晋书》卷一百一《刘元海载记》:"大禹出于西戎,文王生于东夷。"④西羌、西戎,泛指今甘肃、青海地区。大禹出生在西羌(西戎),由此兴发,取得帝业。

还有生于汶川说。《史记·六国年表》刘宋裴骃集解引皇甫谧曰:"孟子称禹生石纽,西夷人也。"唐张守节正义则云:"禹生茂州汶川县,本冉駹国,皆西羌。"⑤明陈士元撰《孟子杂记》卷二《逸文》同。关于石纽,有人认为就是今天四川汶川。汉扬雄《扬子云集》卷六《蜀王本纪》就直接说禹是汶山郡广柔县(今四川汶川)石纽村人。⑥宋祝穆《方舆胜览》卷五十五《茂州·祠庙》:大禹庙"在州东门。《元和志》:禹本汶山广柔人,生于石纽村。其石绿色,古石纽在茂州,故有庙。今石纽隶石泉军。"唐李吉甫《元和郡县图志》卷三十二《剑南道中·汶川县》作"石纽邑",非"石纽村"。⑦

---

① 李昉等撰,夏剑钦、王巽斋点校:《太平御览》,河北教育出版社,1994年版,第700页。
② 司马迁:《史记》,中华书局,1959年版,第686页。
③ 陆贾著,王利器校注:《新语校注》,中华书局,1986年版,第43页。
④ 房玄龄等编:《晋书》,中华书局,1974年版,第2649页。
⑤ 司马迁:《史记》,中华书局,1959年版,第686页。
⑥ 郑朴编:《扬子云集》,影印《文渊阁四库全书》,台北商务印书馆,1986年版,第1063册,集部,第135—136页。
⑦ 李吉甫撰,贺次君点校:《元和郡县图志》,中华书局,1983年版,第812页。

再有,生于大夏金纽说。北魏郦道元认为大禹出生在大夏县。大夏县,西汉置,属陇西郡。治所在今甘肃广河县西阿力麻土乡古城。西晋初废。十六国前凉复置,后为大夏郡治。《水经注》卷二《河水二》引晋王隐《晋书·地道记》:"在大夏县,有禹庙,禹所出也。"清杨守敬云:"金纽与石纽名偶合","禹生石纽,人所共知。"①石纽即金纽、金剑、金柳,金柳古城在大夏城西二十里,前凉时设金剑县。乾隆《甘肃通志》卷五《山川·河州》:"金剑山在州东南,《隋志》大夏县有金钮山。"《元和志》:金剑山,在大夏县西二十里。盖即金钮山也。见《隋书》卷二十九《地理志·金城郡》、唐李吉甫《元和郡县图志》卷三十九《陇右道上·大夏县》。按此,大禹生在大夏县,也就是今临夏广河、和政县一带,而且在大夏地区长大成人。梁元帝萧绎《金楼子》卷一《兴王篇》说:"禹母修己,胸裂而生禹于石坳,夜有神光,长于陇西大夏县。"②石坳,应是石纽之误。梁元帝也认为大禹生在石纽,长在陇西郡大夏县城。禹因此立国为夏,其后有夏后氏。

著名考古学家黄文弼教授在1940年《国学季刊》第一卷第一期发表《中国古代大夏位置考》一文③,根据《史记·封禅书》齐桓公西伐大夏涉流沙的事迹和《汉书·地理志》陇西郡有大夏县的记述,黄先生认为先秦时代的大夏人分布在凉州、兰州、河州(今临夏)一带,以河州地区为活动中心。汉代的大夏县及大夏水,都因古代大夏国而得名。宋司马光《法言集注》卷十《孝至篇》"黄支之南,大夏之西,东鞮、北女,来贡其珍"。宋代吴祕注曰:扬雄"言汉德之盛,四夷来贡。大夏西戎,去中华一万二千里。"④然而,扬雄所云大夏其实并非西域的大宛西南的大夏,而是今甘肃、青海地区。

---

① 郦道元撰,杨守敬、熊会贞疏;段熙仲点校,陈桥驿复校:《水经注疏》,江苏古籍出版社,1989年版,第160页。
② 萧绎撰:《金楼子》,中华书局,1985年版,第4页。
③ 黄文弼:《中国古代大夏位置考》,见《西北史地论丛》,上海人民出版社,1981年版,第117—123页。
④ 扬雄撰,司马光集注:《扬子法言》,影印《文渊阁四库全书》,台北商务印书馆,1986年版,第696册,子部,第351页。

2015年五一节前,笔者和《丝绸之路》杂志社长冯玉雷,陪同中国社会科学院边疆考古队原队长王仁湘和人类学家叶舒宪教授等,去甘肃临洮、广和、积石山考察。广河地方学者认为,大禹建立的第一个夏朝国都就在今广河县城西面约二、三公里的阿力麻土乡古城村。原临夏回中校长马俊华先生认为,大禹的老家就在古城村北面的棺木山,这里曾经是唐蕃古道所经之地。马俊华先生是广河县东乡族人,早年毕业于兰州大学历史系,是赵俪生、齐成骏先生的弟子,退休后致力地方文史研究,收集了大量资料。他带我们走访了传说的旧城遗址,遗迹清晰可见。因为缺乏考古佐证和文献佐证,尽管广河文化局极尽热情招待,但王先生、叶先生对禹都古城村的传说都没有明确表态。推测大禹建都的时间应该在治水成功即天子位之后。广河阿力麻土乡的古城遗址十有八九就是传说中的禹都。西汉设立大夏县,县城位于大夏河(今广通河)北岸的二级台地。古城村的名称应该来自大夏城。古城因巴家沟长流水分为上下(西东)两座城,即今上下古城村。

　　上古城遗迹荡然无存,下古城在下古城村和尤家村,应该从西汉开始一直使用到清代。谭其骧主编《中国历史地图集·西汉·凉州刺史部》①所标注的大夏县就在此处。今遗址南北宽约550米,东西长约400米,曾发现过汉瓦和宋代陶片。1987年4月,村民马兑华曾发现写有朱文隶书"光和三年"的一个陶罐。② 又张有财发表在临夏《民族日报》2013年12月5日的《找寻历史上的大夏古城》,发现者不详,发现时间在1986年4月,不是1987年4月,陶罐上文字为"光和三年十口乙卯天帝下二千石触八魁九"。汉灵帝光和三年,即180年。《水经注》卷二《河水二》:大夏川水,"东北径大夏县故城南。"③大夏县一直到西晋始废。据清顾祖禹《读史方舆纪要》卷六十《陕西九》:晋惠帝时,前凉张轨复置大夏县,张骏时在此地设大夏郡,唐太宗贞观初年废,贞观

---

① 谭其骧:《中国历史地图集》,中国地图出版社,1987年版,第57、58页。
② 马明达:《广河县志》,兰州大学出版社,1995年版,第525页。
③ 郦道元撰,杨守敬、熊会贞疏;段熙仲点校,陈桥驿复校:《水经注疏》,江苏古籍出版社,1989年版,第159页。

五年(631)复为大夏县,唐代宗广德年间陷于吐蕃,改为河诺城。宋代为宁河县(治地在今和政县城)定羌城。据马明达主编的《广河县志》记载,明代洪武初年始废定羌县,设定羌巡检司,城池依然使用。乾隆年间,在原定羌县城东建成太子寺城(今广河县城),河州州判移署太子寺城,但定羌城(大夏城)并未废弃。直到清末同治、光绪年间,大夏城遭到兵火破坏。民国十七年(1928)五月,被号称尕司令的马仲英部彻底毁灭。① 广河一带雨水充沛,即使古城村就是禹都,也因风雨冲刷,人为破坏,早已不见痕迹。

洪水入海夏朝立,大禹走上历史舞台和一场万年一遇的洪水有关。这一场洪水究竟发生在什么时代,最近有了结论。据前引吴庆龙团队发表在美国《科学》杂志的文章,他们通过对青海喇家遗址碳十四测定,判断洪水发生时间在大约公元前 1920 年。青海东部的一场大地震,引起山体滑坡,形成堰塞湖,最终因湖水漫溢而决堤,形成大洪水。青海民和官厅镇的喇家遗址就是这一场大地震、大洪水的历史记忆。

2010 年秋季,我带领西北师大四年级的教育实习团队,到临夏积石山中学进行教学实践。在积石山大河家镇三二家村老板张顺福的帮助下,我们顺利参观了官厅喇家遗址,近距离观看了尚未开放的两处遗存。场景令人震惊,灾难在刹那间就毁灭整个家庭。回到兰州后,我查阅了相关资料,对喇家遗址有了大致认识,并没有想到其和伏羲、女娲、大禹、夏朝有什么关系。

时隔六年后的 2016 年 8 月 6 日,我们又一次来到大禹治水的源头积石山大河家,张顺福说喇家遗址有新发现。在夕阳普照黄河两岸的傍晚,我们又一次亲临喇家村。在原遗址附近,工人们冒着酷热正在进行新的发掘。原遗址的大门重新打开,4 000 年前的那场地震和泥石流带给喇家人的灾难现场被完整地保留了下来,大家啧啧感慨,场面惨烈恐怖。一位年轻的母亲在灾难来临的瞬间,将孩子紧紧抱在怀里。一位企图逃走的男性,在门口被泥石流当场掩埋。正在大家指责男性,感慨母亲伟大时,临时讲解员却说,通过 DNA 鉴定,母亲与怀里的孩子

---

① 马明达:《广河县志》,兰州大学出版社,1995 年版,第 527 页。

不是亲生母子关系。吴文无疑给口头文献和传世文献关于伏羲女娲神话的真实性提供了一定的客观依据,说明女娲补天、大禹治水源于同一场灾难,或者在夏之前的伏羲女娲时代还发生过另一场万年不遇的大洪水。从时间年代看,后者可能性比较大。这场洪水给先民的心灵留下了永久的伤痛,以至于几千年后,中原地区的学者依然对此耿耿于怀。人们为了控制类似灾难的再次发生,充分发挥想象,创造了兼具人神功能的雷神、龙神即伏羲。

大禹是大夏族人,今广河、临夏、积石山等地在过去有许多禹王庙,还有称为禹王庄的地方。大夏人生活在大夏河流域。当时的甘肃天水、临夏地区是全国的文化中心,有彩陶文明为证。甘肃的人口数量当时也占据全国优势地位。据方荣、张瑞兰编著的《甘肃人口史》引皇甫谧《帝王世纪》统计,大禹时代全国人口135万,甘肃人口30万,约占全国人口总数的四分之一。①

## 二、大夏王都今何在

关于禹都,《诗经》《尚书》《左传》《史记》都没有记载。古代文献记载相互不同,莫衷一是,代表性的结论主要有四川汶川、山西夏县、山西临汾、河南禹县等。

尧都平阳,在今山西临汾。《史记·五帝本纪》刘宋裴骃集解引皇甫谧《帝王世纪》说:"尧都平阳,于《诗》为唐国。"②平阳县,汉代所置,治所在今山西临汾市尧都区。唐张守节正义引徐才《宗国都城记》云:"唐国,帝尧之裔子所封。其北,帝夏禹都。汉曰太原郡。"③说明尧都在今临汾市。1978年,山西临汾市襄汾县发现陶寺遗址,据碳十四测定并经树轮校正,其年代约公元前2500—前1900年。有人提出,陶寺

---

① 方荣、张瑞兰:《甘肃人口史》,甘肃人民出版社,2007年版,第19页。
② 司马迁:《史记》,中华书局,1959年版,第30页。
③ 同上,第15页。

遗址就是尧都城所在,和夏朝中晚期二里头国都的文化序列基本相连。应该说尧都年代比陶寺遗址年代还要早五百年左右。尧陵在何方？贺次君辑校《括地志辑校》云："尧陵在濮州雷泽县西三里。"①《史记·五帝本纪》唐张守节正义引《括地志》同。雷泽县,因雷泽而得名,隋开皇年间设,在今山东菏泽市牡丹区胡集乡尧王寺村一带,村东北有雷泽寺。又《括地志辑校》引郭缘生《述征记》云："城阳县东有尧冢,亦曰尧陵,有碑。"②张守节正义引《括地志》同。城阳县,应作成阳县。汉武帝建元元年(前140)设,属汝南郡,东汉初废,隋改为雷泽县。《毛诗正义·曹风》郑玄《曹谱》云："昔尧尝游成阳,死而葬焉。"③说明尧去世后,埋葬在今山东菏泽市胡集乡。

舜都陶城,即今山西永济县。《史记·五帝本纪》唐张守节正义引《括地志》云："陶城,在蒲州河东县北三十里,即舜所都也。"④陶城,在隋朝河东郡虞乡县,唐代的蒲州河东县东北,即今山西永济县栲栳镇。虞乡大概因虞舜立都而得名。舜在位39年,崩于苍梧之野,葬于江南九嶷山。那么大禹都城又在何方？文献记述也不一致。有人持阳城说。王国维《今本竹书纪年疏证》卷上：舜三年丧毕,禹"都于阳城"。⑤《世本·居篇》同。《孟子·万章上》："舜崩。三年之丧毕,禹避舜之子(商均)于阳城。"东汉赵岐注："阳城,箕山之阴。皆嵩山下深谷之中以藏处。"⑥箕山,一说在山东菏泽鄄城县。赵岐以为在嵩山一带。阳城,治地在今河南登封市告成镇。告成镇一带发现了多处夏文化遗址。又《史记·周本纪》"昔伊洛竭而夏亡",刘宋裴骃集解引韦昭云：

---

① 李泰等著,贺次君辑校：《括地志辑校》,中华书局,1980年版,第147页。
② 同上。
③ 龚抗云等整理,刘家和审定：《毛诗正义》,北京大学出版社,1999年版,第548页。
④ 司马迁著：《史记》,中华书局,1959年版,第33页。
⑤ 王国维撰,黄永年点校：《今本竹书纪年疏证》,辽宁教育出版社,1997年版,第48页。
⑥ 廖明春、刘佑平整理,钱逊审定：《孟子注疏》,北京大学出版社,2000年版,第304页。

"禹都阳城,伊洛所近也。"①裴骃以为禹都也在阳城县。

有人持安邑说。《史记·晋世家》唐叔虞,刘宋裴骃集解引《世本》云:"唐叔虞居。宋忠曰:鄂地,今在大夏。"正义引《括地志》云:"故鄂城,在慈州昌宁县东二里,按与绛州夏县相近。禹都安邑故城,在县东北十五里,故云在大夏也。"②《括地志》以为安邑故城在夏县东北,西汉时即河东郡安邑县,今山西夏县。说明禹都又在今夏县。王玉哲认为,禹都夏初在山西南部,后来发展壮大,到了洛阳一带。③

另有平阳说。《史记·封禅书》,唐张守节正义引《世本》云:"夏禹,都阳城,避商均也。又都平阳,或在安邑,或在晋阳。"④张守节似乎认为禹多次迁都,曾经建都阳城(今河南登封)、平阳(今山西临汾市)、安邑(今山西夏县)、晋阳(今太原市)。这几个地方,除了阳城在黄河以南,平阳、安邑、晋阳都在黄河以北的山西。

远古时代建立王朝,一般选择经济文化基础较好,水源充足的地方。今洮河流域的广河、和政、临洮地区,是马家窑文化的故乡,广河又是齐家文化的发祥地,也是玉帛之路的必经路段。在阿力麻土乡古城村北面的堡子山(又名棺木山、官帽山)遗址,从距今4 900年的马家窑文化半山类型,历经齐家文化、辛店文化,到距今3 100年的寺洼文化,历史跨度达1 800年,传承有序,说明这一地区的文化从未间断,农耕文明已经比较发达,为城市的出现奠定了基础。这一时期,青铜文明已经在大夏河流域出现。1975年,在广河县齐家坪遗址M41墓坑中出土了直径6厘米,厚0.3厘米,背面中央有桥型纽的青铜镜,这是中国目前发现的最早的青铜镜,被称为"中华第一镜",距今约4 000年,属于夏代初期产物。同年,在广河县北面的东乡县林家遗址出土了一件青铜刀,这是目前为止中国最早的青铜器,距今约5 000年。彩陶文化、青铜文化、粟类作物,都说明大夏河流域具备建立王国的经济文

---

① 司马迁:《史记》,第146页。
② 同上,第30页。
③ 王玉哲:《中华远古史》,上海人民出版社,2000年版,第150页。
④ 司马迁:《史记》,中华书局,1959年版,第30页。

条件,加之气候温润,水资源丰富,森林茂密,土地肥沃,自然条件优越。先民赋予伏羲超越人类和自然的无穷力量,代表人类掌控天下刮风打雷下雨地震等,以此化解人类对地震、洪水、雷电等自然灾害的恐惧。据《史记·夏本纪》记述,洪水发生后,尧选拔治水的官员,四岳推举鲧。鲧凶顽恣纵,喜好旨酒,历经九年,洪水依然不息,功用不成,被尧处死在今山东临沂市的羽山。舜又举荐鲧的儿子大禹担任司空,继承父亲未了事业。大禹吸取父亲顽劣不驯的教训,"劳身焦思,居外十三年,过家门不敢入"。① 终于疏导黄河大功告成,史官遂作《禹贡》赞扬他的功勋。他顺利接受舜帝的禅让,即帝位,建立夏朝。

大禹是夏朝的建立者,也是第一位统治者。目前国内学术界普遍认为大禹建夏大约在公元前 21 世纪,夏商周断代工程确定在公元前 2071 年,取整数即公元前 2070 年,夏朝享国 471 年。② 这样我们可以推算出那场大洪水发生的大体时间。洪水发生在尧的时代,鲧治水 9 年,禹治水 13 年,共 22 年;禹建夏在公元前 2071 年,加起来 2093 年。也就是说大地震、大洪水发生的时间应该在公元前 2093 年之前,比吴文所述公元前 1920 年,早了近两百年,距今约 4 100 年,这正好是齐家文化的上限年代界限。假如夏朝系尧所建,按《史记·五帝本纪》及三家注,尧在位 98 年,舜居丧 3 年,在位 39 年,禹居丧 3 年,时间 140 余年,和 2071 年相加,尧立夏朝距今 4 200 年。这正好是马家窑文化马厂类型时期。若按吴先生的考证,夏朝建立应该在距今 3 900 年,整个中华文明史将缩短 300 年。

大禹在位十年,东巡卒于会稽(今浙江绍兴),益即天子位。益将帝位禅让大禹之子启,自己隐居阳城县南嵩山。启践踏部落推举贤才的禅让制,废除民主禅让,将权位传给自己儿子太康。从此,上古的传贤制变成了传子制,从公天下变成了家天下,确立了以血亲关系为核心的家族专制制度。

---

① 司马迁:《史记》,第 30 页。
② 岳南:《夏商周断代纪实》,浙江人民出版社,2001 年版,第 234 页。

## ◼ 作者简介

漆子扬,西北师范大学古籍研究所教授、所长,硕士生导师,文学博士,享受省政府甘肃省正高级专业技术人才津贴专家、甘肃省政协文化文史与学习委员会委员、甘肃省政府文史馆研究员。主持国家社科基金课题两项、教育部课题2项,主持教育厅等省级课题6项。

# 先秦阴阳家、农家、小说家的学术批评考论*

## 高华平

（暨南大学文学院　广东广州　510632）

**内容提要**　阴阳家、农家和小说家,都是先秦诸子"九流十家"中的成员,也是先秦诸子"百家争鸣"的重要参与者。从先秦阴阳家最著名的代表人物邹衍的学术思想来看,可以说秉持儒家的思想、认同儒家的道德价值,乃是先秦阴阳家一贯的学术理念；但应同时包含了对儒家在天象、人事及社会历史变迁与阴阳家对立观点的批评与反驳。先秦农家对诸子派的学术批评,现存唯一可靠的记载是《孟子·滕文公上》中的"有为神农之言者许行"及其门徒与孟子的一次论辩。在这场辩论中许行之徒不仅阐明了作为农家根本主张的"君臣并耕而食,饔飧而治"思想,而且也对儒家思想观点进行了反驳与批评。先秦"小说家言"的学术批评的对象,虽也涉及先秦诸子中"九流十家"中的所有诸子学派,但却以对儒、道、法、墨等"显学"的批评为多；同时,由于先秦"小说家"的同一"小说",有不同学派的多个版本,故它显示了不同诸子学派的不同价值评判和不同的学术批评,但这些学术批评又都显示了"不待议论而于序事之中见其指"的特征。

**关键词**　阴阳家　农家　小说家　学术批评

阴阳家、农家和小说家,都是先秦诸子"九流十家"中的成员,无疑也是先秦诸子"百家争鸣"的重要参与者。只是由于各种原因,现存我

---

\* 本文系国家社科基金重大项目"先秦诸子综合研究"(15ZDB007)的阶段性成果。

国最早的一部目录著作《汉书·艺文志》中所著录的先秦时期这三家的著作,竟无一留存,迄今也未见学者对此三家的学术批评有过专门的论述。而要对作为先秦诸子"百家争鸣"的面貌做出全面和深入的把握,对阴阳家、农家和小说家这类在诸子百家中影响较小的学派的研究又是必不可少的。因此,本文采取了一种比较切实可行的办法,就是对现存有关先秦诸子的典籍进行全面筛查,以勾稽出其与先秦阴阳家、农家、小说家相关的点滴史料,考索其与先秦诸子思想的蛛丝马迹,以期尽可能详细勾勒出他们进行学术争鸣——学术批评与反批评的面貌。

# 一、先秦阴阳家对儒家思想的认同与否定

《汉书·艺文志》曰:"阴阳家者流,盖出于羲和之官。敬顺昊天,历象日月星辰,敬授民时,此其所长也。及拘者为之,则牵于禁忌,泥于小数,舍人事而任鬼神。"《汉书·艺文志》于《诸子略》既叙录有阴阳诸家,又于《数术略》叙录有"天文""历谱""五行""蓍龟""杂占""形法"诸家。然正如章太炎在《诸子学略说》中所云:阴阳自阴阳,术数自术数,二者并不相同:

> 盖数术诸家,皆繁碎占验之辞,而阴阳家则自有理论,如《邹子》四十九篇,《邹子终始》五十六篇,《邹奭子》十二篇,观《史记·孟荀列传》所述,邹衍之说,穷高极深,非专术家之事矣。《南公》三十六篇,即言"楚虽三户,亡秦必楚"者,是为豫言之图谶,亦与常占有异。①

《汉书·艺文志》著录的先秦阴阳家著作,有《宋司星子韦》三篇、《公梼生终始》十四篇、《公孙发》二十二篇、《邹子》四十九篇、《邹子终

---

① 章太炎:《诸子学略说》,广西师范大学出版社,2010年版,第12、13页。

始》五十六篇、《乘丘子》五篇、《杜文公》五篇、《黄帝泰素》二十篇、《南公》三十一篇、《容成子》十四篇①、《邹奭子》十二篇、《闾丘子》十三篇、《冯促》十三篇、《将钜子》五篇、《周伯》十一篇，共十四家二〇七篇②。但这些著作，可以说皆已完全亡佚，后人只是以现有先秦文献中有关阴阳家宋司星子韦和齐稷下邹衍的零星史料，作为现今讨论阴阳家学术思想的依据。《吕氏春秋·制乐》和《史记·宋世家》都记载有(宋)司星韦为宋景公预言天象吉凶之事。《吕氏春秋·制乐》曰：

> 宋景公之时，荧惑在心，公惧，召子韦而问焉，曰："荧惑在心，何也？"子韦曰："荧惑者，天罚也；心者，宋之分野也；祸当于君。虽然，可移于宰相。"公曰："宰相所与治国家也，而移死焉，不祥。"子韦曰："可移于民。"公曰："民死，寡人将谁为君乎？宁独死。"子韦曰："可移于岁。"公曰："岁害则民饥，民饥必死。为人君而杀其民以自活也，其谁以我为君乎？是寡人之命固尽已，子无复言矣。"子韦还走，北面再拜曰："臣敢贺君。天之处高而听卑。君有至德之言三，天必三赏君。今夕荧惑其徙三舍，君延年二十一岁。"公曰："子何以知之？"对曰："有三善言，必有三赏。荧惑有三徙舍，舍行七星，星一徙当一年，三七二十一，臣故曰君延年二十一岁矣。臣请伏于陛下以伺候之。荧惑不徙，臣请死。"公曰："可。"是夕，荧惑果徙三舍。

《吕氏春秋·制乐》所载子韦为宋景公预言吉凶之事，虽然子韦被《汉志》称为"司星子韦"，列于阴阳家，(《吕氏春秋·制乐》高诱注：子韦，宋之太史，能占宿度者，故问之。)但整篇文字中并未出现其他诸子学派的人物，所以很难判断阴阳家对其他诸子学派的态度。唯一值得特别关注的是，这段文字中的宋景公其人，虽然《汉志》中未见其著作不

---

① 张舜徽曰："此书盖出六国时人之手，而托名于容成子者也。"见《汉书艺文志通释》，华中师范大学出版社，2004年版，第305页。

② 案：《邹子》《邹子终始》当合为一"家"，故曰"十四家"。

知他属于先秦诸子中的哪一家,但因其有不愿将天灾移于宰相、年谷收成和百姓而宁愿自己承受的"三善言",故可以说宋景公实乃儒家仁君的形象,应该属于儒家道德价值观的代表。《艺文类聚》卷六十六引《庄子》佚文载:

> 梁君出猎,见白雁群,下毂欲射之。道有行者,梁君谓行者止,行者不止,白雁群骇。梁君怒,欲射行者。其御公孙龙止之,梁君怒曰:"龙不与其君,而顾他人。"对曰:"昔宋景公时大旱,卜之,必以人祠乃雨。景公下堂,顿首曰:'吾所以求雨,为民也。今必使吾以人祠乃雨,将自当之。'言未卒而大雨。何也?为有德于天而惠于民也。君以白雁故,以欲射杀人,主君譬人无异于豺狼也。"梁君乃与龙上车归,呼万岁。曰:"乐哉!人猎皆得禽兽,而吾猎得善言而归。"

这段材料我们在讨论名家公孙龙的学术批评时曾引用过,这里从另一个角度来进行解读。《艺文类聚》卷六十六引《庄子》佚文中的公孙龙谏"梁君"之事,以往曾有人因这段引文中的"公孙龙"在他处又有作"公孙袭"、"宋景公"在他处又有作"齐景公"者,曾否认此处谏"梁君"者非公孙龙、公孙龙所言自当以身"祠雨"者非宋景公。我认为,公孙龙长期为平原君赵胜门客,而平原君赵胜于赵惠文王末年曾为魏相,故公孙龙确有往魏(梁)国而为"梁君之御"的可能;如果结合上引《吕氏春秋·制乐》中宋景公的"三善言"来看,此处公孙龙所叙"今必使吾以人祠乃雨"、而"将自当之"的那位君主,只可能是一向以仁慈爱民著称的宋景公,而不可能是那位心中只是担心会失去自己一姓之江山的齐景公(见《晏子春秋》)。而如果结合儒家典籍来看,又可知宋景公的种种善言实不过是儒家以仁惠得民心之思想主张的反映。《论语·尧曰》载:

> 尧曰:"咨!尔舜!天之历数在尔躬,允执厥中。四海困穷,天禄永终。"舜亦以命禹曰:"予小子履,敢用玄牡,敢昭告于皇皇后

帝;有罪不敢赦。帝臣不蔽,简在帝心。朕躬有罪,无以万方;万方有罪,罪在朕躬。"周有大赉,善人是富。"虽有周亲,不如仁人。百姓有过,在予一人。"

据何晏的《论语集解》和邢昺的《论语注疏》,上文中的"予小子履",是商汤自称(孔安国曰:"履,殷汤名"。);"朕躬有罪,无以万方;万方有罪,罪在朕躬。"是记汤"伐桀告天之辞也",是说"我身有罪,无用汝万方,万方不与也;万方有罪,过在我身,自责化不至也。"而"百姓有过,在予一人"云者,乃"周家受天命及伐纣告天之辞也","言若不教百姓,使有罪过,当在我一人之化不至也。"①《墨子·兼爱下》引《汤誓》亦有"万方有罪,当即朕身,朕身有罪,无及万方"之语,可知这些言辞的确是儒者所"记二帝三王及孔子之语",以"明天命政化之美,皆是圣人之道"②。而"二帝三王及孔子之语"的宗旨,当然是要使"天下之民归心焉",即要"得民心"。《孟子·离娄上》曰:"得天下有道,得其民也,斯得天下矣。得其民有道,得其心,斯得民矣。得其心有道,所欲与之聚之,所恶勿施尔也。"可见,把罪过责罚揽在自身以至于代民受过,在儒家那里一直都被视为是仁德的表现,也是他们认可的"得民心"而"得天下"的重要方式途径。故《吕氏春秋·顺民》曰:"先王先顺民心,故功名成。夫以德得民心以立大功名者,上世多有之矣。"《吕氏春秋·制乐》中司星子韦称宋景公不愿将天灾移于宰相、收成及百姓的"三善言"为"至德之言",并认为有此至德之言,必受天之三赏。这与儒家经典中所言"二帝三王及孔子之语"、所言"天命政化之美"及"圣人之道"是如此的契合。虽然子韦未言其所代表的阴阳家对儒家孔孟之道的态度如何,但从二者价值取向的相似性来看,他无疑是赞成和认同儒家的这一思想观点,他对儒家的这一思想观点有着明显的肯定评价。

而且,从先秦阴阳家最著名的代表人物邹衍的学术思想来看,可以

---

① 阮元校刻:《十三经注疏附校勘记》(清嘉庆刊本),第五册,中华书局,2009年版,第5508页。
② 同上(邢昺疏语)。

说秉持儒家的思想、认同儒家的道德价值,乃是先秦阴阳家一贯的学术理念。《盐铁论·论儒》曰:

> 邹(衍)子以儒术干世主,不用,即以变化始终之论,卒以显名……圣人异途同归,或行或止,其趣一也。商君虽革法改教,志存于彊国利民。邹子之作,变化之术,亦归于仁义。

这就是说,先秦阴阳家邹衍"显名"于世的,虽是所谓"变化终始之论",即《汉书·艺文志》著录的《邹子》和《邹子终始》之类,但其学术思想的根源和归宿却在"儒术",特别是儒家的仁义道德那里。这一点与《汉志》阴阳家之开创者宋司星子韦的思想取向是一致的。

当然,先秦阴阳家作为一个独立于先秦儒家的诸子学派,尽管他们十分认同儒家道德价值学说,特别是其中仁义道德观念,但这并不能说先秦阴阳家与儒家完全没有区别,更不能说他们对先秦儒家思想是不加甄别和选择的。事实上,包括"先秦阴阳家的集大成者"[①]邹衍在内,因为先秦阴阳家对儒家局限于中国的尧舜、文武、周公的仁政王道的不满,故他们认为儒家这是"不知天地之弘,昭旷之道"。《盐铁论·论邹》曰:

> 邹子疾晚世之儒墨,不知天地之弘,昭旷之道,将一曲而欲道九折,守一隅而欲知万方,犹无准平而欲知高下,无规矩而欲知方圆也。于是推大圣终始之运,以喻王公,先列中国名山通谷,以至海外。

《盐铁论·论邹》这里所谓"邹子疾晚世之儒墨",应该主要是"疾儒",而不一定包括"墨"。因为在上文所引《盐铁论·论儒》中,只是说"邹子以儒术干世主,不用,即以变化终始之论,卒以显名。"并未涉及墨。所以我认为,邹衍晚世所"疾"的主要是儒,而并不涉及墨;而

---

① 白奚:《稷下学研究》,生活·读书·新知三联书店,1998年版,第253页。

他所批评的儒家思想,主要乃是儒家专守于仁义之道,而不知反映"天地之弘,昭旷之道"的"阴阳大道"。例如,因为局限于《禹贡》"九州说"的地理观,儒家自孔子以来即"不语怪、力、乱神",到荀子又以"明于天人之分"而将天象人事关系简单化。《史记·孟荀列传》曰:"邹衍睹有国者益淫侈,不能尚德,若《大雅》整之于身,施及黎庶矣。乃深观阴阳消息而作怪迂之变,《终始》《大圣》之篇十余万言。"所谓"怪迂之变,《终始》《大圣》之篇十余万言",其中应同时包含了对儒家在天象、人事及社会历史变迁与阴阳家对立观点的批评与反驳。

其一,在自然地理方面,儒家当时主要是恪守"六经"之一的《尚书·禹贡》之说,认为"中国"就是天下,即"尧使禹为司空,平水土,随山刊木,定高下而序九州"的那个"九州"(《盐铁论·论邹》)。但根据《史记·孟荀列传》记载,邹衍并不认同儒家的这一看法。邹衍"以为儒者所谓中国者,于天下乃八十一分居其一分耳。中国名曰赤县神州。赤县神州内自有九州,禹之所序九州是也,不得为州数。中国外如赤县神州者九,乃所谓九州也。于是有裨海环之,人民禽兽莫能相通者,如一区中者,乃为一州。如此者,乃有大瀛海环其外,天地之际焉。"《盐铁论·论邹》也有类似的记载,但批评却更为直接。《盐铁论·论邹》记邹子曰:"所谓中国者,天下八十一分之一,名曰赤县神州,而分为九州。绝陵陆不通,乃为一州,有大瀛海圜其外。此所谓八极,而天地际焉。《禹贡》亦著山川高下原隰,而不知大道之径。"

其二,在社会发展演变的规律上,当时儒家的基本观点是基于"仁政说"而提出的"得民心者得天下,失民心者失天下"观点。上文我们引《孟子·离娄上》所谓"行天下有道,得其民也,斯得天下矣"云云,即是儒家这种观点的代表。但阴阳家邹衍对此也并不以为然。他认为,社会朝代的更替根本不是由什么人心向背决定的,而是由阴阳五行运转的"五德终始"(或称"五德之传"、"终始五德之运"、"变化终始之论"等)规律决定的。《史记·封禅书》曰:"自齐威、宣之时,驺子之徒论著终始五德之运。"裴骃《史记集解》引如淳曰:"今其书有《五德终始》,五德各以所胜为行"。《文选·齐故安陆昭王碑文》李善注引《邹子》曰:"五德从所不胜,虞土,夏木,殷金,周火"。同书《魏都赋》李善注引刘歆《七略》曰:"邹子有终始五德,土德从所不胜,木德继之,金德次之,火德次之,水德次之。"这说明,邹衍的所谓"主运"或"五德终始",实际是以木、金、火、水、土的五行相生相克的阴阳家学说,否定、批评乃至取代以孟子为代表的儒家以民心得失向背为王朝兴替根据的理论,是阴阳家对儒家历史哲学提出的学术批评。

其三,在对待天地及日月星辰等各种自然现象上,以邹衍为代表的战国阴阳家与儒家孔子"未能事人,焉能事鬼"、"不语怪、力、乱、神"及《易传》的"阴阳不测之谓神"、荀子"天人相分"的观点针锋相对,"乃深观阴阳消息而作怪迂之变",即由"深观阴阳消息"而批评和否定了儒家由孔子到荀子以来的以"天人相分"为基本原则的思想观点,认为天地、阴阳、日月星辰的变化,既是自然现象,更是天道阴阳对人世吉凶祸福的预警,对人的道德行为具有指引意义。《荀子·天论》曾说:"列星随旋,日月递炤,四时代御,阴阳大化",既与人世治乱无关;"星队(坠)木鸣",亦"无何也,是天地之变、阴阳之化,物之罕至者也。"荀子虽然只是从正面立论的角度论证了天象与人事的无关;但如果从事物相反相成的角度来看,其背后实暗含着对阴阳家观点的否定。"列星随旋"、"四时代御"、"星队木鸣"等自然天象皆与人世无关,不能预示人世吉凶祸福,即自然天象不能预示人事。荀子的论述亦是对当时阴阳家言的反批评。司马谈《论六家要指》曾说:"夫阴阳四时,八位、十二度、二十四节各有教令,顺之者昌,逆之者不死则亡。"这与其说是对阴阳家的评论,不如说对阴阳家以自然天道决定人类命运观点的陈述。或许正因为以邹衍为代表的先秦阴阳家对儒家"不语怪、力、乱、神"、"天人相分"的观点持续不断的批评、否定和反驳,加之儒家也认识到自己对自然界及人类社会中许多"阴阳不测"的现象的确不能做出圆满的解释。故到西汉时期,以董仲舒为代表的"新儒家"们最终接纳了阴阳家"天谴灾告"的思想,也认为"天灾之证,贞祥之应,犹施与之望报,各以其类及。故好行善者,天助以福,符瑞是也。《易》曰:'自天祐之,吉无不利。'好行恶者,天报以祸,妖灾是也。"(《盐铁论·论灾》)而汉代的经学谶纬亦因此大盛。

## 二、先秦农家许行之徒与孟子的论辩

在现有文献中,有关先秦农家的材料本来就非常缺乏。《汉书·艺文志》著录的先秦农家著作仅有"《神农》二十篇"(班固自注:"六国时,诸子疾时怠于农业,道耕农事,托之神农。")、"《野老》十七篇"(班固自注:"六国时,在齐楚间。")"《宰氏》十七篇"(班固自注:"不知何世。"叶德辉曰:"《史记·货殖传》裴骃《集解》云:'计然者,葵邱濮上人,姓辛氏,字文子。其先晋国亡公子。尝南游于越,范蠡师事之。'《元和姓纂·十五海》宰氏姓下引《范蠡传》云:'陶朱公师计然,姓宰氏,字文子,葵丘濮上人。'据此,则唐人所见《集解》本,是作'宰氏'。宰氏即计然,故农家无计然书。《志》云:'不知何世'。盖班所见,乃后人述宰氏之学者,非计然本书也。"①共三家五十四篇。这个数量较其他诸家为少,且早已亡佚。后人虽对这三家五十四篇农家书做过辑佚,但由于辑佚者不懂得农家乃先秦一个有关政治哲学思想的学派,而以为农家诸书"皆与贾思勰之《齐民要术》、王祯之《农书》义趣不异"。殊不知,"若农家止于此,则不妨归之方技,与医经经方同列。②"辑佚者将《吕氏春秋·士容论》中《上农》《任地》《辩土》《审时》诸篇,合为《野老》之类,辑成所谓先秦"农家书",前辈学者已指为"无识"③。就这些材料研究先秦农家,显然很难得出正确的结论。而根据我的研究,在现存先秦两汉文献中,实"只有那些被冠以'神农之教'或'神农之言'、'后稷曰'等语者才能肯定为农家作品,而其他部分则是难以断定的。"而如果对现有先秦两汉文献中这方面的内容加以归纳,就不难发现先秦农家的思想和学说,应不外乎"其一,强调农业的重要性,倡导'务耕织';其二,有关农田耕作之法和如何调剂丰歉(农业保障制度);其三,主张帝王亲耕,

---

① 张舜徽:《汉书艺文志通释》,华中师范大学出版社,2004年版,第336页。
② 章太炎:《诸子学略说》,广西师范大学出版社,2010年版,第23页。
③ 张舜徽:《汉书艺文志通释》,华中师范大学出版社,2004年版,第336页。

王后亲织,为百姓率先垂范。"①《汉书·艺文志》说:"农家者流,盖出于农稷之官。播百谷,劝耕桑,以足衣食……此其所长也。及鄙者为之,以为无所事圣王,欲使君臣并耕,悖上下之序。"《汉志》此处所谓农家所长和"鄙者为之"的所短,其实都是农家的基本思想内容,在农家本身是不存在轩轾的;存在高下褒贬的只是班固采取的自孟子以来儒家对先秦农家的立场。

现在学术界研究先秦农家学术批评的唯一可靠的史料,是《孟子·滕文公上》所记载的"有为神农之言者许行"及其门徒与孟子的一次论辩。但《汉志》农家并无许行、陈相之书,不知是否是因为孟子的批评而使许行师徒之书不传。在这次论辩中,孟子站在儒家维护"分别君子野人之法"或"上下之序"的立场,对许行之徒的"君臣并耕而食,饔飧而治"的观点进行了批驳;而许行之徒陈相则不仅在辩论中阐明了作为农家根本主张的"君臣并耕而食,饔飧而治"思想,而且实际上也对儒家的思想观点进行了反驳与批评。《孟子·滕文公上》曰:

> 有为神农之言者许行,自楚之滕,踵门而告文公曰:"远方之人闻君行仁政,愿受一廛而为氓。"文公与之处。其徒数十人,皆衣褐,捆屦、织席以为食。陈良之徒陈相与其弟辛,负耒耜而自宋之滕,曰:"闻君行圣人之政,是亦圣人也,愿为圣人氓。"陈相见许行而大悦,尽弃其学而学焉。陈相见孟子,道许行之言曰:"滕君,则诚贤君也;虽然,未闻道也。贤者与民并耕而食,饔飧而治。今也滕有仓廪府库,则是厉民而以自养也,恶得贤?"

《孟子·滕文公上》农家学者虽未有一言论及儒家及孟子本人,但反复叙及农家学者许行、陈相者对滕文公的评价,而滕文公与儒家、特别是孟子本人有至为密切的联系,故由许行、陈相对滕文公的评价,仍不难推知先秦农家对儒家思想观点的学术批评矣。

---

① 高华平:《先秦诸子与楚国诸子学》,北京师范大学出版社,2016年版,第276、277页。

滕文公，战国时期滕国国君，滕定公之子。滕国为姬姓之国，初封于周公东征之后，战国中期为宋康王所灭。因滕国为周公所立的姬姓之国，滕又近鲁，历来皆附从于鲁，故其思想文化以接受儒家文化为主。特别是滕文公本人，在尚为世子之时，即见孟子问"道"；滕定公薨，又问丧礼于孟子，并依孟子之言而行；既即位为君，又依孟子之教"行仁政"，"必恭俭礼下，取于民有制"，"行世禄"，"助公田"，"设为庠序学校以教之"，"正经界"，"分田制禄"等等，忠实实践着儒家的政治理想。许行、陈相对滕文公所实行的治国之道的第一个评价，都是"闻君行仁政"，即肯定其能实行儒家的政治理想。因此，陈相接着给滕文公的评价，一是"圣人"，二是"贤君"。而此二者应该是中国传统哲学中给人君的最高评价。孔子曾回答子贡"如有博施于民而能济众"，"可谓仁乎"时说："何事于仁！必也圣乎！尧舜其犹病诸！"（《论语·雍也》）。又说："若圣与仁，则吾岂敢？"（同上，《述而》）"贤"虽比"圣"在道德上要稍低一些，但因为在实际的语用中常常"圣贤"并称，故陈相此处将"贤君"与"圣人"交互使用，大概也可以说成是"圣君"。而他以此来评价实践孟子仁政思想的滕文公其人，亦可知他对儒家的仁政思想和学说，既是十分赞赏，也是十分向往的。他与其弟辛，负耒耜而自宋之滕，足见他膺服儒家仁政学说的坚定决心。"陈相见许行而大悦，尽弃其学而学焉"，这与其是说陈相背弃了其原先"悦周公、仲尼之道"，还不如说这只是陈相心中所理解的"周公、仲尼之道"和"行仁政"的具体方式、方法，与孟子心中的稍有差异。故他们师徒都一再称颂滕文公所实践的孟子那套治国理论为"行仁政"。这也正说明他们所理解的"行仁政"和"孟子所理解的""行仁政"，实际都是源于"周公、仲尼之道"的，二者是具有共同点和相互交叉之点的。先秦农家许行、陈相师徒对这种"仁政"思想本是十分赞成、肯定和心向往之的。

当然，农家之为农家与儒家之为儒家毕竟不同，许行、陈相之徒与孟子的"行仁政"也毕竟有异。这才引起了孟子对许行、陈相之徒的激烈的批评和陈相的反批评。陈相的反批评主要包括两方面：

首先，滕文公虽然从儒家或普通人的观点来看或可称得上"圣贤之君"，但如果从农家的观点严格要求的话，他尚未闻道也；因此也就还不能真正称得上"贤君"。因为闻农家之道的"贤君",应该是"贤者与民并耕而食,饔飧而治"的。"贤君"似乎不仅要与民同吃同住同劳动,而且还不能有仓廪府库贮藏粮食财物。大概许行、陈相他们认为,如果一个君主修建了仓廪府库贮藏从老百姓那里征收来的粮食财物,就不能保证他每天真能实行"与民并耕而食,饔飧而治"了。不与"民"(老百姓)"并耕而食,饔飧而治",而享受"民"(老百姓)的劳动成果,那就是"厉民而以自养"。这样的君主,自然算不得"贤君"。很显然,这里先秦农家实际上是以自己向往的原始公社社会成员人人劳动、共享劳动成果的社会理想,批评儒家建立在社会分工和等级制度之上而形成的所谓"贤君"标准。所以农家这一观点不仅遭到孟子的批评,也遭到了处于儒家对立面的法家等学派的严厉批评。《韩非子·有度》曰:"夫为人主而身察百官则日不足,力不给。"更不要说与百姓并耕而食了。《韩非子·外储说左上》又曰:"夫必恃人主之自躬亲而后民听从,是将令人主耕以为食,服战雁行也,民乃肯耕战,则人主不泰危乎?而人臣不泰安乎?"这是说君主与民"并耕而食,饔飧而治",不仅如孟子所说的那样违反了"劳心者治人,劳力者治于人"的社会分工原则,更违反了儒家和法家坚持的"贵贱不相逾越"的礼义等级制度。

其次,在陈相与孟子的答辩中,陈相实际上是以农家思想("许子之道")批评了儒家"周公、仲尼之道"所造成的社会上的"欺""伪"行为。《孟子·滕文公上》记陈相曰:

> 从许子之道,则市贾不贰,国中无伪。虽使五尺之童适市,莫之或欺。布帛长短同,则贾相若;麻缕丝絮轻重同,则贾相若;五谷多寡同,则贾相若;屦大小同,则贾相若。

对陈相这段谈"许子之道"的文字,历来都认为这段文字中农家学者所言的观点,是主张物价不论长短大小轻重都应整齐划一,是一种"论量不论质"的物价观。孟子、朱熹似乎都是这样看待的。孟子说:"夫物之不齐,物之情也,或相倍蓰,或相什伯,或相千万。子比而同之,是乱天下也。巨屦、小屦同贾(价),人岂为之哉?"朱熹也说:"孟子言物之不齐,乃自然之理,其有精粗,犹其有大小也。若大屦小屦同价,则人岂肯为其大者哉?"①事实上,这既没有准确理解许行、陈相等农家学说的思想,更没能见出其中许行、陈相等农家学者对先秦儒家的学术批评。故后世有不少学者指出,陈相曰"从许子之道,则市价不贰,国中无伪"云云,"其于物价,欲专论多寡,不计精粗",其目的"正欲汰其精而存其粗也","亦欲率天下而返于平等。"②"至于许子之划一物价主义,亦以当时工商业发达之结果,奇伎淫巧,层出不穷,五都之市,光怪陆离,人竞厚利,怠废本业。故各派学者对此种发展,咸大施攻击。墨家则倡强本节用之说,道家则主张反真抱朴,'不贵难得之货,使民不为盗'。法家则以工商为国家之蠹,主张以政治力量裁抑之。许子之主张划一物价,使锦绣与白素同价,麻缕与丝絮等值。主旨亦在裁抑奇技淫巧,奢靡之风。"③尽管儒家孔子本人也有反对奢侈而推崇俭约的倾向,《论语·八佾》曰:"礼,与其奢也,宁俭。"但孔子又强调礼乐文化的重要性,主张"文质彬彬然后君子"。(《论语·雍也》)整个孔子时代,儒家可以说对礼乐文化的重视,早已越过了"中庸"的尺度。故《淮南子·要略》说:墨子原本是"学儒者之业,受孔子之术"的,但却因为对此时的儒家"其礼繁扰而不说",故"背周道而用夏政",走上了与儒家相异的道路。孔子之后,儒家对礼仪文饰的重视,更是一代胜过了一代。到墨子后学因与儒家论争而作《非儒》之篇的时候,墨子后学更是专门就儒家的"弦歌鼓舞"、"盘旋揖让"及"厚葬久丧"等繁礼进行了全面的批评。《墨子·非乐上》又专门就儒家的"乐"之"文"展开了批评说:

> 是故子墨子之所以非乐者,非以大锺、鸣鼓、竽笙之声以为不乐也,非以刻镂华文章之色以为不美也,非以刍豢煎炙之味以为不甘也,非以高台厚榭邃野之居以为不安也……然上考之不中圣王之事,下度之不中万民之利,是故子墨子曰:为乐非也。

---

① 朱熹:《四书章句集注》,中华书局,1983年版,第265页。
② 吕思勉:《先秦学术概论》,岳麓书社,2010年版,第125、126页。
③ 齐思和:《先秦农家学说考》,《经济学报》1940年第1期。

如果说墨家是从礼乐文化的功利结果上批评儒家的"繁礼""文饰"的话,那么道家及后来的"黄老之学",则更多的是从礼乐文饰所导致的社会人心或道德精神的丧乱出发,对儒家的礼乐文化提出批评的。《老子》第 38 章曰:"失道而后失德,失德而后失仁,失仁而后失义,失义而后失礼。夫礼者,忠信之薄也,而乱之首也。"这里指出礼义、忠信为"乱之首也"。《老子》第 18 章曰:"大道废,有仁义;智慧出,有大伪;六亲不和,有孝慈;国家昏乱,有忠臣。"《老子》第 12 章曰:"五色令人目盲,五音令人耳聋,五味令人口爽,驰骋田猎令人心发狂。"都是从仁义礼智和礼乐文饰扰乱了人的道德精神的角度在对儒家思想进行批评。法家的韩非继承老子的观点,从文质关系批评礼义文饰。《韩非子·解老》曰:"夫恃貌而论情者,其情恶也;须饰而论质者,其质衰也。何以论之?和氏之璧不饰五采;随侯之珠,不饰以银黄。其质至美,物不足以饰之。"认为如果对于事物一味追求文饰,其结果必然导致人心混乱、纯朴不存,而欺伪横行。

先秦农家的许行、陈相之所以坚信自己的农家之道能做到童叟无欺,"市贾(价)不贰,国中无伪",其根本原因就是因为其对外物的着眼点并不在于事物质量的精巧,而是一眼即可分别的事物的简单外形。这既符合道家返朴归真的精神,也符合墨家和法家质朴、节俭的价值追求,唯独与儒家文饰繁礼的要求异趣。故许行、陈相的农家思想历来都有人或将其归入道家,或将其归入墨家和法家,而我们则认为,先秦农家许行、陈相的"物价划一"之说,实际上是针对儒家繁礼文饰观点将导致的"欺""伪"发生而进行的一种学术批评。

## 三、先秦小说家学术批评的特点

《汉书·艺文志》:

> 小说家者流,盖出于稗官。街谈巷语,道听途说者之所造也。孔子曰:"虽小道,必有可观者焉。致远恐泥,是以君子弗为也。"然

亦弗灭也,闾里小知之所及,亦使缀而不忘。如或一言可采,此亦刍荛狂夫之议也。

《汉书·艺文志》以上对小说家的序说包含了两层意思:一是借所谓"孔子曰"云云,表述其出于儒家立场的对小说家的价值评说,即小说家之言虽属"小道",但仍可以由之"观礼俗,知得失"云;而君子之所弗为也的原因,乃是担心人们会把这些虽可"观风俗,知得失"的小道消息信以为真了,故曰:"致远恐泥。"《汉书·艺文志》小说家序说的第二层意思,是对小说家的源头及特点进行了界说,即小说家源自稗官,其最基本的特点是民间的、口头的"残丛小语"①。

《汉书·艺文志》除了"序说"小说家的源流及特点之外,还著录了当时所见的小说家的作品(小说)。其中先秦时期的著作,有《伊尹说》二十七篇(班固自注:其语浅薄,似依托也。)、《鬻子说》十九篇(班固自注:后世所加。)、《周考》七十六篇(班固自注:考周事也。)、《青史子》五十七篇(班固自注:古史官记事也。)、《师旷》六篇(班固自注:见《春秋》。其言浅薄,本与此同似因托也。)、《务成子》十一篇(班固自注:称尧问,非古语。)、《宋子》十八篇(班固自注:孙卿道宋子,其言黄老意。)、《天乙》三篇(班固自注:天乙谓汤,其言非殷时,皆依托也。)、《黄帝说》四十篇(班固自注:迂诞,依托。)等共九家二百五十七篇。自《黄帝说》四十篇以下,则班固基本已明言为西汉的作品,只有《百家(言)》百三十九卷,乃编者撮钞小说家百家之说而成,有多少为先秦小说家言,实难指认。

《汉书·艺文志》著录的这些先秦小说家的著作虽然皆已亡佚,但由班固在著录时的原注所谓"迂诞"、"似依托"、"语浅薄"等等来看,这些作品应该如我们上文所说的那样,属于民间的、口头的和篇幅短小的"残丛小语"。而班固在说这些作品"浅薄"、"迂诞"、"似依托"的时候,大概忘记了自己对小说家的定义——"街谈巷语,道听途说者之所造

---

① 参见高华平:《先秦的"小说家"与楚国的小说》,《文学评论》2016年第1期。

也"。因为,既然是"街谈巷语,道听途说者之所造也",属于"闾里小知之所及"或"刍荛狂夫之议也",又怎么能不"浅薄"、"迂诞"和"似依托"呢?

因为先秦的小说本属于"街谈巷语,道听途说者之所造也"的民间的、口头的"残丛小语","君子弗为也",故君子是不会理会它的;即使是《汉书·艺文志》中那些被采择记录下来的小说家的著作(即"小说"),也都早早地亡佚了;所以我们今天已很难详论先秦小说的内容,更不用说先秦小说家的学术批评了。只是由于先秦诸子中偶尔有个别如法家的韩非那样"叛经离道"的著作家,他们在有意无意中记录了少数的"小说家言",才使我们可以偶然窥见先秦小说及小说家学术批评之一斑。

从《韩非子》一书所载先秦的小说家言来看,先秦小说家的学术批评,大致具有如下特点:

首先,与先秦小说家所造的小说中的主要人物皆是当时的帝王君臣、将军、名士一样,先秦小说家言的学术批评的对象,虽也涉及先秦诸子中所有的"九流十家",但却以对儒、道、法、墨等"显学"的批评为多。如《韩非子·解老》《喻老》两篇,是我国学术界最早专门解释《老子》的论文,可以看作是对道家思想的学术批评,《解老》引用的唯一一则小说,又对于道家人物詹何其人进行了学术批评。其言曰:

> 詹何坐,弟子侍,牛鸣于门外。弟子曰:"是黑牛也而白题。"詹何曰:"然,是黑牛也,而白在其角"。使人视之,果黑牛而以布裹其角。

前面我们曾多次指出,詹何是先秦道家杨朱学派的重要学者,《庄子·让王》载有詹何(瞻子)教中山公子牟"重生纵欲"之术之事,《吕氏春秋·重言》则将詹何与田子方、老聃同称为"圣人"。《韩非子·解老》此处引"小说家"的目的,本是批评詹何"无缘而妄意度"的"前识",但由"小说家言"本身而言,则可以说是对詹何所谓"前识"的肯定——实际是在称赞詹何"前识"的神奇!虽然并未出门,但詹何却仅凭听见的"牛鸣",

即可准确判断是一头什么样的牛。(当然,如果这头牛就是詹何家里养的一头,詹何对它们的鸣叫声十分熟悉,那么他凭"牛鸣"即可判断具体是哪头牛,这就一点也不奇怪,并不属于韩非所说的"无缘而妄意度"。)

而在《韩非子·喻老》中虽然引用很多小说,但其中有关先秦诸子的小说却同样只有一则,内容是关于儒家的:

> 子夏见曾子。曾子曰:"何肥也?"对曰:"战胜,故肥也。"曾子曰:"何谓也?"子夏曰:"吾入见先王之义则荣之,出见富贵之乐又荣之,两者战于胸中,未知胜负,故臞。今先王之义胜,故肥。"

"子夏见曾子"这则小说中的子夏、曾(参)子,都是儒家孔门"七十子"中的重要代表人物。故可以说,子夏说"先王之义"与"富贵之乐"交战于胸中,代表了儒家学者在面对高尚道义和世俗享乐之间的艰难抉择;而最后"先王之义胜",则说明他们坚守住了崇高的精神道义而拒斥了世俗享乐的诱惑。所以,这则小说可以说是对孔门儒家的精神面貌做出了一种肯定的评价,是对先秦儒家的一种学术批评。

《韩非子·说林》上、下两篇,可以当作中国古代最早的"小说集"来看,共收录了七十一则小说①。其中,关于先秦诸子的小说共十四则。而在这十四则小说中,关于孔子及其弟子的有三则("子圉见孔子于商太宰"、"卫将军文子见曾子"、"孔子谓弟子曰");另有"鲁季孙新弑其君,吴起仕焉",记吴起事——因吴起曾学于曾子,故亦可归儒家题材的"小说"。记有关道家杨朱事迹的,有两则("杨子过于宋东之逆旅"、"杨朱之弟杨布衣素衣而出")。有关名家惠施事迹的,有三则("田驷欺邹君……告惠子"、"陈轸贵于魏王,惠子曰"、"惠子曰羿执鞅持扞")。其余则是不知学派归属的"小说"。因此,似可以说,如果说《韩非子·说林》中的这些"小说"包含了对先秦诸子的学术批评的话,那无疑主要是对儒、道、名、法等当时诸子中显学的批评。

---

① 高华平、王齐洲、张三夕:《韩非子》("中华经典名著全本全注全译丛书"),中华书局,2010年版,第243页。

其次,因为先秦"小说家"乃是先秦诸子九流十家中的一个以文本形式、而非思想内容特色而得名的"不入流"的学派,所以先秦"小说家"并非是先秦诸子九流之外另有一家,而只能说先秦诸子九流中的每一家都有自己的"小说家"和"小说"。这就是《汉书·艺文志》中既有出现于道家的《伊尹》五十一篇、《鬻子》二十二篇、《黄帝四经》四篇、《黄帝铭》六篇、《黄帝君臣》十篇、《杂黄帝》五十八篇等等,又同时在"小说家"出现了《伊尹说》二十七篇、《鬻子说》十九篇、《黄帝说》四十篇等的原因。宋钘本为稷下黄老道家学者,但《汉书·艺文志》却著录《宋子》十八篇于小说家,班固亦云:"孙卿道宋子,其言黄老意。"尤其于小说家之末,竟著录有"《百家(言)》百三十九卷",以至于使后世学者误以为《汉志》序小说家存在把"子"与"方术"合流的倾向,"造成了'小说家'实然的断裂与混乱"①。其实,这乃是由于不了解《汉书·艺文志》定义"小说家"和"小说"与作为"九流"之中的其他诸子学派的方式皆不相同,即它只是从"言说方式"(或文本形式、"文体形式")而非从思想内容着眼对"小说家"所做出的分类——小说家是不管其内容讲的是儒墨的仁义,还是名家"名辩"或法家的"法术"的。也正因为如此,才使先秦许多内容相同的小说家之小说,同时出现了许多不同的"版本"。《说苑·至公》载:

> 楚共王出猎,而遗其弓。左右请求之。共王曰:"止,楚人遗弓,楚人得之,又何求焉?"仲尼闻之曰:"惜乎其不大!亦曰'人遗弓,人得之'而已,何必楚也。"仲尼所谓大公也。

《说苑》一书本为"刘向所序",《汉书·艺文志》列在儒家。《说苑》之前的文献《孔子家语·好生篇》②《公孙龙子·迹府》《吕氏春秋·孟

---

① 张昊苏、陈洪:《〈汉书艺文志〉诸子略序文的文本结构与学术建构》,《文史哲》2019年第2期。

② 案:《孔子家语》一书,据孔安国《孔子家语后序》,该书乃孔子"弟子取其正实而切事者,别出为《论语》;其余则都集录之,名之曰《孔子家语》"。后人多疑其为伪书,但据现代学者结合出土文献考证,此书流传过程中虽有增益改编,但其中材料多属先秦原始文献,殆为可信。

春纪·贵公》等亦载有此则"小说"。《公孙龙子·迹府》曰:"龙闻楚王张繁弱之弓,载忘归之矢,以射蛟兕于云梦之圃,而丧其弓。左右请求之。王曰:'止!楚王遗弓,楚人得之,又何求乎?'"公孙龙子其人,"少学先王之道,长而明仁义之行;合异同,离坚白"(《庄子·秋水》),故其所闻而述之的"楚王遗弓"的"小说",虽然在"弓"、"矢"及"遗弓"的原因和地点的描述上带有名家的特点,但因为在这则"小说"中并未否定孔子的"大公",故它应该仍属于名家传承的儒家"小说"版本——在儒家的版本中,"小说家"对孔子可谓推崇备至,认为孔子能超越楚国地域局限,胸怀天下,可谓"大公""至公"也。但这则"小说",在《吕氏春秋·孟春纪·贵公》的记载中,却出现了另一个版本。其文曰:

> 荆人有遗弓者,而不肯索,曰:"荆人遗之,荆人得之,又何索焉?"孔子闻之曰:"去其'荆'而可矣。"老聃闻之曰:"去其'人'而可矣。"故老聃则至公矣。

与《孔子家语》《公孙龙子》《说苑》相比较,《吕氏春秋·孟春纪·贵公》所叙述的这则"小说",一是其中的"楚王"换成了"荆人",二是其中在孔子"去荆"之后,增加了老聃"去其'人'而可矣"——因为老子纯任自然,不仅泯灭了人我的差别,而且消除了主客、物我的界限,故道家的老子超过儒家的孔子,真正达到了"大公"或"至公"的境界。由此也可见出,此处"楚人遗弓"这则"小说"的版本,当出于先秦道家。先秦的小说家中既有出于儒家墨家的,也有出于道家或名、法、阴阳诸家的。故在不同的诸子学派那里,同一小说,是可以有不同的版本的。因此,也就有对其他诸子的不同价值评判和不同的学术批评。

再次,我们读过以上先秦小说家的小说后,都不难感觉到这些先秦小说还具有另一个比较鲜明的特点,即这些小说家一般不会直接在其小说中表明对其他诸子学派的肯定或否定、褒扬与批评,而是多采用"有不待论断,而于序事之中即见其指者"(顾炎武《日知录》卷二十六)的方式,把他们的学术批评寄寓于叙事之中。上文所引"詹何闻声知牛""子夏见曾子""楚王遗弓"等小说,无不如此。《韩非子·外储说左上》载:

> 齐有居士田仲者,宋人屈谷见之,曰:"谷闻先生之义,不恃人而食。今谷有巨瓠,坚如石,厚而无窍,献之。"仲曰:"夫瓠所贵者,谓其可以盛也。今厚而无窍,则不可剖以盛物;而任重如坚石,则不可以剖而以斟。吾无以瓠为也。"曰:"然。谷将弃之。"

田仲,即陈仲子,《孟子·滕文公下》称之为"廉士""巨擘";《战国策·齐策四》则对其有批评之辞。《荀子·非十二子》亦有对田仲的批评,认为他"忍性情,綦谿利跂,苟以分异人为高,不足以合大众,明大分。"《管子·立政九败解》曰:"人君唯毋听私议自贵,则民退静隐伏,窟穴就山,非世间上,轻爵禄而贱有司。"虽然并没有说为谁而发①,但由于《管子》此处所言与田仲子的思想和行为方式无二,故可谓此处实有针对田仲子而发者。但小说家对田仲子的批评方式,却与其他诸子学派很不一样。在《韩非子·外储说左上》引"齐有居士田仲者,宋人屈谷见之"这则小说中,小说的作者及其中的屈谷对道家隐逸辟世之士田仲其人的思想主张和生活方式,显然都是持批评与否定的态度的;但他们却并没有一句批评的言词。他们对田仲思想及生活态度的批评,是通过凸显田仲与屈谷对话中存在的既追求无用于世、却又要求事物(瓠)有用于人的矛盾来实现的。这实际上就是一种"有不待论断,而于序事之中见其指者"或"寓褒贬于叙事之中"的批评方式。《韩非子·外储说左上》又载:

> 吴起出,遇故人而止之食。故人曰:"诺,今返而御。"吴子曰:"待公而食。"故人至暮不来,起不食待之。明日早,令人求故人。故人来,方与之食。

《韩非子·外储说左上》所记载的这则小说,其中由儒家而入法家的吴起,"言必行,行必果。"故作为这则小说作者的小说家本人以及转

---

① 案:蒙文通以此为针对杨朱学派"忍性情"而言。参见蒙文通《古学甄微》,巴蜀书社,1987年版,第247页。

述这则小说的韩非子,对吴起的这一思想和行为,显然应该是十分赞赏和肯定的。但与上则小说批评田仲子之义一样,此则小说也并未对吴起的思想和行为直接表明态度,而是将这一褒扬的态度隐含于对吴起事迹的叙述之中。

先秦小说家这种学术批评的方式和特点,就是后来顾炎武评论司马迁《史记》时所说的"有不待论断,而于序事之中见其指者"或"寓褒贬于叙事之中"。但是,顾炎武之言仍有不够准确之处,他也和此前的儒家学者一样,有一些轻视小说家的陈见,故他很轻易地就把"有不待论断而于序事之中见其指者"的发明权或首创权判给了《史记》的作者司马迁,认为如此者"唯太史公能之"。但这实际上并不准确,因为在司马迁之前的先秦小说家对其他诸子学派的学术批评,早已普遍采用了这种方法,故这种批评方式的发明权或首创权应该属于先秦的小说家。

以上是我们就先秦诸子中阴阳家、农家和小说家的学术批评所作的钩沉和考论。由于史料的缺乏,我们已很难对它们的学术批评做更为详细和全面的描述。但由以上简单的叙述中,我们仍然不难感到,在春秋战国那个"百家争鸣"的历史舞台上,不论是不是属于当时学术界的"显学",每一个诸子学派实际都曾积极参与到了那个时代的学术大合唱之中,在对其他诸子学派的学术批评与反批评中,共同创造了那个时代学术的繁荣与辉煌。

## 作者简介

高华平,1962年生,暨南大学文学院特聘教授、博士生导师,兼任暨南大学哲学研究所所长。共承担国家和教育部重大、重点和一般项目6项,曾在《中国社会科学》《哲学研究》《世界宗教研究》《文学评论》《文学遗产》《文献》等刊物上发表学术论文140多篇,出版《先秦诸子与楚国诸子学》《楚简文字与先秦思想文化》等学术著作15部(其中《老子评传简明读本》翻译为英、日文在国内外出版发行,《先秦诸子与楚国诸子学》入选"国家哲学社会科学成果文库"),成果获多项省部级奖励,现为国家社科基金重大项目"先秦诸子综合研究"首席专家。

# 以朴释玄：
# 劳健《老子古本考》老学思想探赜

## 方 勇 吴剑修

(华东师范大学先秦诸子研究中心 上海 200241)

**内容提要** 劳健《老子古本考》自问世以来，一向都未引起学界的重视。然此书无论是在校勘还是训诂上，都有独得之见。以校勘言之，劳健发现傅奕曾据《说文》改定《老子》经文；又据王弼注校《老子》，得出"盖古王弼本今不传"的结论，这与蒋锡昌、蒙文通诸家的观点不谋而合。以训诂言之，如《老子》二十四章"物或恶之"，劳健谓"物"实指鬼神；又据《古文四声韵》所载《古老子》证三十一章"恬淡为上"之"恬淡"乃是"銛銳"之讹；诸如此类，新论纷呈。

**关键词** 劳健 老子古本考 傅奕 古老子 训诂

对《老子》的训诂与校勘，前人成果颇多。唐有陆德明《老子音义》，宋有范应元《老子古本集证》，明有焦竑《老子考异》(在《老子翼》卷末)。至清考据之学大兴，音韵训诂之学乘势突起，风气所及，清代对《老子》的校勘、训诂又较前人大大推进了一步，如王念孙《老子杂志》、俞樾《老子平议》、孙诒让《老子札迻》等。但是，清人由于正统观念的束缚，主要的考据成果还是集中在经史方面，对《老子》等诸子学的研究还没有完全铺开。有清一代，《老子》的研究成果多以校释札记为主，集校集释的集大成著作并未出现。到了民国，诸子学已成燎原之势，加之敦煌《老子》残卷的重见天日以及明《道藏》

的影印出版,短短数十年间,出现了一大批通盘校释《老子》的学术著作,如马叙伦《老子覈诂》、蒋锡昌《老子校诂》、劳健《老子古本考》等。其中,马书和蒋书在学界影响颇广,而劳健的《老子古本考》则略显寂寥。

劳健乃清京师大学堂总监劳乃宣之子,一生经营实业,曾与周叔弢合伙创办纱厂。精书法,尤钟小楷。又善治印,著有《篆刻学类要》,二十世纪四十年代已印行,世之学治印者多所尊崇。抗日战争期间,劳氏赋闲八年,故得倾心学术,对《老子》校勘用力尤勤,著有《老子古本考》及其他《老子》校本多种。《老子古本考》初印行于1941年(辛巳)秋,共计300部,线装,乃据其手写稿影印。虽流行不广,然已说迭见。如《老子》二十四章"物或恶之",劳健谓"物"实指鬼神;又据《古文四声韵》所载《古老子》证三十一章"恬淡为上"之"恬淡"乃是"銛銳"之讹,兵器锋利之义;又言唐傅奕曾据《说文》改定《老子》经文。诸如此类,对于《老子》的研究是有莫大裨益的。

劳氏其他校订《老子》著作,因原稿多有散佚,无从计算。今中华书局影印出版《劳笃文〈老子〉著作五种》,皆手稿本,为劳氏后人所仅存者,分别是《老子古本考》《考订老子本文》《老子道德经古本》《写定开元石本道德经》《老子古本集证》等。上述五书,除《老子古本考》外,其他四书删改之迹甚为明显,非劳氏本人定本。观其内容,多与《老子古本考》重合,写作当在《老子古本考》之前,故不多作论述。又,劳氏还著有《四色分校集唐字老子王弼注》稿本:黑笔据武英殿聚珍本校,朱笔据道藏本校武英殿本,蓝笔录范应元本所引王本,绿笔据《道藏》宋张太守汇刻四家注补校注文。书稿后有周叔弢跋语。此稿本后为朱谦之所得,朱氏据稿本再校一次,并书批注于书眉,又在稿本前后加两长跋,称此稿"甚可贵也"。[1] 然此稿本下落尚待访求。

---

[1] 黄文彬:《劳笃文其人及四色校定〈老子〉王弼注稿本》,《收藏·拍卖》2007年第2期。

## 一、劳健对《老子》古本的考订

**(一) 劳健对"古本"含义的界定**

历代学者对《老子》古本的探求,都或隐或显地设定了一个唯一的古本的存在。然而劳健却说"传本文字,多少参差,自古已然"。① 也就是说,《老子》一书在形成书面文本之初,就有多种版本存在。和《论语》分《齐论》《鲁论》《古论》,《诗经》分为齐、鲁、毛、韩四家一样,《老子》一书最初也是有多家传习。汉初传《老子》者有邻氏、徐氏、傅氏、刘向四家。而各家传习之本,在文字上也必定有参差不同之处。今本所传《老子》到底出自何家,也究难论定。而且,在后代的流传过程中,一些人为了强就司马迁所说的"著书五千言"的成数,对《老子》文本多加窜易。所以劳健说:"其间或经后人窜易增损,更有妄为翦裁,使强就五千成数者。历年既久,舛戾滋甚。"②

正是在这一背景下,劳健开始了他对《老子》古本的考察。他的意图并不是确定一个唯一的古本,而是厘清前人对于《老子》文本的妄加增损。劳健校勘所依据的版本有傅本、范本、王本、河上本、唐石本四种、敦煌写本十一种和《道藏》中所录《老子》诸家注本。除此之外,他对《韩非子》《淮南子》中所引《老子》文句甚为看重,并多加征引。据他自己所言,他所著的《老子古本考》"检别疑谬,参比摩研,审义所安,择善而从,旁征周秦两汉诸子与唐宋以来诸家注说,订为老子古本考,凡五千四百二十九字,又存疑七十五字,剖析句读,略明音训,庶几辞旨昭然,具存其朴,在人玩习而自得之,非所拟于钩深索隐,务追玄奥者也"。③

由此可知,劳健是采取一种"以朴释玄"方法对待老子文本,对奢谈义理、过度阐释《老子》文本的做法持一种反对态度。有些奢谈义理的

---

① 劳健:《劳笃文〈老子〉著作五种》,中华书局,2016年版,第5页。
② 同上,第8—9页。
③ 同上,第6页。

学者过分强调《老子》章与章之间的内在联系,意图通过改定章句去构建一套《老子》学的理论体系。劳健对此予以了严厉的批评:"近世更竞以改定章句相矜尚,甚至滥施割裂,任意颠倒,作者纷如。不知老子阐述微旨多本古训,随意立言,积言成书。遣辞行韵,比类相从,亦略见节次,取便记诵而已。必欲尽裁以后代文体,强为科段,虽使老子复生,将不能自解,则何益矣。"①依如其说,《老子》分章只是为了便于记诵而已,如果强行按照后代的文体观念去看待老子分章问题,则不可避免地会导致对《老子》文义的曲解,那么最好的办法就是搁置对《老子》分章问题的讨论。劳健正是这么做的,但为了便于翻查检索,仍八十一章之旧,在每段文字后标明"第×章××字"。

### (二) 考订古本多以王弼注为尊

劳健在考证古本时,多以王弼注为尊。如二章"万物作焉而不为始"句,"为始"今传王弼本作"辞",但是范本所引王弼本作"为始",与今本不同。劳健感叹道:"范氏称引王弼本多与今诸王本不合,与陆氏《释文》亦不尽同,盖所据古王弼本,今不传矣。"②王本经文虽遭后人篡改,但注文却保持了它原有的形态不变,所以劳健多引王弼注以证古本,并引他书加以辅证,劳健说:"今本第十七章王弼注中引此句则正如范本。……'不为始'者,谓因其自然而不先为之创也。《国语》范蠡谏越王云:'人事不起,弗为之始',又云:'人事不起,而创为之始,逆于天而不和于人',其说盖本于此。韦昭注:'先动为始'是也。《道藏》强思齐《玄德纂疏》录成玄英《疏》云:'始,先也。感而后应,不为物先。'知成本亦作'不为始'。"③今按,今本十七章王弼注有"万物作焉而不为始"之语,可证王弼古本作"为始"。按照韦昭注,"始"字在此处的意思并非表示绝对的时间起点,而是表示相对的时间先后关系。今楚简本和帛书乙本都作"弗始",可知作"始"字义长。

---

① 劳健:《劳笃文〈老子〉著作五种》,第 10 页。
② 同上,第 14 页。
③ 同上,第 14、15 页。

又十五章"孰能浊以静之徐清"句,劳健据王弼注义,以为此句前脱"孰能晦以理之徐明",云:"按王弼注'夫晦以理物则得明,浊以静物则得清,安以动物则得生,此自然之道也。"孰能"者,言其难也;"徐"者,详慎也'云云,可证原有此句,义与上文'敦兮其若朴'相承。又与'徐清'、'徐生'二句叶韵。夏竦《古文韵》引《老子》有'理'字,殆即出此句,当据王弼注补。"①今按,"明"字古属阳韵,劳健以为"徐明"与"徐清"、"徐生"叶韵,非是。然劳氏以为"孰能晦以理之徐明"与上文"敦兮其若朴"相承,言下之意是"孰能浊以静之徐清"、"孰能安以动之徐生"二句与上文"浑兮其若浊"、"旷兮其若谷"二句相承。劳健以为今本脱"孰能晦以理之徐明",易顺鼎、马叙伦、古棣等皆持同样看法,然楚简、帛书及其版本皆未见此句。

又十六章"知常容,容乃公;公乃王,王乃天;天乃道,道乃久"句,劳健据王弼注,以为"王"乃"全"字之讹,理由有二。第一,此句"容"、"公"二字为韵,"道"、"久"二字为韵,而"王"、"天"二字则韵部相隔甚远。第二,王弼注此二句云:"荡然公平,则乃至于无所不周普也,无所不周普则乃至于同乎天也。"而"周普"一词显然非释"王"义。所以可以初步断定,"王"字可能是讹字。而"全"字近"周普"之义,且于"天"字为韵,所以,劳健定"王"乃"全"字之讹。且碑本作"生",亦是"全"字之讹。此说不为无理。

又二十三章"故从事于道者,道者同于道",劳健据王弼注以为后一"道者"字为衍文,云:"王弼注曰'从事谓举动从事于道者也。道以无形无为,成济万物,故从事于道者,以无为为君,不言为教,绵绵若存,而物得其真,与道同体,故曰同于道'云云,证不当重衍'道者'二字。"②今楚简、帛书本"道者"一词皆不重出,可证劳说不误。

又如三十章"师之所处,荆棘生焉;大军之后,必有凶年",劳健怀疑"大军之后,必有凶年"为衍文。《汉书·严助传》云:"淮南王安上书云:'臣闻军旅之后,必有凶年。'……此《老子》所谓'师之所处,荆棘生之'

---

① 劳健:《劳笃文〈老子〉著作五种》,第 44 页。
② 同上,第 69 页。

者也。""师之所处,荆棘生焉;大军之后,必有凶年"一句,《汉书》分引之,由此可证"大军之后,必有凶年"并非出自《老子》。劳健又云:"王弼注止云:'贼害人民,残荒田亩,故曰荆棘生焉',亦似本无其语。或古义疏尝引之,适与'还'字、'焉'字偶合谐韵,遂并衍入经文也。"①劳健对他的这种猜测并不是很确定,所以他说"今据景龙诸本别以为存疑。"除景龙、敦煌本以外,今楚简、帛书本皆无此句,可证劳健的猜测确实是有道理的。

又三十五章"道之出口",异文又作"出言",劳健云:"傅范作'道之出言',范云:'出言,王弼同古本。'按,今诸王本亦作'出口,其注则作'出言',第二十二章王注引此文亦作'出言'"。② 劳健据此认定古本当作"出言"。今帛书本亦作"出言",可证劳说不误。

对于王弼注的推重并非劳健一家。蒋锡昌《老子校诂》也多以王弼注校勘王弼本经文,其后蒙文通也做过同样的工作,而成《〈老子王弼注〉校订》一书。而且他们意识到今传王弼本《老子》经文存在很大问题,劳健说"盖所据古王弼本今不传矣",蒙文通则更为激烈地说道"《王注》虽存而王氏之经早亡"③。但遗憾的是,至今为止,学界还没有出现一部经注合校的王弼本《老子》。楼宇烈先生《老子道德经注校释》虽堪称精审,但是校注而不校经,实为遗憾。④ 如果我们顺着蒋锡昌、劳健诸家的路径对王弼本的《老子》经文详加考订,相信有可能恢复王弼本《老子》经文的原貌。

## (三) 对《古文四声韵》所载《古老子》的关注

劳健考证,除多以王注为尊外,还对夏竦的《古文四声韵》给予了很

---

① 劳健:《劳笃文〈老子〉著作五种》,第85页。
② 同上,第99页。
③ 蒙文通:《老子王弼本校记》,载《蒙文通全集(二)·诸子甄微》,巴蜀书社,2015年版,第240、241页。
④ 对此,楼宇烈在《王弼集校释·校释说明》也曾作过交代:"由于本书目的是取王弼的思想材料,所以校释只限于王弼注文的部分,诸如《周易》《老子》《论语》原文则仅录原本而不作校释。"

多关注。《古文四声韵》是以韵部编排、专门收录古文的古代字书,其所取字本自《古文尚书》《古周易》《古孝经》《古论语》《古尔雅》等凡 98 家著作,比郭忠恕《汉简》(录有 71 家)还多出 27 家。这 98 家著作中有两本与《老子》有关——《古老子》和《天台山司马天师漆书道德经》。此二书早已亡佚,惟其字仍散见在《古文四声韵》中,历代治老学者少有关注。劳健能够以《古文四声韵》作为考订《老子》古文所依据的材料,可谓眼光独到。其中最见其考证功夫的一例是三十一章"兵者不祥之器,……恬惔为上"句,劳健定"恬惔"字为"銛鋭"之讹,云:

> 诸本异同,自古纷岐,循其音义,皆不可通。今考二字乃"銛鋭"之讹,谓兵器但取銛鋭,无用华饰也。夏竦《古文韵》"恬"字下引《古老子》作"𠚥","惔"字下引《古老子》作"𤈦"。𠚥字从舌从刀,不可释为恬。《说文》:"刮,掊杷也。""銛,断也。"今俗以刮为刮削字,篆皆从舌,不从舌。"利,銛也。""銛,臿属。"銛字乃从舌。则从舌从刀,当为銛之古文无疑。《淮南·修务训》"服剑者期于銛利而不期于墨阳莫邪",义盖本此。其"銛"字,今本亦误作"恬",北宋本、《藏》本皆作"銛",并可为互证。𤈦字,亦未可释为惔,《说文》:"鋭,籀作剢。"《古文韵》"鋭"字下引《天台经幢》亦作"剢",又金字下引《古老子》作"𤲷",则𤈦为剢之反文,并当释作鋭,可隅反而知也。①

劳健以为,"恬惔"一词不能用以形容兵器,所以据《古文四声韵》将此二字改定作"銛鋭",此说甚有见地。帛书甲本作"銛䮾",乙本作"銛㦜"。其后从"龍"声之字虽不可解,然前一字正如劳健所考订作"銛",銛䮾、銛㦜大概就是劳健所说的刀剑锋利义。总之,劳健对于《老子》古本的考订方法平实,但成果颇丰,对于今天研究《老子》者仍有借鉴意义。

---

① 劳健:《劳笃文〈老子〉著作五种》,第 89、90 页。

## 二、傅奕依《说文》改定《老子》经文

在校勘《老子》古本的过程中,劳健对傅奕所校订古本《老子》极为看重,原因很简单,傅奕所处时代"去古未远,文献足征"。但当他对傅奕本进行细致地研究之后发现,傅奕并不是单纯地从事各版本之间的校勘比对,傅氏还曾依据许慎《说文解字》改定《老子》文本。

最能说明这一问题的一个例子是,《老子》文本中的"希"字(如"大音希声""天下希及之""希言自然"等),傅奕全部改作"稀"。原因在于,《说文》中无"希"字,而只有"稀"字。① 而其他版本(包括楚简本、帛书本)则全部作"希",可知古本作"希"。傅奕本作"稀",乃是据《说文》改。

又如通行本中的"强""抱""静""弥"等字,傅奕均依照《说文》改作"彊""裒""靖""镾"。《说文》无"抱""弥"二字,故傅奕将此二字改成

---

① 《说文》有无"希"字,诸家讨论颇多。《说文》:"稀,疏也。从禾希声。"徐锴于"希"字条下云:"当言从爻从巾,无声字。爻者,稀疏之义,与爽同意。巾,象禾之根茎。至于莃、晞,皆当从稀省。何以知之?《说文》无'希'字故也。"《段注》云:"许书无希字。而希声字多有。与由声字正同。不得云无希字、由字也。许时夺之。今不得其说解耳。"钱大昕《潜研堂集》则以为"希"为"絺"之古文:"《说文》稀、莃、晞皆取希声,明有希字。《周礼·司服》'祭社稷五祀,则希冕',郑氏读'希'为'絺','希'即古文'絺'也。古文'絺'、'绤'皆从巾,今本《说文》有'帩'无'希',盖转写漏落。徐氏'巾象禾根茎'之说穿凿不足信。严可均《说文校议》则以为"希"乃"黹"字:"'希'即'黹'字,《周礼·司服》'则希冕',注:'希或为黹字之误也。实则黹希同体。"王筠《说文释例》承其说,云:"《益稷篇》'絺绣'疏引郑君说:'絺读为黹。黹,紩也。'《司服》注引《书》即作'希绣',而'希读为絺,或作黹字之误也。'夫郑君说《尚书》,既破'絺'为'黹',则其说《周礼》也,必不以'黹'为误然,即破之。而《尚书》本作'絺'引《书》必不作'希',不似今人自说而自据之也。且《司服》注又曰:'皆希以为绣。'又曰:'希刺粉米。'两用'希'字,而其义与黹正同。又《夏官·弁师》注'希衣之冕五旒',其不以'希'为误也,明矣。《司服·释文》'希冕,本又作絺'。窃谓作'絺'者,正郑君之原本也。《周礼》与《尚书》同作'絺',故郑君引《书》以证,而后正其误曰:'絺读为希,或作黹字之误也。'仍谓当作'希'、'黹',而以'絺'为误也。习郑学者,直改《周礼》经文为'希',乃倒注文曰:'希读为絺。'并引《尚书》,亦改为'希',于是不可通矣。"说甚详。

"裦""瀰"二字,《说文》云:"裦,褢也。""瀰,久长也。"据此可知,"抱""弥"二字,乃"裦""瀰"之俗字。又"强"字,《说文》云"蚚也",是指一种昆虫,而《老子》中的"强"字,皆是表示力气大的意思,所以正字当作"彊",《说文》云"弓有力也",引申为凡有力之称。又"静"字,《说文》云"审也",而《老子》中的"静"皆表示安静的意思,其正字当作"竫"或"靖"字。《说文》:"竫,亭安也。""靖,立竫也。"段玉裁《说文解字》云:"'安静'本字当从立部之'竫'。"①

通过上述的考察,我们发现,傅奕依《说文》改定《老子》文本,并没有造成对于文义的曲解,大致可以认定是正确的。但是,象"强""静"这些字,它们最初的本义早已在我们的观念中失落了,先秦的经典文本所书写的"强""静"字也都是表示有力气、安静的意思,而不是表示昆虫、详审的意思。所以劳健觉得傅奕的这种改定略显累赘,他评价这种做法"失之拘牵,或近于蔓延"。对于这些经典相承,通行已久的文字,因为无害文义,所以劳健并不汲汲于求其正字,而是仍其旧贯,不加改动。

但是,还有另外一种情况,即傅奕通过改定文字的方法,豁清了我们对于《老子》文义的误解——这是傅奕改定文字的重大意义所在。如四章"道冲而用之"与四十二章"万物负阴而抱阳,冲气以为和"这两句中都有"冲"字,傅奕将四章"道冲"改成"道盅",第四十二章却仍其旧贯。这就说明了一个问题,傅奕认为这两个"冲"字所表示的意思并不相同。所以劳健在四章"道冲"条下说:

> 《说文》:"盅,器虚也。""冲,涌摇也。"今本皆通作"冲",并训虚。傅作"盅",用《说文》本字,是也。第四十二章"冲气以为和",则当训如"涌摇"之义,不训"虚"。故傅本亦"冲气",不作"盅气"。②

四十二章下又云:

---

① 段玉裁:《说文解字注》,上海古籍出版社,1981年版(据经韵楼藏版影印),第215页。
② 劳健:《劳笃文〈老子〉著作五种》,第18页。

《说文》:"冲,涌摇也。"《段注》:"涌,上涌。摇,旁摇也。"按冲气以为和者,谓阴阳相推荡而和合之也,如《易·系辞》"刚柔相摩,八卦相荡,刚柔相推而生变化"是也。《庄子·田子方》篇:"至阴肃肃,至阳赫赫。肃肃出乎天,赫赫发乎地。两者交通成和而物生焉。"义本于此。注家或囿执虚无之说,又习见"道盅"与"大盈若盅"之"盅",亦作"冲",遂并"冲气"之"冲"同释为"盅虚"之"盅";复牵连"和"字混言之,而曰"冲和之气"云云,失其旨矣。故"盅"、"冲"字必依《说文》分别,全如傅本乃得之。①

劳健据傅奕所定正字,认为"道冲(盅)"是道体虚无之义,而"冲气"则是阴阳二气的相互激荡。此说实为不刊之论。又四十六章"却走马以粪"句,唯傅奕本"粪"字作"播",这也是傅奕据《说文》改定的结果,而不是古本真有作"播"字者。《说文》"粪,弃除也",是扫除的意思,而此文傅奕以为当作播种的意思讲,所以改为"播"字,《说文》:"敽,穜也。一曰布也。古文作'播'。"粪、播皆从釆声,故可相通。经典故籍中亦有借"播"为"粪"者,如《书·泰誓》"播弃犁老",《多方》"屑播天命",《楚辞·九叹·思古》篇"播规榘以背度兮"等,都是"粪"字之借,弃除之义。

劳健对傅奕依《说文》正字改定《老子》文本做法虽然有点小小的批评,但总体上还是持肯定的态度,正如他所说:"傅氏笃守许慎字义,取辨谨严,宜为可信。"劳健的这一发现,也为我们研读傅奕本《老子》打开了一个窗口:当发现傅奕本所载字与他本不同时,我们可以稍作思忖,此字是古本所有,还是傅奕所改定。并从中发掘出傅奕对《老子》的理解。

## 三、对《老子》训诂的新解

劳健此书虽名《老子古本考》,但并非仅仅是一部校勘类著作,从前

---

① 劳健:《劳笃文〈老子〉著作五种》,第122页。

文的举例中也可以略窥端倪。劳健的抱负不仅仅在校勘古本,他是要在校勘的基础上进一步读懂《老子》文义。要疏通文义,校勘之后的训诂是必不可少的。劳健对《老子》的训诂延续了他对《老子》古本考证时的特色,平实而不失见地。在对于古训的征引中娓娓叙说,将新见摆在读者面前,读来令人味甘。如他解五章"圣人不仁"时说:"此章言'不仁',犹医家谓痿痹不识痛痒为不仁。如《晏子春秋·内篇》'景公欲杀犯槐者'条'妾父不仁,不闻令醉而犯之',《史记·仲尼弟子传》子贡说齐君,称鲁君'愚而不仁',皆用不仁为昏昧无知之义,非谓无仁德也。"①按照劳健的说法,所谓"不仁",类似于一种感知上的后知后觉,是一种反应上的愚钝。现代《老子》注者多有将"不仁"解释成"不偏爱"之义,虽无害大意,但不如劳健解释恰当。

又如十章,"载营魄抱一,能无离乎","离"字,劳健释为附着之义:"'离'字,《释文》音力智反,义如不可须臾离之离。按,此'离'字与'儿'、'疵'诸字为韵,当读列池反,如《易传》'离,丽也',《否卦》'畴离祉',《诗·小雅》'月离于毕',诸'离'字之义,犹言系着也。……能无离,谓于外物无所系着也。"②据上所言,"离"字若读为"力智反",是支去声,不与平声的"儿"、"疵"为韵,所以他改音读为"列池反"。劳健又训"离"为附着之义,但是训为附着之义的"离"字在《广韵》为霁韵,音郎计切,与列池反音有讹。但从另一个角度讲,古音押韵并不如是之严,所以也不必过分斤斤于音切之小异。劳健释"能无离"为不系着于外物,此说虽有待考察,然不失为新见。

又如十一章"有之以为利,无之以为用",劳健训"利"为"裁成"之义,云:"按《易·文言传》'利物足以和义',何妥注:'利者,裁成也。'疑河上注中'利物'句正是古疏,引《易》成训,并当如何注解之。……治辐毂、挺埴、凿户牖,皆裁成之义,即所谓利也。……又第四十一章'夫唯道善贷且善成',善贷犹为用,善成犹为利,亦一贯相承也。'利'字古义

---

① 劳健:《劳笃文〈老子〉著作五种》,第 21 页。
② 同上,第 28、29 页。

久湮,注家所解多与'用'字不别,反复缴绕,演为黜有崇无之论,皆失本旨。"①"有之以为利,无之以为用",劳健训"利"为裁成之义,大意即是,"有"用以合成万物,在这种依托下,"无"才能发挥它的功用。劳健的这种训诂有他义理上的旨趣:古代注家多将"利"字搁置不论,这无形中造成了对于"有"的漠视,并最终演成黜有崇无之论。劳健训"利"为裁成,恰恰是对此种论点的反叛。他通过这种训说将"有"拖回了本体的地位——"无"只有依托"有"才能发挥功用。

又十三章"及吾无身②,吾何有患"句,劳健训"无身"为"无我",云:"《尔雅·释诂》:'身,我也。'注:'今人亦自呼为身。'此章诸'身'字,亦宜解如'我'义。《庄子·齐物论》子綦谓颜偃曰:'今者吾丧我。'即无身之谓也。"③劳健依《尔雅》古训释"无身"为"无我",此说与章太炎意见正好相合。章太炎说:"古者辞义通博,言'身'言'我'或不别,虽桑门书尚时见之。又无以难。释典多言无我,而又称我见为萨迪邪见。萨迪邪,译即'身'字。是言身言我者,释典亦或不别。"④不过二人的目的指向并不全同,劳健意在破道教徒的登仙羽化之说,而章太炎则意在以佛为经,会同佛老。

又如十九章"少私寡欲",劳健训"私"为"爱",云:"旧说解'私欲'字,或如偏私邪欲之义,则未安。《国策·秦策》'即王虽有万金,弗得私也',《吕览·去私》篇'子,人之所私也',高注并云:'私,爱也。'此句'私'字亦当释为爱,私谓爱其所有,欲谓慕其所无,同是贪着之义,如第七十二章'狎其所居',即所谓私,'厌其所生',即所谓欲也。"⑤劳健说"私所谓爱其所有,欲谓慕其所无",对"私"、"欲"二字界定甚为明了,让

---

① 劳健:《劳笃文〈老子〉著作五种》,第34页。
② "及吾无身"句,王引之《经传释词》卷五"及"字条下云:"及犹若也。……老子曰:'吾所以有大患者,为吾有身。及吾无身,吾有何患?'言若吾无身也。又曰:'取天下常以无事。及其有事,不足以取天下。'言若其有事也。'及'与'若'同义,故'及'可训为'若','若'亦可训为'及'。"
③ 劳健:《劳笃文〈老子〉著作五种》,第37页。
④ 章炳麟:《章太炎全集·检论》,上海人民出版社,2014年版,第435页。
⑤ 劳健:《劳笃文〈老子〉著作五种》,第54页。

人豁然开朗。旧说将私欲解释成偏私邪欲,其实并没有将这一观念落到实处,因为这并没有向人们解释清楚什么样的心理情绪是需要得到摒除的,从而导致了读者的无所适从。

又如二十四章"自见者不明,……物或恶之"句,劳健释"物"为"鬼神",云:"'物'字指鬼神而言,即鬼神害盈而福谦之义也。《汉书·郊祀志》'高祖初起,杀大蛇。有物曰蛇,白帝子,而杀者赤帝子',颜师古注:'物谓鬼神也。'又其下叙李少君事,'能使物却老'句,如淳注:'物谓鬼物也。'第三十一章同此。"①劳氏所举未尽,《汉书·高五王传》"舍人怪之,以为物而司之",颜师古注曰:"物谓鬼神,司者,察视之。"②《宣元六王传》"诸子书或反经术、非圣人,或明鬼神、信物怪",颜师古曰:"物亦鬼。"③又三十一章有"物或恶之,故有道者不处"句,其中"物"字亦当释为鬼怪。劳健此说,实不可易。

总之,劳健对《老子》的训诂一直是紧贴古训的。他的所有论点都是在征引古训的基础之上进行的。正是这种态度,他的训诂结论显得平实可信。而且他大力避免音韵通假方法的使用,这又在很大程度上保证了他的训诂没有落入好奇炫异的俗套。

## ■ 作者简介

方勇,1956年生,浙江浦江人。文学博士。现为教育部长江学者特聘教授,华东师范大学先秦诸子研究中心主任,《诸子学刊》主编,"新子学"学术理念提出者,《子藏》总编纂。主要从事诸子学研究,代表作有《庄子学史》《庄子纂要》《方山子文集》等。

吴剑修,1991年生,安徽怀宁人。华东师范大学先秦文学博士研究生。主要从事诸子学研究,已发表论文数篇。

---

① 劳健:《劳笃文〈老子〉著作五种》,第72页。
② 班固:《汉书》,中华书局,1962年版,第1995页。
③ 同上,第3325页。

# 祭祀、体道与《老子》的哲理表达

## 张艳芳

（山西大学文学院　山西太原　030006）

**内容提要**　儒道两家的哲学思想产生于共有的宗教祭祀背景，两者在哲理内涵及本质精神方面表现出相反相成的同源异流关系。《老子》中最根本的概念如"神""一""水""观复"等与先民的宗教信仰及祭祀仪典有关，其哲学表达方式如"大×不×"及对于道体描摹的语言困境等，则与周人的祭祀礼仪及交接神人的合一状态相关。以周人祭祀礼仪的角度观照《老子》的哲理表达，可见《老子》的哲理表达虽然黜落了祭祀的神性色彩，其哲理根基则是对宗教礼仪精神的内化与践行，《老子》一书于显在的史官理性之外，隐藏着对祭祀礼仪与体道精神的复归。

**关键词**　宗教　祭祀　老子　礼记

老子为周守藏室之史，①《老子》一书与史官文化有密切联

---

①　司马迁在《史记·老子韩非列传》中持或然难辨之辞，列举了数位和老子其人及其书有关的人物。这些材料说明了《老子》成书的复杂背景。目前所见《老子》的最早版本是郭店简，有甲、乙、丙三个版本（其时间下限不晚于公元前300年）。俞志慧老师在审稿意见中提道："郭店简已有三个版本的传习，说明《老子》的成书要比郭店简的下限早。根据《庄子》内外篇大量引用《老子》文本的事实，可以把《老子》的成书推到庄子以前（马叙伦《庄子年表序》认为庄子的生卒年为公元前369—前298；钱穆《先秦诸子系年通表》提出庄子生卒年为公元前368—前298）。如此一来，司马迁所载孔子请教老子就大致可信了（通行说法认为，老子生于周定王三年，即公元前604年，孔子生于公元前551年）。文中所提　**（转下页注）**

系。① 巫史作为古帝先王的神职人员,其神性地位与古帝王的宗教革命——绝地天通有关。绝地天通之后,人王掌控了天地人神之祭祀权,以王权统合了神权,实现了政教合一的政治形态。商王多次亲自占卜,陈梦家据此认为商王就是当时的大巫王。② 祝宗卜史之官是具体执行人王神权的人员,作为周档案文献管理人员的老子原本隶属于祭司阶层,与巫祝一类人物具有多重官守职能方面的交集,自然深谙周礼,受到这一套话语系统的影响,应是题中应有之义。

中国史官理性的觉醒非常早,西周以来这种理性精神臻于高峰。《老子》一书一方面反映了史官之学的理性精神,但文本中除了显见的理性逻辑之外,还有很多难以用理性思维阐释的篇章,显然应从另一个层面切入思考。史官本从巫官脱出,兼掌卜筮、祭祀等职,在祭祀及与神灵交接的场合,多有史官的身影,如殷墟卜辞:"丁酉,史其告(于)南室?"③如《周易·巽卦》九二爻辞曰:"用史巫,纷若,吉。"《左传·襄公二十七年》曰:"祝史陈信于鬼神。"祝宗卜史之官在具体的事神活动中,往往分司其职。《左传·庄公三十二年》:"神居莘六月,虢公使祝应、宗区、史嚚享焉。"甚至楚国的史官也兼事神与事君多重职能。《国语·楚语下》言:"又有左史倚相,能道训典,以叙百物。以朝夕献善败于寡君,使寡君无忘先王之业。又能上下说于鬼神,顺道其欲恶,使神无有怨痛于楚国。"史官是王室的掌书记,兼具沟通人神的巫职,因此史官的

---

(接上页注)到的文献,虽然成书较晚,甚至会晚于老子本人,但其背景和形成过程则是整个礼仪文化、祭祀文化与巫术文化,以及由此开出来的绝地天通的传统。"首段亦根据俞师的意见甚至具体论述辞句修订而成,一并致谢。

① 《汉书·艺文志》"诸子出于王官说"认为:"道家者流盖出于史官,历记成败存亡祸福古今之道,然后知秉要执本,清虚以自守,卑弱以自持,此君人南面之术也。"这是汉代人在黄老之学的影响下,对道家学说包括老子思想的认识。《老子》一书所体现的"秉要执本,清虚以自守,卑弱以自持"思想,首先是一种观道、体道的验证之学,《老子》第二十五章言"天大,地大,道大,王亦大",人王法道,史官的道论自然发展出人法道的政治哲学。
② 陈梦家:《商代神话与巫术》,《燕京学报》1936 年第 20 期。
③ 罗振玉:《殷墟书契续编》卷二,页六,片三,1933 年珂罗版印本。

文化基因中必然有宗教祭祀等神性思想的烙印。老子为春秋陈国苦县人①,陈国巫风盛行,《老子》文本的哲理高度似乎与这股甚嚣尘上的巫风背离。但由史官兼祭祀等神职角度观照,老子思想蕴含着宗教祭祀的非理性基因与神性思维模式则是不言而喻的。

巫、史传统的分流并立,使得春秋时代的人文理性思潮获得充足的话语空间,无论是前儒家哲学还是诸子思想,皆以理性掩盖了原始宗教的种种神性内核及祭祀崇拜仪式的躯壳,但这条理性之路却是以宗教祭祀文化为基石开拓出来的。陈来先生用巫觋文化—祭祀文化—礼乐文化等三种文化类型,作为他观照前儒家及探源儒家思想发展的脉络,②符合先秦时代文化类型多样混融而又渐趋分流的特点。笔者认为,在先秦社会的发展历程中,这三者不仅是一个前后发展的脉络,同时还表现为一个上下层叠的共在结构。即礼乐文明代表着周代文化发展的高度,祭祀文化是礼乐制度、伦理德性等社会规范的基石,而巫术文化则是祭祀文化得以建构的深层心理和信仰层面的潜在根据。

我们先以《五经》中较早的《周易》和《诗经》为例对儒家义理进行观照。《周易》涉及祭祀的卦有《坎》《遯》《大过》《观》《萃》《损》《震》《既济》等。"易本卜筮之书",但经由儒家义理的阐释与建构,《周易》由占卜之小道,发展出"善为易者不占"的"知几"之学,承载了"忠信之事则可"的德性文化。如《周易·观》:"观,盥而不荐,有孚颙若。""有孚(俘)",或为祭祀时的献俘仪式,但儒家将"孚"训为诚信,将祭祀之事与"有孚"的

---

① 梁玉绳《史记志疑》云:"案:《四书释地又续》曰:苦县属陈,老子生长时,地尚楚未有。陈灭于楚惠王,在春秋获麟后三年,孔子已卒,况老聃乎?《史》冠楚于苦县上,以老子为楚人者,非也。余因考葛洪《神仙传》谓'楚苦县人',《隶释》边韶《老子铭》谓:楚相县人。春秋之后,相县虚荒,今属苦,在赖乡之东,涡水处其阳。并仍《史》误。而晋皇甫谧《高士传》云,陈人。陆氏《经典序录》云:陈国苦县厉乡人。唐段成式《酉阳杂俎·玉格篇》云:老君生于陈国苦县赖乡涡水之阳九井西李下。……固未尝误。然《礼·曾子问·疏》引《史记》作陈国苦县,岂据别本乎?"中华书局,1981年版,第1185、1186页。

② 陈来:《古代宗教与伦理——儒家思想的根源》,三联书店,2017年版,第8—12页。

诚信精神结合起来,与春秋时代祝史祭祀陈信的思潮是一致的。①《诗经》有句云:"明明上天,照临下土。""小心翼翼,昭事上帝。……上帝临汝,无贰尔心。"在昭事上帝之时,凝其神,一其志,如履薄冰,战战兢兢,竭诚致敬,陈信由衷。祭祀者以诚敬之心,事外在之神,彰显了孔孟心性之学与祭祀文化渊源之深。子曰:"祭神,如神在","吾不与祭,如不祭"(《论语·八佾》)。孟子言:"诚者,天之道也;思诚者,人之道也。"(《孟子·离娄上》)这表明先秦哲学是在一种混融的宗教氛围中展开的。"文王在上,于昭于天"、"文王陟降,在帝左右"(《诗·大雅·文王》),君王有"君权神授"的神圣地位,其得自于天的神性为儒道思想的大人、君子、真人、至人提供了神性内在化的路径与根据,即通过诚敬的献祭获得福佑,献祭者成为神圣者,祭祀者与天地神人合一,在此过程中清明在躬,志气如神,自身获得神性、德性的提升,如《易·系辞》言:"圣人以此斋戒,以神明其德夫!"

老庄哲学的生成路径与儒家相仿佛。老子的"执古之道,以御今之有",为春秋战国的乱世纷争开出"观复""反始"的道路;老子观天之常道,以祭祀之刍狗类比"天地不仁""圣人不仁"的天道规律②,是以祭祀之神道对天道规律的隐喻性表达。在先秦文献中多有"配天""宾天""在帝之左右"等信仰,可见先公先王与上帝的紧密关系。《老子》第四章:"吾不知谁之子,象帝之先。"河上公注③、王弼注都释"帝"为"天帝"。《庄子·大宗师》:"神鬼神帝,生天生地",《老子》第三十九章:"神得一以灵"。亦可表明诸神与至上神——天帝之关联。庄子将神性的

---

① 《左传·昭公二十年》记载齐侯欲诛祝史,晏子对之曰:"若有德之君,外内不废,上下无怨,动无违事,其祝史荐信,无愧心矣。是以鬼神用飨,国受其福,祝史与焉。其所以蕃祉老寿者,为信君使也,其言忠信于鬼神。"可以看出,其时的仁人君子已经将修辞立诚作为鬼神福佑的前提和祝史祈祝的信则。

② 此两句在郭店楚简甲本阙如。据郭店简可证,老子以儒家"仁义"为靶子的思想皆为后起。但这并不妨碍我们将《老子》一书作为一个不断发展的整体看待,也不影响我们以宗教祭祀文化观照《老子》一书思想的逻辑建构。

③ 顾春编:《六子全书之老子》,吉林出版集团有限责任公司,2010年版,第30页。

宗教精神内化到至人、神人、圣人、真人等至高理想,并力求个人的自适超越。可见道家之宇宙论、境界论亦是建立于周代祭祀文化之上的。美国人类学家格尔茨认为:"宗教决不仅仅是形而上学。因为对所有的人来说,崇拜的形式、媒介和对象都充满着深刻的道德严肃。宗教中处处都有着内在的义务;它不仅仅是鼓励虔信,它还要求虔信;它不仅仅是诱发理智上的赞同,而且还强化情感承诺。"①因此,宗教必将内化为人的理智认同、灵性契合、德性尊崇和情感信守。当用理性的思辨、知识的累积难以复归道体之全时,老子提出"为道日损""归其根"的路径,力图回到恒常的道体,寻求与道合一的归宿。《老子》一书的哲理表达基于这种"古道"、"全道",即来源于宗教祭祀中超越人神对立的二元逻辑,通过身心的斋戒,沟通天地人神,来归复大道之遂初。② 无论是老子的"观复""归根"还是庄子的"心斋""坐忘",都在一定程度上契合了宗教祭祀中降神与体道的状态。

司马谈《论六家要旨》提出,道家之学以"定其神"为本:"神者生之本也,形者生之具也。不先定其神,而曰'我有以治天下',何由哉?"这一论述虽然从定人之神、养生之主的角度推论圣人为治之前提,但是已经把握到老子思想固本重神的特质了。《庄子·天下篇》开篇即提出"神明"的问题:"曰:神何由降?明何由出?"在论述"道术为天下裂"时认为:"古之人其备乎!配神明,醇天地③,育万物,和天下,泽及百姓,明于本数,系于末度,六通四辟,小大精粗,其运无乎不在。"又曰:"圣有所生,王有所成,皆原于一。不离于宗,谓之天人;不离于精,谓之神人;不离于真,谓之至人。"此处"一"以及后面一系列的"宗""精""真"等概念与"神"皆为道家表达道体的根本概念,或偏重于哲学语境的表达,或保留了宗教语境的含义。"神明"作为哲学概念还保留着宗教祭祀文化

---

① [美]克利福德·格尔茨著,韩莉译:《文化的解释》,译林出版社,1999年版,第155页。
② 张亨:《说道家——作为一种文化体系的宗教》,新竹清华大学,《清华学报》2012年第4期,新42卷,第618页。
③ 《诗经·周颂·思文》:"思文后稷,克配彼天。"《毛序》言:"《思文》,后稷配天也。"可见,庄子对古之人德配神明的追叙是以祭祀文化为其立论之基的。

的原初意义。周代文化继承了古代帝王郊天配祖的传统,其实是接续了绝地天通的传统,人王将神权收回,实现了神权与政权的合一。老子哲学崇尚虚无,因循为用,但是它的体道表达却深深地植根于祭祀文化之中,《天下篇》在论述关尹、老聃之学时言:"以本为精,以物为粗,以有积为不足,澹然独与神明居。""与神明居"带有神本文化的烙印。《论六家要旨》言道家"以虚无为本,以因循为用","虚无"指的是神无形无象又无所不在;"循用"表达的是神周流六虚而循行不辍。抽象的哲理表达,正是在宗教祭祀内核之上的纯哲学升华。郭店楚简《太一生水》曰:"天地复相辅也,是以成神明","阴阳者,神明之所生也。神明者,天地之所生也。天地者,大一之所生也"。① 将太一、天地、神明、阴阳作为四级概念加以递列,表现出宗教与哲理中间的二属形态。阴阳是一个抽象的概念,神明则有其现实的信仰基础,天地为实物,太一混合着星辰、神明等多重内涵。这些概念在虚实之间不断转换,属于一种融而未化的哲理认知与表达。楚地重巫鬼、尚淫祀,其哲学表达还未脱离具体的祭祀对象,哲学还保留着神学的尾巴。《老子》文本更为成熟,这种特点表现得更为隐晦。

《老子》一书中有一个终极的道体概念为"一",如"得一"、"抱一"、"执一"等,②"圣人抱一以为天下式","式"即史官所执持的观天象之器具——天象仪。《周礼·春官·大史》郑司农注:"大史主抱式以知天时,处吉凶,史官主知天道。"由史官"抱式"到"圣人抱一以为天下式",所抱之"一"很明显是由具体的器具抽离出来,而成为一种道体观念,由象征政教权威的法器成为一种至高之道的象征。③《楚辞·远游》:"奇傅说之托辰星兮,羡韩众之得一。"洪兴祖补注引《列仙传》言:"齐人韩

---

① 李零:《郭店楚简校释记》(增订本),中国人民大学出版社,2007年版,第42页。
② 马王堆帛书《老子》甲、乙本并作'执一',"是以圣人执一,以为天下牧"。高明:《帛书老子校注》,中华书局,1996年版,第340页。
③ 类似的表达还见于清华简《保训》"微假中于河",诸家关于"中"的训解不一,但皆认为此处语境为"中"之具体义,后来"中庸""中和"等思想则由具体义向抽象义发展。

终，为王采药，王不肯服，终自服之，遂得仙也。"① 傅说死后，他的精气附着于房星龙体之尾，韩众得一成仙，此处之"得一"，王注曰："喻古先圣，获道纯也。"《淮南子·精神训》："登假于道"。《楚辞·远游》："载营魄而登霞兮，掩浮云而上征。"而《老子》"载营魄抱一"与《远游》"载营魄而登霞兮"、"羡韩众之得一"，这三者在句式上略有变化，辞句之间可以互训。韩众的"得一"，即为仙家的"登假""登霞"，与《山海经》所描写的巫师上下群山、巫王如夏后启上下于天帝之所、《离骚》扣天门于帝阍等表达方式较为趋近。诸家所言之"一"，根据语境不同，容有不同含义的表述，但都接近于各家语境中的道体概念或宗教语境中的冥契与神人沟通的境界。

《老子》文本的"抱一"也可能来自确定的天一或太一的信仰，这一点与老子史官、天官的身份有关。"一"疑本为太一之星，马王堆帛书《避兵图》上有三条龙为"天一三星"，其中青龙为"天一"，黄龙为"地一"，黄首青身龙为"太一"。② 此处与郭店简《太一生水》中太一生天地的信仰也并无违碍之处。楚地将太一作为上帝、至上神，与楚地祭祀太一的传统有关。③ 王逸注《九歌·东皇太一》云："太一，星名，天之尊神。祠在楚东，以配东帝，故云东皇。"然太一并非独为楚地之尊神，《荀子·礼论》《礼记·礼运》都有"归大一""本于大一"的说法，且后接"天地以合""分而为天地"的表述，可见先秦两汉时期存在着广泛的太一神信仰，将太一作为天地之先的神明对待。《史记·封禅书》："天神贵者太一，太一之佐曰五帝。"司马贞《索隐》曰："天一、太一，北极神之别名。"《史记·天官书》："中宫天极星，其一明者，太一常居也。"冯时认为："良渚文化的太一北斗图像上承河姆渡文化的极星北斗，下启马王堆西汉帛画的太一图像，演变有序"，"太一为天神最尊者，而北斗则为

---

① 洪兴祖：《楚辞补注》，中华书局，2006年版，第164页。
② 饶宗颐：《图诗与辞赋——马王堆新出〈太一出行图〉私见》，《湖南省博物馆四十周年纪念论文集》，湖南教育出版社，1996年版，第79—82页。
③ 文崇一：《楚文化研究》，(台湾)"中研院"民族研究所，1967年版，第140页。

天神太一的常居之地。《史记·天官书》以北斗为帝车,载帝巡行",殷商时期对于天神最尊贵者称帝,天帝所常居之星为帝星。① 太史所抱之"式"既然为一种观测天象的器具,或与观测"天一三星"有关,因此有"抱式"与"抱一"的互换,当然这仅是一种基于现有材料的臆测,"抱一"在宗教语境中是否与太一的至上神信仰有关,还难以确证。但在后来的宗教、哲学语境中,"载营魄抱一"则成为道家精神实践与体道修养的功夫。②

《老子》一书的大部分表达方式为抽象的哲理语言,然而还有许多描述性语句则多有借鉴祭祀语汇的习惯表达,以下分为三类进行论证。第一类是常常采用譬喻的类比形式,如《老子》第五章:"天地不仁,以万物为刍狗。圣人不仁,以百姓为刍狗。"第二十章:"众人熙熙,如享太牢,如春登台。"这些譬喻皆采用了宗教祭祀场域中的语言,而非寻常的俗言俗语。第二类则与祭祀仪式中的体貌容止与端诚态度有关,如第十五章:"豫兮若冬涉川,犹兮若畏四邻,俨兮其若客,涣兮若冰之释,敦兮其若朴,旷兮其若谷,混兮其若浊。"王弼注曰:"凡此诸若,皆言其容象不可得而形名也。"③其实这种犹豫敬畏、俨然整肃、敦朴旷达的状态,与祭祀典礼场合中行礼之人的诚惶诚恐的敬畏心态是一致的。第三类则与祭祀、祝祷内容有关,如第十四章:"迎之不见其首,随之不见其后。"源于一种迎神、送神的虚空状态,老子将道体的希夷与神灵的虚无进行了用语的交叉表现。第七十八章:"受国之垢,是谓社稷主;受国之不祥,是为天下王。"与商汤祝祷之辞的思维十分相类:"尔有善,朕弗敢蔽;罪当朕躬,弗敢自赦,惟简在上帝之心。其尔万方有罪,在予一人;予一人有罪,无以尔万方。"(《尚书·汤诰》)《老子》的政治哲学很大程度上是建立在大巫王的圣统之上的,与后来的法家哲学以法、术、势进行统御的哲学完全不同。《韩非子》中的《解老》《喻老》是最早对《老

---

① 冯时:《中国天文考古学》,社会科学文献出版社,2001年版,第126—129页。
② 牟宗三:《中国哲学十九讲》,(台湾)学生书局,1983年版,第88—94页。
③ 楼宇烈:《王弼集校注》,中华书局,1980年版,第33页。

子》进行解读的文献,韩非子的政治哲学也有继承老子"君人南面之术"之论,若从巫统与祭祀文化的角度而言,这一说法是值得商榷的。在《老子》一书中,这些基于宗教语境的思想内涵之所以被淹没,与老子思想在汉代的政治化、在魏晋的哲理化有很大关系。

老子在对道体进行描述时,多次陷入语言的逻辑困境。道体是无可名状的,不得已而勉强名之曰道。这种表达困境,来自言说的内容——体悟与证道,道体层面是逻辑与名相难以企及之所在,甚至超越了玄思与玄理的层面。道体超越了感官世界的范围,因此必然带来言说困境,通过语言只能造成道体表述的言语悖论,甚至对体道本身也会形成进一步的干扰,这种境界完全与禅宗所说的"言语道断、心行处灭"是一致的。无论是老子的"非常道",还是孔子的"天何言哉",都感叹的是此种境界的无可言说。老子出函谷关而被关尹喜挽留立说的故事,也说明了此书是在一种"不得已"语境下的无奈之书。

用语言接近道体的路径障碍重重,但老子承袭并发明了一种哲理诗般的语言,将窈冥难言之道体恰当地描述出来。① 第十四章:"视之不见名曰夷,听之不闻名曰希,搏之不得名曰微。此三者不可致诘,故混而为一。其上不皦,其下不昧,绳绳不可名,复归于无物。是谓无状之状,无物之象,是谓恍惚。迎之不见其首,随之不见其后。"二十一章:"道之为物,惟恍惟惚。惚兮恍兮,其中有象;恍兮惚兮,其中有物。窈兮冥兮,其中有精;其精甚真,其中有信。"这样的语言很恰切地传达出体道的感悟,在恍惚窈冥的精神状态下,若有所见、若有所闻,又不得其见、不得其闻,这种一心无二、专精至诚的状态,与祭祀祈祷者与神明交通的感觉状态是一致的。在《老子》等二十一章的描述中,所用的一组词语与祭祀之道也直接相关。如"其中有物",《说文解字》对"物"的本义解释为"牛为大物",即牛之大者为物,牛作为太牢之首是无比尊贵的,并且具有通过献祭成为神圣之物的语意发展,如夏禹"铸鼎象物"所刻绘之"物",即各种神灵。第二十一章的其他用语,如"象"为一种瑞

---

① 古史传说时代,史官文化本来就以韵语形式,通过口耳之间的代际传述,将文化保存下来。

兽,"精"为择取的米之精华,"信"有"诚"的含义,古代修辞立诚、诚敬而明的表达,是由人敬神的宗教言说而延伸成为一种心性之学的用语。老子通过"象"、"物"、"精"、"信"等辞,表达的是这种"恍惚窈冥"的体证,是一种真实存有的状态。道体自在,虽不可言,但可证可明。

《老子》一书表达的"恍惚窈冥"的道体体证,与祭祀通神的灵性状态非常一致,如《礼记·祭义》言:"荐其荐俎,序其礼乐,备其百官,奉承而进之。于是谕其志意,以其恍惚以与神明交,庶或飨之。"此处亦或可用柏拉图的"理性迷狂"稍加类比。① 《礼记》中所呈现的与神明合一的体现,即《天下篇》所说的"澹然独与神明居"。"澹然"指的是斋戒之后或祭祀祝祷时的虚灵无我的恍惚状态;"独",则是推一己诚敬之心;"与神明居",指的是若有若无的神灵临在的神飨情境及与己身合一的体道状态。中国诸子思想有不同的发展面向,儒家是成圣成贤的学问之路,道家是成道成仙的发展路径,墨家是通过"巨子"领导的宗教组织,解民于倒悬,实现其圣王之治的理想。总之皆由凡人而成就,个体与其所崇拜的圣王、神明、天等是一体的,天人一体的思想是中国独有的极高明而道中庸的学问,而老子的言说也是基于此种路径的表达,相比于其他各家,更试图用语言去传达"无"与"道"的层面,而且是非常成熟的。

《老子》一书中"大×不×"的经典句式,也十分值得重视。第四十一章:"大音希声,大象无形"。陈鼓应译为"最大的乐声反而听起来无音响,最大的形象反而看不见形迹。"② 这一阐说并没有能够追溯到此一思想的根源。《礼记·乐记》言:"是故乐之隆,非极音也;食飨之礼,非致味也。清庙之瑟,朱弦而疏越,一倡而三叹,有遗音者矣。大飨之礼,尚玄酒而俎腥鱼,大羹不和,有遗味者矣。是故先王之制礼乐也,非以极口腹耳目之欲也,将以教民平好恶而反人道之正也。"这一段话的

---

① 在此仅仅是作一类比,柏拉图"理性迷狂"学说强调的是人回忆理念世界真实图景的心理状态,从而脱离表象世界的一种超越。其理念世界具有绝对地位,但其合一的方式是通过一种理性的回忆,显然是对宗教语境的一种曲解或变相发展,与《老子》文本及中国象形思维的特点并不相符。朱光潜译:《柏拉图文艺对话集·斐德若篇》,人民文学出版社,1963年版,第117—127页。

② 陈鼓应:《老子注译及评价》,中华书局,1984年版,第230页。

"乐之隆,非极音也",是用于清庙祭祀"有遗音者矣"的音乐,正是"大音希声"的思想渊源。此处之"大羹不和"的经典句式"大×不×"与《礼记·学记》所言的"大德不官,大道不器,大信不约,大时不齐"是一致的。"大音希声"的思想就是来源于古人对于祭祀用乐的独特要求,周人的祭祀礼制与"极口腹耳目之欲"的日常享乐是背反的,老子所极端批判的"五音令人耳聋;五味令人口爽"①等思想与之若合一契。《礼记·郊特牲》亦有:"大羹不和,贵其质也。大圭不琢,美其质也。丹漆雕几之美,素车之乘,尊其朴也,贵其质而已矣。所以交于神明者,不可同于所安亵之甚也,如是而后宜。"可见"大×不×"的套语是描述祭祀礼乐器物的经典用语。《礼记·孔子闲居》所说的"无声之乐,无体之礼,无服之丧"的"三无"思想也是从祭祀中抽离出来的对礼乐本质的认识。可见,儒道两家从祭祀事神的洁诚心境体悟中,摒弃了向外寻求福佑的神本思想,发展出超越而内在的人文思想内涵。

《老子》一书多次表达的"观复""归根"等思想虽然体现了史官对天地之道循环不息、人道好还等规律的体察,然而这种"反始"的思想也与祭祀有关。《礼记·祭义》言:"天下之礼,致反始也","致反始,以厚其本也",言宗庙祭祀之礼则曰:"圣人以是为未足,筑为宫室,谓为宗祧,以别亲疏远迩,教民反古复始,不忘其所由生也。众之服自此,故听且速也。二端既立,报以二礼。建设朝事,燔燎膻芗,见以萧光,以报气也。此教众反始也。"无论是家族的宗庙祭祀还是朝堂之燔燎膻芗,都有教民反始的目的。这种祭祀观念和老子的思想存在着多处吻合。如第十六章:"致虚极,守静笃,万物并作,吾以观复。夫物芸芸,各复归其根。归根曰静,是谓复命。复命曰常,知常曰明,不知常,妄作凶。"此段

---

① 《左传·昭公二十五年》:子大叔见赵简子,简子问揖让周旋之礼焉。对曰:"是仪也,非礼也。"简子曰:"敢问何谓礼?"对曰:"吉也闻诸先大夫子产曰:'夫礼,天之经也,地之义也,民之行也。'天地之经,而民实则之。则天之明,因地之性,生其六气,用其五行,气为五味,发为五色,章为五声,淫则昏乱,民失其性。是故为礼以奉之。"郑玄等注:《十三经古注·春秋左传集解》,中华书局,2014年版,第1489页。儒家对礼与仪的区别,表明春秋时代已经完成了礼乐文化的形上建构,只是这种建构是基于祭祀仪式之上,而并未从民事日用中完全抽离。

所出现的三个词"观复""归根""复命"皆有反始、复本的意思,"常德不离,复归于婴儿"、"常德不忒,复归于无极"、"常德乃足,复归于朴"(第二十八章)①与上段"归根复命"的思想一致。"归根复命"的思想虽然来自对天道万物客观律则的体认,然而与祭祀反始的人文思想则殊途同归。其他如"大曰逝,逝曰远,远曰反"(第二十五章);"反者道之动"(第四十章);"玄德深矣、远矣,与物反矣,然后乃至大顺"(第六十五章)等等都阐释出一种道体运行的规律。这一道体巡行的模式有诸种表达方式,如《易传》言"帝出乎震,齐乎巽"的八卦巡行模式,发展到汉代出现了太一下行九宫的模式等。这些表达反映了卜史之官的思想介于宗教与哲理两端的中间状态。这种天道运转的规律,史官认识的很早,后来凝结下来用于指导人事生活,老子由此淬炼出一种普世的哲理思想。《老子》"观复"的思想是一种对道体的体认,祭祀反始的思想是"推天道明人事"的一种人文运用,两者在体用方面虽有不同的表达,但都根植于同样的宗教祭祀的神性土壤之中。

《老子》"上善若水"的比拟蕴含有"柔弱胜刚强""心善渊""知荣守辱""善利万物"等思想,可见"水"在《老子》整个思想体系的重要地位,老子"水"的思想有三个方面的指涉:一为自然界之水,"水善利万物而不争",这是从自然界水的功用所观察到的,但是此处也分明将水抽象化为道的类比物,重点在于"善利万物""功成身退",这都是道体功用的隐喻。二为祭祀之"明水"。自然界之水,虽然与"道法自然"的思想有关,然天地万物中独水为尊的深层思想,则来自宗教祭祀与上古五行思想对水的崇仰。《礼记·乐记》曰:"大飨之礼,尚玄酒而俎腥鱼。"《明堂位》曰:"夏后氏尚明水,殷尚醴,周尚酒。"《礼运》曰:"玄酒以祭。"《乡饮酒义》:"尊(樽)有玄酒,教民不忘本也。"《礼运》:"故玄酒在室,醴醆在户。"三为五行之水。其实这应该来自阴阳家对于祭祀文化的发展。孔颖达《正义》:"玄酒谓水也。以其色黑,谓之玄,而大古无酒,此水当酒,

---

① 后接续有"朴散则为器,圣人用之,则为官长。故大制不割"与《礼记·学记》所言"大德不官,大道不器"的思想可以看作儒道两家的交汇融通。道与器的观点为两家所共同领受。

故谓之玄酒。"水之所以称"玄",与水居五行之北方有关。祭祀之水又有"明水"的称谓,《礼记》:"玄酒明水之尚,贵五味之本也。"明水来自月阴,与阴阳思想有关。《周礼·秋官司寇》:"司烜氏,掌以夫遂取明火于日,以鉴取明水于月,以共祭祀之明齍、明烛,共明水。"《礼记·郊特牲》言:"祭黍稷加肺,祭齐加明水,报阴也。取膟膋燔燎升首,报阳也。明水涚齐,贵新也。凡涚,新之也。其谓之明水也,由主人之絜著此水也。"祭祀中明水、明火的使用,为报祭"阴阳""天地""日月"有关。郭店楚简《太一生水》的文献中,即十分突出水对太一辅助的意义:"太一生水。水反辅太一,是以成天","是故太一藏于水,行于时"。《太一生水》属于战国黄老一系的文献,其中将《老子》《管子·水地篇》中对水的尊崇发展到了极致,也就是在儒家"太极生两仪"的过程中,又增加了"水"之一环,水先天地而生。此处的水并非是五行之一,而似乎是蕴含着"一气流转而分阴阳"的思路。①《尚书·洪范》五行的顺序为"一曰水,二曰火,三曰木,四曰金,五曰土。"《洪范》为殷商箕子向周武王陈述的大法:"我闻在昔,鲧陻洪水,汩陈其五行。"可见,以水为五行之首的思想来源甚早,并为夏商继承。儒道两家皆绍承之,儒家在礼乐文化中发展出报本、贵本的思想,道家则在反礼乐的语境中发展出贵柔、善利万物的哲学。

儒道两家的哲学思想产生于共有的宗教祭祀文化背景,两者在哲理内涵方面虽表现出相反相成的疏离,然在本质精神方面却多有可疏通之处。《老子》中最根本的概念如"神""一""水""观复"等与先民的宗教信仰及祭祀仪典有关系,另外一些哲学表达方式如"大×不×"及对于道体描摹的语言困境等,则与周人的祭祀礼制及交接神人等冥契状态相关,以儒家祭祀礼仪的角度观照《老子》的哲理表达,可以看到《老

---

① 《老子指归》言:"天地,物之大者,人次之矣。夫天人之生也,形因于气,气因于和,和因于神明,神明因于道德,道德因于自然。万物以存。"严遵:《老子指归》,中华书局,1994年版,第3页。在严遵对《老子》的注释中,在天地人之前,又有很多层级,如天地为有形,之前有气、和、神明、道德、自然等级别,在《老子》的"道法自然"之下,"天地"之上又增加了三个层级,很明显是一种学术发展中的繁化现象。

子》哲理的表达虽然黜落了祭祀的神性色彩,不设神坛、没有至上神的位置、鄙薄礼乐等外在仪式,然而其哲理根基则是对宗教精神的内化与践行,《老子》一书在显在的史官理性之外,却隐藏着对祭祀礼仪与体道精神的复归。

### ■ 作者简介

张艳芳,1981年生,河南辉县人,文学博士,现为山西大学文学院讲师,主要从事先秦两汉文学文献研究。

# 秦文化特点及秦文化与甘肃关系考论

## 杨 玲

（兰州大学文学院　甘肃兰州　730000）

**内容提要**　秦文化是中国传统文化中非常有特色的一个文化分支，它所具有的重用人才、重视实际、注重法制、看重融合等特点，在今天依然有借鉴和发扬的价值。秦人早期生活在甘肃南部一带，因而秦文化与甘肃有着非常密切的联系。考古发现、陇南风俗、《诗经·秦风》都反映、证明了这一点。在秦文化的传播和利用中，既要重视文学、影视、戏曲等传统手段，还要关注微信、微博、微视频等新途径。把秦文化与地方旅游结合起来，通过建设秦文化刻石园，实现秦文化的创新性转化，不失为一个较好的文化项目。

**关键词**　秦文化　特点　甘肃关系　利用

中国历史上，无论是先秦时期作为诸侯国的秦国，还是六国统一后形成的第一个封建王朝秦朝，均因其独特性而引人注目。秦国的独特在于，它本是一个偏居西北，无论经济、文化还是军事均落后弱小的族群，经过历代君王锲而不舍地努力拼搏、奋发图强，最终发展成为战国时经济富裕、军事强大的诸侯国，并一举战胜东方六国，结束战国纷乱的政治局面，完成了统一重任。秦王朝的独特则在于，它既是中国历史上第一个统一的封建王朝，又是国祚最短的王朝。它从强大走向灭亡的时间是那么短暂，过程是那么迅速，仿佛一颗流星，疾速划过历史的长空，消失在浩瀚的宇宙中。但是它对中国的影响却又那么深刻而显著。宋代大儒朱熹与他的学生有一段对话："问：'秦始皇变法之后，后世人君皆不能易之，何也？'曰：'秦之法，尽是尊君卑臣之事，所以后世不肯变。'"①清代谭嗣同曾说："二千年来之政，秦政也。"②毛泽东在《七律·读〈封建论〉呈郭老》中说"百代都行秦政法。"以上言论，且不论褒贬，都道出秦代政治对中国影响深远的事实。每一个独特的民族、每一种独特的政治策略背后一定有值得深入思考的独特文化，这是秦文化深受学人关注的原因，也是我们探究秦文化的价值与意义所在。

甘肃与秦文化关系密切。首先，陇东南地区是秦民族的早期发祥地，是秦文化的根柢所在，至今那里的风俗民情还带着明显的秦文化痕迹。其次，在甘肃出土了大量珍贵精美的秦人文物，发掘出了举世瞩目的秦公陵。再次，秦文化的诸多特点，譬如不拘一格广招贤能、重视实际崇尚功利、注重与其他诸侯国的交往融合等，均与陇东南地区特殊的地理位置、人文环境、自然环境密不可分。因此，脱离开甘肃谈秦文化，一方面很难深入了解秦文化形成的原因，因而容易流于简单地批判和否定。另一方面，忽略秦文化是甘肃地域文化的重要内容，造成对甘肃在中华民族发展过程中的重要性认识不足。有鉴于此，本文尝试从地域入手分析秦文化的形成和特点，在此基础上，借助考古发现、风俗民情和《诗经·秦风》进一步阐述秦文化与甘肃的关系。

# 一、秦文化的特点

本文所论秦文化包括所有与秦人、秦国、秦代相关的物质文化和精神文化。虽然甘肃与秦文化的关系主要体现在秦早期文化上，但早期文化对秦人东迁陕西乃至建立秦王朝后的文化影响深远，彼此从根本上不可分。秦文化的诸多特点，譬如对法制的重视、崇尚功利、忽视人文精神等，在早期已有萌芽和表现。因此，广义的秦文化更有利于从根

---

① 黎靖德编：《朱子语类》，中华书局，1986年版，第134卷。
② 谭嗣同：《仁学》，中华书局，1962年版，第47页。

源上纵向梳理秦文化的形成,同时也便于更深刻地认识甘肃在秦文化形成和发展中的重要地位。

秦本为地处偏远西方的一个部落,其远祖多以驯兽驾车见长,凭借这一技艺,他们从虞舜到周代屡建奇功:柏翳佐禹治水,舜赐姓嬴氏;费昌为汤驾车败桀于鸣条;中潏为殷商保卫西部边境;造父为周穆王驾车,日驱千里以救周乱,其族由此被封为赵氏;周宣王时秦仲为西垂大夫,襄公救周难,又率兵护送周平王东迁,被封为诸侯,建立了秦国。作为一个西方小国,秦人在立国之初各方面都非常落后,后来虽然逐渐强大,但依然被中原各国以戎狄视之,受到排挤。为了提高在诸侯国中的地位,秦国一方面通过与戎族的斗争、融合扩充自身力量,另一方面加强与中原各国的来往,以通婚等途径汲取中原文化,最终发展成为强国,直至统一六国。在这一漫长过程中,它形成了与中原各诸侯国迥然不同、独具特色的文化,对中国古代社会产生深远影响,并成为中国传统文化重要组成部分。具体来说,秦文化具有重人才、重实际、重法制、重融合、轻人文等特点。

### (一) 重视人才,重用人才

重视人才、重用人才是秦国从弱小走向强大的关键所在。宋代洪迈在《容斋随笔》中论述道:

> 七国虎争天下,莫不招致四方游士。然六国所用相,皆其宗族及国人,如齐之田忌、田婴、田文,韩之公仲、公叔,赵之奉阳、平原君,魏王至以太子为相。独秦不然,其始与之谋国以开霸业者,魏人公孙鞅也。其他若楼缓赵人,张仪、魏冉、范雎皆魏人,蔡泽燕人,吕不韦韩人,李斯楚人,皆委国而听之不疑,卒之所以兼天下者,诸人之力也。①

洪迈所言揭示了一个事实,那就是战国时期虽然各诸侯国均重视

---

① 洪迈著,冀勤评注:《容斋随笔》,中华书局,2007年版,第8页。

人才,广招贤能。但是通过对比我们发现,秦国的用人方式与东方六国还是不同。东方六国在选拔人才时摆脱不了血缘关系、地缘关系的影响,所以六国的国相多为本国国君的宗族,至少也要是本国人。只有秦国真正做到了唯才是用,不分国界,无论亲疏远近,由此使得大量人才从四面八方奔赴秦国,为秦效力。秦国之所以不拘一格用人才,原因之一在于它地处西北,本国人才严重不足,首先有渴求人才的愿望。其次,也是因为秦地处西北,受周王朝礼乐文化影响较小,不十分看重宗族关系,所以可以做到广招人才。这一点,在秦国国君传位制度上就有鲜明表现。

秦国国君的继位者选择并不完全遵循"立嫡以长不以贤""立嫡以贵不以长"的礼制要求,而是"于四竟择勇猛者立之",所以《春秋公羊传·昭公五年》有曰:"秦者,夷也,匿嫡之名也。"意即秦人有夷狄的风俗,嫡子出生后不公布其名。至于为什么要这么做,何休的解释是为了在四境之内选拔优秀人才担当国君①。据统计,自秦襄公立国至穆公之前的九代国君,其中兄终弟及3人,次子继位1人,孙子继位2人,不明嫡庶1人,以长子身份继位的只有2人。庄公卒,长男世父不立,让其弟襄公;武公卒,立其弟德公;宣公有九子,均不立,却立其弟成公;成公亦放弃其七个儿子,而让位于其弟穆公②。穆公之后尚有躁公弟继位,是为怀公;武王弟继位,是为昭王。最令人惊讶且感佩的是支持商鞅变法的秦孝公,他因卫人商鞅主持秦国变法取得显著成效,使秦一跃成为强国,故而看好其出众才华,在病重将逝时甚至欲传王位于商君,而不是自己家族的后代。这对于重视血缘宗亲关系的周人来说简直不可想象。于此可见秦孝公心胸之阔大,对人才之重视,在中国历史上实属少见。所以郭沫若先生说:

使商鞅成了功的秦孝公,我们也不好忘记,他确实是一位法家

---

① 黄铭、曾亦译注:《春秋公羊传》,中华书局,2016年,第621页。
② 参见焦新顺撰《试析商鞅变法成功的因素》,《河南机电高等专科学校学报》2003年第3期。

所理想的君主。他能够在二十余年间让商君一人负责,放手做去,不加以干涉,真是难能可贵的事。《战国策·秦策》载他要死的时候,打算传位给商鞅,而商鞅不受。这大概是事实,也正表示着秦孝公是怎样一位大公无私的人,而对于当时的新潮流,就连君位禅让说,都是想躬行实践的。古时候的政治家要想成功,最难得的是这君臣的际遇。齐桓公之于管仲都远不如这秦孝公之于商鞅,至于后代的刘先帝之于诸葛亮,宋神宗之于王安石,更是大有愧色了。①

直至战国末年,秦王嬴政的父亲庄襄王也是以庶子而继承王位。从这些非嫡长子而继位的秦君的谥号来看,他们的确都是凭才而立。这几位秦君谥号武、德、成、穆、怀、昭均为上谥,即寄寓着称赞褒扬。据《逸周书·谥法解》:"刚强直理曰武,威强睿德曰武,克定祸乱曰武,刑民克服曰武,大志多穷曰武……谏争不威曰德。辟地有德曰襄,甲胄有劳曰襄。……安民立政曰成。布德执义曰穆,中情见貌曰穆。……昭德有劳曰昭,容仪恭美曰昭,圣闻周达曰昭。"从这里可以看出秦国的确存在传贤式君位继承。既然国君的选择都不以宗亲关系为重,其他职位由什么人担任就更不会取决于与国君关系的远近亲疏了。正因为此,商鞅、李斯等人意欲一展抱负时,不约而同地选择了秦国。在韩人郑国借帮助秦国修建水利工程以牵制秦国兵力的目的暴露后,秦国一度决定驱逐所有客卿,这时楚人李斯上书秦王历陈"外国人"对秦国的贡献:

> 昔穆公求士,西取由余于戎,东得百里奚于宛,迎蹇叔于宋,求邳豹、公孙支于晋。此五子者,不产于秦,而穆公用之,并国二十,遂霸西戎。孝公用商鞅之法,移风易俗,民以殷盛,国以富强,百姓乐用,诸侯亲服,获楚、魏之师,举地千里,至今治强。惠王用张仪之计,拔三川之地,西并巴、蜀,北收上郡,南取汉中,包九夷,制鄢、

---

① 郭沫若:《十批判书》,东方出版社,1996年版,第345页。

郢,东据成皋之险,割膏腴之壤,遂散六国之从,使之西面事秦,功施到今。昭王得范雎,废穰侯,逐华阳,强公室,杜私门,蚕食诸侯,使秦成帝业。此四君者,皆以客之功。由此观之,客何负于秦哉!向使四君却客而不内,疏士而不用,是使国无富利之实,而秦无强大之名也。①

从中可以看出,秦国发展的关键时期,"外国人"的积极参与起到了至关重要的作用。

秦国君主多尚贤重士。为求霸业,他们养游士,纳食客,一旦听闻人才,想方设法网罗到自己身边,委以重任,加以重用。秦穆公是这些君主中较为突出的一位。穆公门下的游士食客待遇优渥,他们"夏屋渠渠""每食四簋"(《诗经·秦风·权舆》)。鲁昭公二十年,齐景公与晏婴到鲁国拜访孔子。景公问孔子:"昔秦穆公国小处辟,其霸何也?"孔子回答:"秦,国虽小,其志大;处虽辟,行中正。身举五羖,爵之大夫,起累绁之中,与语三日,授之以政。以此取之,虽王可也,其霸小矣。"(《史记·孔子世家》)"五羖"即秦国大夫百里奚。本为奴隶,秦穆公闻其贤,以五张羊皮换来,施以高位,委以重任。孔子认为偏居一隅的嬴秦之所以能够称霸诸侯,与穆公有远大的志向和重用人才不无关系。百里奚之外,秦穆公还取由余于戎,迎蹇叔于宋,求丕豹、公孙枝于晋。为了使由余离开西戎归附秦国,穆公虔诚倍至,和由余"曲席而坐,传器而食"。曲席,意即座席相连。古代君王的座位通常在位置凸显的主位,以显示其君威。但是穆公为了使由余留在秦国,甘愿屈尊,不仅和由余同座,而且与他共食,终于使由余弃戎入秦。后来在由余的帮助下,"三十七年,秦用由余谋伐戎王,益国十二,开地千里,遂霸西戎。天子使召公过贺缪公以金鼓。"(《史记·秦本纪》)。

秦国历代君王不仅重视人才、礼贤下士,更为重要的是他们知道如何使用人才。其表现之一就是虚心接受贤臣的建议和批评。秦惠王要

---

① 李斯:《谏逐客书》,载赵逵夫、刘跃进主编《中国古代文学作品选》(第一卷),中华书局,2007年版,第197页。

派遣擅长打仗的白起去游说六国国君。秦国的一个处士寒泉子听了之后阻止说:"攻城略地,您可以派遣白起将军。要让各诸侯国和秦国建立友好关系,您应该派遣张仪去。"惠王听了立刻认识到自己用人之错,于是虚心接受寒泉子的建议(《战国策·秦策一》)。秦昭王与大臣中期争论,昭王理屈辞穷,勃然大怒。但即使在这种情形下,昭王依然能听出其他大臣的弦外之音,不去怪罪中期(《战国策·秦策五》)。嬴政在国人心目中是一个暴君,但他对人才却非常爱惜。他想接见顿弱,顿弱提出条件说:"臣之义不参拜,王能使臣无拜,即可矣。不,即不见也。"嬴政立刻应允。顿弱由此献策嬴政:"资臣万金而游,听之韩、魏,入其社稷之臣于秦。"(《战国策·秦策四》)也就是通过把韩、魏两国的有识之士引进到秦国,使其效命于秦,从而使韩、魏不得不听命于秦。韩、魏两国听命于秦,其他四国自然也就臣服了。嬴政采纳了顿弱的计策,最终用反间计杀了秦国的心腹大患赵国将军李牧,又迫使齐王前来秦国朝拜,燕赵韩魏闻讯紧随而至,秦的统一大业由此拉开序幕。贵为强秦的国君,嬴政为留住尉缭,不惜屈尊。即使是本作为间谍到秦国修建水利工程的郑国,当他向嬴政陈明修建水渠对发展秦国农业的便利后,嬴政立刻改变主意,将其赦免。可见,在嬴政心目中,才能是他重用、尊重一个人最关键的条件。他对儒生本无敌意,到泰山封禅时也曾虚心向儒生请教祭祀天地的仪式,但一向以尊礼懂礼自诩的儒生们却不能给出一个满意答案,于是他弃儒而自定仪式,完成了封禅大典。对于"坑儒",清人梁玉绳《史记志疑》有说:

> 余尝谓世以焚书坑儒为始皇罪,实不尽然。天下之书虽烧,而博士官所职,与丞相府所藏,固未焚矣。始皇三十六年,使博士为《仙真人诗》。《叔孙通传》载二世召博士诸儒生三十余人问陈胜。又通降汉,从儒生弟子百余人。征鲁诸生三十余人。《项羽纪》称鲁为其守礼义死节。则知秦时未尝废儒,亦未尝聚天下之儒而尽坑之。其所坑者,大抵方伎之流,与诸生一时议论不合者耳。①

---

① 梁玉绳:《史记志疑》,中华书局,1981年版,第181页。

钱穆先生也赞同此说。秦始皇恼怒于那些欺名盗世的所谓"儒生"辜负他的信任,拿着他的赏赐却又在背后欺骗、诽谤他,因此一怒之下将他们坑杀。

其次,秦国国君对人才的重视和重用还在于当决策失误时,敢于承担责任,勇于承认错误。秦穆公贪一时之利,不听蹇叔之劝,劳师袭远,攻打晋国,大败而终,秦军三个将领孟明、西乞、白乙被俘,后在文嬴的劝说下,被晋襄公放回。秦穆公身着素服在首都郊区迎接他们,哭着说:"我没有听从蹇叔的建议,使你们受辱,这是我的过错。"在解释为什么不将孟明削职降官时,穆公再次强调:"都是我的错,您有什么罪?况且我不会因为一次过失而抹杀一个人的大功劳。"公元前624年,秦穆公再次命孟明率军进攻晋国,晋国军队据城防守,不敢出战。于是穆公从茅津渡过黄河,为殽山战役牺牲的将士筑坟,给他们发丧,痛哭三天,向秦军发誓说:"我要告诉你们,古人办事虚心听取老年人的意见,所以不会有什么过错。"(《史记·秦本纪》)又一次公开承认自己不采纳蹇叔、百里奚的计谋而对国家造成的损失。这种勇于担当,不推卸责任,不掩饰不回避自身错误的做法使穆公成为一代明君。

秦国历史上,秦穆公是一位影响很大的君王,在他统治时期,秦国疆域扩大,国家富强。秦孝公在召贤令中曾说:"昔我缪公自岐雍之间,修德行武,东平晋乱,以河为界,西霸戎翟,广地千里,天子致伯,诸侯毕贺,为后世开业,甚光美。……献公即位,镇抚边境,徙治栎阳,且欲东伐,复缪公之故地,修缪公之政令……"(《史记·秦本纪》)可以看出,穆公的统治策略直接成为秦国后世君主效仿的范本。他的重视人才、善用人才在与他相隔三百多年的秦惠王身上也可以看到。陈轸本效命于秦国,因与张仪有隙,被迫离秦奔楚。其后,陈轸奉楚王之命前往秦国讲和。惠王见到陈轸首先认错:"子秦人也,寡人与子故也。寡人不佞,不能亲国事也,故子弃寡人事楚王。"(《战国策·秦策二》)对于陈轸的离开,秦惠王不仅没有指责他,反而认为是自己不够贤明所导致。接着恳请陈轸可否在为楚王效忠之余,为秦国出谋划策,就秦国在齐、楚相伐一事上该采取什么样的立场给出一些建议。陈轸为惠王的诚恳而感动,提出"待伤虎而刺之,则是一举而兼两虎也"的高明计策。

秦国重用人才的第三个表现在于任人唯贤、因功授赏、因能授职,不计较客卿的出身和社会地位及事秦之前的所作所为。百里奚是秦穆公用五张羊皮换来的奴隶,但却官至高位,因而有"五羖大夫"之称;由余为戎人,秦用为上卿。对于一些因在其他诸侯国不得意而投奔秦国的人才,秦国也不计前嫌,敞开怀抱接纳。商鞅本是卫之庶公子,且是因为在魏国得不到重用才前往秦国,但孝公却能委以重任,让他主持变法;公孙支先游晋,后归秦,秦穆公"师事之";张仪本为魏氏馀子,先至赵投苏秦,未如愿而入秦,却能官至秦相;陈轸,夏人,先在楚联齐抗秦,后至秦,秦依然重用;范雎,先事魏之中大夫须贾,因被怀疑偷盗而受重笞。他装死求生,然后被扔到茅厕中,后藏在秦国使者的车中来到秦国。就是这么一个地位低下、受尽凌辱的人,在秦国却被重用为相。正是因为秦国这种不拘一格的用人政策,使得有识之士纷纷投身秦王麾下,一时间秦国人才济济,蔚为人才大国。

**(二)重视实际,崇尚功利**

长期与西戎为争夺土地而战,加之即使被立为诸侯之后依然受到东方各国的歧视,这种严酷的生存环境逐渐培育出秦人重实际、尚功利的特点,其具体表现就是无论用人还是制定国策均以满足实际需要、产生实际功效为标的。商鞅游说秦孝公,先说以迂远的帝道、王道,孝公不仅不为其所动,反而倍加责难。但是当商鞅改变策略,转而主张以霸道治国时,孝公顿时被吸引,并立刻接纳了他。相比于师法自然、无为而治的帝道和以仁义礼让悦近来远的王道,霸道主张以力治国,更切合战国实际,易于见成效,所以符合秦孝公强国的迫切心情。因为重实际、尚功利,秦国的医学非常发达,春秋时期著名的医缓、医和都出自秦国。据《左传》记载,公元前581年,医和曾为晋景公治病。据《国语》和《左传》记载,公元前541年,医和曾应邀为晋平公治病疗疾,提出了著名的六气致病说。也是因为重视实际,秦国的卫生措施比其他诸侯国先进很多,对包括医书在内的实用类书籍的保护也非常得力。

秦文化重视实际、崇尚功利的特点与周边少数民族的影响不无关系。司马迁在《史记·匈奴列传》中对匈奴人①崇尚功利有形象的描写:"其攻战,斩首虏赐一卮酒,而所得卤获因以予之,得人以为奴婢。故其战,人人自为趣利,善为诱兵以冒敌。故其见敌则逐利,如鸟之集;其困败,则瓦解云散矣。战而扶舆死者,尽得死者家财。"又说:"利则进,不利则退,不羞遁走。苟利所在,不知礼义。……壮者食肥美,老者食其余。贵壮健,贱老弱。"汉使责备匈奴人贱老,没有亲情,中行说反驳说:"匈奴明以战攻为事,其老弱不能斗,故以其肥美饮食壮健者,盖以自为守卫,如此父子各得久相保,何以言匈奴轻老也?"由此看出利是戎、狄人生活的核心。受戎、狄影响,秦人逐渐养成尚功重利的特点。譬如,秦人对不同群体的人区别对待。打仗时,粮食供给首先保证壮年男子,因为他们是抗敌的主力。其次要照顾到壮年女性,因为她们要背笼土建筑防御功事。年老体弱者的任务是放牧牛、马、羊、猪以保证主力部队有足够食物,而他们自己却只能吃主力部队余下的食物(《商君书·兵守》)。这与匈奴的做法完全相同。《史记·扁鹊列传》说扁鹊到邯郸,闻知当地人尊重妇女,就做治妇女病医生;到洛阳,闻知周人敬爱老人,就做专治耳聋眼花四肢痹痛的医生;到了咸阳,闻知秦人喜爱孩子,就做治小孩疾病的医生。邯郸是赵国都城,这里的女子容貌秀丽,擅长歌舞,常常被达官贵人娶为家室,所以地位比较高。洛阳属周,周人素来敬老,因此老人地位高。咸阳属秦地,秦人之所以爱小儿,原因之一就是重实际、尚功利。老人年老体弱,去日无多。孩子则是国家发展的后备力量,是国家的希望所在,因此得到重视。

秦文化重实际、尚功利特点的另一原因在于商鞅变法的影响。商鞅大力提倡农战使秦国形成了"有功者显荣,无功者虽富无所芬华"的

---

① 王国维在《鬼方昆夷猃狁考》中说:"我国古时有一强梁之外族,其族西自汧、陇,环中国而北,东及太行、常山间,中间或分或合,时入侵暴中国,其俗尚武力,而文化之度不及诸夏远甚,又本无文字,或虽有而不与中国同。是以中国之称之也,随世异名,因地殊号。至于后世,或且以丑名加之。其见于商、周间者,曰鬼方、曰混夷、曰獯鬻。其在宗周之际,则曰猃狁。入春秋后,则始谓之戎,继号曰狄。战国以降,又称之曰胡、曰匈奴。"(见《观堂集林》,河北教育出版社,2001年版,第369页)

社会现象,立功获赏成为人们生活中最重要的追求,以至于父子兄弟夫妻等家人之间都是以利相牵。汉代贾谊评价说:

> 商君违礼义,弃伦理,并心于进取,行之二岁,秦俗日败。秦人有子,家富子壮则出分,家贫子壮则出赘。假父耰鉏杖篲,虑虑有德色矣;母取瓢碗箕帚,虑立讯语。抱哺其子,与公并踞;妇姑不相说,则反唇而睨。其慈子嗜利而轻简父母也,虑非有伦理也,亦不同禽兽仅焉耳。(《新书·时变》)

对现实的极端重视和对功利的过度追求常常伴随着对精神文化的贬低和打压,这就使得秦文化形成另一鲜明特点:轻视人文,忽略人性,详见下文。

**(三) 重视法制,轻视礼义**

与中原各诸侯国相比,秦国受西周礼乐文明影响小,因而法制观念强,礼义观念淡薄。齐人鲁仲连曾说:"彼秦者,弃礼义而上首功之国也。"(《战国策·赵策三》)培养出两个杰出法家学派代表人韩非和李斯的荀子西行入秦,看到的情形是:

> 其固塞险,形势便,山林川谷美,天材之利多,是形胜也。入境,观其风俗,其百姓朴,其声乐不流污,其服不佻,甚畏有司而顺,古之民也。及都邑官府,其百吏肃然,莫不恭俭、敦敬、忠信而不楛,古之吏也。入其国,观其士大夫,出于其门,入于公门;出于公门,归于其家,无有私事也;不比周,不朋党,偶然莫不明通而公也,古之士大夫也。观其朝廷,其间听决百事不留,恬然如无治者,古之朝也。故四世有胜,非幸也,数也。是所见也。故曰:佚而治,约而详,不烦而功,治之至也,秦类之矣。(《荀子·强国》)

荀子认为秦国百姓朴实,官吏严肃认真,对待职责不粗疏草率。朝廷官员廉洁奉公,不拉帮结派,全国上下俨然一派古风。荀子称赞秦国的政治安定有序,政令简约周详,政事不烦乱而有功绩。这是施行法治之后呈现的面貌。当然,对秦国的法治,鄙薄批判者亦有之。班固从儒家的角度出发,认为法治的施行破坏了儒家以德治国,以至于仁爱不够,残酷有余。他说:"陵夷至于战国,韩任申子,秦用商鞅,连相坐之法,造参夷之诛;增加肉刑、大辟,有凿颠、抽胁、镬亨之刑。至于秦始皇,兼并战国,遂毁先王之法,灭礼谊之官,专任刑罚。"①但是,无论荀子还是班固都指出秦国的法制程度远远高于其他诸侯国。其原因,一是秦本身就具备一定的法治基础,二是秦国自孝公始奉先秦法家思想为治国主导思想。

秦之重法制,渊源有自。《史记·秦本纪》说秦之先女修吞燕卵而生子大业。《正义》云"大业即皋陶"②。皋陶在舜帝时被任命为掌管刑法的"士",推行"五刑""五教",使"五刑有服,五服三就。五流有宅,五宅三居。惟明克允"(《尚书·舜典》),因此受到舜帝高度称赞。所以在法家思想影响秦国之前,秦人就已经具备了自己的一套法制传统。法制于秦国不是外来"异物",而是内在于其文化的要素之一。蒙文通先生说:"法家之学,莫先于商鞅……凡商君之法多袭秦旧,而非商君之自我作古……则什伍连坐,已在商君之前为嬴姓国固有之法也……则(夷)三族为秦先有之罪,亦不自商鞅始也……爵既秦所先有,上首功自亦秦所先有也……是法家之本之商鞅,而鞅袭之秦。故吾谓法家之说,诚源于西北民族之教者也。"③蒙先生所谓"秦旧",首指秦国在商鞅变法之前就实施的一些法制措施,如秦文公二十年,"初有三族之罪";武公三年,"诛三父,夷三族"。其次是"上首功"。实际上,还有一点,那就是秦国很早就认识到划分官吏职掌的重要性。而这恰是法家治吏思想强调的一个问题。《吕氏春秋·不苟》云:

> 秦缪公见戎由余,说而欲留之,由余不肯。缪公以告蹇叔。蹇

---

① 班固:《汉书·刑法志》,中华书局,1962年版,第1096页。
② 司马迁:《史记》,中华书局,1982年版,第173页。
③ 蒙文通:《古学甄微》,巴蜀书社,1987年版,第301—303页。

叔曰:"君以告内史廖。"内史廖对曰:"戎人不达于五音与五味,君不若遗之。"缪公以女乐二八与良宰遗之。戎王喜,迷惑大乱,饮酒昼夜不休。由余骤谏而不听,因怒而归缪公也。蹇叔非不能为内史廖之所为也,其义不行也。缪公能令人臣时立其正义,故雪殽之耻,而西至河雍也。

秦缪公相百里奚。晋使叔虎、齐使东郭蹇如秦,公孙枝请见之。公曰:"请见客,子之事欤?"对曰:"非也。""相国使子乎?"对曰:"不也。"公曰:"然则子事非子之事也。秦国僻陋戎夷,事服其任,人事其事,犹惧为诸侯笑,今子为非子之事!退!将论而罪。"公孙枝出,自敷于百里氏。百里奚请之。公曰:"此所闻于相国欤?枝无罪,奚请?有罪,奚请焉?"百里奚归,辞公孙枝。公孙枝徙,自敷于街。百里奚令吏行其罪。定分官,此古人之所以为法也。今缪公乡之矣。其霸西戎,岂不宜哉?

两个事例体现出的职责分明、不越职不推诿观念正是法家吏治思想的内容之一。第一个事例中,蹇叔不是想不出内史廖的计策,但是因为此事不在他的职责范围内,所以他让穆公去询问内史廖,而不是自己直接告知穆公该怎么做。第二个事例中,接见外国使臣不是公孙枝的职责,他却提出这样的要求,这是越权,因此秦穆公要治他的罪。百里奚为公孙枝求情,秦穆公完全按照国家法律秉公处理:假如公孙枝没有罪,有求情的必要吗?假如他有罪,求情又有什么用?穆公所做与法家主张的"官不兼职""士不兼事"完全一致。韩非言"明君使事不相干,故莫讼;使士不兼官,故技长;使人不同功,故莫争"(《韩非子·用人》),即此意。明确官吏职责和管辖范围是政治发达的一种表现,先秦诸子中对此有明确论述且充分重视之的就是法家。明确职掌是法家实施"参验"的前提,而"参验"又是以法治国的前提。穆公在法家理论形成之前就已经将这一措施实施于治国之中,一方面看出他的政治才能,另一方面也证明了秦国的治国策略的确与法家有先天的亲和力。秦孝公时为了复兴秦国,开始实施刑赏之策。所以《淮南子·要略》说:"秦国之俗,贪狼强力,寡义而趋利,可威以刑,而不可化以善;可劝以赏,而不可厉以名。被险而带河,四塞以为固,地利形便,畜积殷富,孝公欲以虎狼之势而吞诸侯,故商鞅之法生焉。"认为秦国政治环境是商鞅之法产生的重要条件。商鞅游说秦孝公时最初采取的并非"霸道",而是"帝道"和"王道",但孝公听得昏昏欲睡,还为此责备引荐商鞅的景监。当商鞅最后推出"霸道"时,秦孝公顿时精神振奋。很显然,"霸道"才是孝公所需。由此证明《淮南子》所言不虚:秦国的环境及君主所好与法家学说恰好吻合,这是商鞅变法之所以能够成功的重要条件。法国学者丹纳论及由风俗习惯、时代精神、自然条件组成的"环境"对艺术作品产生的影响时说:"环境只接受同它一致的品种而淘汰其余的品种;环境用重重障碍和不断的攻击,阻止别的品种发展。"① 一种思想、一种治国策略在某一地的产生也是同一道理。从这一角度去理解法治主义与秦国的关系,一切就显得顺理成章了。

商鞅变法进一步强化了秦国君臣以法治国的思想。在此之前,秦国在治国中部分地采取法制或许是"无心插柳",商鞅变法之后全面实施法制则是"有意栽花",于是法制的种子在秦国这片本就适合它生长的土壤中不仅开花,而且结出了丰硕的果实。即使在商鞅被车裂后,秦国以法治国的主张却再也没有改变。所以韩非说:"及孝公商君死,惠王即位,秦法未败也。"(《韩非子·定法》)沈家本云:"自商鞅变法相秦孝公而秦以强,秦人世守其法,是秦先世所用者,商鞅之法也。始皇并天下,专任刑法,以刻削毋仁恩和义为宗旨,而未尽变秦先世之法,是始皇之所用者,亦商鞅之法也。"② 这点从《战国策》《韩非子》所述可以得到明证。

《战国策·秦策一》记载,张仪游说秦惠王时说,六国联盟试图攻打秦国,这是一件很可笑的事。因为六国的士卒即使"白刃在前,斧质在后"也不愿意为其君在战场上搏杀,原因在于六国国君"言赏则不与,言罚则不行",国家法令只是一纸空文。而秦国则是有法必依,令出必行,

---

① 丹纳著,傅雷译:《艺术哲学》,安徽文艺出版社,1991年版,第84页。
② 沈家本:《历代刑法考》,中华书局,1985年版,第1365页。

将士有无功劳不是靠嘴说,而是以事实为据。所以秦之士卒视勇敢为美好的品质,"闻战顿足徒裼,犯白刃,蹈煨炭,断死于前者比是也"(《战国策·秦策一》)。他们乐难安死,一可以胜十,十可以胜百,百可以胜千,千可以胜万,万可以胜天下。张仪所言虽有夸大成分,但很大程度上道出了秦国实施法治较为彻底,及秦孝公之后秦国依然坚持商鞅之法的事实。

秦惠王之后继任的秦昭王同样坚守商鞅以法治国的策略。《韩非子·外储说右》有:

> 秦昭王有病,百姓里买牛而家为王祷。公孙述出见之,入贺王曰:"百姓乃皆里买牛为王祷。"王使人问之,果有之。王曰:"訾之人二甲。夫非令而擅祷者,是爱寡人也。夫爱寡人,寡人亦且改法而心与之相循者,是法不立;法不立,乱亡之道也。不如人罚二甲而复与为治。"

同篇又有:

> 秦大饥,应侯请曰:"五苑之草著:蔬菜、橡果、枣栗,足以活民,请发之。"昭襄王曰:"吾秦法,使民有功而受赏,有罪而受诛。今发五苑之蔬草者,使民有功与无功俱赏也。夫使民有功与无功俱赏者,此乱之道也。夫发五苑而乱,不如弃枣蔬而治。"

秦昭襄王(前325年—前251年),简称秦昭王,是车裂商鞅的秦惠文王之子,也是秦国在位时间最长的一个国君。他继位时,商鞅变法已过去三四十年,但是从以上两个例子可以看出,商鞅制定的秦法依然没有一点儿折扣地被执行着。秦昭王生病,民众出于对君王的关爱而为他祈祷。秦昭王得知后不仅没有称赞和感动,反而因他们触犯了秦法要加以责罚。在秦昭王看来,"法不立"是"乱亡之道",所以对违法行为不能姑息。第二个事例中,为了维护秦法"有功而受赏,有罪而受诛"的原则,秦昭王坚持不肯赈灾。虽然显得无情,但也体现出他对法律的重视。秦孝公和商鞅死后,商鞅制定的秦法依然受到秦国最高统治者的青睐,其原因可以从两方面来看:一是商鞅变法成效显著,秦国统治者不能不坚持。二依然是秦国从历史根源上所具备的与法家思想高度的亲和力。这两个原因造就了秦文化中重视法制的特点,也成为秦国在战国七雄中胜出的关键因素。

与重视法制相对的是秦文化对礼义的忽略,这是一个问题的两个方面。假如不是轻视礼义,秦国就不可能那么坚决而彻底地贯彻法家以法治国思想。据考古学者研究,"春秋早期,秦对周礼的学习较为认真……,春秋中期对周礼的遵守趋于松弛"。从秦墓葬中的礼器可以看出,"周礼对秦人来说只是舶来品,而非渗透于血脉中的文化规范"①。时至战国,商鞅变法对以法治国的强化以及对诗书礼乐的贬低和压制,使儒家礼文化在秦国更无用武之地。

**(四) 重视融合,积极交往**

秦虽地处偏僻的西北,却不因地理位置而闭关锁国,不与他国来往。相反,他们对本国的这一局限有清晰认识,因此积极主动地与周边各族群,与中原各诸侯国交流融合,从而从落后走向强大。强大之后就走出陇东南,向东发展,以摆脱地理上的这一束缚。

早期秦人长期与西戎或杂居或比邻而居。他们与西戎的相处既有战争,又有通婚、通商。《左传·襄公十四年》记载戎子驹支之言:"昔秦人负恃其众,贪于土地,逐我诸戎。"可见秦与西戎之间常常为了土地爆发战争。这一点从秦的发展历史也可看出。周厉王时,西戎因厉王无道,先是反叛周王朝,接着灭了居于犬丘的大骆全族。周宣王继位后,任用秦仲为大夫,讨伐西戎。西戎又杀了秦仲。秦仲的儿子庄公在位时,周宣王给庄公及其兄弟七千士卒,命其讨伐西戎,这一次秦人打败了西戎。但是秦仲被杀始终是秦人的耻辱,于是庄公的长子世父将王位让于弟弟(即后来的秦襄公),自己发誓要为祖父秦仲报仇,不杀戎王誓不返家。秦和西戎就这样征战不休。战争影响国家发展,给老百姓

---

① 王学理、梁云:《秦文化》,文物出版社,2001年版,第191页。

生活带来许多干扰,但是战争有利于文化传播和民族交融。梁启超说:"春秋战国之时,兼并盛行,互相侵伐。其军队所及,自濡染其国政教、风俗之一二,归而调和于其本邦。征伐愈多,则调和愈多,而一种新思想,自不得不生。"①秦人在与西戎的长期战争中变得骁勇善战,弥补了以农业文明为核心的周文化过于柔弱斯文的缺陷,这是其能够统一六国的重要原因之一。

通婚是春秋战国时期诸侯国之间加强联盟、壮大自己势力一种常用的外交方式。《战国策·秦策四·薛公入魏而出齐女》所记最见婚姻在春秋战国外交中的作用。齐女本是魏昭王的妃子,齐国大臣因怨怒齐国而让魏王休了齐女。秦国大臣韩春立刻建议秦昭王娶齐女为妻。其理由是此举首先可使齐、秦联合起来威逼魏国,如此则魏国上党即可被秦占有。其次,齐、秦联合起来,拥立齐女的儿子魏公子负刍为太子,那时因为他的母亲住在秦国,又是秦王的妻子,魏国就不得不听命于秦国。魏国听命于秦国,就意味着它等同于秦国的一个县。第三,齐国亲秦的大臣韩珉试图借助齐、秦二国使薛公田文陷入困境,同时负刍的哥哥佐也想帮助弟弟确立太子之位。韩珉和佐的愿望一旦达成,魏王必然恐惧而让齐女回国,负刍因感激秦国而会让魏国永远侍奉秦国。齐女如回魏国必然怨恨薛公,同时会设法使齐国来侍奉秦国。一个简单的休妻举动就引起了这样一串连锁反应,婚姻在外交中的作用于此可见。正因为此,当时各国都非常注重通过联姻建立外交联盟。作为晚起的一个诸侯国,为了迅速发展壮大,秦国更是把联姻视为重要的外交渠道。

秦襄公继位后,意识到在自己的民族没有发展壮大起来时,和西戎硬碰硬不是最佳策略,于是他采取联姻方式主动与西戎交好。秦襄公元年(前777),襄公把妹妹缪嬴嫁给西戎丰王做妻子。公元前776年,西戎再次攻击秦族。他们包围犬丘,世父反击,被俘。但是过了一年多,西戎放还世父。这说明,通过联姻主动示好这一做法虽不能从根本

---

① 梁启超:《论中国学术思想变迁之大势》,上海古籍出版社,2001年版,第21页。

上改变秦与西戎的关系,但至少缓解了彼此之间的剑拔弩张。

联姻同时还成为秦与中原各诸侯国建立外交关系的途径。

"秦晋之好"的成语即源于春秋时秦晋两国世为婚姻的典故。秦晋相邻,为了取得晋的支持,秦国主动与晋联姻。秦穆公的妻子就是晋国王族女子。《史记·秦本纪》有:"缪公任好元年,自将伐茅津,胜之。四年,迎妇于晋,晋太子申生姊也。"所以《诗经·秦风·渭阳》序云:"《渭阳》,康公念母也。康公之母,晋献公之女。文公遭丽姬之难未返,而秦姬卒。穆公纳文公。康公时为大子,赠送文公于渭之阳,念母之不见也,我见舅氏,如母存焉。"①《秦本纪》同时记载晋太子圉在秦国做人质时,秦穆公把同宗的女儿嫁给他为妻。晋惠公病将逝,圉为夺得君位,逃回晋国。秦又将圉之妻嫁于另一晋公子重耳(后来的晋文公),此即文嬴,晋襄公的嫡母。秦晋殽之战,秦军大败,孟明、西乞术、白乙丙等将领被俘,其后之所以能被全部放回,得益于文嬴在其间的调和。而晋文公又让太子姬娶了秦国公主。

时至战国,礼崩乐坏,联姻不再仅仅是为了建立外交联盟,有时甚至成为扩张阴谋中的一个环节。譬如郑武公想讨伐胡人,就把自己的女儿嫁给胡君。同时还把主张讨伐胡人的大臣斩首。以此麻痹胡人,使其君长"以郑为亲己而不备郑",然后突然袭击,将其消灭(《韩非子·说难》)。联姻完完全全沦落成为一种政治手段。秦国也有类似做法。秦昭王和楚国联姻,借此提出和楚怀王见面。可是楚怀王刚一进武关,秦朝的伏兵就断其归路,将其扣留,逼迫怀王答应割让土地给秦国。怀王大怒,不肯满足秦国要求,最终客死于秦,尸体运回楚国安葬。

积极主动地与外界交往促进了秦的发展和强大,使其最终能够在七国争霸中胜出,统一了全国,建立了我国第一个统一王朝。

**(五) 轻视人文,忽略人性**

秦文化的重法尚功培养出了骁勇善战、在战场上所向披靡的秦国

---

① 陈子展:《诗经直解》,复旦大学出版社,1982年版,第402页。

士卒,使其能够以摧枯拉朽之势摧毁六国联军,完成统一大业。但是重法尚功带来的一个负面特点是秦文化轻视人文、忽略人性。荀子在称赞秦国政治有序、稳定的同时又指出:"虽然,则有其諰矣。兼是数具者而尽有之,然而县之以王者之功名,则倜倜然其不及远矣!是何也?则其殆无儒邪!故曰粹而王,驳而霸,无一焉而亡。此亦秦之所短也。"(《荀子·强国》)纯粹崇奉武力,置仁义道德于不顾,在荀子看来是秦国致命的弱点。这一点也成为其他诸侯国诟病秦国,不愿与其交往的原因。而后人批评秦王朝,也多以此为理由。

战国时,楚人屈原说:"秦虎狼之国,不可信。"(《史记·屈原贾生列传》)楚王也说:"秦虎狼之国,不可亲也。"(《战国策·楚策一》)著名的谋士苏秦持同样观点:"夫秦虎狼之国也,有吞天下之心。秦,天下之仇雠也,衡人皆欲割诸侯之地以事秦,此所谓养仇而奉雠者也。"(《史记·苏秦列传》)虞卿说赵王:"秦,虎狼之国也,无礼义之心。其求无已,而王之地有尽。"(《战国策·赵策三》)魏国想与秦联合攻韩,信陵君就对魏王说:"秦与戎翟同俗,有虎狼之心,贪戾好利无信,不识礼义德行。苟有利焉,不顾亲戚兄弟,若禽兽耳。此天下之所识也。"(《史记·魏世家》)秦末楚汉相争时,鲁莽的樊哙在鸿门宴上也说:"夫秦有虎狼之心,杀人如不能举,刑人如恐不胜。"桓宽《盐铁论·褒贤篇》也说:"秦以虎狼之心,蚕食诸侯。"诸如此类的说法频现于史册。

秦之被称为"虎狼之国",被认为有"虎狼之心",一方面因为其有并吞六国之意图,另一方面则在于它轻视人文,忽略人性,用民过度。齐人鲁仲连曾说:"彼秦者,……权使其士,虏使其民。"(《战国策·赵策三》)即通过权势强制性地使用士人,像对待俘虏般使用它的人民。《汉书·刑法志》这样描述秦国:"其生民也狭隘,其使民也酷烈。……皆干赏蹈利之兵,庸徒鬻卖之道耳,未有安制矜节之理也。"《荀子·议兵》也有类似言辞。"生民狭隘"指百姓生存的途径非常少,只有农战两个选择。"使民酷烈"指对国家对百姓的要求严酷到不近人情。譬如商鞅变法主张:"令民为什伍,而相牧司连坐。不告奸者腰斩,告奸者与斩敌首同赏,匿奸者与降敌同罚。"(《史记·商君列传》)这就是人们熟知的连坐法。它固然便于加强对民众管理,但同时带来的负面作用也非常明显。那就是人与人之间、邻里之间无法互相帮助、和睦相处,而是互为仇敌,彼此监督。而什伍制度最早却是为了民众互助而施行的。其次,"民有二男以上不分异者,倍其赋"的要求同样有违人性。儒家强调兄爱弟敬,一大家人住在一起,其乐融融才是值得称赞的。同时,秦国为了发展经济,不仅通过免除劳役和赋税奖励生产粮食多者,同时严惩"事末利及怠而贫者",把他们本人及妻子儿女拘执,收为官奴。这些都表现出秦国在使民上的苛刻严酷。

中原各国深受儒家礼乐文明熏陶,虽然也存在统治阶级对民众的剥削和压迫,但对人性的关注始终被作为一个中心议题受到重视。譬如孔子认为在战场上士卒因为考虑到家有老母而做逃兵是可以理解并原谅的。而父亲犯罪儿子告发,儿子则要因违背孝道被治罪。在儒家看来,法律的制定要考虑世道人情。秦法却不然,父子、夫妻彼此互相监督。要上战场时,父亲对儿子、兄长对弟弟、妻子对丈夫都说的是"不得,无返!"意即得不到敌人的首级就不要回来。"失法离令,若死我死。乡治之行间无所逃,迁徙无所入。"(《商君书·画策》)彼此间有的只是利益,亲情则完全缺失。所以贾谊说商鞅变法后"秦俗日败""慈子嗜利而轻简父母也"(《新书·时变》)。

殉葬是一种严重违背人性的陋习。孔子曾说:"始作俑者,其无后乎?"(《孟子·梁惠王上》)以示他对殉葬的厌恶。但是在秦国,虽然史书记载秦献公二年(公元前383年)"止从死"(《史记·秦本纪》),即废止了殉葬这一习俗,但实际上秦始皇下葬时依然有众多宫女被用于殉葬。《诗经·秦风·黄鸟》就是对秦国这一习俗的反映和批判。诗中提到的子车氏兄弟三人是秦穆公时的勇士,他们在战场上骁勇善战,以一当百,是国家的栋梁之材。但秦穆公死后他们却被要求殉葬。面对墓穴,子车三兄弟"惴惴其栗"。此情此景,让秦国民众忍不住发出叹息,甚至想代替兄弟三人去死。《左传》评论此事说:

> 秦穆之不为盟主也,宜哉。死而弃民。先王违世,犹诒之法,而况夺之善人乎!《诗》曰:"人之云亡,邦国殄瘁。"无善人之谓。若之何夺之?古之王者知命之不长,是以并建圣哲,树之风声,分

之采物,着之话言,为之律度,陈之艺极,引之表仪,予之法制,告之训典,教之防利,委之常秩,道之礼则,使毋失其土宜,众隶赖之,而后即命。圣王同之。今纵无法以遗后嗣,而又收其良以死,难以在上矣。君子是以知秦之不复东征也。(《左传·文公六年》)

在秦国的国君中,秦穆公无疑称得上是一位贤君。他曾经赦免偷杀他心爱马匹的歧下野人,并赠酒给他们喝,因为"食善马肉不饮酒,伤人"。之所以这么做,穆公的理由是:"君子不以畜产害人。"(《史记·秦本纪》)但是,如此体谅、爱护民众的一位君主都依然要用活人殉葬,可见人性在秦国是一个被忽略的概念。《左传》之所以由此认为秦穆公没能称霸诸侯全在情理之中就在于,对人文、人性的重视体现着统治者的民众观,一个轻视人文、忽略人性的君主不可能认识到民众在治国中的重要性,因而也就不可能关注他的子民。君主对民众的态度反过来又决定了民众对国家和君主的态度。一个能让国家的栋梁之材去殉葬的国家,怎么可能发展壮大?没有强大的国家做后盾,国君又如何称霸诸侯?秦王朝的短暂而亡与秦文化之轻视人文、忽略人性不无关系。

## 二、秦文化与甘肃的关系

秦文化与甘肃的关系可以从以下三个方面来看:一,从考古发现看秦文化与甘肃的关系;二,从风俗民情看秦文化与甘肃的关系;三,从《诗经·秦风》看秦文化与甘肃的关系。

### (一) 从考古发现看秦文化与甘肃的关系

在秦民族的起源问题上,学术界一直存在着东来说——秦人本于东方夷族,后西迁于关陇地区,和西来说——秦人本就是西方少数民族两种观点。虽然持东来说和持西来说的学者各有各的立论依据,谁也说服不了谁,但对于秦人早期活动于甘肃南部和东南部却是大家都认可的观点。

据《史记·秦本纪》，殷商时，"嬴姓多显，遂为诸侯"。秦之先中潏"在西戎，保西垂"。中潏的后人非子居犬丘，擅长养马。犬丘人告知了周孝王，孝王于是让非子到汧渭之间为周王朝养马，并因此封其于秦，"使复续嬴氏祀，号曰秦嬴"。《汉书·地理志》说秦即"今陇西秦亭、秦谷是也"。《史记集解》引徐广言："今天水陇西县秦亭也。"《史记正义》引《括地志》："秦州清水县本名秦，嬴姓邑。《十三州志》云：秦亭、秦谷是也。"《通典·州郡四》："秦州，古西戎之地，秦国始封之邑。今郡有秦亭、秦谷是也。春秋时属秦，秦平天下，是为陇西郡。汉武分陇西置天水郡。"非子（秦嬴）生秦侯，秦侯生公伯，公伯生秦仲。周宣王任秦仲为大夫，令其讨伐西戎，被杀。其子庄公继续父志，取得胜利，于是周宣王把原本大骆族人居住、后被西戎夺去的犬丘封给秦仲的儿子们，并任命秦庄公为西垂大夫。《史记正义》引《括地志》曰："（西垂）秦州上邽县西南九十里，汉陇西西县是也。"《集解》同。秦庄公之子秦襄公因救护周天子有功，被周平王封为诸侯，同时赐予"岐以西之地"。秦襄公之子秦文公元年，"居西垂宫"。《正义》说西垂宫即"西县"。文公三年，带兵狩猎，至汧渭之会，抚古追今，感慨万分："昔周邑我先秦嬴于此，后卒获为诸侯"。文公卒，"葬西山"。《集解》云西山在"今陇西之西县"。以上《史记》关于秦人早期活动记载中出现的"西垂""犬丘""秦""汧渭之会"，其地望在学术界有较大争议，但多数学者都认为它们在今甘肃境内。如王国维《秦都邑考》说："西垂、犬丘、秦，皆在陇坂之西。"徐中舒认为天水西南之犬丘称西犬丘，又称西垂，也即《史记集解》引徐广所说之秦亭①。高亨认为非子所封之秦就是今天天水市的故秦城②。段连勤认为中潏至非子八世皆在犬丘，也即西垂，地处今天水之西南方；而非子所邑之秦，处今甘肃清水县境内③。祝中熹认为西垂、犬丘为一地，且即古籍多言之"西"，也即秦汉时代之"西县"。而西县故城即处

---

① 徐中舒：《先秦史论稿》，巴蜀书社，1992年版，第207页。
② 高亨：《诗经今注·诗经简介》，上海古籍出版社，2009年版，第8、9页。
③ 段连勤：《关于夷族的西迁和秦嬴的起源地、族属问题》，载1982年《人文杂志·先秦史集刊》。

"塞峡"(又称"鹫峡")峡口与祁山之间十余里地带内。"秦"其名,则是随着秦族的转移被带到陇上,即今甘肃清水、张家川境内①。礼县大堡子山秦公陵遗址的发现,使秦都邑西犬丘的地望成为一个研究热点。康世荣认为西犬丘在今礼县红河谷的岳家庄、费家庄一带②。王世平认为在距大堡子山墓地不远的汉水北岸一带③。徐卫民认为在永兴附近④。张天恩认为赵坪遗址很大可能就是西犬丘⑤。徐日辉认为西犬丘在礼县东北的盐官镇至大堡子山、永兴乡一带⑥。诸如此类观点非常多,对于传世文献所记重要的秦地名对应的具体地点各有各的说法,但都不出陇南和陇东南一带是共识。由此即可管窥秦文化与甘肃关系之一斑。而大量考古发现最终证明了秦文化是甘肃地域文化最重要的组成部分。

20世纪40年代后期,文物考古工作者在甘肃甘谷毛家坪遗址发现了早期秦文化遗址。从1982年到1983年,北京大学考古系和甘肃省文物工作队在甘肃省甘谷县盘古镇毛家坪发掘出了属于西周到春秋时期的秦文化遗存,发现墓葬三十一座(其中12座属于西周时期)、房基2处,鬲棺葬4组、灰坑37个⑦。这是最早在甘肃发现的秦文化遗址。

当然,最能体现秦文化与甘肃关系的考古发现是礼县大堡子山遗址的发掘。

大堡子山遗址位于礼县县城以东约13公里,西汉水北岸,面积约

---

① 祝中熹:《秦人早期都邑考》,载《秦史求知录》,上海古籍出版社,2012年版。
② 徐卫民:《秦都城研究》,陕西人民教育出版社,2000年版,第40页。
③ 王世平:《也谈秦早期都邑犬丘》,载《陕西历史博物馆馆刊》第二辑,三秦出版社,1995年版。
④ 徐卫民:《秦都城研究》,陕西人民教育出版社,2000年版,第46页。
⑤ 张天恩:《礼县等地所见早期秦文化遗存有关问题刍论》,《文博》2001年第3期。
⑥ 徐日辉:《秦早期发展史》,中国科学文化出版社,2003年版,第71页。
⑦ 甘肃省文物工作队、北京大学考古系:《甘肃毛家坪遗址发掘报告》,《考古学报》1987年第3期。

18平方公里。1994年4月至11月,甘肃省文物考古所对大堡子山被盗掘的残墓进行了抢救性挖掘,清理出春秋初期的2座大墓、1座车马坑和9座中小型墓葬,从而确定大堡子山就是秦公西陲陵墓区[①]。

1998年,对与大堡子山相距3公里的赵坪村圆顶山秦墓地进行了小规模挖掘,通过发现的随葬物品证实这是一处规格很高且年代偏早的秦国贵族墓地。这些重要发现引发了国内外早期秦文化研究热[②]。

2004年,北京大学考古文博学院、中国国家博物馆、甘肃省考古所、陕西考古所、西北大学文博学院五家联合成立考古队,对礼县大堡子山周围进行了考古挖掘,发现了大量周秦时期和秦人相关的遗址,其中以秦文化为主的遗址38处。"六八图—费家庄""大堡子山—赵坪""雷神庙(西山)—石沟坪"三个大遗址群是早期秦人的三个活动中心区[③]。

2005年3月至8月,联合考古队再次对甘肃礼县西山坪遗址进行发掘,发现了一个秦的中型墓葬,出土了一批珍贵文物。同时还发现了秦的殉马祭祀坑、建筑遗址等。首次揭露出大规模的早期秦人聚落遗存。带陶排水管道的夯土建筑遗迹、城墙等遗迹,显示了西山坪遗址具有较高的等级,可能是西周和东周时期秦人的一处中心聚落遗址[④]。

2006年在大堡子山遗址再次发掘出一处大型遗址、两处中小型墓地、1座"乐器坑"、4座"人祭坑"。其中最引人注目的"乐器坑"中有木质钟架朽痕、青铜镈、甬钟、石磬等。最大的青铜镈造型华美,与上海博物馆收藏的秦公镈及宝鸡太公庙出土的秦武公镈相似,年代均为春秋早期[⑤]。

大堡子山遗址的发现对解决秦王朝的年代问题和早期秦王都、王陵问题具有重要的价值,而且对于探讨对中国历史影响甚大的秦文明

---

① 王辉:《寻找秦人之前的秦人——以甘肃礼县大堡子山为中心的考古调查发掘记》,《中国文化遗产》2008年第2期。
② 同上。
③ 同上。
④ 同上。
⑤ 同上。

史具有重要意义。综上,考古发现已充分说明秦文化和甘肃有着不可分割的关系,研究秦文化必须关注早期秦人生活的陇东南地区的地理环境、人文环境。

## (二) 从风俗民情看秦文化与甘肃的关系

### 1. 陇南乞巧节、祭拜"盐圣母"与秦文化

七夕是中国的一个传统节日,与这一节日相关的牛郎织女故事更是家喻户晓。赵逵夫先生认为七夕节源于甘肃陇南地区周文化和秦文化的融合。他说织女的原型就是秦人祖先女修。《史记·秦本纪》有:"秦之先,帝颛顼之苗裔孙曰女修。女修织,玄鸟陨卵,女修吞之,生子大业。大业取少典之子,曰女华。女华生大费,与禹平水土。"女修以织布技能闻名,这是她演变为织女的关键因素。她"帝颛顼之苗裔孙"的身份与传说中织女是天帝之女或王母娘娘外孙女的身份对应。赵先生说:"秦先民最早居于汉水上游,因而将晴天夜晚天空呈现的银白色光带也称作'汉'。周秦文化融合后,'汉'或'云汉'、'天汉'成了银河的通用名称。秦人将位于银汉北侧呈三角状排列的一大星两小星称作'织女',以纪念自己的始祖,保留了他们最古老的记忆。这个星名后来也成了织女星座的通用名称。天水的命名要迟得多,但也在先秦之时。那时'汉'既指天上的云汉、天汉,也指发源于嶓冢山、哺育了秦人、秦文化的那条大水,因而人们又因为'汉'也是天汉之称,而将其发源地名为'天水'。"①这也是陇南西和、礼县一带从古至今重视七夕节,年年举行隆重的乞巧仪式,并且至今保存着丰富的七夕民俗文化的原因。

与牛女传说相似,礼县盐官镇一带还流传着盐婆婆与盐爷爷一年一相会的故事。每年农历4月12日早晨,在礼县盐官镇盐井祠的盐圣母殿内,当地民众要举行隆重的祭拜盐圣母仪式。祭拜者虔诚地向盐婆婆汇报一年来的生活状态,并冀望盐婆婆来年能护佑他们过得更好,日子更红火。集体祭拜结束后,盐民们带着香蜡、纸钱、供品来到盐婆

---

① 赵逵夫:《汉水、天汉、天水——论织女传说的形成》,《天水师范学院学报》2006年第6期。

婆塑像前,再恭敬地点燃蜡烛,作揖上香,将准备的糕点、水果等呈放在盐婆婆塑像前的供桌上,最后是一边焚烧纸钱,一边向盐婆婆报告自家境遇,感谢盐婆婆保佑他们全家平安健康①。盐业一度是盐官镇民众最重要的经济支柱,所以盐婆婆就成为他们心目中最崇高最重要的神。这在民众的祭拜仪式中表现得非常清楚。但是与此相违的是盐井祠的布局。中国寺庙的布局通常是把最重要的神祇塑像放置于最醒目的位置。这个位置一般来说或在寺庙的前院,或在中庭。而盐井祠却不同。它为祭拜盐圣母而建,可是盐圣母的塑像却在最不引人注意的后院。一进盐井祠,人们首先看到的是置于前院的高皇殿,然后是中院的古盐井,最后才是盐圣母殿。对于这种布局,民间传说盐婆婆与距离盐井镇不远的漳县的盐爷爷本是一对夫妻,但是因为他们各掌一方盐业,因此常年不能相见。一天,盐婆婆思夫心切,放下盐井去与盐爷爷相会,盐井镇的盐井很快就干涸了。当地盐民为了生计,祈求神灵管束盐婆婆,用铁索把盐婆婆脚锁起来,只允许她与盐爷爷在每年的农历4月12日相见。至此,我们发现这一传说的关键情节与牛女传说完全一致。而盐井祠圣母殿前的楹联"天上牛郎织女七夕银河相遇,人间辖盐夫妇四月漳邑重逢"说明人们意识到两个传说故事的相近。同时,还需注意的是,因为盐对人类生活的重要性,所以在我国不少地方都有盐神,其身份、来历各不相同。如山东沿海地区供奉人工煮盐的首创者宿沙氏,河南供奉葛洪,四川供奉梅泽,不一而足。但其盐神多为男性,盐神由女性担任的只有两个地方,礼县盐官镇盐婆婆是其一。究其原因,一方面缘于由秦人始祖女修而产生的女性崇拜,另一方面应该是受牛郎织女传说影响。盐井祠圣母殿前的楹联已说明了这一点。由此看出,牛郎织女传说对秦人影响广泛而深刻。这点可证之于《睡虎地秦墓竹简·日书》。《日书》甲种一五五简简文是"戊申、己酉,牵牛以取织女,不果,三弃。"第三简简文是:"戊申、己酉,牵牛以取织女而不果,不出三岁,弃若亡。"在秦人心中,牵牛和织女的爱情是一场悲剧。但是这场悲剧与

---

① 鲁建平:《尊崇与羁绊:西陲"盐婆婆"神崇拜的二元对立》,《甘肃高师学报》2013年第4期。

其说引起他们的同情,不如说更多的是戒惧。因此,牵牛和织女成亲的时间成为秦人婚姻中的禁忌,这一天不适合结婚。这种想法很显然与秦人重实际、重事功的精神相关。同样的观念体现在盐婆婆传说中。盐民自然知道相亲相爱的夫妻就应该生活在一起,他们为此对不能长相厮守的盐婆婆、盐爷爷抱以同情,但是和他们的生计相比,盐婆婆、盐爷爷的爱情就不那么重要了。因此,为了盐业持续发展,他们必须留住盐婆婆。无形中,盐官镇的盐民扮演了把有情人硬生生拆开的王母娘娘的角色。其中的秦文化色彩显而易见。

2. 陇南"迎喜神"与秦文化

"迎喜神"是入选陇南市非物质文化遗产的民俗活动。赵琪伟先生这样描述"迎喜神"场景:

> 在西汉水上游红河流域的周边村庄,每年大年初一早上10时,各家各户先将经过精心"打扮"(牛、羊角上扎绑彩色纸花,骡、马套戴辔头、搭匹鞍鞯)的家畜集聚到村头,再根据当天的干支五行,用奇门遁甲推算出喜神所在的方位,由村里德高望重的老人们焚香敬神,年轻人敲锣打鼓、放鞭炮,将所有牲畜沿喜神的方向送出村子,然后绕到河(泉)边饮水,整个过程人欢马叫,充满乡下过年时特有的诗情画意。在这一带的广大乡村,一年一度的"迎喜神"活动总能将人们过年时的热闹气氛推向极致。①

新春佳节,多数地方的风俗都是让人自身沾染喜气,图个吉利。而陇南地区却是测算出喜神所在方位,把牛马等牲畜打扮得漂漂亮亮,沿着喜神的方向将其送出村子,这一方面说明牛马等牲畜在人们生活中起着重要作用,另一方面也是秦文化在当地历久弥新的反映。

"迎喜神"体现了秦人对牛马等牲畜的重视。

秦人对牛的重视在《睡虎地秦墓竹简》中多有记载。《秦律十八种·厩苑律》:

---

① 赵琪伟:《甘肃西汉水流域的早期秦文化遗俗》,《寻根》2010年第6期。

以四月、七月、十月、正月膚（臘）田牛。卒岁，以正月大课之，最，赐田啬夫壶酉（酒）束脯，为皂者除一更，赐牛长日三旬；殿者，谇田啬夫，罚冗皂者二月。其以牛田，牛减絜，治（笞）主者寸十。有（又）里课之，最者，赐田典日旬；殿，治（笞）卅。

按照秦法规定，每年四月、七月、十月、正月进行耕牛评比。满一年，在正月举行大考核，牛养得好，田啬夫就会被赏赐酒一壶、干肉十条，免除饲牛者一次更役，赏赐牛长资劳三十天；牛养得不好，田啬夫就会遭到申斥，罚饲牛者资劳两个月。用牛耕田，如牛的腰围减瘦了，每减瘦一寸要笞打主事者十下。又在乡里进行考核，成绩优秀的赏赐里典资劳十天，成绩低劣的笞打三十下。其对牛的保护可谓细致入微。《厩苑律》还有针对牛和马的法律规定，内容大体如下：放牧官方的牛马，牛马有残废的应立刻向所在县呈报，由县加以检验后将已死牛马上缴。如因不及时而使死牛马腐败，则令按未腐败时的价格赔偿。如小隶臣病死，应告其……处理；如小隶臣不是因病而死亡，应将检验文书报告主管官府论处。如系大厩、中厩、宫厩的牛马，应以其筋、皮、角和肉的价钱呈缴，由这个率领放牧的人送该官府。驾用官牛马而牛马死于某县，应由该县将肉全部卖出，然后上缴其筋、皮、角，并将所卖的价钱全部上缴，所卖钱如少于规定数目，令该驾用牛马的人补赔而向主管官府报告，由主管官府通知卖牛马的县销账。现在每年对各县各都官的官有驾车用牛考核一次，有十头以上，一年间死了三分之一，不满十头的以及领用牛一年间死了三头以上，主管牛的吏、饲牛的徒、令、丞都有罪。由内史考核各县，太仓，考核各都官和领用牛的人。从这些法律条文看出，秦国视牛马为国家重要财产，给予全方位保护。

《史记·秦本纪》载秦文公二十七年，"伐南山大梓，丰大特"。关于此句的含义，《史记正义》引《括地志》说：

大梓树在岐州陈仓县南十里仓山上。《录异传》云："秦文公时，雍南山有大梓树，文公伐之，辄有大风雨，树生合不断。时有一人病,夜往山中,闻有鬼语树神曰:'秦若使人被发,以朱丝绕树伐汝,汝得不困耶?'树神无言。明日,病人语闻,公如其言伐树,断,中有一青牛出,走入丰水中,其后牛出丰水中,使骑击之,不胜。有骑堕地复上,发解,牛畏之,入不出,故置髦头。汉、魏、晋因之。武都郡立怒特祠,是大梓牛神也。"

《括地志》所记把"丰"释为丰水,"丰大特"即大青牛跑到丰水河里。赵逵夫先生认为,出青牛的陈仓距丰水尚远,此神牛不当入丰水中,故赵先生释"丰"为动词"扩大","丰大特"即扩大特祠。但如此一来,又产生另一问题:砍伐南山大梓树和扩大特祠之间有什么必然联系?联系《正义》的解释,笔者以为赵先生释丰为动词非常正确,但其义应为祭祀,而不是扩大。"豐"本是盛有贵重物品的礼器。《说文》:"豊,行礼之器也。"因此,由丰可以引申出祭祀之意。"丰大特"即祭祀特(牛)。此句是说文公二十七年,秦人砍伐南山大梓树时,从树中跑出大青牛,因为这是神异事件,所以其后就产生了对牛的祭祀。《正义》言"武都郡之怒特祠,是大梓牛神"说的正是此事。这一故事正从一个侧面说明了秦人对牛的重视和珍惜。

对牛马的重视和珍惜,加之秦人固有的重祭祀、信鬼神的传统,逐渐就演化出"迎喜神"等节日习俗。类似习俗在庆阳地区叫"出新牛"或"初醒牛"。由名字就可知,参与这一习俗的牲畜只有牛。这是与陇南牛羊骡马都参与的"迎喜神"最大的不同。这一不同正体现"迎喜神"秦文化遗风的特色。秦人由养马发家,同时马又是打仗不可缺少的要素,因而马在秦文化中的地位非其他牲畜可比。但是受周人农耕文明影响,牛也为秦人重视。所以他们最早予以重点关注的应该是牛马,后来逐渐把一些大型牲畜都纳入"迎喜神"活动中。而庆阳旧属豳地,是中国农耕文明的发源地之一,也是现今农耕文明保存最完整的地区之一。农耕最重牛,与马则没有太大关系,故而当地的"出新牛"或"初醒牛"只是针对牛的庆祝活动。

3. 陇南"抢快"习俗与秦文化

"抢快"是流行于陇南地区红河流域一项独特的民俗。"每到大年初一早上天还没大亮,当地村子里的小孩子们便不约而同地聚集在一起,奔向各家铺面门店前,齐声高喊:'快!快!快!扬出来!'店主人则拿出核桃、枣子、糖果、钱币等分发给孩子,并相互祝福。孩子们祝愿老板日进斗金,快点发财,老板祝愿孩子们好好学习,快点长大成人,整个过程结束后小孩子们才挨家挨户开始拜年活动。"①赵玮琪先生认为"抢快"习俗肇始于秦人的商业活动,体现出秦文化浓厚的功利色彩。这一说法有一定道理。秦人早期与戎狄或毗邻或杂居,而戎狄是擅长经商的民族。受到秦始皇奖励的乌氏倮就是一个典型例子。《史记·货殖列传》说:"乌氏倮畜牧,及众,斥卖,求奇绘物,间献遗戎王。戎王什倍其偿,与之畜,畜至用谷量马牛。秦始皇帝令倮比封君,以时与列臣朝请。"其次,与西陲相邻的巴蜀也是一个商业发达地区,所以巴寡妇清凭借采矿富甲一方,为了奖励她,秦始皇为其筑女怀清台。特别值得注意的是,司马迁认为植根于关中、由西周太王文王武王培育起来的纯朴的农业文明之所以受到冲击,就是因为秦的东迁。他说:"及秦文、德、缪居雍,隙陇蜀之货物而多贾。献公徙栎邑,栎邑北却戎翟,东通三晋,亦多大贾。"(《史记·货殖列传》)其后,其民"玩巧而事末"。而"天水、陇西、北地、上郡与关中同俗,然西有羌中之利,北有戎翟之畜,畜牧为天下饶",所以尽管道路不是非常通畅,但这些地方的商人可以借助长安进行商业活动。在介绍河东、河内、河南三地时,司马迁又说居住在杨和平阳的人民,向西可到秦和戎狄地区经商,向北可到种、代地区经商。于此可见秦早期文化中商业气息多么浓郁!商鞅变法时之所以制定严格而苛刻的抑工商策略从另一个侧面说明秦地工商业的发展对国家经济和社会风气产生了巨大影响,所以为了倡导农战,就必须压制工商业。

  商业重视商机,商机来临,就要快速行动,否则稍纵即逝。陇南的"抢快"正是商业活动时间性的一个体现。"抢快"同时还是中国古代商贾以其获利回馈社会遗风的体现。只知索取,不懂回馈,终究成不了大商人。所以范蠡三次散其财富于大众。"抢快"习俗使经商者从所获财

---

① 赵琪伟:《甘肃西汉水流域的早期秦文化遗俗》,《寻根》2010年第6期。

富中主动拿出一部分,选择合适时机象征性地回馈社会,回馈照顾其生意的乡里乡亲,以求得和睦相处,生意持续兴隆,这正是秦人经商智慧的体现。

### (三) 从《诗经·秦风》看秦文化与甘肃的关系

《诗经·秦风》十篇,是秦人社会生活的生动写照,也是研究秦国历史、地理、礼制、风俗、文学等极其宝贵的经典文献。《秦风》各篇大致产生于秦襄公八年(公元前770年)至秦康公十二年(公元前609年),其间历襄公、文公、宁公、出公、武公、德公、宣公、成公、穆公、康公等朝,其所跨时代在十五国风中最长。通过《秦风》可以看出秦文化与甘肃的关系。

1. 马在秦人生活中的重要性

秦人的祖先或因擅长驾御,或因擅长养马而发迹,马在秦民族发展过程中功莫大焉。秦人的先祖之一大费有两个儿子:大廉、费氏。费氏的玄孙叫费昌。夏桀时,费昌离夏归商,给商汤驾车,在鸣条打败了夏桀,因此立功。大廉的玄孙叫孟戏、中衍,因声名在外,太戊帝请他们来驾车,并且给他们娶了妻子。嬴姓子孙由此显贵。其后,中衍的后裔造父又因善驾得到周缪王的宠幸。周缪王到西方巡视,乐而忘返,朝内徐偃王作乱,造父给缪王驾车,日夜兼程赶回周朝,平定了叛乱。缪王为此封造父于赵城,造父族人从此姓赵。中衍后裔的另一支有一个叫非子的后代,非子居犬丘,喜爱马和其他牲畜,并善于饲养繁殖。周孝王由此让他在汧、渭之间管理马匹。在非子精心管理下,马匹大量繁殖。周孝王因此赐给非子秦地作为封邑,让他接管嬴氏的祭祀,号称秦嬴(《史记·秦本纪》)。可以看出,秦民族发展过程中的关键转折都与马相关。

马在先秦时人生活中具有重要地位,不仅是交通工具,而且在战争中扮演着不能缺少的角色,所以《诗经》中多有关于马的描写。如《小雅·采薇》有"戎车既驾,四牡业业","驾彼四牡,四牡骙骙。君子所依,小人所腓。四牡翼翼,象弭鱼服。岂不日戒? 猃狁孔棘!"类似描写还有《大雅·桑柔》"四牡骙骙"、《崧高》"四牡蹻蹻"、《烝民》"四牡业业……四牡彭彭……四牡骙骙"、《韩奕》"四牡奕奕"。无论"业业""骙骙""翼翼",还是"蹻蹻""彭彭""奕奕"都是形容马匹的雄壮威武,而非马匹外形细节。以上数首诗无一涉及马匹外形的描绘。《秦风》写马却不同。《车邻》有:"有车邻邻,有马白颠。"朱熹《诗集传》:"白颠,额有白毛,今谓之的颡。"这就是非常具体的关于马的形体的描写。通常要对马非常熟悉且有仔细的观察方能为之。《秦风·小戎》是《诗经》中写车的名篇,写车必然涉及驾车之马,其中对马的描写也非常细致。第一章有"文茵畅毂,驾我骐馵"。"骐馵",朱熹释曰:"骐,骐文也。马左足白曰馵。""文"通"纹"。骐文指马的皮毛呈青黑色有如棋盘格子花纹。诗人不仅注意到马之皮毛的纹路,还能关注到马的左脚颜色。假如不熟悉马匹断然不可能描写得如此细致。第二章中有"骐骝是中,騧骊是骖"。骝指赤身黑鬣的马,即枣骝马。騧特指毛皮为黄色,嘴是黑色的马。骊指黑马。如此具体地刻画马的形态在《诗经》中实为少见。能与《秦风》相媲美的只有《鲁颂·駉》。《駉》言"僖公牧马之盛"①,即歌颂鲁国牧业兴旺发达。故其中写到各种毛色不同、形态迥异的马匹:"有驈有皇,有骊有黄……有骓有駓,有骍有骐……有驒有骆,有骝有雒……有骃有騢,有驔有鱼。"这说明重视牧业,经常和马匹打交道的地区的人在写马时通常更能抓住细节,因为他们对马了熟于心。由此可知,《秦风》之所以写马频繁,且对马的描写能够做到细致入微,反映的正是秦人对畜牧的重视,和他们与马的密切关系。而秦人之所以擅长驾御和养马,则与他们发祥于甘肃陇南密切相连。

早期西汉水流域的礼县、西和是少数民族聚集地,不但有与秦人长期对立的西戎,还有氐人。《逸周书·王会解》说:"正西昆仑,狗国,雕题。""狗国"即西戎,"雕题"即氐族②。这两个民族都善于畜牧,因此影响到秦人。

其次,陇南一带气候温暖,牧草丰茂,加之产盐,由此形成得天独厚

---

① 朱熹:《诗集传》,中华书局,2011年版,第318页。
② 关于"雕题"与氐族的关系,详见赵逵夫《古代神话与民族史研究》,《西北民族研究》2002年第1期。

的养马自然条件。《水经注·漾水注》说仇池山上"有平田百顷,煮土成盐,因以百顷为号。山上丰水泉,所谓清泉涌沸,润气上流者也"①。又说:"西汉水又西南,迳宕备戍南,左则宕备水自东南,西北注之。右则盐官水南入焉。水北有盐官,在嶓冢西五十许里,相承营煮不辍,味与海盐同。故《地理志》云:西县有盐官是也。"②仇池山、盐官镇均位于现今陇南市西和县境内,自古盐业发达。经盐水滋润的牧草对马儿的成长非常有益,故而这一带马匹长得高大俊美。《括地志》说:"陇右成州、武州,皆白马氏。"白马氏是氏人的一支,因奉白马为图腾而得名。由此可知,这一带很早以前就是著名的良骏产地。《史记·货殖列传》说:"天水、陇西、北地、上郡与关中同俗,然西有羌中之利,北有戎翟之畜,畜牧为天下饶。"早期生活在这一带的羌氏人和西戎族擅长畜牧,秦人也以养马发家,与此地特有的自然条件不无关系。二十世纪七十年代,先后在陇南礼县出土了两件家马鼎,其上铭文曰:"天水家马鼎,容三升,并重十九斤","天水家马鼎,容三升,并重十斤"。家马是秦官,其职责是给君主养马。班固《汉书·表·百官公卿表上》有:"太仆,秦官,掌舆马,有两丞,属官有大厩、未央、家马三令。"颜师古云:"家马者,主供天子私用,非大祀、戎事、军国所需,故谓之家马。"这也说明此地养马业之发达,否则国家不会在此设养马官。畜牧业的发达带动了这里的骡马交易,所以在陇南礼县盐官镇形成了西北最大的骡马交易市场。业师赵逵夫先生曾提及,了解了这里养马的优越自然条件和悠久的养马历史,就不难理解何以在这里会形成西北乃至整个西部都闻名的骡马市场。

2. 从《蒹葭》看早期秦人生活环境

读《诗经·秦风》,最令读者不解的是在民风彪悍好武的秦地何以会产生《蒹葭》这样柔媚深情、被王国维称之为最得"风人深致"③的言

---

① 郦道元著,陈桥驿、叶光庭、叶扬译注:《水经注全译》,贵州人民出版社,1996年版,第698页。
② 同上,第697页。
③ 王国维著,沈文凡注:《人间词话》,长春出版社,2011年版,第65页。

情诗篇。陈子展在《诗三百解题》中说:"不错,我们不能确指其人其事。但觉《秦风》善言车马田猎,粗犷质直。忽有此神韵缥缈不可捉摸之作,好像带有象征的神秘的意味,不免使人惊异,耐人遐思。在《三百篇》中只有《汉广》和这首诗相仿佛。"①陈先生不仅注意到《蒹葭》与其他《秦风》诗歌的不同,而且还注意它到与产生于汉水流域的《周南·汉广》的相似。这种相似表面看是诗歌风格的相似,深层却是二诗产生的地域在气候、地貌等自然条件上的接近。《蒹葭》呈现出来的自然环境与人们通常对甘肃的认识有很大差距。王国维说:"自然中之物,互相关系,互相限制。然其写之于文学及美术中也,必遗其关系、限制之处……又虽如何虚构之境,其材料必求之于自然,而其构造,亦必从自然之法则。"②所以,自然环境对文学创作影响很大。唐代大诗人王维笔下既有"大漠孤烟直,长河落日圆"的豪迈粗犷,又有"竹喧归浣女,莲动下渔舟"的清新灵动。之所以有这种区别,全在于诗人所处自然环境之不同。那么,《蒹葭》为什么表现出浓郁的水乡泽国气象?假如我们知道早期秦人活动在甘肃南部气候温暖湿润的西汉水流域,答案瞬间明了。

《诗序》说:"蒹葭,刺襄公也。"秦襄公(公元前777—前766)在位。彼时秦人尚未东迁,生活区域就在西汉水一带。所以《蒹葭》表现的凄美迷离的秋晨美景就是西汉水两岸秋色的写照。陇南地处秦巴山区,古属梁州,是甘肃境内唯一属于长江流域的区域,也是甘肃四大地理区域中唯一的南方地区。陇南气候属亚热带向暖温带过渡区。境内高山、河谷、丘陵、盆地交错,气候垂直分布,地域差异明显,既含南国之灵秀,又具北国之雄奇。作为早期秦人发祥地的西和、礼县、天水等地在气候与地貌上更是得天独厚,颇具江南风情。著名的秦史研究专家祝中熹说:"以西邑为中心的西汉水上游这一地带,又是一片肥沃的河谷盆地,即今日西起大堡子山、东至祁山的永兴川(当地俗称"店子川")。西和河(古建安水)由南而北与西汉水汇合,山川交错,河流纵横,地势

---

① 陈子展:《诗三百解题》,复旦大学出版社,2001年,第468页。
② 王国维著,沈文凡注:《人间词话》,长春出版社,2011年版,第9页。

开阔平坦,气候温润,物产丰饶,人烟稠密。"①了解了陇南气候和地理特点,再来读《蒹葭》就不会吃惊诧异了。一方水土育一方人,陇南秀丽的山水孕育出的秦民族虽然好战,但那是为了生存不得已而为之。和平时期,他们面对青山绿水、奇峰幽峡也会自然而然流露出儿女情长的一面。陇南山川交错,河流纵横,故能激发诗人灵感,发而为"所谓伊人,在水一方",并以溯水而行比喻追求伊人之艰辛。假如没有此般充满诗情画意的自然美景,诗人单凭想象,即使手握生花妙笔,也很难写出这么优美的诗篇。

《蒹葭》之外,从《秦风·车邻》所述"阪有漆,隰有栗""阪有桑,隰有杨",《晨风》所描写"山有苞栎,隰有六駮""山有苞棣,隰有树檖"也可以看出秦人早期生活环境的特点②。阪指山坡,隰指湿地。从漆树、栗树、桑树、栎树、檖树这些树木也可判断出早期秦人生活的西汉水流域气候接近陕西和西南地区。另,《小戎》有:"在其板屋,乱我心曲。"板屋指用木板做的屋。朱熹特别指出以板制屋是西戎的习俗。这样的习俗须有一个前提,那就是当地盛产树木。《汉书·地理志》说:"天水、陇西,山多林木,民以板为室屋。"恰说明了这一点。屈原《九歌·国殇》"带长剑兮挟长弓",洪兴祖注:"《汉书·地理志》云:'秦地迫近戎狄,以射猎为先,又秦有南山檀柘,可为弓干。'"都说明早期秦人居住区域植物资源丰富,林木众多。据统计,现今陇南有各类树种1 100多种,有不少受保护的珍稀树种,如银杏、红豆杉、香樟、法国梧桐、油松、华山松、冷杉、桦柏等优质乔木。一些温带和亚热带植物如生漆、板栗、茶树、楠木、棕榈等也在这里生长。可见《秦风》相关诗篇的描写完全是当时这一地域自然条件的真实反映。

---

① 祝中熹:《秦史求知录》,上海古籍出版社,2012年版,第42页。
② 《毛传》"駮如马"。《疏》陆机云:"駮马,梓榆也。其树皮青白驳荦,遥视似駮马,故谓之駮马。下章云:山有苞棣,隰有树檖,皆山隰之木相配,不宜云兽。"宋沈括《梦溪补笔谈·辩证》:"梓榆,南人谓之朴,齐鲁间人谓之駮马。駮马,即梓榆也。"(按,驳、駮同)。今人潘富俊《诗经植物图鉴》认为"駮"是鹿皮斑木姜子,常绿乔木,分布于河南、华中、华南及西南省省、台湾等低海拔阔叶林中(潘富俊《诗经植物图鉴》,世纪出版集团,2003年版,第181页)。

### 3. 秦人尚武好战与其早期所处地域的关系

秦人的尚武好战在许多典籍中都有论述。《商君书·画策》说：

> 强国之民，父遗其子，兄遗其弟，妻遗其夫，皆曰："不得，无返！"又曰："失法离令，若死，我死。"乡治之行，间无所逃，迁徙无所入。行间之治，连以五，辨之以章，束之以令。拙无所处，罢无所生。是以三军之士，从令如流，死而不旋踵。

这就是商鞅变法后，所谓秦人"闻战而喜"的一个生动写照。班固在《汉书·刑法志》中总结说：

> 秦人，其生民也狭厄，其使民也酷烈。劫之以势，隐之以厄，狃之以赏庆，道之以刑罚，使其民所以要利于上者，非战无由也。功赏相长，五甲首而隶五家，是最为有数，故能四世有胜于天下。

1975 年湖北云梦睡虎地秦墓出土一面武士斗兽纹铜镜。铜镜背面图案是两个勇猛的武士，左手持盾，右手握剑，正与两只豹子搏斗。铜镜本是梳沐日常用品，却以充满阳刚勇武之气的图案装饰，于此可见秦人尚武精神已经深入人心，成为一种社会风尚。睡虎地秦墓文物反映的是秦昭王元年（前 305 年）至始皇帝三十年（前 217 年）间秦国（秦王朝）大事及社会面貌。所以，无论是以上所引两段传世文献还是出土文物反映的均是商鞅变法后秦人尚武好战风气之浓。而要论证商鞅变法前秦人尚武好战之风，同时寻求其根源，从秦人早期所处地域和《诗经·秦风》入手是一个较好的角度。

秦人早期所处陇南和陇东南一带邻近西戎。从《史记·秦本纪》的记载看，秦人和西戎的关系错综复杂，时好时坏。为了使强悍的西戎臣服，秦人曾与其通婚。但是当周王朝内乱时，"西戎反王室，灭犬丘大骆之族。周宣王即位，乃以秦仲为大夫，诛西戎。西戎杀秦仲"（《史记·秦本纪》）。周宣王还给召公兄弟五人士卒七千，"使伐西戎，破之"。这种特殊的居住状况决定了秦人必须为生存而战。2004 年，在甘肃礼县,考古发现与西北少数民族密切相关的寺洼文化遗址 22 处,它们与同一地区发现的周秦文化遗址既有各自的分布范围,又有彼此对峙、交错的地段,考古学界认为此即文献中与秦人敌对的戎人的遗存①,由此证实《史记》所言秦戎或毗邻或部分混居的确是事实。张天恩形象地描写这一情景:

> 试想使用着两类不同考古学文化的人群,同时居住在一条河谷的南北,将会出现一种什么样的生活场景呢?当然不难想象这是一种对峙状的分布,或彼此进退,杀伐之声盈耳;或鸡犬之声相闻,而互不来往;或平和相处,互通有无。既然以赵坪、大堡子山等周代遗址基本已经肯定属于秦文化,那么,同时居住于西汉水上游地区寺洼文化,应该就是与秦发生过许多纠葛的西戎族的考古文化无疑。周秦与西戎的种种矛盾纠纷,从考古学方面观察,实际就是存在于周秦文化与寺洼文化之间。②

秦人的尚武好战正是这一生存环境的产物。秦人立国前后长达一个多世纪的对戎战争,使秦文化先天具有侵略性。其后,这种侵略性与商鞅变法的奖励军功不谋而合,因而造就了战国时期秦兵闻战而喜的尚武好战风格,使得在农耕文明、礼乐文明熏陶下的六国面对秦的大力进攻,有招架之功,无还手之力,最终土崩瓦解,为秦所灭。秦之尚武好战从《诗经·秦风》可一睹其风貌。

《无衣》和《小戎》是《诗经·秦风》中描写征战的名篇。《小戎》中的女子对在前方与敌作战的丈夫思念心切,为此心烦意乱,辗转反侧。但她同时想到的却是丈夫出征时秦军威武雄壮的场面:战车列阵,兵强马壮,武器精良,置身其中的丈夫英姿勃发。其中表现出的豪迈之情

---

① 王辉:《寻找秦人之前的秦人——以甘肃礼县大堡子山为中心的考古调查发掘记》,《中国文化遗产》2008 年第 2 期。
② 张天恩:《甘肃礼县秦文化调查的一些认识》,《考古与文物》2004 年第 6 期。

远远多于思念的忧伤。联系此诗写作背景,我们就明白为什么女主人公虽然承受着思念痛苦,却没有怨言、不憎恨战争的原因。《诗序》说得很清楚:"(《小戎》)美襄公也,备其兵甲以讨西戎,西戎方强,而征伐不休,国人则矜其车甲。妇人能闵其君子焉。"朱熹《诗集传》说:"西戎者,秦之臣子所与不共戴天之仇也。襄公上承天子之命,率其国人往而征之,故其从役者之家人,先夸车甲之盛如此,而后及其私情。盖以义兴师,则虽妇人亦知勇于赴敌,而无所怨矣。"①因为是对西戎的战争,因为关系到秦人的生死存亡,所以诗中的妇人虽然饱受思念之苦,却无丝毫怨恨之情。

　　说到《秦风》中的战争诗,最典型、影响最大的还数《无衣》。班固《汉书·赵充国辛庆忌传》中有:"山西天水、陇西、安定、北地处势迫近羌胡,民俗修习战备,高上勇力鞍马骑射。故《秦诗》曰:'王于兴师,修我甲兵,与子偕行。'""山西"即陇山之西。秦汉时期有"山东出相,山西出将"之说(《汉书·赵充国辛庆忌传》)。"天水、陇西、安定、北地"加上"上郡、西河",合称"六郡",都在现今甘肃境内。"王于兴师,修我甲兵,与子偕行"即出自《秦风·无衣》。诗序说:"《无衣》,刺用兵也,秦人刺其君好攻战,而不与民同欲焉。"但是在解释第一章时却又说:"上与百姓同欲,则百姓乐致其死。"前后矛盾显而易见。拿毛氏对《小戎》主题的阐发做以对比,这一矛盾就更加明显了。于是,宋代朱熹《诗集传》对《无衣》有了全新解读:"秦俗强悍,乐于战斗。故其人平居而相谓曰:岂以子之无衣,而与子同袍乎?盖以王于兴师,则将修我戈矛,而与子同仇也。其欢爱之心,足以相死如此。"把《无衣》的主题由讽刺国君好战,重释为赞美士卒同仇敌忾,保家卫国。结合同为表现战争的《小戎》,我们可以断定朱熹说更切合诗意。《无衣》巧妙选取"共衣"这样一个角度表现士卒们齐心协力、保卫家园的决心,使全诗洋溢着昂扬的斗志。

　　《无衣》和《小戎》之外,我们还应该注意到《车邻》和《晨风》对秦土多战争的含蓄反映。

---

① 朱熹:《诗集传》,中华书局,2011年版,第96页。

《车邻》主旨,众说纷纭。《毛诗序》说:"美秦仲也。秦仲始大,有车马礼乐侍御之好焉。"丰坊《诗传》:"襄公伐戎,初命秦伯,国人荣之。赋《车邻》。"程俊英《诗经译注》:"反映秦君腐朽的生活和思想的诗。"这其中值得注意的是高亨《诗经今注》认为"这是贵族妇人所作的诗,咏唱他们夫妻的享乐生活"。把此诗的主旨从前人所论写君或君臣转到夫妻家庭生活方面。但是高先生说得过于笼统,没有讲清楚首章"未见君子"的原因何在。而二、三章以孤、隰之树起兴,显然是有思念在其中。蓝菊荪《诗经国风今译》的解释弥补了这一欠缺:"妇人喜见其征夫回还时欢乐之词。"①此说甚得诗歌要意。《汉书·地理志》中说天水、陇西及安定、北地、上郡、西河等秦之故地"皆迫近戎狄,修习战备,高上气力,以射猎为先。故《秦诗》曰'在其板屋',又曰'王于兴师,修我甲兵,与子偕行'。及《车邻》《四骊》《小戎》之篇,皆言车马田狩之事。"把《车邻》《四骊》《小戎》都说成是"车马田狩"之作,即描写战争的诗歌。朱熹《诗集传》解释"邻邻"为"众车之声。""邻邻"通"辚辚"。什么情况下才有众多车子集聚到一起?《诗经》时代一般来说只有两个场合,一是出征,二是凯旋。唐代大诗人杜甫《兵车行》"车辚辚,马萧萧"与此诗开首非常相像,但是因为写的是出征,将士生死未卜,所以诗人着力渲染的是悲伤气氛,"牵衣顿足拦道哭,哭声直上干云霄"。而从《车邻》表现的喜悦之情判断,应该是写将士凯旋。"有马白颠"句通过马匹长相的与众不同的突出女子所思念的丈夫的独出于众。寺人,朱熹释为"内小臣也"。马瑞辰《毛诗传笺通释》则认为:"寺人者,即侍人之省,非谓《周礼》寺人之官也。"王先谦《诗三家义集疏》也说:"盖近侍之通称,不必泥历代寺人为说。"②高亨《诗经今注》释"寺人"为官名:"寺读为侍,侍候王侯贵族的人。"③女子急切地想见到凯旋的丈夫一时却见不到,只能等待丈夫身边的近侍的通报。此句再次强调女子的丈夫不是一般的士卒,而是将

---

① 以上诸说均见于张树波:《国风集说》,河北人民出版社,1993年版,第1036—1038页。
② 同上,第1034页。
③ 高亨:《诗经今注》,上海古籍出版社,1980年版,第163页。

领。二、三章写女子终于见到丈夫的喜悦"并坐鼓瑟""并坐鼓簧"。打仗必定有死伤,女子的丈夫能够安然回来,二人感慨万分,因此感叹"今者不乐,逝者其耋""今者不乐,逝者其亡",那种经历了生死离别后的再次相聚产生的巨大喜悦溢于言表。而战争的残酷也使他们认识到相聚不易,享乐难求,因此要抓住眼前的机会尽情享受。

《晨风》通常被认为是一首弃妇诗。其依据是朱熹《诗集传》对此诗的解释:"妇人以夫不在,而言鴥彼晨风,则归于郁然之北林矣;故我未见君子,而忧心钦钦也。彼君子者,如之何而忘我之多乎!此与《扊扅之歌》同意,盖秦俗也。"①朱熹明言女子是因为丈夫不在,由归林的晨风鸟而起忧思之情。又因忧思而生埋怨"你为什么把我们的海誓山盟都忘了?"与其说女子被弃,不如说是夫妻离别更恰当。朱熹还特别强调《晨风》与《扊扅之歌》同意。而《扊扅之歌》并非弃妇诗。其本事是写秦相百里奚在虞灭亡后,辗转流离,后被识才的秦穆公拜为秦相。百里奚发达后,一日在府中举办宴席,千里寻夫的百里奚之妻扮作洗衣女佣为众宾客操琴抚弦而奏,唱道:"百里奚,五羊皮。忆别时,烹伏雌,炊扊扅。今富贵,忘我为!"百里奚听后大为惊讶,仔细询问,方知是失散的妻子,于是夫妻团圆。百里奚之所以与其妻失散,其根源在战争。虞君不听百里奚之言,贪图晋国之宝,致使虞君和百里奚被俘,虞国灭亡,百里奚被迫逃亡。朱熹还说此乃"秦俗"。这是非常值得玩味的一句话。难道丈夫发达后即抛弃妻子是秦国一带的习俗吗?显然不对。但是假如把《晨风》中女子的忧思与秦土多战争联系到一起,一切就迎刃而解。秦在与西戎的战争中付出了惨重的代价。秦仲被杀,世父被俘,于此可以想见一般贵族与普通民众在战争中的境况只会更危险。男子在前方拼杀,女子在家既担心他们的安全,又因思念而忧虑,故而"忧心钦钦","忧心靡乐","忧心如醉"。时间久了,难免因思念之痛、担心之重而产生些微埋怨,认为丈夫"忘我实多!"见晨风鸟归林而生思念,与《君子于役》中在家妇人看到夕阳西下,鸡进窝,牛羊下山发出"君子于役,如之何勿思?"感慨如出一辙。只不过《晨风》是通过淡淡的忧怨表现爱之

---

① 朱熹:《诗集传》,中华书局,2011年版,第99页。

深、思之切,而《君子于役》则直接表达对服役在外之人的忧思。

《黄鸟》在秦风中占有重要地位,是因为它是秦国长期保存殉葬陋习的重要证明。但是,换一个角度看此诗,我们会发现它同时从侧面反映了秦人对战争的重视。诗人反复陈述子车三兄弟之勇猛:"维此奄息,百夫之特","维此仲行,百夫之防","维此鍼虎,百夫之御"。也就是说三兄弟在战场上均能以一当百。对于与周边西戎战争频繁的秦人来说,三兄弟对国家防御和安全的重要自是毋庸置疑,他们是不能或缺的国之栋梁。因此秦人才发出"彼苍者天,歼我良人。如可赎兮,人百其身"的悲叹。他们愿意代替子车兄弟去死,愿意用自己的生命去换子车兄弟的生命,原因在于战争的需要,国家的需要。

有学者认为,"甘肃东部周秦遗址的出现是伴随着军事征服与人口迁徙而实现的,秦人进入西汉水上游地区具有军事殖民性质。考古发现和文献记载都表明,先周文化晚期和西周早期,周、秦文化已经先后进入甘肃东部的牛头河流域和西汉水流域。而这种进入,是随着周人势力的扩张,对戎人征伐的过程中实现的。"[①]这一点从秦人被封诸侯即可看出。周幽王被西戎、犬戎所杀后,平王东迁,秦襄公以兵护送,平王封襄公为诸侯,说:"能逐犬戎,即有岐丰之地。"岐丰本是周人的发源地,后被戎族侵占。周天子封秦为诸侯,封地却要秦人自己去虎口夺食,否则他们就只能依然在原来狭小的区域生存。这就决定了秦人在其发展中必须重视军事,尚武好战是早期秦人迫不得已的选择,因为它关系到生存还是死亡。所以,秦武公曾在冀(今甘肃天水甘谷一带)伐冀戎,秦孝公曾在貘道斩戎王。只是周人没想到,由他们推动、培养出的尚武好战的秦人,最终埋葬了周王朝。

## 三、秦文化在甘肃的传播与利用

在论述了秦文化的特点、秦文化与甘肃的关系之后,我们要思考的

---

① 王志友:《考古材料所见早期秦文化的军事性》,《兰州学刊》2014年第5期。

就是如何大力传播秦文化精华,实现其经济价值,使甘肃现有的秦文化资源焕发时代华彩,从看似"无用"走向"大用"。

随着科学技术的发展,非物质文化遗产的宣传和应用手段越来越多样化。在传统的文学作品、戏剧、影视等传播方式的基础上,微博、微信、短视频的加入使得文化传播更加便利、轻松、具象,传播范围更加宽广。因此,就秦文化的传播与应用而言,首先要遵循多样化原则,多管齐下,一方面继续发挥传统传播途径的优势,另一方面还要将古老的传统文化与现代高科技传播手段结合起来。

**(一) 通过文学作品和影视作品传播秦文化**

文学作品是一种古老的文化传播方式。中国的风景名胜很多是因一首诗、一篇文章而扬名九州。如因张继《枫桥夜泊》而闻名的苏州寒山寺,因欧阳修《醉翁亭记》而声名远播的安徽滁州,因苏轼《赤壁赋》和《三国演义》中火烧赤壁而妇孺皆知的湖北赤壁,诸如此类,真是不胜枚举。我们不得不承认,相比于吴越文化、齐鲁文化、燕赵文化、湖湘文化等地域文化,中国人对秦文化的理解存在误区和偏差。一说到秦文化,人们一般会以残暴、酷烈概括之,既而否定之。但这一情形近十余年来发生了一些变化,商鞅、李斯、秦始皇等与秦文化相关的历史人物形象中的正面因素开始被人们关注。其原因是多方面的,但孙皓辉的皇皇巨著《大秦帝国》的出版和同名电视剧的热播在其中起到非常重要的作用。这说明,文学作品,特别是通俗文学作品的传播力量、传播速度不容忽视。鉴于此,甘肃作为秦文化的发源地之一,应该组织相关学者和作家一方面加强秦文化的研究,另一方面重视与秦文化相关的文学作品的创作,把秦人早期在陇南一带筚路蓝缕、奋发图强的历史和精神通过文学作品形象生动地表现出来,无疑是秦文化传播一条非常好的途径。

优秀的叙事文学作品常常会成为影视剧的文本依据被搬上银幕或荧屏,以更加直观、形象、生动的方式展现在观众面前。现今的影坛和电视剧领域浮靡之气有余,阳刚之气不足。我们一方面在批判潜规则,另一方面银幕、荧屏却充斥着古代宫廷中的勾心斗角、尔虞我诈。而对传统文化中能够振奋民族精神的内容却弘扬得很不够。这些内容不仅仅指儒家温文尔雅、专注于人与人关系的仁义礼让,同时还应包括秦人艰苦奋斗、不屈不挠、锲而不舍、开拓进取、勇于改革、注重法制、致力于统一的精神。借助影视对此给予大力宣传,对全面认识中华民族传统文化不无裨益。

### (二) 通过传统戏曲传播秦文化

随着电视的普及,传统戏曲在普通民众生活中的娱乐地位一度被严重忽视。但即使在戏曲最萧条时期,它都没有完全退出大众视野。近几年,随着国家对非物质文化遗产的重视,戏曲因其不能替代的独特性又渐渐引起关注,回到人们的生活中。各种地方戏借着国家对民族文化重视的春风焕发新的活力,呈现新的面貌。长期以来盛行在关陇大地的传统剧种秦腔在这一潮流的带动下也有了新的发展。

秦腔,从其名即可看出这一剧种与秦文化的密切关系。它在秦地流传的音乐、舞蹈、俳优戏基础上形成,因此,我们可以说早期秦文化就是秦腔产生发展的根与源。《诗经》中的风歌本就是各地的民歌,不同风歌的曲调反映的就是当地的音乐风格。论及《秦风》,郝懿行《诗说》云:"秦晋诗音节皆入商声,殊少太和元气之妙。而秦尤雄厉,或以为水土使然。"又说:"秦晋之风多剽急,而少舒缓之体。与齐音正相反。"①一方面指出秦地音乐以雄厉剽急为特点,另一方面又剖析其原因在于秦人好战的风俗和与周截然不同的政教。秦丞相李斯在其名作《谏逐客书》中也说:"夫击瓮叩缶、弹筝搏髀而歌呼呜呜快耳者,真秦之声也。郑卫桑间、韶虞武象者,异国之乐也。"秦声即秦地的音乐。汉代班固在《汉书·赵充国辛庆忌传》中论及秦地音乐时说:"其风声气俗自古而然,今之歌谣慷慨,风流犹存耳。"从以上所论可以看出,秦地音乐特点鲜明,与其他地方音乐截然不同。这种特点是秦文化在音乐上的表现,保留在秦腔之中,因此用秦腔传播秦文化不失为一种内容与形式相得益彰的途径。

---

① 安作璋主编:《郝懿行集》,齐鲁书社,2010年版,第416页。

通过秦腔传播秦文化最重要的是要有相应的剧本。在秦人发展过程产生了许多富有民族特色、在中国历史上影响深远的故事情节,如秦穆公好才、商鞅变法等等,对其进行创作加工就是很好的秦腔剧本。有了这些剧目,喜爱秦腔的民众可以在娱乐中了解秦文化,感受秦文化的精华。

### (三) 建设秦刻石文化园,实现秦文化价值

在文学、戏剧、影视、微信、微博、短视频等诸多或传统或现代的文化传播手段之外,就秦文化的传播来说,我们应该特别注意一种独到的途径:刻石。

刻石(又称刻石、勒石),包括文字铭刻与艺术雕刻两大类。就文字铭刻来说,包含碑、摩崖、墓志、刻经、题记、建筑题铭、法帖等多种类型,是中国古代一种重要的文化传播方式。相对纸和帛,刻石最大的优越性是保存时间长,且拓摹之法发明后还可以通过拓摹广泛传播。这对于希望立言留名者来说具有很大诱惑力。所以,即使在书写工具已经非常便利,且雕版印刷产生的宋代,文人墨客及书法家们仍然喜欢把自己的得意之作"镂之金石,以传久远"。故陆游《跋六一居士集古录跋尾》说:"古人欲传远者,必托之于金石。"①吴充《赐陈绎飞白书碑记》言:"虽巾箱之秘,神明所护,非镂金石,不足以久。"②刻石受青睐还在于其融多种艺术形式于一体,既关涉书法、雕刻,也关涉文学。而对于秦文化来说,刻石的独到意义还在于中国最早的刻石文字就是产生于秦国的石鼓文。石鼓文之后,秦国和秦王朝又分别产生了在中国书法史上影响深远的诅楚文和秦刻石文。可以说秦人创造了中国最早最辉煌的刻石文化。

秦刻石,特别是石鼓文和秦代七篇刻石铭文在中国书法史上具有极高的艺术价值。唐代大书法家张怀瓘赞美石鼓书法:"体象卓然,殊

---

① 曾枣庄、刘琳编:《全宋文》,上海辞书出版社、安徽教育出版社,2006年版,第4939卷。

② 同上,第1697卷。

今异古;落落珠玉,飘飘缨组;苍颉之嗣,小篆之祖;以名称书,遗迹石鼓。"①元代潘迪《石鼓文音训》说:"其字画高古,非秦汉以下所及而习篆书者不可不知也。"清代孙承泽在《庚子消夏记》中有言:"遒朴而饶逸韵,自是上古风格。"②秦代七篇出自李斯之手的刻石文在书法史上的价值一点儿不逊色于石鼓文。张怀瓘在《书断》中评价曰:"今泰山、峄山及秦望等碑,并其(指李斯)遗迹,亦为传国之伟宝,百世之法式。斯小篆入神,大篆入妙。李斯书,知为冠盖,不易施乎。"③后代书法家摹仿、学习李斯者众多,不少人以直接取法于李斯而为荣。

秦刻石在文学、历史、文字史方面的价值也不容忽视。欧阳修说:"其字古而有法,其言与《雅》《颂》同文,而《诗》《书》所传之外,三代文章真迹在者,惟此而已。"④明代朱国祚《石鼓歌》云:"传闻书自太史籀,比与大篆尤瑰妍。其辞典奥俪二雅,仿佛吉日车攻篇。"⑤这都是说石鼓文在文学方面颇得《诗经》意趣。李斯刻石文在文学上直承《诗经》颂诗,以歌功颂德为目的,"文字典雅,以浑朴为体,然而,各篇铭文又各具特色。《泰山刻石》其词庄严,其体精深硕大;《之罘刻石》《东观刻石》《碣石刻石》或颖脱,或收敛,变化多端,而且都写得短小精悍。《琅邪刻石》则铺张扬厉,囊括并吞之气,震荡于文字中间。《会稽刻石》篇幅较长,其中考验事实,称颂秦政,所言尤详,全文清峻为体,前后对比鲜明"⑥。鲁迅评价说:"质而能壮,实汉晋碑铭所从出也。"⑦充分肯定秦代刻石文对后代碑铭的影响。在文字史上,石鼓文、诅楚文、秦代刻石

① 萧荒主编:《出神入化书品卷》(上),内蒙古人民出版社,2006年版,第20页。
② 黄剑:《名作的中国书法史》,复旦大学出版社,2008年版,第33页。
③ 李昉等编,张国风会校:《太平广记会校》,北京燕山出版社,2011年版,第3143页。
④ 欧阳修:《集古录跋尾》,人民美术出版社,2010年版,第17页。
⑤ 裘樟鑫、释性空:《嘉兴市佛教诗词楹联选》,浙江大学出版社,2009年版,第322、323页。
⑥ 袁行霈主编:《中国文学史》(第一卷),高等教育出版社,2005年版,第147页。
⑦ 鲁迅:《汉文学史纲要》,《鲁迅全集》第九卷,人民文学出版社,2005年版,第395页。

文体现了秦文字从大篆到小篆的发展变化,是研究汉字历史的重要资料。因此,建立秦刻石文化园,把秦国的发展过程以刻石的形式呈现出来,通过刻石宣传秦文化精华,不仅与秦国文化中刻石所占有的突出地位吻合,而且是一种既经济又生动形象的文化传播方式。无论从文化产业角度还是文化宣传角度,乃至传统文化的保护方面都具有非常重要的意义和价值。而且,通过刻石或雕刻宣传传统文化在国内许多地方都有成功的尝试和范例。较为典型的如陕西省西安市碑林、陕西省宝鸡市周礼文化主题公园、河南省安阳市殷墟遗址中为了宣传甲骨文而专门建造的甲骨文刻石、江苏丹徒市的中国米芾书法公园等等。

秦文化与甘肃是一个内容丰富、具有多重价值的文化课题。我们一方面要将秦文化研究向纵深推展,丰富甘肃地域文化,另一方面还要注重秦文化的开发利用,加快相关文化园区建设,用生动形象的方式、途径向世人展示秦文化,同时使甘肃的秦文化建设能够与邻近的陕西省对接,形成一条秦文化带,进而发扬其人文价值和经济价值。

### ■ 作者简介

杨玲,女,兰州大学文学院教授,主要从事中国古典文献学与古代文学研究。

# 秦"初县"邦、冀及中国县制起源探论

## 刘雁翔

(天水师范学院　甘肃天水　741000)

**内容提要**　春秋时期即有县制,秦国、楚国、晋国、齐国、吴国都曾设县。而其设县的范围、设县的时间及其演变过程各有不同。相较而言,秦国、楚国设县最早,秦武公十年(前688年)秦国设立邦县和冀县则是中国历史上有确纪年的最早的两个县。秦国在边鄙之地及关中都设有县,商鞅变法之后,县成为普及秦国的行政组织。秦灭六国之后,强力推行郡县制,秦国之县成为秦朝之县、中国之县。

**关键词**　秦国　楚国　秦朝　邦县　冀县　县制　郡县制

秦始皇在历史上的伟大功绩,其中最重要的之一就是普天之下推行郡县制。从此,郡县二级制成为中国历代王朝最基本的行政制度被固定下来,为维护统一的多民族国家的稳定和发展起到了至关重要的作用。至今,县依旧是我们国家最基本最稳定的行政区划。追根溯源,郡县制是先有县,后有郡。"郡"的称谓或言最早出现在春秋时代的晋国,而县制的起源和甘肃东南部发祥的秦国大有关系。郡县制由秦国在国内率先推行,一统六国之后则推向全国。

## 一、"县"之本义

研究县制,"县"本意如何,首当其冲应该弄清楚。县(縣),金文作

❀,是为会意字,意为❀(木,木杆)+❀(系,绳索)+❀(首,人头),象木桩上悬挂着一颗人头。有的金文❀将表示人头的"首"❀写成头发倒垂的"㬎"❀,强调首级倒挂。总之,是说将处死的人首级倒悬于木杆示众,十分血腥。或言,是将整个人倒悬之意,是一种刑罚。《说文》解释县说:"系也。从系持㬎。胡涓切。"①是说县是悬挂的意思,由"系"持挂着"㬎"会意。许慎虽然未见金文之"县",而其解释还是直指本源的。《史记·高祖本纪》:"枭故塞王欣头栎阳市。"唐司马贞索引:"枭,县首于木也。"②就是斩首悬木闹市示众的实例。"胡涓切"读为 xuán。北宋徐铉解释说:"此本是悬挂之悬,借为州县之县。今俗加'心'作悬。"③就是说县字会意,本意是一切物体的悬挂,被借用成了行政区划县制的县,于是就另外造了一个"悬",表示悬挂之意。

事实上,春秋时代秦、楚等国初设之县就在边境地区,悬在外边,距离国都悬远,由国君遥领,用这个有悬挂本意的"县"作行政设置名,名副其实。

另,西周青铜器铭文有"奠(郑)遻"、"丰遻",王晖认为这其中"遻"同寰,是"县"的假借字。实际的含义是王畿之内国都之外周王室直接管辖未分封出去的都邑,因为这些都邑是隔着已分封出去的地方由王室遥领,就用"县"来命名,依然取的是"悬挂"之意。④ 不过,这个"县"和行政单位的县还有相当的距离,只是字面模样相同而已。《周礼》中好几处也提及县,均与"奠(郑)遻"、"丰遻"的"遻"即县意思相同。

周振鹤将县的含义及演进分为三个层次,即一是县鄙之县,认为在这个意义上县与鄙相同,国以外的地域则为鄙,为县,为野,三者同义;二是县邑之县,县邑同义,边境所设之县和作为采邑之邑有所不同;三是郡县之县,此县的长官则有食禄而不食邑,临民而不领土,流动而不

---

① 汤可敬:《说文解字今释》,岳麓书社,2001年版,第1218页。
② 司马迁撰,裴骃集解,司马贞索隐,张守节正义:《史记》,中华书局,1959版,第377页。
③ 汤可敬:《说文解字今释》,第1218页。
④ 王晖:《西周春秋"遻(县)"制性质研究——从"县"的本义说到一种久被误解的政区组织》,《史学集刊》2017年第1期。

世袭的特点。集中表述为："县是县鄙，县是县邑，县是郡县。由县鄙得县之名，由县邑得县之形，由县的长官不世袭而得郡县之实。这或者可以看成是县制成立的三部曲。①"就是说，一样的"县"，在不同的时间段有不同的含义。

## 二、《秦本纪》里的邽县和冀县及其治地

《史记·秦本纪》载："（武公）十年，伐邽冀戎，初县之。"②

"十年"指秦武公十年，即公元前 688 年。"伐邽冀戎"是说攻打邽戎、冀戎并灭之。"初县之"是指在攻灭邽、冀戎之后，在其居地新设县。③

引文中的冀县即今甘肃甘谷县的前身，治所或认为在今甘谷县城东，或认为在今甘谷县城南，或认为在今甘谷县城西。④ 按《水经注·渭水》的说法，按验水脉，秦国冀县治所即"冀县故城"应在今甘谷县城之西大沙沟即古冀水下游河畔。⑤ 2012—2014 年甘谷毛家坪遗址发掘，遗址面积大，出土器物丰富，有大夫级别的高等级贵族墓葬，随葬"秦公作子车用"戈等青铜器，结合清华简《系年》关于朱圉的记载，⑥或

---

① 周振鹤：《县制起源三阶段说》，《中国历史地理论丛》1997 年第 3 期。
② 司马迁撰，裴骃集解，司马贞索隐，张守节正义：《史记》，第 182 页。
③ "伐邽冀戎，初县之"之"初"并不是通常理解的天下第一，《史记·秦本纪》"初县之"和"初县××"的句式凡四见，而学者均以"第一次"或"开始"解释。结合史实辨析，这些解释都是不准确的。联系秦县设置之实情，比照《史记·秦始皇本纪》"徙谪，实之初县"之"初县"即"新县"的含义，可判定"初县之"和"初县××"之"初"以"新"解释最为妥帖。所谓"初县××"即"新设××县"是相对于原先某地不存在县这种体制而言的。
④ 例如谭其骧主编《中国历史地图集》即将秦国冀县治所标在今甘谷县城之东，见谭其骧：《中国历史地图集》，中国地图出版社，1982 年版，第 22—23 页。
⑤ 李晓杰：《水经注校笺图释》，复旦大学出版社，2017 版，下册第 313 页。
⑥ 李学勤：《清华简关于秦人始源的重要发现》，《光明日报》2011 年 9 月 8 日。

认为毛家坪即秦国所设冀县所在。① 这一新说,为探讨"初县之"的冀县治所提供了新思路,但毛家坪遗址尚未发现城址,新说还有待更多的考古资料佐证。

此冀县东汉时为凉州(汉末并入雍州,三国时重置于今武威市)的州治及汉阳郡(西汉天水郡改名)的郡治,是陇右政治及文化中心。著名的"甘谷汉简"即是此期的物品。西晋时曾为新设之秦州州治、天水郡郡治,太康七年(286年)州治、郡治东迁至上邽(今天水市秦州区),冀县地位下降,晋末废。前后存在近千年。至于现在河北的冀县,是民国二年(1913年)由直隶冀州改置,和秦国的冀县没有干系。

现在我们来说邽县。综合考究,邽山、邽戎、邽县三者有因袭关系。因有邽山,于是附近所居之戎名之为邽戎;因消灭邽戎国,于是置邽县以便管理;又因其地原是邽戎所居,于是所置之县以"邽"名。所谓邽山,就是现在天水城区西北的凤凰山(又称邽凤山),以山做参照,证之以《山海经·西山经》《水经注·渭水》的相关记载,可判定邽县的治所就在今天水市城区。② 此地扼入蜀要冲,带关中上游,处耤河(古称洋水)平川,两山夹峙,一河中流,位置险要,的确是建城的好地方。

邽县始建,县名只是一个"邽"字,秦汉之际邽县出现在史籍之中则以"上邽"称之。据《汉书·地理志》,京兆郡有下邽,陇西郡有上邽,东汉应劭注下邽说:"秦武公伐邽戎,置有上邽,故加'下'。"③又唐颜师古注下邽说:"邽音圭。取邽戎之人来为此县。"④清顾祖禹《读史方舆纪要》"下邽城"条沿用旧注,又有所发挥:"在县北五十里。秦武公伐邽戎,取其人置县。陇西有上邽,故此为下。"⑤事实上,应该是秦国在今陕西渭南固市镇置一和邽戎相关的县时,因已有邽县存在,于是加"下"

---

① 宋喜群:《毛家坪遗址应为秦武公所设冀县县治》,《光明日报》2014年12月18日。
② 刘雁翔:《上邽·天水·秦州——一座区域中心城市的建城历史勾勒》,《天水师范学院学报》2015年第1期。
③ 班固撰,颜师古注:《汉书》,中华书局,1962年版,第1544页。
④ 同上。
⑤ 顾祖禹:《读史方舆纪要》,中华书局,2005版,第2558页。

以示区别。"上邽"和"下邽"理应是同时诞生的,但我们无法确知其具体时间。这里就以考古资料为线索简单推论一下"邽"前有"上"大致时间。其一,秦封泥有"下邽丞印",①可证"上邽"之名肯定始于秦统一六国之前;其二,甘肃天水放马滩秦墓出土《墓主记》竹简有"邽丞"、"邽守"称谓,而《墓主记》系战国末年的作品,可证战国末年以前尚未有上邽县;其三,秦始皇陵遗址出土之陶文有"邽""上邽"字样,《史记·绛侯周勃世家》言楚汉战争之际周勃从刘邦定三秦、"攻上邽",可确证乃是秦朝建立之后改陇西郡邽县为"上邽县",和内史郡的下邽对应。

解决了邽和上邽命名问题,还有疑问——近年来有学者对邽县和上邽县之治所提出疑义。或以为秦邽县及上邽县城址在今甘肃天水麦积区治地②;或以为在天水市东南四十里马跑泉镇的十字坪;③或认为在麦积区北道阜西北;④总之,是在麦积区。这里我们也简单的考证一下。提出疑义者之最有力的证据是天水放马滩木板地图之带方框的"邽丘"注记。事实上,所谓"邽丘"是释读者的误解,应是"封丘"才对,这在已出版的古地图上可清楚地看出来。⑤而"封丘"和放马滩秦简《墓主记》中的"邽丞"、"邽守"无关。⑥ "封丘"误解为"邽丘"大概是因"封"和"邽"字形相近而致。因此所谓木板地图"邽丘"也就不成邽县在麦积区的铁证了。又,《山海经·西山经》载:"又西二百四十里曰邽山……濛水出焉,南注于洋水"。⑦记邽山水脉形式至为清楚,所言濛水即今罗玉河,洋水即今藉河,可确定邽山即今天水市区西北三十里的凤凰山(又名邽凤山)。再综合邽县因邽山而名和城建之时出土的西周

---

① 周晓陆、路东之:《秦封泥集》,三秦出版社,2000年版,第274页。
② 雍际春:《天水放马滩木板地图研究》,甘肃人民出版社,2002年版,第105—126页。
③ 何双全:《天水放马滩秦墓出土地图初探》,《文物》1989年第2期。
④ 潘守正:《天水史地考辨记》,中国文史出版社,2007年版,第80、81页。
⑤ 曹婉如等编:《中国古代地图集》,文物出版社,1990年版,第11页。
⑥ 论辩另见李学勤:《放马滩简中的志怪故事》,《文物》1990年4期;徐日辉《"邽丘辨"——读〈天水放马滩秦墓出土简图〉札记》,《历史地理》第十四辑,上海人民出版社,1998年,第317—325页。
⑦ 袁珂:《山海经校注》,上海古籍出版社,1980年版,第63页。

末年列鼎、汉凫首型铜壶及西汉陶器宫基址位于城区北山这些考古证据,言邽县故城和上邽县治就在今天水市城区当是有相当把握的。此上邽县,唐宣宗大中三年(758年)降为上邽镇,上距始建县的公元前688年有1446年,是名副其实的古县。

## 三、谁是天下第一县

关于这个问题,回答不止一种。比如,甘谷因秦武公十年所设冀县在其县境当仁不让称"华夏第一县",并以之为宣传名片。然而,邽县和冀县同时设置,古邽县所在地的秦州区从来没有"华夏第一县"的提法。再比如,今人李柏武撰文《楚国权县是"中华第一县"考述》,论证楚国的权县是中国最早的县。① 还有学者认为楚国的息县才是中国最早的县。

秦国的冀县始设是武公十年即公元前688年,史有明载,毫无疑问。那么楚国的权县呢? 后世所言的楚国灭掉权国建县,其资料依据是《左传·庄公十八年》追述楚武王灭权之事:"初,楚武王克权,使斗缗尹之。以叛,围而杀之。迁权于那处,使阎敖尹之。"②大意是说,楚武王攻灭权国,让斗缗管理。而斗缗却依据权城反叛了,于是围而杀之。并将权地的士民迁移到那处,另派阎敖去管理。权国,中心在今湖北省当阳市东南,或认为在和当阳相邻的沙洋县境内。那处,地名,在今湖北荆门县东南。这段史料,没有明确记载楚武王灭权国的时间,也没有灭权国后"初县之"那样的话。顾颉刚《春秋时代的县》分析说:"在这段文字里,虽没有说明灭权以为县,但他设置'尹'的官,和此后楚的'县尹'一样,则实是建立权县的证明。这是从《左传》的记载中找寻出来的第一个县。可见春秋初期,楚已有县制;而且灭了一国建立了一县,县

---

① 李柏武:《楚国权县是"中华第一县"考述》,《荆楚学刊》2013年第4期。
② 杨伯峻:《春秋左传注》,中华书局,1990版,第208、209页。

的面积甚为广大。"①认定"尹"相当于后世知县那样的官名,既然给灭掉的国派了"知县",那肯定是有县的。就是说这个"县"是推论出来的。前提是此"尹"必须是"知县"。顾文见1937年的《禹贡》,其解读带有引领作用。但对这个推论出来的县也没有推论其设置的时间——"楚武王是一个享国时间很长的人,从春秋前十八年一直到鲁庄公七年(前740年—前690年),不知在那一年他灭了权国。"②《说文》释"尹"说:"尹,治也。"③就是说"尹"的本意是治理之意。即便"尹"推论为"知县"正确,其设置的时间是无法确定的。

那么,楚国的息县呢?有论者认为权县设立的时间不定且很快迁移地址,公元前278年秦将白起攻拔楚郢都之后更是沦为秦地,存在时间较短,而息县则古今同名而现存,应是"第一县"④。息县设立的历史依据是《左传·哀公十七年》所记楚子谷讲"故事"的话:"……彭仲爽,申俘也,文王以为令尹,实县申、息。"晋杜预注:"楚文王灭申、息以为县。"⑤至于灭申、息是那一年,《左传》不记,有学者推定申县设立为公元前687年前后,息县设立为公元前684年前后,⑥即便如此,此二县比公元前688年设立的邽县、冀县还要晚几年。

综合分析,推论出来的楚武王时期的"权县"设立时间较早,但没有确切的建县时间,而楚文王时期(前689—前680年)的申、息二县即便是推论出来的时间也没有秦国的邽县、冀县二县早。晋国和楚国设立的有确切纪年的最早的县是《左传·僖公三十三年》所载"反自箕……襄公再命命先茅之县赏胥臣"和《左传·宣公十一年》所载楚庄王攻打陈国"遂入陈……因县陈"涉及的先茅和陈,其对应的公元年份分别是公元前627年和公元前597年,均比邽、冀二县要晚数十年。所以,说

---

① 顾颉刚:《春秋时代的县》,《禹贡》1937年第(6—7)期。
② 同上。
③ 汤可敬:《说文解字今释》,第1218页。
④ 宋公文、伍存强:《论息县在中国县制史上的地位》,《湖北大学学报》(哲学社会科学版)2010年第1期。
⑤ 杨伯峻:《春秋左传注》,第1708页。
⑥ 宋公文:《春秋前期楚北上中原灭国考》,《江汉论坛》1982年第1期。

秦武公十年(前688年)秦国设立的邽县和冀县是中国历史上有确切纪年的最早的两个县,确凿无疑。

## 四、中国县制源流探论

中国县制起源是先秦史研究的一个大课题,研究的论文和论著着实不少,但远没形成公认的权威性看法。相反,在没有多少新材料的情况下,新观点层出不穷,让人无所适从。还好,学术界有一个共同看法是——中国县制起于春秋,形成于战国,而全面推行于秦始皇统一天下之时。

春秋之时设县的诸侯国有秦国、楚国、晋国、齐国、吴国五国。秦国先在其西垂故地灭戎国置县,紧接着就延续的"畿内"关中地区,灭一国置一国。楚国只在边境设置县,和中原诸国如晋国等争霸是其主要动力,也是灭一国置一县,即便陈、蔡那样的中等诸侯国,灭掉之后也是只设一县。顾颉刚总结:"秦和楚的县最大,大致都是小国所改;晋县次之,大致多是都邑所改;齐县最小,大致是从乡鄙所改的。"① 还有"秦和楚的县,都是直隶于君主,晋齐吴的县多是卿大夫的封邑。"②

相较而言,秦国的县和楚国的县性质最为相像。而后世先有"第一县"国家的纷争也是在此二国之间,我们试为分析:

我们在前面"'县'之本义"中已阐明,西周的王畿县是指王室直接控制的国之外的邑,《周礼》言及,类似现在联产承包责任制下的预留地,和行政意义上的县不相干,以此为据言说县制起源肯定不合理。秦汉的县制源头应是春秋时代诸侯国的县,以秦国、楚国最为典型。秦国建县涉及全国,不但在陇山之西设县,如邽县、冀县,也在陇山之东关中原西周王畿之地设县,如杜县、郑县、频阳等县。楚国幅员辽阔,灭国最多,《左传》中记载的楚国灭国所置的县也最多,不过终楚之世,楚国的

---

① 顾颉刚:《春秋时代的县》,《禹贡》1937年第(6—7)期。
② 同上。

县都设置在边地,内地还是原来以周制为模板管理制度。① 可窥见在国内设县,秦国的范围更加广泛。

秦国和楚国西周时始封时都是子爵,而楚国资格较老,受封是在西周初年成王时,秦是西周中期孝王时。周平王元年(前770年),秦襄公护送周平王迁都洛邑,得封诸侯,并得到周发迹之地"岐以西之地"。襄公子文王时迁都关中,政治中心东移,迅速崛起,穆公时称霸西戎。楚国在武王时自称王,楚庄王称霸"中国"。发展道路大致相同,就王权而言,楚国没有秦国集中。楚国公卿贵族势力一直较大,就考古所见墓葬而言,秦国国君之墓其规模远大于贵族墓,而楚王之墓和贵族墓相差无几,亦可证明。

有了以上两个对比做前提,我们接着讨论县制的起源。设县范围广是现象,君权强大是本质。相较分封制或者说封建制而言,县制是一种全新的制度,推行君王主导的县制,其保障就是强大有力的君权,否则这个新制度寸步难行。春秋设县的几个国家之中,晋国被卿大夫瓜分、齐国姜齐被卿大夫田齐替代,楚国因公卿贵族反对吴起变法半途而废,没有强大的君权,它们的县或是封邑之县或边境军事性质之县,都不是后世郡县之县。就此而言,郡县之县只能是在秦国诞生,事实也是如此。

我们再换一种方式思考这个问题。公元前221年,秦始皇统一中国,其伟大的贡献之一就是在中央实行三公九卿制,在地方推行彻底的郡县制。郡县之县的县制原本就是秦国的县制推广到全国的结果,是秦国之县变成了秦朝之县,而不是楚国之县,更不是别国之县。所以中国县制的渊源从秦国找寻,大方向无疑正确。再往上溯源,公元前350年秦孝公支持商鞅第二次变法,主题是调整县制、推行县制,《史记·秦本纪》载:"并诸小乡聚,集为大县,县一令,四十一县。为田开阡陌。"②这里的"并诸小乡、聚,集为大县,县一令,四十一县"和《史记·

---

① 周振鹤:《县制起源三阶段说》,《中国历史地理论丛》1997年第3期。
② 司马迁撰,裴骃集解,司马贞索隐,张守节正义:《史记》,第203页。

商君列传》"而集小乡、邑、聚为县,置令、丞,凡三十一县"①叙事相同,略有补充。这是县制调整,是将已有的县改革整顿,类似现在的撤乡并镇。也说明设县是秦国的旧制,改革是将原来大小不一的县统一并合为万人以上的大县。这是彻彻底底的县制,全国推行,君主集权管理。是为"秦王扫六合,虎视何雄哉"的制度保障。关于"四十一县"或"三十一县"原文如此,古文之"四"或有写作四横者,和"三"容易混淆,待考。

再往上溯源就是《史记·秦本纪》及《史记·六国年表》所载的蒲、蓝田、善明氏、频阳、杜、郑、邽、冀等县,陇山东西都有,关中东西都有。当然可以肯定,商鞅之前秦国所设的县肯定不止这些。在这些县里,以公元前688年设置的邽县、冀县最早。

秦国在邽县、冀县前有没有置县,没有明确史载,不好随意揣测。不过,考察诸侯国春秋置县的历史,两个条件很关键,一是新辟的土地,二是强有力的君权。秦、楚县的实质就是国君直属的地域。即此而言,列国之中秦国县制生成的条件最好。秦是周平王东迁洛邑的那一年才分封诸侯国,且其封疆"岐以西之地"当时为诸戎侵夺,周王所封只是"空头支票",有土的前提是"秦能攻逐戎,即有其地"。最终,秦这个陇山之西渭河、西汉水流域,今天水、陇南一带的小国,经襄公、文公两代人的奋战,封疆由"空头支票"变成实有领地。秦的疆土是分封而来的,也是打拼而来的。"岐以西之地"原有的有封地公卿贵族都跟着周王东迁出逃了,因此,这些拼来的、打来的土地都是秦公的。正如梁云《战国时代的东西差别——考古学的视野》总结秦的建国历程——"周王室东迁后留给秦人的关中是一幅戎狄遍布的残破景象。秦在东进过程中基本没有得到来自周王室的援助,亦即一个诸侯国应得的利益。在其政治设计中自然没有分封制的一席之地。②"没有分封制的一席之地,其管理体制当然就是县制了。再者,秦在陇山东西,长期和戎族血战,"军事化生活浸染了政治、经济、文化各个方面,它造就了彻底的君主集权,

---

① 司马迁撰,裴骃集解,司马贞索隐,张守节正义:《史记》,第2232页。
② 梁云:《战国时代的东西差别——考古学的视野》,文物出版社,2008年版,第269页。

一国之君成为无可争议的全国武装领袖①。"有了彻底的君主集权,实行自上而下君主统一领导的县制就有了权威保障。无疑,就客观条件而言,在秦国最适合产生县制。

一个不容置疑的事实是,秦统一全国之后便将以县为基础的郡县制推向全国,秦国之县成为秦朝之县、中国之县,成为中国二千多年来的最基本行政体制。再者,秦国有最适合县制生成的土壤,有春秋早期在陇山东西西垂故地和"岐以西之地"新地全国(不限于边地)建县的史事,我们不但可以说秦国设立的邽县和冀县是中国历史上有确切纪年的最早的两个县,也可以说中国县制渊源于秦国。

### ■ 作者简介

刘雁翔,1964年生,男,甘肃武山人,天水师范学院历史文化学院教授,硕士研究生导师。主要从事中国古代史及地域文化研究。

---

① 梁云:《战国时代的东西差别——考古学的视野》,文物出版社,2008年版,第269页。

# 何 谓 秦 人
## ——试论秦族族源及其与秦人关系*

## 陶兴华

(西北师范大学　历史文化学院　甘肃兰州　730070)

**内容提要**　学界在对"秦族族源"以及秦文化的渊源问题进行研讨过程中,逐渐形成了"西来说"和"东来说"两种意见。伴随着新材料的陆续被发现和研究工作的持续深入开展,目前学界在对既有说法作进一步补充完善的同时,逐渐形成了一些渐趋统一的新认识。"秦族"与"秦人"概念既有密切联系,又有一定差别。"秦族"内涵较为稳定具体,一般是指嬴秦宗族成员,他们彼此之间存在着或亲近或疏远的血缘联系;而"秦人"则是一个动态性的概念,是以秦族为主导与核心逐渐形成的复合族群共同体;秦人的形成和发展经历了一个长期动态变迁的过程,不同阶段的秦人,其内涵和外延是不同的。秦族以血缘关系为纽带,有共同的姓氏和纵向血亲传承脉络;而秦人则以地缘关系为纽带,注重族群之间横向互动交融以及新兴族群成员的统一文化认同。"秦人族源"说法存在歧义,相比之下,"秦族族源"概念则更显精确。虽然秦族很可能源于东方齐鲁大地,秦文化内涵中也不乏东方文化元素;但秦人却是在西方关陇区域由众多族群民众逐渐融合形成的新兴族群共同体,秦文化的总体面貌因之也就呈现出了较为明显的关陇文化特色。

**关键词**　秦族　秦人　族源　族群　秦文化

---

\* 本文系国家社科规划项目"关陇区域周秦社会变革研究"(批准号:14CZS008)阶段性成果。

# 何谓秦人

秦朝历史极为短暂,然而秦人历史却甚为久远,其远祖可以追溯到传说时代五帝之一的颛顼。西周时期,秦人屈居于陇东南狭小一隅,长期与戎狄杂处,过着朝不保夕的生活。到了两周交替之际,秦人开始崛起于关陇区域。随后在春秋战国时期,凭着自身逐渐壮大的综合实力和一系列历史机遇的垂青,秦人最终雄起于西方,进而建立了中国历史上第一个中央集权统一多民族大帝国。秦人在发展壮大过程中,形成了独具特色的秦文化和对后世影响极为深远的秦文明。毫无疑问,秦人历史及其文化颇为值得后人对其进行深入研究,然而囿于材料的匮乏,这一领域一向薄弱。近些年来,伴随着相关考古遗存以及清华简《系年》等新材料的相继被发现和公布,秦史、秦文化尤其是早期秦文化的研究备受学界关注,相关研究成果大量涌现,许多学术难题得以有效解决。尽管如此,学界在对相关问题进行探讨和研究时,仍然在一些基本概念的使用上存在着笼统模糊和含混不清的现象,这其中最为典型的当是对秦族、秦人、秦文化以及早期秦文化等概念的应用和解析较为混乱。这些关键概念对于分析和理解相关学术难题意义重大,以下本文即打算对秦族与秦人概念及其关系作一辨正,希望能够在前贤研究基础上有所创获。

## 一、秦族族源述论

学界对"秦族族源"以及秦文化的渊源问题已经进行了长期大量的学术探讨和研究,逐渐形成了"西来说"和"东来说"两种意见。两种说法都是既有文献材料的依据,又有考古材料的支撑,各有各的道理,谁也不能完全取胜。近年来,伴随着西汉水流域礼县大堡子山、渭河流域甘谷毛家坪等早期秦文化遗址的不断发掘和考古新发现以及清华大学藏战国竹简的陆续整理与刊布,秦族源于东方的说法得到了更多材料的支撑,越来越多的学者倾向于认同秦族"东来说"。

### (一)"西来说"述评
"西来说"的学者,认为秦族源于西北的戎狄族群,属于"西戎"的一支,其文化性质从根本上来说应该属于西方戎狄文化。

嬴秦族源"西来说"首倡于王国维,随后蒙文通、翦伯赞、吕振羽、周谷城、岑仲勉、熊铁基等著名史家皆主此说,考古学界俞伟超、刘庆柱、叶小燕等人也从对考古材料的多角度细致分析入手,极力主张秦族源于西戎,并认为秦文化的主要特征深受戎狄文化影响。

王国维在《秦都邑考》一文中开篇明言:"秦之祖先,起于戎狄。"①王国维在文中虽未对此展开论述,但毕竟开启了秦族源于西戎说法的先河。随后,蒙文通在其《秦为戎族考》和《秦之社会》二文中,进一步论证了王国维的观点;后来又在其《周秦少数民族研究》一书中,明确阐发了"秦为戎族","秦即犬戎之一支"的观点。② 翦伯赞则提出秦族是从"羌族中分化出来"的观点,③虽与西戎传统说法有些微差别,但也属于广义的"西来说"范畴。熊铁基完全认同"秦的祖先起源于西方戎族"的说法,他指出"商、周时代,秦的祖先都是活动在西方",并认为秦族东来说的主张"证据是不够充分的,更重要的是,说秦起于东方对了解和说明秦人历史的发展,也没有什么实际意义。"④

俞伟超曾著有《古代"西戎"和"羌"、"胡"考古学文化归属问题的探讨》一文,该文从考古学的角度对秦与戎狄的关系作了细致阐述,认为"秦人(至少其主体)是西戎的一支,应该是没有问题的。"并提出了辨别秦文化特征的三项重要依据:盛行蜷曲特甚的屈肢葬、使用"铲形袋足鬲"、流行洞室墓。⑤ 俞先生的说法对学界影响很大,他对秦文化突出特征的认识至今仍然起着重要的指导作用。在考古学界,刘庆柱也极力主张秦族源自西北,并认为秦文化源于辛店文化。刘先生指出:"通

---

① 王国维:《秦都邑考》,《观堂集林》卷十二,河北教育出版社,2003年版,第269页。
② 蒙文通:《周秦少数民族研究》,龙门联合书局,1958年版,第22页。
③ 翦伯赞:《秦汉史》,北京大学出版社,1999年版,第2页。
④ 熊铁基:《秦人早期历史的两个问题》,《社会科学战线》,1980年第2期,第154页。
⑤ 俞伟超:《古代"西戎"和"羌"、"胡"考古学文化归属问题的探讨》,《先秦两汉考古学论文集》,文物出版社,1985年版,第187页。

过对秦的葬俗、图腾和陶器组合及其纹饰三方面与相关考古学文化的分析对比,使我们基本了解了秦之渊源变化。用考古学文化表示从早到晚秦之发展的文化序列就是:马家窑文化(或称甘肃仰韶文化)——齐家文化——辛店文化——春秋秦文化。"①叶小燕《秦墓初探》一文对学界影响较大,文章开篇即断言"秦之先起于西北,最早活动在今甘肃省东部,后来逐渐东徙,和周人发生频繁接触。"叶先生进而认为:"春秋战国时期的关中秦墓是最赋有秦文化本色的墓葬了。在这些秦墓中,引人瞩目的是它独特的屈肢葬式。死者仰身或侧身,头向西为主,可能寓意他们是来自我国西部。"②

## (二)"东来说"述评

在秦族"西来说"提出之后不久,"东来说"便相应产生了,而且坚持这种观点的学者人数众多,其中包括徐中舒、傅斯年、卫聚贤、徐旭生、黄文弼、顾颉刚、钱穆、杨宽、郭沫若、范文澜、李亚农、马非百、林剑鸣、王玉哲、邹衡、段连勤、何清谷、伍士谦、何汉文、黄灼耀、李学勤、赵化成、韩伟、尚志儒、牛世山、张天恩、梁云、刘军社、刘明科、祝中熹、孙新周等。

主张秦族"东来说"的学者内部观点虽然存在差异,但他们大都认为秦族源于古代山东及其附近地区的东夷族群,属于东夷之一支;秦族在不同的历史时期,由于种种原因,或积极主动或消极被动地向西方关陇区域迁移,其主体力量最终主要活动于甘肃东部的天水、陇南一带,因为长期与戎狄杂居,所以渐染戎风;在周王室衰微之后,秦人逐渐向东发展,进而东灭六国,建立了大一统中央集权的秦王朝。

现代学者中,徐中舒可谓是秦族"东来说"的首倡者。在王国维指导下,徐中舒所作《从古书中推测之殷周民族》一文于1927年发表,文

---

① 刘庆柱:《试论秦之渊源》,《先秦史论文集》,《人文杂志》1982年增刊,第180页。
② 叶小燕:《秦墓初探》,《考古》1982年第1期,第65页。

章认定师酉簋①铭文中提及的"秦夷",就是秦人中的嬴秦宗族成员,他们属于商周之际被迫西迁的殷遗民。② 傅斯年在《夷夏东西说》一文中认为:"秦、赵以西方之国,而用东方之姓者,盖商代向西拓土,嬴姓东夷在商人旗帜下入于西戎。"③这里明确指出嬴秦原本属于东夷,伴随着殷商势力的西向拓展而来到了西戎生活区域。卫聚贤在《赵秦楚民族的来源》一文中指出:"秦民族发源于山东,至山西、陕西、甘肃,然后再向东发展。"④卫先生此语虽然简单,并无其他更多阐释,但毕竟率先对秦人族源和迁徙路线提出了新的看法,即使以今日学术眼光看来,也很可能与历史实际情况若合符契。徐旭生著有《中国古史的传说时代》一书,书中将我国古代部族及其分布划分为华夏、东夷、苗蛮三大集团,该观点对学界影响很大。其中嬴秦族群被徐先生归入东夷集团,他指出:"东夷集团中有一支异军突出,从东方跋涉山川,跑到西方,在那里'保世滋大',渐成大国。这就是曾服役于商纣,及纣败后辗转西走的蜚廉的后裔,秦。秦人嬴姓,自认为出于少皞,与徐、赵同祖。"⑤黄文弼撰有《嬴秦为东方民族考》一文,直接反驳蒙文通的"秦为戎狄说",坚决主张"秦为东方民族说"。⑥

林剑鸣是秦史研究大家,通过细致对比研究,林先生发现秦人与殷人在图腾崇拜、经济生活、墓葬材料等方面存在极大的相似性,遂指出:"可以断定秦人的祖先与殷人祖先,最早可能同属一个氏族部落或部落联盟,既然殷人早期活动于我国东方已成不疑之论,那么秦人的祖先最

---

① 中国社会科学院考古所编:《殷周金文集成》(修订增补本),中华书局,2007年版,第4290号器,第2634页。
② 徐中舒:《徐中舒论先秦史》,上海科学技术文献出版社,2008年版,第8页。
③ 傅斯年:《夷夏东西说》,《傅斯年选集》,天津人民出版社,1996年版,第280页。
④ 卫聚贤:《中国民族的来源》,《古史研究》(第三集),商务印书馆,1937年版,第49页。
⑤ 徐旭生:《中国古史的传说时代》,广西师范大学出版社,2003年版,第240页。
⑥ 黄文弼:《嬴秦为东方民族考》,《史学杂志》1945年创刊号。

早也应生活在我国东海之滨,大约在今山东境内,这也是可以肯定的。"① 段连勤对嬴秦源于东夷的观点作了全面细致地申述和论证,他在《关于夷族的西迁和嬴秦的起源地、族属问题》一文中明确指出:"秦的祖先起源于我国东方,是夏商之际西迁关中的东夷族的一支。"② 段先生的这一观点得到了许多学者的认可和继承。韩伟认为:"屈肢葬、铲形袋足鬲、洞室墓不是秦人自身的文化传统",它们属于"西戎"文化因素,是随着甘青后进民族成员大批被俘获,而逐渐融入到关中地区的秦文化之中,"秦文化与殷周文化有着明显的继承关系,而与戎人文化距离较大"。③ 韩先生将秦族自身文化因素与西戎文化因素区分开来,强调了秦文化对戎狄文化的吸收与融合,对秦族西来说的主要立论依据进行了反驳和批判。这一有破有立的论证方法逻辑较严密,值得学界予以重视。

　　周婧峰、周春茂用人类学研究方法,通过对秦墓和殷墟墓人骨进行比较研究,从而得出了"秦人亦可能源于东方,这个结论与'东来说'相符"④的结论。这就从人类学角度对秦族源于东方的学说提供了新的依据。梁云看到了秦人上下层之间的习俗差异,并据此对嬴秦族源作了分析判断。梁先生认为秦人"社会上层和下层各有不同的来源",其上层统治者来自东方,他指出:"春秋秦墓的殉人风俗和东夷族以及殷人墓类似,而与周人迥异,说明了秦国的统治者与商文化及东夷文化有着较为紧密的历史渊源关系。可以说,腰坑、殉狗、殉人是史学界关于嬴秦东来说直接而有力的证据。"⑤ 李学勤结合清华简《系年》相关记载对秦人始源问题作了全新研究,进一步指出:"秦人本来是自东方迁来

---

① 林剑鸣:《秦史稿》,上海人民出版社,1981年版,第19页。
② 段连勤:《关于夷族的西迁和嬴秦的起源地、族属问题》,《先秦史论文集》,《人文杂志》,1982年增刊,第166页。
③ 韩伟:《关于秦人族属及文化渊源管见》,《文物》1986年第4期,第26页。
④ 周婧峰、周春茂:《秦人族源之人类学信息》,《考古与文物》2007年第6期,第101页。
⑤ 梁云:《从秦墓葬俗看秦文化的形成》,《考古与文物》2008年第1期,第59页。

的商奄之民,最早的秦文化应该具有一定的东方色彩,并与商文化有较密切的关系。"①这是利用新材料对秦族东来说作出的全新论证,随之在学界产生了强烈反响。

### (三)"二源说"述评

需要特别提及的是,黄留珠在前人"西来说"和"东来说"传统观点基础上,提出了所谓的秦人、秦文化"二源说",即秦人、秦文化"源于东而兴于西"。黄先生指出:"所谓'源于东'者,是讲秦人、秦文化的原始发祥地在东方;而'兴于西'者,是说秦人、秦文化的复兴之地在西方。易言之,就是说秦文化有两个'源':一曰'始发之源',一曰'复兴之源'。"②

黄先生的"二源说"对秦人族源与秦文化渊源问题的探讨,在研究思路和方法上较前人有一定程度的创新,得到了部分学者的支持。但笔者认为,黄先生的"二源说"还是没能突破原来的"西来说"和"东来说"旧有框架,实际上还是可以归入广义的"东来说"。

正如黄先生本人所说:"秦文化的渊源与秦族的渊源之不容割裂,似乎并不是什么难以理解的问题。大文化意义上的秦文化,应该是也必须是同秦人这个称谓同步的。易言之,即是说历史上有了秦人,也就开始有了秦文化……秦人早在母系氏族社会便已留下了其足迹。论者一般把秦文化的开始追溯到此,不能说没有道理。"③黄先生进一步指出:"对于早期秦人,或曰秦族的文明程度、文化创造,不可忽视。如果把秦族文化排斥于秦文化之外,视野不免太狭窄了些!"④看来,黄先生坚持认为探讨秦人、秦文化渊源必须从秦族渊源开始着手。然而嬴秦族群有共同的祖先和历史记忆,秦族起源地及其文化源头也必然来自同一个方向和大区域,怎么可能会有东、西两个源头呢?笔者认为,所

---

① 李学勤:《清华简关于秦人始源的重要发现》,《光明日报》2011年9月8日第11版。
② 黄留珠:《秦文化二源说》,《西北大学学报》1995年第3期,第30页。
③ 同上,第28页。
④ 同上,第29页。

谓"复兴之源"严格意义上来说应该是"始发之源"的流变,绝非"源头"。既然黄先生认为"秦人、秦文化的原始发祥地在东方",东方乃秦人、秦文化的"始发之源",这就说明嬴秦族群的确源于东方。这从根本上来说还是属于"东来说",只不过换了一种说法,实际上是在认同秦族源于东方齐鲁大地的同时,又特别强调了西方关陇区域在秦人形成和发展过程中所起到的重要作用。

总之,有关秦族族源的问题,学界已经探讨了近一个世纪,有提出、赞同和论证"西来说"者,也有主张、认同和坚持"东来说"者。究竟哪一种说法更具客观性,目前尚难形成定论。赵化成曾经指出:"考古发现和文献记载都表明,秦人至迟在商代末年已经活动于甘肃东部,也就是说已经在西方了。秦人究竟是东来还是西来目前尚难以下结论,但可以肯定,一些人主张的周公东征迁秦人于西方的说法是难以成立的。"①赵先生此论虽然提出时间较早,但在今日看来仍然不乏真知灼见。

需要补充说明一点,伴随着新材料的陆续被发现和相关研究的不断深入,秦人历史发展脉络逐渐清晰,秦族源于东方的说法也得到了更多材料的支撑和更为全面细致的论证。仅就目前的材料看来,嬴秦宗族成员的先祖源于东方说法的论据似乎显得更为充足,因之也就更具说服力。虽然秦族"西来说"还不能完全被否定,仍然有不少学者坚持这一观点;但从总体看来,赞同嬴秦"东来说"的学者毕竟呈现出日渐增多之势。

## 二、秦人族群的历史变迁

"秦族"与"秦人"是一组既有密切联系,又有一定差别的概念。简单来说,"秦族"内涵较为稳定具体,一般是指嬴秦宗族成员,他们彼此之间存在着或亲近或疏远的血缘关系,有着共同的姓氏和血亲传承脉

---

① 赵化成:《寻找秦文化渊源的新线索》,《文博》1987年第1期,第6页。

络,甚至在一些生活习俗方面也长期保持着高度一致性;而"秦人"则是指以秦族为核心和主导的复合族群共同体,秦人是一个动态性的概念,不同阶段的秦人,其内涵和外延是不同的,秦人群体成员身份较为复杂,彼此之间不一定具有血缘联系,甚至在生产生活方式和社会习俗等方面均存在着一定程度的差异。

"秦人"作为历史上一支独特的人群共同体,其群体构成不仅有秦族成员,还有其他族群成员,完整意义上的秦人实际上就是秦族与其他众多族群成员长期互动交融的结果。可以说,秦人的形成和发展经历了长期动态变迁的过程。在这一变迁过程中,秦人成员结构组成由相对简单变得较为复杂,其群体实力也由比较弱小变得日益强大,他们对于新兴的"秦人"族群身份以及由此而来的区域性"秦文化"认同程度则进一步增强。

### (一)"附庸"之前秦族与秦人关系

秦人历史始于何时,不同文献有着不同的说法。《史记·秦本纪》是目前为止记载秦人历史最为详尽的材料,该文开篇即谓:"秦之先,帝颛顼之苗裔孙曰女修。"①这说明秦人历史甚为久远,其远祖可以追溯至五帝之一的颛顼。清华简《系年》第三章载:"周武王既克殷,乃设三监于殷。武王陟,商邑兴反,杀三监而立彔子耿。成王屎伐商邑,杀彔子耿,飞廉东逃于商盖氏,成王伐商盖,杀飞廉,西迁商盖之民于邾虘,以御奴虘之戎,是秦之先,世作周厄。"②在这段材料里,作者又是从周公东征平叛时期开始记述秦人历史的。抛开具有传说性质的秦族早期历史不论,我们所知比较可靠的秦人历史大约始于商周之际,当时秦人先祖中潏"在西戎,保西垂"③。随后秦人几经分化、变迁和磨难,到了西周中期的周孝王时,秦人先祖非子获赐秦邑封土,成为周之附庸,这

---

① 司马迁:《史记》卷四《周本纪》,中华书局,1982年版,第137页。
② 李学勤主编:《清华大学藏战国竹简(贰)》第三章,中西书局,2011年版,第141页。
③ 《史记》卷五《秦本纪》,第174页。

标志着法统意义上的秦人开始登上历史舞台,此后秦人逐渐走向漫长的复兴强盛之路。

史党社认为:"非子之前那个经常被学者们也模糊地称作'秦人'的人群,并不是严格意义上的'秦人','秦人'是一个历史性的概念,只有在非子得姓为嬴、封秦之后,才可以叫作'秦人',此前'秦人'的祖先,无论与此后的'秦人'有多么密切的联系,都不能叫作'秦人',因为它还不具备有'秦'之名,并且不存在于人们的意识之中。"① 该说法颇富真知灼见,但也并非全无可商榷之处。"秦"之名称的出现由来已久,远早于秦祖非子被周孝王封为"附庸"、"邑之秦"之时。在甲骨卜辞中有多处提及"秦宗"、"秦右宗"等词;西周早期青铜器塑方鼎(又称周公东征鼎)铭文中提到了"饮秦饮"的说法;② 师西簋铭文提及"秦夷"一词;③《訇簋》铭文中同时提及"秦夷"和"戍秦人"等词;④ 据《左传·庄公三十一年》所载"秋,筑台于秦"可知,春秋时期在东方齐国境内仍然有一处"秦"地(约当今山东范县)⑤。虽然我们没有充足的证据证明以上甲骨文、金文以及文献材料中提到的"秦"地与非子所"邑之秦"有必然的地名历史传承关系,但是同样我们也无法断然否定他们之间可能存在的某种联系性。虽然直到周孝王时期,非子一系秦人才开始登上历史舞台,但非子并非这支秦人的初祖,在非子之前,中潏之后的这段历史时期内,秦人先祖的传承脉络大体还是比较清晰的。如果我们不承认非子之前的秦族成员属于广义上的"秦人",那就无疑是人为主观割裂了秦人形成发展过程中的纵向历史和横向地缘联系,这不利于我们对秦族与秦人的关系作出客观全面的分析和理解,自然是不可取的。

秦族是指嬴秦宗族成员,他们长期保留着自己族群的传统习俗,比如墓葬习俗中的直肢葬、腰坑、殉狗、殉人等,但在头西足东的西首葬式

---

① 史党社:《日出西山——秦人历史新探》,陕西人民出版社,2013年版,第261页。
② 《殷周金文集成》(修订增补本),第2739号器,第1409页。
③ 《殷周金文集成》(修订增补本),第4290号器,第2630页。
④ 《殷周金文集成》(修订增补本),第4321号器,第2697页。
⑤ 李江浙:《秦人起源范县说》,《民族研究》1988年第4期,第78页。

方面却与大多数秦人保持着高度一致性。赵化成曾主持过甘谷毛家坪遗址的考古发掘工作,他认为"考古发现和文献记载都表明,秦人至迟在商代末年已经活动于甘肃东部,也就是说已经在西方了。"①按照这一说法,当秦祖非子被周孝王重用,成为附庸,获得秦邑封土之时,秦族成员至少已经在西方戎狄区域生活了两百多年。在此期间,秦族难免要与周边戎狄族群发生利益冲突和文化交流,当然也包括族群的融合,非子祖上与申戎长期互通婚姻即是这种联系的典型体现。在这一长期互动交融的过程中,原有的族群结构得到了调整,族群规模得以扩大,新的族群意识和文化认同也逐渐产生并不断得到修正。这足以说明,在非子之前的秦族成员宗族血缘联系必然已经遭到了一定程度的冲击和破坏,与此同时,地域联系的紧密性则逐渐凸显,族群关系也开始变得复杂起来,初步具备了后世"秦人"群体的一些基本特征。所以,在非子之前虽然未必产生明确的"秦人"族群意识,但是以秦族为核心和主导的广义"秦人"族群应该是已经初步形成了。就此而论,非子之前的秦族即便不能算作严格意义上的"秦人",至少也应该归属于广义的"秦人"范畴。

## (二) 立国前后秦人群体构成

秦人在立国之前,势力长期局促于以西犬丘(约当今甘肃礼县)为中心的西垂一带,处于被周边诸多戎狄分支势力包围和威胁之窘迫形势之下,时刻面临着被戎狄侵扰乃至吞并的危险。虽然秦人先祖先是在周孝王时期成为周王室"附庸",继而在周宣王时期被册封为"大夫",但是直到成为诸侯国之前,秦人一方面尚未入关吸收"周余民",另一方面也还未对戎狄族群进行大规模的兼并和驱逐,此时的秦人主体组成部分应该仍然是秦族成员,其群体总人口数量也应该是相当有限的。林剑鸣认为:"自从秦被赶向西陲以后,在周人的眼里,他们就同戎、狄无异。随着秦的发展、壮大,又被封为'附庸',表明周奴隶主已开始把秦同戎、狄区别开来。这时,秦人大约已有数万人之众,他们已是一支

---

① 赵化成:《寻找秦文化渊源的新线索》,《文博》1987年第1期,第6页。

不可忽视的力量了。"①林先生进而根据《孟子》《商君书》等材料中所记述的土地和人口的比例关系,大胆推测说:"春秋以前秦国的人口,至少也有二、三万之众。"②这"二、三万之众"既包括嬴秦宗族成员,又包括关陇区域的其他族群成员,可以统称为"秦人"。诚然,对于一个部族来说,拥有两三万人众,至少可以算得上是一个中等规模的族群,但对于一个在两周交替之际行将建国的地方政权来说,由两三万民众组成的力量似乎略显单薄了一些。在此期间的秦人总体实力较为有限,面对较为强大的戎狄势力,秦人只能采取被动的守势,虽然偶尔也会主动出击,但多以失败告终。

对于西戎诸部的社会组织情况,《史记·匈奴列传》载:"各分散居溪谷,自有君长,往往而聚者百有余戎,然莫能相一"③,又据《后汉书·西羌传》载:"不立君臣,无相长一,强则分种为酋豪,弱则为人附落,更相抄暴,以力为雄,杀人偿死,无它禁令,其兵长在山谷,短于平地,不能持久,而果于触突,以战死为吉利,病终为不祥,堪耐寒苦,同之禽兽。"④这些族群因为地近关中农业区,且所居地适宜农耕,生产生活方式除了畜牧业外,当保留有一定程度的农业生产生活方式。关陇区域的戎狄势力虽然总体比较强大,但是受山谷地势的阻隔以及各自社会发展程度差异性的影响,他们彼此之间互不统属,各有君长,各自为政,处于相对分散的状态,这样就容易被秦人各个击破。

立国之前的秦人总体实力虽然还很弱小,但在秦仲、庄公、襄公等领袖的统领下,锐意进取的秦人借助周王室的大力支持,开始在西垂一带绝地反击,逐渐掌控了与戎狄势力角逐的主动权,原来的劣势地位也逐步逆转。伴随着秦人势力的不断发展壮大,秦人群体变得日益庞杂,在原来秦族基础上逐渐吸收了大量的"戎狄"成员和以周人为主体的中原华夏族成员,这就使得秦人群体逐渐摆脱原有"秦族"的单一性、血缘

---

① 林剑鸣:《秦史稿》,上海人民出版社,1981年版,第26页。
② 同上,第34页。
③ 《史记》卷一百十《匈奴列传》,第2883页。
④ 《后汉书》卷八十七《西羌传》,中华书局,1965年版,第2869页。

性、静态化特征,而变得更具包容性、地缘性、动态性特征,秦人群体构成因之也变得更加复杂和丰富多彩起来。史党社指出:"从强调族群互动的角度观察,有三种力量参与了'秦人'的构建过程:'秦人'自身、'戎狄'、以周王室为代表的'华夏'集团,'秦人'就是产生于这三种力量的互动、联系之中。"①这样,秦人就已经突破了原有秦族的宗族血缘联系纽带,而较多地具有了地域性、阶段性、互动融合性等特征,无论内涵还是外延都远较最初的秦族更为深刻和广阔。

### (三) 立国之后"秦人"身份认定

秦人建国入关后,广泛吸纳戎狄、周人等族群成员,这使得秦人族群构成相比之前发生了重大变化,虽然秦人群体仍然以秦族为主导,但之前以秦族为秦人主体的局面已经改变,秦人实力不断增强,逐渐独占昔日周人的老家,开始崛起于关陇区域。

崛起后的秦人虽然仍以嬴秦宗族成员为核心和主导,但秦人的主体力量却是广大的非秦族,这中间既有大量戎狄,又有众多中原华夏族。在统治阶层的构成方面,秦人政权也是高度开放的,秦国摒弃了周礼中"亲亲贤贤"的标准,政治体制中的宗法制特色不明显,也没有遵循"亲不在外,羁不在内"(《左传》昭公十一年)的原则去组织其统治集团。在秦人阵营中,嬴秦宗族成员身份未必高贵,地位也未必尊崇,而许多非秦族成员在加入秦人阵营后,只要才能出众,不论亲、疏、贵、贱,俱有成为秦人政权上层统治者的可能性。这方面的人物可以说是举不胜举,代表人物有百里奚、内史廖、由余、商鞅、蹇叔、丕豹、公孙枝、张仪、司马错、魏章、甘茂、魏冉、白起、任鄙、吕礼、客卿胡伤、客卿灶、范雎、张唐、蔡泽、将军廖、吕不韦、蒙骜、尉缭、李斯等。这些人最初均非秦人,后来加入秦人阵营后为秦人势力的发展壮大作出了卓越贡献,进而成为秦人上层统治集团成员。

戎狄成员如何成为秦人群体的一部分,史无明言,但可以肯定的

---

① 史党社:《日出西山——秦人历史新探》,陕西人民出版社,2013年版,第266页。

是,秦人群体中必然吸收了大量的戎狄族群成员。秦人从势力兴起到退出历史舞台,频繁的内外战争始终贯穿其兴盛发展和衰亡的过程中,在这一漫长的历史进程中秦人的非正常死亡率定然很高。史书对于秦人自身在春秋战国期间的伤亡情况没有具体记载,仅在《战国策·秦策二》里将其简单描述为"死伤者众"。然而,秦人在战国期间杀死东方六国军队的人数却有一些记录。对这些记录作简单统计后可知,自秦献公二十一年发生秦魏石门之战至秦始皇十三年发生秦赵平阳之战的大约130年期间,秦国与东方六国之间的战争记录在案的有21次,在这21次大战中,秦人斩首东方六国军队人数超过160万人。这一六国军人死亡数据尚且发生于秦国发动全面统一战争之前,倘若我们有条件对秦国10年统一战争期间的数据进行统计的话,那么秦国斩杀东方列国军人的数目必然会非常庞大。战争历来是把双刃剑,对方伤亡人数如果非常众多的话,那么自身受损情况通常也不容乐观,正所谓"杀敌一千,自损八百",秦人斩杀东方列国军队人数如此众多,想必秦国自身的伤亡人数也不在少数。正如林剑鸣所说:"自秦孝公以后,秦国同各国战争,仅见于史籍记载的杀人数目就超过一百几十万人。秦国本国人民死伤数虽无明文记载,当也不会太少。"[1]

秦人群体成员的主体部分长期生活在关陇区域,对内治理和对外角逐均需要有较为富足的社会劳动力作为支撑,倘若仅靠以秦族成员为主体的秦人自身生息繁衍,恐怕不可能保证秦国拥有充足的兵源、税源等的基本供给,正常的社会生产也肯定难以维系。在东方列国的民众尚难以被全面有效驱使的情况下,后方的戎狄势力便理所当然地成为秦人群体构成的重要组成部分。睡虎地秦简的书写时代虽然偏晚,但也可以从一个侧面反映春秋战国时期秦人的社会发展状况。其中《法律答问》中有两支简的内容与族群融合有密切关系,或可用于解释秦人群体构成的相关问题。简文如下:

"臣邦人不安其主长而欲去夏者,勿许。"可(何)谓去夏? 欲去

---

[1] 林剑鸣:《秦史稿》,上海人民出版社,1981年版,第308页。

秦属是谓夏。

"真臣邦君公有罪,致耐罪以上,令赎。"可(何)谓真?臣邦父母产子及产它邦而是谓真。可(何)谓夏子?臣邦父,秦母谓殹(也)①。

整理小组认为第一条简文中的"臣邦人"指臣服于秦国的少数民族。秦人以华夏自居,简文中"夏"指代的是秦的属境,臣邦人去夏指的是离开秦的属境。也就是说,如果少数民族成员不离开秦的属境,他就是秦人中的一员。第二条简文内容中则明显带有以血缘区分民族的色彩。少数民族男性与秦人女性所生子女称为"夏子",日本学者工藤元男将之称为"身份上完整的秦国人"②;如果父母均为少数民族成员,或者出生于外国,就会被称为"真",即不属于完整意义上的秦国人。凡是秦的臣邦人,都生活在秦的属境内,也都属于秦人,但是"夏"与"真"的划分使得他们之间有了一定程度身份高低的差别。按照工藤元男的解释,"秦依据真、夏子作出身份区别,其目的不在区别本身,而在于为占领下的六国旧民和少数民族作为'新秦人'编入秦国提供法律手续。"③无论身份高低如何,原来脱离于秦人之外的戎狄成员在接受秦人统治后,就都变成了居于秦地的"臣邦人",他们无疑成为秦人群体中的重要组成部分。于豪亮认为:"秦律规定少数民族与秦人通婚,其子女概为秦人,不能认为是少数民族。这是因为秦的人口少,作出这样的规定是为了争取人力的缘故。"④于先生此言可谓是说透了问题的实质。

我们认为,"秦人"的认定标准与以关陇区域为核心的秦地以及秦文化内涵的关系非常密切。那么,哪些人可以划归到秦人范畴呢?

---

① 睡虎地秦墓竹简整理小组:《睡虎地秦墓竹简》,文物出版社,1978年版,第226页。
② [日]工藤元男撰,[日]广濑熏雄、曹峰译:《睡虎地秦简所见秦代国家与社会》,上海古籍出版社,2010年版,第91页。
③ 同上,第99页。
④ 于豪亮:《秦王朝关于少数民族的法律及其历史作用》,《云梦秦简研究》,中华书局,1981年版,第318页。

毫无疑问,关陇区域的秦族成员属于秦人,较早归属秦国的"周余民"和戎狄成员属于秦人,伴随着秦国势力强盛或主动或被动归属秦国,并逐渐认同关陇区域秦文化的东方六国人士也应该属于"新秦人"范畴。

最具争议的是秦朝统一后的原来六国国民,他们虽然名义上成了秦朝的臣民,但这只是短暂的军事臣服,在内心深处他们未必认同关陇区域秦文化,在亡国之恨的刺激之下,他们各自既有的区域文化心理认同可能会变得更加自觉和根深蒂固。所以,败亡后的东方六国贵族不会认同自己是"秦人",其民众恐怕也不一定会产生"秦人"身份认同的自觉,秦始皇驾崩后,东方六国贵族及其民众群起反叛便是这方面很好的说明。正如王辉所说:"从六国相继归秦,到秦王朝灭亡,前后不过三十年。在此期间,关东六国虽归于秦,其遗民名义上也算'秦人',但一则六国皆立国数百年,其思想、文化、风俗影响深远;二则战争停歇的时间极短(大约只有十二三年),所以原六国遗民远未与秦本土人融为一体,他们自己多不自认为是'秦人',西汉人也不把他们看作'秦人'。"①所以在《史记·秦始皇本纪》《史记·项羽本纪》《史记·陈涉世家》等篇章中,屡见"齐人""楚人""燕人""赵人"等的称谓。

曾经辉煌一时的秦人群体在经历了从单一到复杂,从弱小到强大,随后到达势力兴盛巅峰的历史变迁后,最终伴随着秦王朝的灭亡而逐渐分化重组。虽然昔日秦人的后代在后世应该还有延续,但作为复合族群共同体的秦人此后便永远退出了历史舞台。

## 三、秦族、秦人与秦文化关系

秦人是中国历史上一支非常独特的社会群体,是以秦族为主导

---

① 王辉:《秦族源、秦文化与秦文字的时空界限》,《秦俑博物馆开馆三十周年国际学术研讨会暨秦俑学第七届年会论文集》,三秦出版社,2010年版,第24页。

与核心逐渐形成的复合族群共同体。秦族以血缘关系为纽带,有共同的姓氏和血亲传承脉络;而秦人则以地缘关系为纽带,注重族群意识和区域文化认同。秦人继承周人在关陇区域崛起,于此建立了秦国,通过对关陇区域戎狄文化、商周文化以及周边三晋、巴蜀、河西走廊、鄂尔多斯等区域文化的兼收并蓄,从而形成了独具特色的关陇区域秦文化。具有极强包容性和功利主义思想的秦人在"耕战"国策的指引下,以其独特的开拓进取和顽强拼搏精神,终于东灭六国,建立了中国历史上第一个地域广阔、族群众多的中央集权大一统帝国,其所创建的制度文明对后世影响极为深远。毫无疑问,秦人的历史贡献是极为巨大的,无论怎么评价都不足以尽显其伟大。然而,正是这样一支曾经辉煌一时的独特社会群体,却也给后世留下了诸多历史谜团,比如秦人族群构成及其族源问题便颇具争议乃至具有了神秘色彩。

对于学界惯常沿用的"秦人族源"概念的探讨,实际上就是围绕秦族起源地问题而展开的"秦族族源"或"秦族渊源"问题研究。如果仅就立国之前的早期秦人而言,此时秦人主体是嬴秦宗族成员,秦人和秦族基本上是属于同一群体,那么秦人族源的说法是可以讲通的;但是当秦人群体不断发展壮大,以至于其中包含了大量戎狄、周人等族群成员,而秦族自身成员在秦人群体总量中所占比例越来越小时,再谈"秦人族源"问题,就会因概念的笼统模糊和指向不明而失去进一步探讨的基本意义。所以,平常我们在对相关问题进行研究时,最好用"秦族族源"或"秦族渊源"等概念来替代原来惯用,但本身又充满歧义的"秦人族源"概念。仅就目前已知材料和学界研究情况看来,秦族很可能源于东方海岱区域,但秦人却是在西方关陇区域逐渐融合周边族群而逐渐形成的新兴族群复合体;就此而论,我们可以说秦族源起于东方,但不能说秦人群体来自东方。虽然秦文化内涵中具有一定程度的东方文化元素,但我们绝不能因此就认为秦文化源于东方齐鲁大地,秦文化是历代秦人在漫长的历史发展进程中,对诸多族群及其区域文化进行不断学习、扬弃和综合创新的文化结晶,从总体特征看来,秦文化还是应该归属于西方关陇文化体系之中。

## 作者简介

陶兴华,1979年生,男,甘肃靖远人,历史学博士,西北师范大学历史文化学院副教授,硕士生导师,主要从事先秦秦汉史、历史地理、商周考古、文物与博物馆学的教学和研究工作,出版过专著《秦早期文明追迹》等。

# 《诗经·豳风·七月》解诂

## 雒江生

(天水师范学院 甘肃天水 741000)

**内容提要** 《诗经·豳风·七月》是《诗经》中最著名的一首农事诗,前人注解《诗经》,于《七月》篇皆详加考释,其已疏通证明者固多,而犹未能通读者仍然不少。今撰此文,专释前贤未通读之处,其余则置而不论。本文认为诗中之"无衣无褐"之"褐"当释为"袜";"一之日"之"于貉"当释为"于绺",谓布网即布施网罟捕捉狐狸之义;"二之日其同"之"其同"应释为"其詷",即用弓射杀野兽之义;"七月食瓜"之瓜当为西瓜而非菜瓜;"亟其乘屋"当释为:赶快用所绞拧之草绳,把茅屋顶上已经散乱的茅草束缚固定;"凿冰冲冲"是形容水结白冰之满地遍野;"朋酒斯飨"是谓乡邻众人拿来酒全乡村人聚会畅饮。

**关键词** 《诗经·豳风·七月》 "无衣无褐" "七月食瓜" "亟其乘屋" "凿冰冲冲"

《七月》是《诗经·豳风》的首篇,全诗八章,每章十一句,是十五《国风》中第一长诗。此诗主题,西汉初年的《毛诗序》说:"《七月》,陈王业也。周公遭变,故陈后稷先公风化之所由,致王业之艰难也。"东汉郑玄的《毛诗笺》解释《毛诗序》说:"周公遭变者,管、蔡流言,辟(避)居东都。"按:周公姬旦是周文王姬昌之子,周武王姬发之弟。武王在灭商三年后逝世,其子姬诵继位,是为周成王。成王年少,周公旦乃摄政当国,那已是公元前1042年的事,与《七月》诗所记述先周民族在豳原生活的年代相距久远,根据《夏商周断代工程阶段成果报告》推算,夏代历年为470年,商代历年为554年,夏、商两代历年共1024年。而据《史记·周本纪》记载,周人始祖名弃为尧、舜朝主管农牧业之官后稷,与夏朝开国之王禹同为尧、舜重臣,封土于邰,其地在今陕西省武功县。邰地处关中八百里秦川之中心地带,是肥美沃野,宜于农业种植。先周民族在邰地生活大约一百多年至两百年,至弃(后稷)的第四代即曾孙公刘时期,因无力抵抗戎狄民族侵扰,乃放弃这块肥沃土地,而向比较贫瘠高寒的黄土高原豳原迁徙。豳也作邠,在陕西省邠县,今改作彬县,县城东有公刘墓。《大雅·公刘》一诗就写这次在周人历史上具有重要意义的大迁徙。又据《周本纪》记载,先周民族在豳原从公刘定居至古公亶父经历十代,仍受戎狄民族攻扰,古公亶父乃率领族人迁徙于岐下的"周原",从此才有"周"的称号,故先前概称"先周"。周原北倚岐山,南接渭河,是地处关中平原西部的肥美土地。《大雅·绵》诗说"周原朊朊,堇茶如饴",意思是说肥沃的周原土地,连生长出的野苦荼菜都香甜味美。迁徙周原后,经过古公亶父与其子季历、其孙姬昌(文王)三代经营创业,周人开始强大起来。姬昌(文王)与商朝末代之王商纣(帝辛)同时。商朝封姬昌为"西伯",伯是首长之意,西伯即商朝西部诸侯国之首长,至此周人才有攻伐腐朽商王朝而代之建立周王朝的宏谋,所以创立王业是迁徙周原以后的事,在豳原时期尚无"王业"可言。

那么周人在豳原生活多少年代?当时的社会制度性质属何时代?前面说从夏代开始周人在邰地生活约二百年,而古公亶父迁岐下周原至武王灭商约二百多年,从夏、商历年1024年减去在邰加在周原至灭商前两段历年合计约四百多年,则先周民族于夏、商时代在豳原生活约六百多年,即从公元前18世纪公刘迁豳至公元前12世纪古公亶父从豳原迁徙周原以前的漫长历史时期。在这六百多年中,虽然地处中原(今河南省)与周边地区的夏、商王朝已先后进入奴隶制阶级社会,但远离中原而与西戎民族杂处西土的先周民族,社会生产力低下,贫穷落后,仍处在氏族社会阶段。郭沫若在《奴隶制时代》一文中连周文王都称为"氏族酋长",那么其祖父古公亶父以前的先祖当然都是氏族部落头领。《七月》诗中虽然写有公子、公家,谓采桑养蚕织帛为公子作衣,猎取狐狸皮为公子作裘,狩猎来的肥大野猪要献给公家等,但那公子、公家不过是氏族部落头领,与严格意义的奴隶制阶级社会的奴隶主尚有不同。所以说《七月》诗所写的是先周民族在未进入奴隶制阶级社会以前时代的社会现实。其写定的时间应在迁徙至周原时期,因为周人此时已有文字,1977年发现的周原甲骨文,是比殷墟甲骨文更加成熟系统的文字,已可以把人民世代口头相传的《七月》诗记录写定下来,所以说《七月》诗的作者应该是先周人民,而不是周公。古代学者早已认为《七月》诗不是一首一般的风诗。东汉郑玄在笺释《七月》篇时,于第二章说"是谓豳风",于第六章说"是谓豳雅",于第八章说"是谓豳颂"。按照风、雅、颂所表现的内容来说,风以描写民俗歌谣反映社会生活现实,雅、颂以描写政教典礼反映社会现实历史,所以应该说,《七月》是一首融合风、雅、颂描述先周民族在豳原艰苦生活六百多年时代风貌的伟大史诗。前人注解《诗经》,于《七月》篇皆详加考释,其已疏通证明者固多,而犹未能通读者仍然不少。今撰此文,专释前贤未通读之处,其余则置而不论。

**一之日觱发,二之日栗烈,无衣无褐,何以卒岁?**

毛《传》云:觱发,风寒也。栗烈,寒气也。豳土晚寒。郑《笺》云:"褐,毛布也。卒,终也。此二正之月,人之贵者无衣,贱者无褐,将何以终岁乎?"按:自郑玄释"褐"为"毛布",唐代孔颖达《毛诗正义》、宋代朱熹《诗集传》等皆遵用其说。直至清代中期以后,学者始疑郑说。马瑞辰《毛诗传笺通释》云:褐有三训,一为毛布制,如马衣。……一为枲衣,《说文》:"褐,编枲韈。"段玉裁曰:"取未绩之麻编为足衣,如今草鞋之类。"……一为粗布衣。《说文》:"褐,一曰粗衣。"……此诗"无衣无褐",当从粗布衣之训。……古人衣、褐并言,不嫌词复。

今按:韈是韈的异体字,《说文》作韤。马氏谓"褐有三训",如依《说文》本义训褐为韈即足衣,则得正解,但犹疑不决,而取《说文》褐字别义终释为"粗布衣",失其正诂,殊为可惜。

继马氏之后,俞樾在《曲园杂纂》卷三《达斋诗说》云:"《说文·衣部》:'褐,编枲韤也,一曰粗衣也。'许君列此二义,而以编枲袜为第一义,疑本三家旧说。盖褐字以见此诗者为最古,而毛无传,故取之三家也。编枲为袜虽未详其制,要是足衣,衣在身,褐在足。"今按:襪也,韤字异体。《说文·韋部》云:"韤,足衣也,从韦蔑声。"韤字通行异体作袜。《玉篇·韋部》云:"韤,亡发切,足衣。亦作袜。"袜穿在足,故古名足衣。袜字结构很好。杨树达在《积微居小学述林·释韤》篇说:"末蔑古同音,足谓之末,故衣足之韤谓之韤。人顶在上而足在下,人顶谓之颠,则足当为末也。制字者或兼取此义。"可见"袜"是"从衣从末、末亦声"的会意兼形声字,声意简明,故后世通行,现在简化汉字用袜而非韤、韤、襪等,是很合理的。

此诗"无衣无褐"之"褐"当从俞樾之说释为"足衣"即袜。唯俞氏疑"毛无传,故取之三家也"则未必然。考西汉初注解《诗经》的有毛氏与齐、鲁、韩三家共四家。毛氏属经古文学派,三家属经今文学派,对《七月》篇"无衣无褐"之"褐"字皆未作注解。其所以不作注解者,盖"褐"字本义为"韤",汉初人皆知晓为常义,不需要注解,故四家皆无注。东汉中期许慎著《说文》,也知"褐"字本义是"韤",故列为第一义,但"褐"字又有别义为"粗衣",故列为第二义。如果许氏在"褐"字本义下引《诗》曰"无衣无褐",则"褐"谓"韤"即足衣,诗义已明,不需后学再解。郑玄是东汉末期人,距西汉初年已四百年。郑氏是遍注群经的经学大师,与许慎齐名,号称"许郑"。郑玄也是经古文学派,著《毛诗笺》以宗毛为主,但也兼采三家之说。郑氏已见许氏《说文》笺释《七月》"无衣无褐",本应据"褐"字本义释"韤"即足衣,但因有"人之贵者"应该穿"衣"、"贱者"应该穿"毛布"粗衣的等级观念,因释"褐"为"毛布",谓毛织粗布之衣,这一念之差,则贻误后学两千年。豳原为什么冬季足要穿袜?毛《传》说:"豳土晚寒",是说豳原冬季三个月一直寒冷,即从农历十月"立冬"一直寒冷晚至第二年"立春"。在这冬三个月中,尤以农历十一月(一之日)、十二月(二之日)为数九寒天,最为寒冷,西北寒风吹风刮(觱发),寒气逼人(栗烈),人不分贵贱不仅需要厚暖衣裳,而且需要袜子,不然足部冻伤,疼痛得连路都走不成,如何能渡过这一年的冬天,所以诗说"无衣无褐,何从卒岁"。俞樾释"无衣无褐"之"褐"为袜虽得正诂,而今人注解《七月》诗仍沿用郑玄释"褐"为"毛布"粗衣之训,故此文特详说之。

**一之日于貉,取彼狐狸,为公子裘。**

毛《传》云:"于貉,谓取狐狸皮也。狐貉之厚以居。孟冬,天子始裘。"郑《笺》云:"于貉,往搏貉以自为裘也,狐狸以共尊者。"按:毛《传》释"于貉"为"谓取狐狸皮也",是释前两句"一之日于貉,取彼狐狸"之义,虽然笼统,但诗义可通。而又说:"狐貉之厚以居"是仍以"于貉"之"貉"为似狐狸之貉兽名。郑《笺》释"于貉"为"往搏貉以自为裘也",是也以"于貉"之貉为貉兽,误与毛同。唐孔颖达《疏》云"一之日往捕貉取皮,庶人自以为裘"。孔氏发挥郑《笺》之说,谓农人往捕貉取皮为自己作裘,是也以"于貉"之貉为貉兽,误与郑同。宋朱熹《诗集传》云:"貉,狐狸也。于貉,犹言于耜,谓往取狐狸也。"貉与狐狸本是相似而不同的野兽,朱释误。但朱氏毕竟是大学问家,读书善于比较,释"于貉"犹言此诗第一章"三之日于耜"的"于耜",可谓之卓识。按:一章毛《传》云:"于耜,始修耒耜也。"耜谓耒耜,即耕田犁地的犁,是耜本为农具名词,而"于耜"之耜用为动词,语法学称为名词动用,即名词活用为动词,所以毛《传》释"于耜"为"始修耒耜",这是对的。按照上古汉语的构词规律,"于"为动词词头,名词"耜"前加"于"构成"于耜",则耜用为动词。据此构词规律,则"于貉"之"貉"也应是名词用为动词,但这个"貉"不是本字,而应是"络"的假借字,"貉"、"络"皆从"各"声,上古汉语是同音字,故可假借通用。毛《传》、郑《笺》、孔《疏》、朱《传》皆不得正诂者,因误以"貉"为本字,其实本字为"网络"之"络"。今本《尔雅·释诂》"貉缩,纶也。"晋代郭璞《注》云"纶者,绳也,谓牵缚缩貉之,今俗语亦然。"按:原本《玉篇·系部》"络"字下云:"《尔雅》:络,纶也。'郭璞曰:'纶,绳也,谓牵缚缩络之也,今俗语亦然。'《苍颉篇》,'络,布也。'"从原本《玉篇》残卷中可见今本《尔雅·释诂》"貉缩,纶也"及郭璞《尔雅注》"谓牵缚缩貉之"的"貉"字,南北朝以前的古本《尔雅》皆作"络",而不作"貉",不知何时何人改"络"为"貉"。唐代《开成石经·尔雅》已作"貉",可能是南北朝以后至隋、唐以前人所改。现在说《七月》"于貉"的本义。"于貉"之"貉"本字为"络",《文选·西京赋》薛综《注》云:"络,网也。"是络为名词,网罟之义。而名词"络"前加动词词头"于"构成"于络",则"络"活用为动词。原本《玉篇》"络"字下引《苍颉篇》云:"络,布也。"布谓布施,是"于络"谓布网,即布施网罟捕捉狐狸之义。《诗经》中有专写布施网罟捕兔的诗,如《周南·兔罝》:"肃肃兔罝,椓之丁丁","肃肃兔罝,施于中林。"毛《传》云:"肃肃,敬也。兔罝,兔罟也。丁丁,椓杙声也。中林,林中。""兔罝"即捕野兔之网罟。诗说猎人敬慎用心布施捕兔之网,在树林中兔子出现的地方钉上两根木橛,在两橛中间拉布上网,等待野兔出来套捕。捕捉狐狸也可用此方法。古人为什么捕捉狐狸要用网捕而不用弓箭射弋,因为猎捕狐狸主要用其珍贵皮毛缝制裘衣,要尽量保其皮毛完好不破坏,故以网捕为善。如猎取肉源如野猪等,就要用弓箭远距离射杀,以防野猪伤人。至此就可说,"一之日于貉,取彼狐狸,为公子裘",是说农历十一月(一之日)农人要利用冬季农闲时在野外布施网罟,猎取那珍贵的狐狸皮毛,为氏族部落头领、公子作裘。

**二之日其同,载缵武功,言私其豵,献豜于公。**

毛《传》云:"缵,继;功,事也。豕一岁曰豵,三岁曰豜,大兽公之,小兽私之。"郑《笺》云:"其同者,君臣及民因习兵俱出田也。豕生三曰豵。"按:简要来说,此文与上文"一之日于貉,取彼狐狸,为公子裘"相对而言。上文只说农历十一月(一之日)农人猎取狐狸皮为公子作裘一事。下文也只说另一事,即农历十二月(二之日)农人猎取野猪之事。所以毛《传》说继猎取狐狸皮毛之后,又猎取野猪,生长一年的瘦小野猪肉留着农家私自吃用,生长三年的肥大野猪肉进献给氏族部落公家吃用,诗义已通。毛《传》未释"其同"之义。郑《笺》说"其同"是君主与朝臣及民众因练兵俱出田猎,值得研究。前面解题中说,《七月》诗所记述为先周民族在豳原时代史事,那时周民族处在氏族社会阶段,尚未建立国家,建立国家而作为商王朝的诸侯国是迁徙周原以后的事,所以用国家君主与朝臣等名分释此诗是不合理的。但郑《笺》此说对后世影响很大,后世注解此诗"其同"之义多从郑说,所以应该考求其正诂。从语法修辞来说,上下文为对偶句,"二之日"对"一之日","其同"对"于貉","其"与"于"皆为动词词头,"貉"本字是"络",用为动词,是布网捕猎之义。而"同"的本字应是"弴"。《玉篇·弓部》云:"弴,徒东切,弓饰。"又

《集韵·东韵》云:"彁,象弭谓之彁。"是"彁"字本义为用象骨修饰弓之两端,引申之义为"弓",用为动词则是用弓射猎之义,"二之日其同"就是说农历十二月(二之日)要用弓箭射猎野猪。"载"犹"则","缵"谓继农历十一月(一之日)之后的十二月(二之日)。"武功"谓武猎之事,因射猎凶猛的野猪要像武战一样冒险射杀,射杀不死则会反扑伤人,所以诗说射猎野猪险如武战之事。毛《传》说"豕一岁曰豵,三岁曰豜","豕"这里指野猪。野猪在野外山林以吃草果为主,生长一年仍显得瘦小,要三年才能肥大。毛《传》说"大兽公之,小兽私之","大兽"谓肥大野猪,"小兽"谓瘦小野猪。汉代无名氏《小尔雅·广兽》云:"豕之大者谓之豜,小者谓之豵。"正用毛《传》之义立训。甲骨文与商代金文豜字作豭,从大豕会意,正合本义,战国古玺文作豜,从豕开声,为形声字,后世通行。而郑《笺》不同意毛《传》之释,另据《尔雅》改释。《尔雅·释兽》云"豕生三,豵。"意即猪一胎生三只小猪,这小猪就叫豵。《七月》诗主要说射猎来野猪的瘦小肥大,与猪一胎生几只小猪无关,故郑《笺》之说与诗义不合。中国养猪食肉的历史很早,早期甲骨文的"家"字"从宀从豭",或"从宀从豕",宀表屋室,豭表二豕,是"家"字本义为室内养猪,引申义用为人家之家。诗说打猎来的肥大野猪肉要送献给氏族头人家食用,说明先周人民饲养的家猪数量很少,连氏族头领也要吃野猪肉。因为先周民族在豳原时代社会生产力低下,生产的粮食较少,除供人口食粮,没有多少余粮用来大量饲养家猪,所以农人要趁冬天农闲时猎取野外山林现成的野猪肉,供自家与氏族头领家食用,这应该是诗的本义。

**七月食瓜,八月断壶。**

毛《传》云:"壶,瓠也。"郑《笺》云:"瓜瓠之畜,亦所以助男养农夫之具"。孔《疏》云:"壶与食瓜连文,则是可食之物,故知壶为瓠,谓甘瓠可食,就蔓断取而食之。"朱《传》云:"食瓜断瓠,亦去圃为场之渐也。"按:壶,即瓠的假借字。瓠是菜瓜,学名瓠子,今陕西、甘肃等地叫瓠子,其他地方多叫西葫芦,是菜市常见的一种瓜类蔬菜。瓠子多在鲜嫩时炒菜吃,但也可使之结于梗上老去,储蓄保存起来当菜吃,故郑《笺》说:"瓜瓠之畜(蓄)",朱《传》发挥郑《笺》之义,说断瓠是秋后快到筑菜圃为打谷场时的事。因瓠子的蒂把较粗,尤其长老后不容易用手摘下蔓来,而要用刀铲一类工具切断摘取,所以诗说"八月断壶",是说农历八月要断取瓠子当菜吃。毛《传》未解"七月食瓜"之"瓜"是什么瓜。郑《笺》、朱《传》皆以"瓜"、"瓠"为同类,并不合诗义。现代注解《诗经》的学者,或以"七月食瓜"之"瓜"为甜瓜。笔者认为,此瓜即西瓜也。因西瓜是农历七月所吃之瓜,所以古代把"七月"叫"瓜时"。《左传》庄公八年云:"瓜时而往。"东汉服虔《注》云:"瓜时,七月。"正用《豳风》"七月食瓜"之义。

中国种植西瓜的历史很早。《诗经·大雅·绵》云:"绵绵瓜瓞,民之初生,自土沮漆。"毛《传》云:"绵绵,不绝貌。瓜瓞,瓜绍也。瓞,㼌也。民,周民也。沮,水;漆,水也。"郑《笺》云:"瓜之本实继先岁之瓜必小,状似㼌,故谓之瓞。"朱《传》云:"大曰瓜,小曰瓞。瓜之近本初生者常小,其蔓不绝。至末而后大也。"按:毛《传》说:"瓜瓞"即"瓜绍",绍谓继,"瓜绍"即今年所留明年再种,而近蔓根所结之种籽瓜。郑《笺》、朱《传》说近蔓根(本)生长的瓜常小,这与西瓜生长的情形相符。西瓜的蔓很长,为使瓜生长良好,一条蔓只留一个瓜,不要的小瓜趁早摘除。近蔓根结的瓜叫"根瓜",因吸收肥料营养与水分较多,虽然个头较小而特别香甜,所以农人常留作种籽瓜明年继续再种,这就是毛《传》释"瓜瓞"为"瓜绍"之义。西瓜长蔓中段所结之瓜较大,"食瓜"主要吃这大瓜。《緜》诗用"瓜瓞"比喻先周民族绵绵不绝,一代传一代,从始祖后稷居邰,公刘迁豳居沮水、漆水流域,直至古公亶父自豳迁徙周原,周人开始强大起来。周原甲骨文有瓜字,见徐锡台《周原甲骨文综述》一书。西周金文《师酉簋》有两个瓜字,皆象长蔓结瓜。战国古陶纹作☒,正象瓜蔓结一圆形瓜。而战国金文《令瓜君壶》的瓜字作☒,象长蔓结一椭圆形花纹西瓜。西瓜的叶形很特别,所以写成于战国时期的中国最早辞典《尔雅》一书,根据叶形把西瓜叫"九叶"。《尔雅·释草》云:"㼌,九叶。"前人不得其解。近代学者王闿运《尔雅集解》云:"多叶覆地,㼌也,今西瓜,凡言九叶者是。"谓"九叶"即西瓜,其说甚是。上古汉语用词,三、九常用为虚数表多,三表多,九表极多,说详清代学者汪中《释三九》。西瓜叶形为三裂至七裂之多裂形,三已多,七已近九,表极多,因此古代根据叶形把西瓜叫"九叶"。这只要到西瓜田地去看一下叶形就会明白。我撰《尔雅正诂》一书,即以西瓜之叶多裂形释"九叶"之义。西瓜是先周人民于夏、商时代已在中国西部土地种植之瓜,所以名叫西瓜。而自明代李时珍《本草纲目》以来,多位学者根据《新五代史·四夷附录第二》胡峤《陷虏记》之说,认为西瓜自五代时始传入中国,把中国种西瓜吃西瓜的历史说晚了两三千年。

**我稼既同,上入执宫功。昼尔于茅,宵尔索绹,亟其乘屋,其始播百谷。**

毛《传》云:"宵,夜;绹,绞也。乘,升也。"郑《笺》云:"既同,言已聚也,可以上入都邑之宅治宫中之事矣。尔,女也。亟,急;乘,治也。十月定星将中,急当治野庐之屋。"按:"我稼既同",言秋收禾稼已打碾成粮食同聚积入仓。"上"与"尚"通,"还要"之义。入谓内。宫谓屋室。《尔雅·释宫》云:"宫谓之室,室谓之宫。"上古宫、室同义,即房屋,宫用为帝王宫殿乃后起义。言秋收打碾完毕,还要在自家内执特治屋室之事。郑《笺》谓上入都邑城中为统治者执治宫之事,不合诗义。又谓"亟其乘屋"是"急当置野庐之屋",按"野庐"是夏秋时节在四野看管禾稼果菜小屋,非村庄常住屋室,所以也不合诗义。杨树达《词诠》云:"尔,语末助词,即今语呢字。"是"昼尔"谓"白天呢","宵尔"谓"夜晚呢",言白天呢到野外割取茅草,夜晚呢把割来的茅草绞拧成草绳,昼夜都忙碌修葺屋室之事。郑《笺》释"尔"为"女(汝)",即"你",非是。毛《传》释"乘"为"升",升犹登,谓登上屋顶,没有说明登上屋顶做什么,所以郑玄不同意毛《传》之释,乃改训"乘"为"治",治谓修治,虽义胜毛《传》,但如何修治仍未具体说明。其实"乘"是"绳"的假借字。"乘"读"车乘""千乘"之音,上古与"绳"是同音字,故可假借通用。《大雅·绵》云:"其绳则直。"毛《传》云:"乘谓之缩。"陆德明《经典释文·毛诗音义》:"绳,或本作乘。"是毛氏所见西汉初古本《诗经》作"其乘则直",故毛《传》读"乘"为"绳",谓"乘"是"绳"的假借字。朱骏声《说文通训定声》云:"乘,假借为绳。《诗·绵》传'乘谓之绳',即《尔雅·释器》'绳谓之缩'。"按:《尔雅·释器》:云"绳谓之缩。"郭璞《注》云:"缩者,束缚之也。"是"乘"本字为"绳","绳"用为动词与"缩"同义,即束缚之义。据此则《七月》"亟其乘屋",是说要赶快用所绞拧之草绳,把茅屋顶上已经散乱的茅草束缚固定,不使狂风刮走。因为先周人民当时居住茅屋,经一年风雨,草绳腐朽,要趁冬天农闲时间用新草绳束缚修葺茅屋,不然就会像杜甫《茅屋为秋风所破歌》诗所云"八月秋高风怒号,卷我屋上三重茅,茅飞渡江洒江郊",经不住来年狂风暴雨破坏。所以读"乘"为"绳",用为动词即束缚之义,"乘屋"谓用草绳束缚修葺茅屋顶上茅草,是此诗本义。

**二之日凿冰冲冲,三之日纳于凌阴。**

毛《传》云:"冰盛水腹,则命取冰于山林。冲冲,凿冰之意。凌阴,冰室也。"郑《笺》云:"上章备寒,故此章备暑。"孔《疏》云:"毛以为豳公教民,二之日之时使凿冰冲冲然,三之日之时纳于凌阴之中。"陆氏《经典释文·毛诗音义》云:"冲冲,声也。"朱《传》云:"凿冰,谓取冰于山也。纳,藏也,藏冰所以备暑也。"按:经唐代孔颖达释"凿冰"为凿取冰块,陆德明释"冲冲"为取冰块之声,又经宋代朱熹进一步肯定"凿冰"是凿取冰块于山,"凿冰冲冲"之义为凿取冰块之声,就已成为唐、宋学者释此诗定诂,后世从之无异说。但现在要问,既然农历十二月(二之日)从山林凿取来的冰块,为什么要等到下一年的正月(三之日)才纳藏于冰窖?上一月凿打来的冰块,要等到下一月藏入冰窖时,就可能已经融化了,即此可见唐、宋学者之释不通。现在再来看毛《传》的解释,"冰盛水腹"是什么意思,"凿冰之意"又是什么意思。按照毛《传》本意,是以"冰盛水腹"释上句"二之日凿冰冲冲"诗义,则"命取冰于山林"释下句"三之日纳于凌阴"诗义,毛意谓"凿冰"是水结白冰,凿是鑿的假借字。按《说文·毇部》:"鑿,糲米一斛舂为九斗曰鑿。"段玉裁《注》云:"经传多假鑿为鑿。"鑿音凿。糲也作粝,粝米谓粗糙不白的米。古代以十斗为一斛。鑿字本义为把十斗粗糙不白的米舂为九斗精细上白的米,故鑿有精白之义,"凿(鑿)冰"就是白冰,谓天寒地冻而水结白冰。凿假借为鑿之例,如《唐风·扬之水》:"白石凿凿。"毛《传》云:"凿凿然鲜明貌。"鲜明即洁白之义,以形容白石之洁白。又按照毛《传》本意:"冲冲"不是凿取冰块之声,而是形容水结白冰,盛多满地之词。《小雅·蓼萧》毛《传》云:"冲冲,垂饰貌。"垂即悬垂,"冲冲"形容山崖河岸垂满冰柱,也即毛《传》"冰盛"之义。而"水腹"之"腹"与"覆"通。朱氏《说文通训定声》云："腹,假借为覆。《诗·蓼莪》:'出入腹我。'《笺》:'腹,怀抱也。'""怀抱"与"覆盖"义通,故"水腹"就是水被覆盖在冰下,"冰盛水腹"义即水结白冰盛多封冻河面,河流泉渊之水被覆盖在冰层之下。而毛氏仍恐人不知"冲冲"之义,故特释为"凿冰之意"。按:"意"与"𢡊"通。《说文·心部》云:"𢡊,满也,从心音声。""𢡊"与"意"本是两个同音而不同义的字,皆见许氏《说文》与战国古文字,而古籍多通用。"意志"之"意",词义为"满",故毛《传》云:"冲冲,凿冰之意",谓"冲冲",是形容水结白冰之满地遍野,正与上句"二之日凿冰冰冲冲"是说农历十二月(二之日)天寒地冻水结白冰满地义合。而下句"三之日纳于凌阴",才说打取冰块纳藏于冰窖之事。"三之日"即农历正月,为"立春"之月,天气渐暖,要趁冰未解冻取冰藏冰,故毛《传》云:"则命取冰于山林"。由上可见毛《传》的训诂符合诗义,是为正诂。而唐、宋学者以"凿"字本义"凿取"释"凿冰",又误以"冲冲"为凿取冰块之声,故对诗义作了曲解。郑《笺》与朱《传》皆谓藏冰为"备暑"之用,即准备夏暑热天使用。以今俗证古,夏暑热天用冰主要有二途,第一为防治中暑之用。因夏暑烈日下劳作易受暑伤,要吃冰块解暑,犹今暑天吃冰棍,所以李时珍《本草纲目·夏冰》引唐代陈藏器《本草拾遗》曰:"夏暑盛热食冰。"如已"中暑"得病,又要以冰为良药治疗,故《本草纲目》又说"夏冰主治去烦热,解烦渴,消暑毒"。第二为夏暑热天防尸体腐败,藏尸之用。夏暑热天人死未埋葬前要用冰块保存尸体,此事古今当同。豳原先周人民藏冰或有更多用途,如相传古代仲春之月要开冰窖取冰祭祀祖庙。但上举"备暑"二事仍当为主要用途,故要于寒冷结冰季节取冰藏冰。

**九月肃霜,十月涤场。朋酒斯飨,曰杀羔羊。跻彼公堂,称彼兕觥,万寿无疆。**

毛《传》云:"两樽曰朋。公堂,学校也。"孔《疏》云:"朋者,辈类之言,此言朋酒,则酒有两樽,故言两樽曰朋。《天官·酒正》云:'凡为公酒者。'《注》云:'谓乡射饮酒以公事作酒者。'是乡人之事得称公也。"朱《传》云:"两尊曰朋。《乡饮酒之礼》'两尊壶于房户间'是也。公室,公之堂也。"按：毛《传》释"朋酒"为两樽壶酒，孔颖达、朱熹皆从之，遂为释此诗定诂。其实不然。《说文·食部》："飨，乡人歙（饮）酒也，从食从乡，乡亦声。"一乡之人聚会饮酒，只有两壶酒恐怕是不够饮用的，所以毛《传》之释值得研究。"朋"字之以为数不限于"两"。甲骨文与商周金文多见"朋"字。王国维先生《观堂集林·说珏朋》云："必如余说，五贝一系，二系一朋，乃成制度，古文字之学足以考证古制者如此。"王先生据甲骨文金文释"朋"字本义为两串各五贝之串贝相连，故"朋"字有众贝之义，而引申之义又为"乡邻里众"。《广雅·释地》云："八家为邻，三邻为朋，三朋为里。"王念孙《疏证》云："此《书大传》文也。"按：《书大传》即伏生《尚书大传》。伏生为秦国博士，于西汉初著《尚书大传》，"传"是注解之义，是注解《今文尚书》二十八篇的最早著作，《广雅》所引为《洛诰》篇注文。由上可见，"朋酒"即乡邻里众各家拿来聚会饮用之酒，"斯"犹"则"，"朋酒斯飨"谓乡邻众人拿来酒则全乡村人聚会以其畅饮。毛《传》释"公堂"为"学校"，孔颖达《疏》引《周礼·天官·酒正》文与郑玄《注》释"公堂"为"学校"之"义"，皆符合诗义。上古社会之"学校"，为乡人开会议事、共同习射、聚会饮酒等之公共场所，即《左传》襄公三十一年"郑人游于乡校"之"乡校"，与后世专为教育学生之"学校"有别。朱熹释"公堂"为"公之堂"，即君公之殿堂，不合诗义。《七月》此章诗写先周人民在秋收冬藏后，于年终宰羊杀猪，在公共场所大摆长桌宴，氏族头领与全民一起宴会饮酒、互助长寿的欢乐情景。像这样显示人民团结、社会和谐的优秀民俗文化，会世世代代流传至今。如我国西南地区乡村，现代仍盛行在街道、广场大摆全民聚会宴饮的长桌宴、长街宴、流水宴，实是三千年前豳原先周人民在公共场所大摆长桌宴风俗的历史再现。

### ■ 作者简介

雒江生，生于1938年，天水师院中文系教授。著有《诗经通诂》《尚书校诂》，发表多篇论文。"小学"功底深厚，在文字学、训诂学、方言学、古典文学等方面均有建树。

# 汉代四家《诗》文本差异及其形成原因

## 赵茂林

(西北师范大学文学院 甘肃兰州 730070)

**内容提要** 汉代四家《诗》在分卷、篇数、篇次、章数、章次、句子字数、用字等方面都存在差异。但《毛诗》序别为一卷,实际与三家《诗》分卷相同;《毛诗》六"笙诗"、《小雅·都人士》首章皆为后人加入,四家《诗》篇数、章数实际也是相同的;《诗经》的编排体例目前尚不清楚,四家《诗》篇次的不同,也很难说哪一家更合理;章次不同,则为某一家误倒;句子字数虽然不同,但整个句子意义差别不大;四家《诗》间虽然异文大量存在,但异文间大都存在用字关系。至于四家《诗》的类次、篇题、句数、语序等,尚没有充分证据显示存在不同。因而,四家《诗》文本上同大于异。而其差异不少是在传承中衍生的。汉武帝立《五经》博士,置博士弟子员,各家在利禄的刺激下,具文饰说,甚至不惜改动经文,造成了四家《诗》文本的差异。

**关键词** 四家 《诗经》 文本 差异 原因

三家《诗》虽然亡佚,但《毛诗释文》载有《韩诗》异文异字,熹平石经《鲁诗》也时有发现[1],三家异文遗说也散见于各种典籍,清代学者做了

---

① 《隶释》卷十四录有《鲁诗》残石两枚,一枚有经文一百七十三字,一枚有《校记》之文八字。二十世纪二三十年代,在东汉太学遗址出土不少《石经》残石,许多学者都对其进行了影印和考释,其中马衡《汉石经集存》收录最全,包括《隶释》所录。参见《汉石经集存》,科学出版社,1957年。上海博物馆藏《石经》残石两块,亦为二十世纪二三十年代出土,两石正、背皆有字,见范邦瑾《两块(转下页注)

大量的辑佚工作①。这样,对四家《诗》进行文本比较也就成为可能。

## 一、四家《诗》文本上的差异

对四家《诗》文本进行比较,就会发现有诸多不同:

(一)分卷之异。《汉书·艺文志》:"《诗经》二十八卷,鲁、齐、韩三家。""《毛诗》二十九卷。"

(二)篇数多少不同。《毛诗序》:"《南陔》,孝子相戒以养也。《白华》,孝子之洁白也。《华黍》,时和岁丰,宜黍稷也。有其义而亡其辞。"又:"《由庚》,万物得由其道也。《崇丘》,万物得极其高大也。《由仪》,万物之生各得其宜也。有其义而亡其辞。"也就是说《毛诗》有六"笙诗"②,三家《诗》则无,因而《毛诗》有三百一十一篇,三家只有三百零五篇。

(三)篇次之异。就熹平石经《鲁诗》残石来看,《鲁诗》篇次多与《毛诗》不同,如《毛诗·郑风》中《遵大路》与《女曰鸡鸣》相次,而《鲁诗》

---

(接上页注)未见著录的〈熹平石经·诗〉残石的校释及缀接》,洛阳市文物局、洛阳白马寺汉魏故城文物保管所编《汉魏洛阳故城研究》,科学出版社,2000年,第711—717页。1980年中国社会科学院考古研究所洛阳工作队又对太学遗址进行挖掘,发现一些《石经》残石,其中关于《诗经》的有十一块,见《汉魏洛阳故城太学遗址新出土的汉石经残石》,《考古》1982年第4期。1985年,在太学遗址又发现一块《鲁诗》残石,正、背皆有字,见王竹林、许景元《洛阳近年出土的汉石经》,《汉魏洛阳故城研究》,第718—724页。

① 清代学者三家《诗》辑佚中存在许多问题,诸如强分今古、胶柱师法家法、认为三家同体、因求全而考证不精等等。故此讨论四家《诗》文本异同问题,主要针对可以确定为三家《诗》文本所有者。关于清儒三家《诗》辑佚的失误以及三家《诗》文本面貌等问题,可参阅赵茂林《两汉三家〈诗〉研究》绪论"清代学者三家《诗》研究中的失误"和第二章"三家诗的文本面貌",巴蜀书社,2006年版,第87—102页,第205—298页。

② 《仪礼·燕礼》:"歌《鹿鸣》《四牡》《皇皇者华》,卒歌。……笙入,立于县中,奏《南陔》《白华》《华黍》。……乃间歌《鱼丽》,笙《由庚》;歌《南有嘉鱼》,笙《崇丘》,歌《南山有台》,笙《由仪》。"《乡饮酒礼》略同。因六诗皆由笙演奏,故前人称为"笙诗"。

则《遵大路》与《有女同车》相次;《鲁诗》中《小雅·吉日》与《白驹》相次,而《毛诗》在《吉日》之后有《鸿雁》《庭燎》《沔水》《鹤鸣》《祈父》五篇,而后才是《白驹》;《鲁诗》中《小雅·大田》《瞻彼洛矣》《湛露》相次,而《毛诗》中《湛露》在《大田》《瞻彼洛矣》之前,且中间相隔三十七篇;《鲁诗》中《小雅·裳裳者华》与《蓼萧》相次,而《毛诗》中《蓼萧》在《裳裳者华》之前,且两者相距甚远;《鲁诗》中《小雅·彤弓》与《宾之初筵》相次,但《毛诗》中《彤弓》在"南有嘉鱼之什",《宾之初筵》在"甫田之什",二者也相隔甚远;《鲁诗》中《大雅·旱麓》《灵台》《思齐》《皇矣》相次,《毛诗》的次序为《旱麓》《思齐》《皇矣》《灵台》,二者显然不同;《鲁诗》中《大雅·生民》《既醉》《凫鹥》《民劳》相次,而《毛诗》中《生民》既与《既醉》《凫鹥》中间隔《行苇》,《既醉》《凫鹥》又与《民劳》中间隔《假乐》《公刘》《泂酌》《卷阿》;《鲁诗·大雅》中《韩奕》《公刘》相次,而《毛诗》中《公刘》在"生民之什",《韩奕》在"荡之什",两篇相距甚远;《鲁诗》中《桑柔》《瞻卬》《假乐》相次,而《毛诗》中《桑柔》《瞻卬》皆在《假乐》之后,《假乐》与《桑柔》之间隔七篇,《桑柔》与《瞻卬》之间隔六篇。《鲁诗》既与《毛诗》篇次有异,而在《大雅》的分什方面也有不同。《假乐》于《鲁诗》为"生民之什"末篇,而《毛诗》"生民之什"末篇为《板》,《鲁诗》也《板》《荡》相次,则《鲁诗》分什不与毛同,且无"荡之什"之名。熹平石经《诗经》以《鲁诗》为主,在《校记》中著录齐、韩与鲁异同,《鲁诗》与《毛诗》在篇次上有如此之多不同,则齐、韩与毛以及鲁、齐、韩之间亦应有不同①。

（四）章数多寡不同。《毛诗》《小雅·都人士》首章:"彼都人士,狐裘黄黄。其容不改,出言有章。行归于周,万民所望。"孔《疏》:"襄十四

---

① 不过,陈乔枞据《仪礼·乡饮酒》"乃合乐,《周南·关雎》《葛覃》《卷耳》;《召南·鹊巢》《采蘩》《采苹》",以为《齐诗》《采苹》在《草虫》前,实际是师法、家法观念下的推断,并没有什么依据。陈乔枞因后苍传《礼》又传《齐诗》,于是定《仪礼》、大小戴《记》以及郑玄《礼》注引《诗》用《诗》皆为《齐诗》,皆为想当然。而王先谦更于此推衍,以为三家皆先《采苹》后《草虫》,又是出于三家同体的推论。其他陈乔枞据孔广森《经学卮言》推导《齐诗》翼氏学"四始"、"五际"而改《小雅·天保》于《伐木》前,以为《齐诗》《小雅》篇次也与《毛诗》不同,魏源在三家名义下对篇次的调整等等,都没有可靠的证据,不能算四家《诗》在篇次上的不同。

年《左传》引此二句(即"行归于周,万民所望"二句),服虔曰:'逸诗也。《都人士》首章有之。'《礼记》注亦言:毛氏有之,三家则亡。今《韩诗》实无此首章。时三家列于学官,《毛诗》不得立,故服以为逸。"就熹平石经《鲁诗》残石而看,《鲁诗》确无此首章①。

（五）章次方面,《鲁诗》与《毛诗》也有不同:《邶风·式微》二章,《鲁诗》与《毛诗》互易;《秦风·黄鸟》《毛诗》第二章,《鲁诗》为第三章。马衡说:"《鲁诗》校记独多,知三家章句之异同,亦复不少。"②那么,齐、韩与毛也就会有章次的不同。

（六）具体诗篇句子字数不同。如,《韩诗外传》卷一"仁道有四"章:"《诗》云:'亦己焉哉!天实为之,谓之何哉!'"③"鲍焦衣弊肤见"章引诗同。所引诗句见今本《毛诗》《邶风·北门》,但《毛诗》作"已焉哉,天实为之,谓之何哉",显然《韩诗》多一个"亦"字。再如,《史记·三代世表》褚先生曰:"《诗传》曰:'……诗人美而颂之曰"殷社芒芒,天命玄鸟,降而生商"。商者质,殷号也。'"褚先生即褚少孙,传习《鲁诗》者,所引《诗传》当为《鲁诗传》。其所引《诗》句见今本《毛诗》《商颂·玄鸟》,《毛诗》这三句作"天命玄鸟,降而生商,宅殷土芒芒"。语序的不同,或为《史记》的误倒,"社"又与"土"通,那么《鲁诗》与《毛诗》真正的不同在于少一"宅"字。

（七）用字之异。四家《诗》文本上的不同,更多体现在用字的不同,孔《疏》:"必知毛异于郑者,以此诗出于毛氏,字与三家异者动以百数。"此说由熹平石经《鲁诗》残石、《毛诗释文》所著录的《韩诗》异文等可以得到印证。

# 二、四家《诗》文本在武帝立《五经》博士前同大于异

以上各项不同,概而言之,可分为四类,即分卷的问题、编排次序的

---

① 《汉石经集存》,第11页。
② 同上,第21页。
③ 屈守元:《韩诗外传笺疏》,巴蜀书社,1996年版,第85页。

问题、经文多寡的问题、用字的问题。分析来看，不少不能算真正的不同。

四家《诗》分卷似乎不同，三家《诗》二十八卷，《毛诗》二十九，《毛诗》比三家多一卷，但《毛诗》乃《序》别为一卷，余则相同，即十五《国风》为十五卷，《小雅》七十四篇为七卷，《大雅》三十一篇为三卷，三《颂》为三卷①。

四家《诗》的异文虽然数量众多，但异文间往往存在用字关系，纯粹没有关系的异文很少。如《邶风·静女》"洵美且异"，"异"字毛无传，陈奂说："异者，瘱之假借字。李善注《神女赋》引《韩诗》云：'瘱，悦也。'当是此诗章句。《韩诗》'瘱，悦也'承上文'说释女美'而言。又《说文》：'瘱，静也。'承上文'静女其姝''静女其娈'而言，皆是释此诗之词。"②《卫风·氓》"体无咎言"之"体"，《释文》引《韩诗》作"履"，马瑞辰认为《韩诗》作"履"即为"体"之假借③。《魏风·陟岵》"上慎旃哉"之"上"，熹平石经《鲁诗》作"尚"④，陈乔枞说："'尚'，《毛诗》作'上'，盖古文假借字。《仪礼·乡射礼》'上握焉'注：'今文上作尚'；《觐礼》'尚左'注：'古文尚作上'，是其证已。"⑤《小雅·正月》"忧心愈愈"，熹平石经《鲁诗》作"忧心瘐瘐"⑥。《尔雅·释训》："瘐瘐，病也。"陈乔枞说："《尔雅》此训正释《诗》语，《毛诗》作'愈愈'者，乃古文假借字，《鲁诗》今文从'瘐'为正。"⑦《邶风·绿衣》"曷维其亡"之"亡"，熹平石经《鲁诗》作"忘"⑧，郑《笺》："亡之言忘也。"则"亡""忘"为古今字。《周南·汝坟》

---

① 参见王引之：《经义述闻》，江苏古籍出版社，1985年版，第182—183页；赵茂林《汉代四家〈诗〉分卷考辨》，《文献》2005年4期，第159—168页。
② 陈奂：《诗毛氏传疏》，中国书店据漱芳斋1851年本影印，1984年版，卷三。
③ 马瑞辰：《毛诗传笺通释》，中华书局，1989年版，第212页。
④ 洪适：《隶释·隶续》，中华书局1986年版，第151页。
⑤ 陈乔枞：《三家诗遗说考》，《续修四库全书》第76册，上海古籍出版社，2002年版，第131页。
⑥ 范邦瑾：《两块未见著录的〈熹平石经·诗〉残石的校释及缀接》。
⑦ 陈乔枞：《三家诗遗说考》，第198页。
⑧ 《汉石经集存》，第6页。

"惄如调饥"之"惄",《毛诗释文》引《韩诗》作"愵",二者为异体字关系。再则三家《诗》与《毛诗》的异文,多与《毛诗》又本同。《毛诗》《周南·关雎》"君子好逑",熹平石经《鲁诗》作"君子好仇"①,据《释文》,"逑"毛又作"仇"。《小雅·正月》"褒姒威之",《毛诗释文》"威,本或作灭。"熹平石经《鲁诗》作"灭"②,王先谦《诗三家义集疏》:据此,"知鲁'威'作'灭',与《释文》毛'或作'本同。威、灭古今字之异也。"③

自南宋王应麟《诗考》起,学者对三家《诗》专门研究就把辑佚异文作为一个研究重点。但四家《诗》异文的问题实际相当复杂。阮元《毛诗注疏校勘记·序》:"《传》《笺》分,而同一《毛诗》,字有各异矣。自汉以后,转写滋异,莫能枚数。至唐初,而陆氏《释文》、颜氏定本、孔氏《正义》先后出焉,其所遵用之本不能画一。自唐后至今,锓版盛行,于经,于《传》《笺》,于《疏》,或有意妄改,或无意讹脱,于是缪盭莫可究诘。"这就《毛诗》而言。而三家《诗》主要据汉人的引诗、用诗而辑佚,但人们引用诗句时,也可能出于各种考虑,不照原文引用;也可能因为疏忽而误引。而所依据的辑佚材料复有传抄致误的可能。实际就四家《诗》中纯粹无关联性的异文来看,往往是某一家传抄中造成的讹误。如:《毛诗》《周南·汉广》"不可休息",《韩诗外传》卷一"孔子南适楚"章引作"不可休思"④。揆之诗之全篇,句尾语辞皆作"思",不当独此句作"息",自然应以《韩诗》为是。孔《疏》:"经'求思'之文在'游女'之下,传解'乔木'之下,先言'思、辞',然后始言'汉上',疑经'休息'之字作'休思'也。"阮元《校勘记》云:"《正义》之说是也。此为字之误。"又《楚辞·天问》:"何繁鸟萃棘,而负子肆情?"王逸注引《诗》"墓门有棘,有鸮萃止"⑤。今本《毛诗》《陈风·墓门》作"墓门有梅"。马瑞辰说:"前章言棘,后章言梅,二本美恶大小不类,非《诗》取兴之旨。"又据王逸注而曰:

---

① 《汉石经集存》,第1页。
② 范邦瑾:《两块未见著录的〈熹平石经·诗〉残石的校释及缀接》。
③ 王先谦:《诗三家义集疏》,中华书局,1987年版,670页。
④ 屈守元撰:《韩诗外传笺疏》,巴蜀书社,第8页。
⑤ 刘向辑,王逸注,洪兴祖补注:《楚辞补注》,中华书局,1983年版,第107页。

"其说盖本三家《诗》。是知二章'墓门有梅'三家《诗》原作'墓门有棘',与首章同。""《毛诗》作梅,亦当形近之伪。古梅杏之梅作某,古文作槑,见《玉篇》。与棘形相近。盖棘讹作槑,因作某,又传写作楳与梅。"①而汉代由于学派的竞争,也可能有意私改经文,此点下面再论之。

再则,古人没有使用专字的习惯,所以即使出土于同一墓穴的同篇典籍也存在异文。如《上博简》和《郭店简》都有《缁衣》篇,而二者来源相同,马承源推测《上博简》可能为郭店楚墓被盗掘之物②。但《上博简》《缁衣》引《诗》作"静龏尔立",《郭店简》作"情共尔立",今本《礼记·缁衣篇》作"靖共尔位",今本《毛诗》《小雅·小明》同;又《上博简》《缁衣》引作"敬尔威义",《郭店简》作"敬尔悓义",今本《缁衣》作"敬尔威仪",今本《毛诗》《大雅·抑》同。在汉代人们用字仍然如此,就《阜阳汉简〈诗经〉》来说,S001"我马屠诶"用"诶",S099"【朝既】昌矣"又用"矣";S006"谁亓尸之"用"亓",S016"其实三也"又用"其"。虽然整理者从竹简文字的书写风格和书法特点推测《阜阳汉简〈诗经〉》可能不是一人一时写成③,不过也很难说用"诶"、用"矣"以及用"亓"、用"其"为不同人的习惯。因此如果文本其他皆同,仅仅用字有差异也不能算太大的差异。

篇次、章次的不同,皆为编排次序的问题。这种不同,固然使得文本面貌不同,甚至会导致具体诗篇的解释的分歧,不过大多是传抄中某一家错简、错编而致。就《毛诗》《鲁诗》篇次来说,存在诸多不同,但其中的有些不同,基本可以确定是因为传抄失次所致的。如《毛诗》中《小雅·蓼萧》《湛露》《彤弓》相次,而《鲁诗》中《裳裳者华》与《蓼萧》相次,《甫田》《大田》《瞻彼洛矣》《湛露》相次,《彤弓》与《宾之初筵》相次。据《左传·文公四年》,当时的《诗》本,很可能是《湛露》《彤弓》相连,与《毛诗》合,则《毛诗》与《鲁诗》的不同,当为《鲁诗》简编所致。据《左传》,

---

① 马瑞辰:《毛诗传笺通释》,第 411、412 页。
② 马承源:《前言:战国楚竹书的发现保护和整理》,见马承源主编《上海博物馆藏战国楚竹书(一)》,上海古籍出版社,2001 年版。
③ 胡平生、韩自强:《阜阳汉简〈诗经〉释文》,见胡平生、韩自强撰《阜阳汉简〈诗经〉研究》,上海古籍出版社,1985 年版,第 1 页。

《大雅·行苇》《泂酌》相次,而《毛诗》《行苇》次《生民》之后,《既醉》之前,而后为《凫鹥》《假乐》《公刘》,然后才是《泂酌》;而《鲁诗》《生民》之后接《既醉》,而后为《凫鹥》,再接《民劳》《板》《荡》《抑》,《假乐》在《桑柔》《瞻卬》后,《公刘》在《韩奕》后,《行苇》与《泂酌》的篇次虽不可考,但很有可能二篇相次。如此,《毛诗》与《鲁诗》的不同,则为《毛诗》失次所致①。

就可考的《鲁诗》与《毛诗》章次不同的两例来说,《邶风·式微》《秦风·黄鸟》都有重章的性质,二者章次不同不会影响到意义的理解,实际不能看作太大的差异。再则章次的不同,也可能是某家经文在传抄过程中误倒而致。《毛诗》中《秦风·黄鸟》一章"子车奄息"、二章"子车仲行"、三章"子车鍼虎",次序井然,《鲁诗》"子车仲行"却在第三章,此很可能为传抄中的误倒。

篇数、章数、具体诗句字数的不同,皆为经文数量多少的问题。具体诗篇句子字数不同者,就可以确定的几例来看,多为是否使用虚词的差异,即使差异是实词方面的,在整句诗的意义上也往往差别不大。就上举两例来说,《邶风·北门》"已焉哉",《韩诗外传》引作"亦已焉哉",较《毛诗》多一个"亦"字,二者虽在语气上略有差异,但整句诗的意思却是相同的。《商颂·玄鸟》"宅殷土芒芒",《鲁诗》作"殷社芒芒","宅"于此处的意思为"居住"。而《鲁诗》虽没有此"宅"字,但从上下文来看,意思实际与《毛诗》没有差别。此亦为古籍传抄中习见的现象。

而就章数来说,《毛诗》《都人士》多三家一章,但此乃《毛诗》后学加入,虞万里通过对郭店简、上博简、今本《缁衣》的比较,指出《小雅·都人士》首章是《毛诗》经师为了与三家争胜而加入《毛诗》的,加入时间在河间献王立《毛诗》博士至西汉末东汉初②,通过进一步考证,认定其加入的时间在哀帝建平元年(前6年)至平帝元始五年(5年)之间③。除

---

① 参阅赵茂林:《〈鲁诗〉、〈毛诗〉篇次异同原因考辨》,《孔子研究》2016年第1期。
② 虞万里:《从简本〈缁衣〉论〈都人士〉诗的缀合》,《文学遗产》2007年第6期。
③ 赵茂林:《由"笙诗"看〈毛诗序〉的完成时间》,《南京师范大学文学院学报》2011年第1期。

《小雅·都人士》外,尚没有可靠的资料显示《毛诗》与三家《诗》在章数有其他不同。就出土《石经》来看,《鲁诗》章数可考者,皆与毛同。

在篇数方面,《毛诗》三百一十一篇,但六"笙诗""有其义而亡其辞";六"笙诗"名目也是《毛诗》学者后来加入的,加入时间亦在哀帝建平元年至平帝元始五年之间①。

总而言之,四家《诗》虽在分卷、篇次、章次、具体诗句字数、用字等方面有差异,但这些差异尚不能视为太大的不同。而就类次、篇题、句数、语序等来看,也没有确凿证据显示四家《诗》有差异。《汉石经集存》所著录的残石中有六石显示类次,显示的《鲁诗》类次为:周南、召南、邶、鄘、卫、王、郑,与季札观乐、《毛诗》次序同。至于《郑风》之后,则不可考。而由《汉石经集存》所著录的《鲁诗》校记残石来看,《齐诗》《韩诗》类次很可能与《鲁诗》相同。

四家《诗》篇题有差别,但其差别主要在用字上,而不在取义上。王先谦以为《毛诗》《周南·麟之趾》,《韩诗》作《麟趾》;《毛诗》《小雅·节南山》,齐、韩可能作《节》;《毛诗》《十月之交》,《齐诗》一作"十月之交",一作"十月"。但此极可能为便文省略,不能看作不同。胡承珙说:"大抵古《诗》篇名亦有异同,不必疑《序》称《节南山》与左氏不合。《十月之交笺》云:'《节》刺师尹不平。'亦单称'节',只是便文,无关义例也。"②《左传·昭公二年》有"季武子赋《节》之卒章"一语,在胡氏看来实际是与《毛诗》相合的。

《毛诗》每诗后尾题记章数、句数,熹平石经《鲁诗》同,就其有尾题的残石来看,《鲁诗》章数、句数皆与毛同。《左传·襄公十九年》:"齐及晋平,盟于大隧,故穆叔会范宣子于柯。穆叔见叔向,赋《载驰》之四章,叔向曰:'肸敢不承命?'穆叔归,曰:'齐犹未也,不可以不惧。'乃城武城。"杜预注:"四章曰:'控于大邦,谁因谁极!'控,引也。取其欲引大国以自救助。"但"控于大邦,谁因谁极"却在《毛诗》《鄘风·载驰》第五章。

---

① 赵茂林:《由"笙诗"看〈毛诗序〉的完成时间》,《南京师范大学文学院学报》2011年第1期。
② 胡承珙:《毛诗后笺》,黄山书社,1999年版,第936页。

胡承珙等认为《左传》所依据《诗》本《载驰》为四章①，与今本《毛诗》分章不同。陈乔枞于是以为三家《诗》为四章②。《左传》或许作四章，但与毛不同即为三家的判断，还是过于武断。又贾谊《新书·君道篇》："文王志之所之，意之所欲，百姓不爱其死，不惮其劳，从之如集。《诗》曰：'经始灵台'，'庶民攻之，不日成之。经始勿亟，庶民子来。'文王有志为台，令近境之，民闻之者，裹粮而至，问业而作之，日日以众。故弗趋而疾，弗期而成。命其台曰'灵台'，命其囿曰'灵囿'，谓其沼曰'灵沼'，爱敬之至也。《诗》曰：'王在灵囿，麀鹿攸伏。麀鹿濯濯，白鸟皓皓。王在灵沼，于牣鱼跃。'文王之泽，下被禽兽，洽于鱼鳖，故禽兽鱼鳖攸若攸乐，而况士民乎？"③王先谦据此以为贾谊所引为六句为章④，则《鲁诗》为四章，即前两章章六句，后两章章四句，与《毛诗》作五章章四句不同。贾谊所持《诗》本可能《大雅·灵台》作四章，但贾谊究竟所用何《诗》，实际很难说。陈乔枞、王先谦因为典籍于《鲁诗》来源有明确记载，故以为《鲁诗》早出，进而定汉初所有言诗者皆用《鲁诗》，实际失之武断。

句数方面，诸如王先谦以为《鲁诗》《卫风·硕人》有"素以为绚兮"⑤、李贤以为《齐诗》《鲁诗》《小雅·钟鼓》有"靺韐朱离"⑥一句、刘安世以为《韩诗》《小雅·雨无正》有"雨无其极，伤我稼穑"⑦两句、陆德明以为三家《诗》《周颂·般》有"于绎思"⑧一句等等，皆为误断。

---

① 胡承珙：《毛诗后笺》，黄山书社，1999年版，第275页。
② 陈乔枞：《三家诗遗说考》，《续修四库全书》第76册，上海古籍出版社，2002年版，第494页。
③ 王洲明、徐超校注：《贾谊集校注》，人民文学出版社，1996年版，第286页。
④ 王先谦：《诗三家义集疏》，第866页。
⑤ 同上，第283页。
⑥ 范晔撰，李贤等注：《后汉书》，中华书局，1965年版，第1686页。
⑦ 吕祖谦撰：《吕氏家塾读诗记》，《四库全书》第73册，上海古籍出版社，1989年版，第584页。
⑧ 孔颖达等正义：《毛诗正义》，《十三经注疏》，北京大学出版社，1999年版，第1378页。

所以,在武帝立《五经》博士、置博士弟子员之前,四家《诗》文本同大于异。

## 三、四家《诗》文本差异形成的原因

四家《诗》文本有大致相同的来源。《汉书·楚元王传》:"楚元王交字游,高祖同父少弟也。好书,多材艺。少时尝与鲁穆生、白生、申公俱受《诗》于浮丘伯。伯者,孙卿门人也。及秦焚书,各别去。"又曰:"高后时,浮丘伯在长安,元王遣子郢客与申公俱卒业。"《儒林传》:"申公,鲁人也。少与楚元王交俱事齐人浮丘伯受《诗》。汉兴,高祖过鲁,申公以弟子从师入见于鲁南宫。吕太后时,浮丘伯在长安,楚元王遣子郢与申公俱卒学。"则《鲁诗》文本为浮丘伯口传,而浮丘伯又传荀子之《诗》本。《齐诗》《韩诗》来源,典籍无载,不过《史记·儒林列传》说武帝初即位时征辕固,"时固已九十余",则年长申公十岁左右[1]。申公学《诗》于浮丘伯,虽在高后时卒业,但在秦焚书前已经就学,那么辕固学《诗》很可能在秦焚书前。汪中《述学》以为"韩诗荀卿子之别子",仅因为《韩诗外传》"引荀卿子以说诗者四十有四"[2],实际是影响之论,并不能说明《韩诗》的来源。由《史记·儒林列传》"韩生推《诗》之意,而作内、外《传》数万言"[3]等语来看,《韩诗》之学可能并非传授为主,而更多自我发明。其依据《诗》本来自何处,却不得而知。对于《毛诗》,《史记》无说。《汉书·艺文志》说:"又有毛公之学,自谓子夏所传,而河间献王好之,未得立。"又《儒林传》:"毛公,赵人也。治《诗》,为河间献王博

---

[1] 由《史记·儒林列传》"今上初即位,……申公时已八十余",故知辕固长申公十岁左右。

[2] 汪中撰:《荀卿子通论》,见汪著《述学》,辽宁教育出版社,2000年版,第77页。

[3] "推《诗》之意",《汉书·儒林传》作"推诗人之意"。由今《韩诗外传》皆依《诗》句推演道理来看,《史记》作"推《诗》之意"更准确,《汉书》加一个"人"字,似乎更合情理,但却与《外传》内容不符。

士"。河间献王刘德于景帝前元二年（前155）立，于武帝元光五年（前130）薨，那么毛公年岁可能小于申公、韩婴，他所习《诗》亦可能在秦焚书之后。

申公老师为浮丘伯，辕固、韩婴老师尚不清楚，但亦皆为浮丘伯的可能性应该不大。依据《汉书》关于《毛诗》的说法，毛公为赵人，为河间献王博士，而河间也是赵国故地，可知毛公活动范围大致不出赵国故地。而韩婴为燕人，其在文帝时既已为博士，而"燕、赵间言诗由韩生"（《史记·儒林列传》），因此毛、韩二家的文本是有相同来源的可能的。又三国时吴人陆玑说："孔子删诗授卜商，商为之序，以授曾身（申），（申）授魏人李克，克授鲁人孟仲子，仲子授根牟子，牟子授赵人荀卿，荀卿授鲁国毛亨，亨作《诂训传》以授赵国毛苌。时人谓亨为大毛公，苌为小毛公。"①同为三国时吴人的徐整又有另一说："子夏授高行子，高行子授薛仓子，薛仓子授帛妙子，帛妙子授河间人大毛公，毛公为《诗故训传》于家，以授赵人小毛公，小毛公为河间献王博士，以不在汉朝，故不列于学。"（《经典释文·叙录》引）后人以徐说疏阔，多取陆《疏》之说②。依据陆说，《毛诗》远传自子夏，经荀子传大毛公，则其来源实际与《鲁诗》有相合之处，即其《诗》本亦传自荀子。

四家《诗》创始人习《诗》或在秦焚书之前或在秦焚书之后，即使在焚书之后，其老师也应该为由秦入汉的儒生。而考察《诗经》在先秦的流传情况，至迟在季札观乐时其编次就基本形成，至孔子去世前其编次完全固定。《左传·襄公二十九》记载吴公子至鲁观周乐，鲁国乐工依次为季札演奏了周南、召南、邶、鄘、卫、王、郑、齐、豳、秦、魏、唐、陈、郐、（曹）、小雅、大雅、颂等部分，其次序基本与今本《毛诗》基本相同。不同之处在于《国风》的内部类次，《毛诗》《豳风》在《国风》的最后，《秦风》在《魏风》之后，《唐风》在《魏风》《秦风》之中。襄公二十九年即公元前544年，孔子八岁。由此或可说明孔子并未曾更动《诗》的传统编次，但

---

① 陆玑撰：《毛诗草木鸟兽虫鱼疏》，《四库全书》第70册，上海古籍出版社，1989年版，第21页。

② 吴承仕：《经典释文序录疏证》，中华书局，1984年版，第88页。

应该对《诗》进行过一定的整理。《论语·子罕》:"子曰:'吾自卫反鲁,然后乐正,《雅》《颂》各得其所。'"自卫返鲁在鲁哀公十一年,即公元前484年。或许今本《毛诗》所显示的结构形态就为孔子所手定。而《诗》的篇目可能在季札观周乐前就基本确定了下来,后来可能还有增删,但总数没有变化①,故孔子一则曰:"《诗三百》,一言以蔽之,曰:思无邪。"(《为政》)再则曰:"诵诗三百,授之以政,不达;使于四方,不能专对,虽多,亦奚以为?"(《子路》)。所以,至迟在孔子去世前,即公元前479年,《诗》的结构已经完全固定。

这由战国时期的引《诗》、用《诗》等可以说明。美国学者柯马丁分析马王堆帛书《五行》、郭店简《五行》和《缁衣》篇以及上博简《缁衣》时说:"在马王堆、郭店简和上博简中,总的说来,共见二十七首诗(包括五十三则异文,郭店简和上博引文总数算一个,因为明显是同一文本),其中二十六首可在今本诗中找到对应。从遣词造句(而不是字形)来看,除了一句以外(郭店《缁衣》所引《都人士》)的所有句段,都和毛诗高度一致。""毫无疑问,诗早在公元前四世纪就以高度稳定的形态传播,它被公认为有威望的经典,带着上古的权威来说话,并且也如此地被援引。""对于先秦两汉时期的经典文献,我们可以目击到这种双重现象:语句上的稳定性和书写上的不稳定性。"②而再结合上博简《孔子诗论》来看,更能说明柯马丁所言不虚。马承源认为简本论《诗》的次序是《颂》《大雅》《小雅》《邦风》,似表示一种不同于今本《毛诗》的编排体例③,主要是依据第二、三简的论述各部分的顺序。但《上博简》为散落回归之物,整理者的排序存在讨论空间。实际不少学者对《孔子诗论》

---

① 袁长江:《先秦两汉诗经研究论稿》,学苑出版社,1999年版,第73、74页。
② 柯马丁:《出土文献与文化记忆——〈诗经〉早期历史研究》,姜广辉主编《经学今诠四编》,辽宁教育出版社,2004年版,第111—158页。
③ 马承源:《〈孔子诗论〉释文考释·说明》,见《上海博物馆藏楚竹书(一)》,第121、122页。濮茅左:《〈孔子诗论〉简序解析》,见上海大学古代文明研究中心、清华大学思想文化研究所编《上博馆藏战国楚竹书研究》,上海书店出版社,2002年版,第9—50页。

进行了重新排序,如李学勤、范毓周、姜广辉等①,皆不把第二、第三简放在前面。这样"以《颂》、《大雅》、《小雅》、《邦风》类序作主论"的看法也就依据不足。俞志慧更指出《孔子诗论》论述《风》《雅》《颂》是采用了A、B、C——C、B、A——A、B、C方式,且此种方式为先秦文献的一种模式②。总之,《孔子诗论》显示的部次仍然是《国风》《小雅》《大雅》《颂》。再看《孔子诗论》所载诗篇篇题,依据目前的校释成果,大约有六十个左右,绝大多数都与今本《毛诗》同,只是用字不同。约有三例为字数多寡不同,《毛诗》之《郑风·将仲子》,《孔子诗论》作"将中";《小雅·无将大车》作"将大车";《十月之交》作"十月"。这一类,前文已经谈及,《左传》中就有,很可能为便文称述,不能算差别。还有四、五例,有的学者认为据其可见《孔子诗论》命名诗篇与今本《毛诗》不同或《孔子诗论》所论诗篇有的不在今本《诗》中,但就这几例来说,学者的释读分歧很大,实际尚不能确定。如二十九简的"河水",马承源认为是逸诗篇名③,周凤五认为是《邶风·新台》④;二十七简的"可斯",马承源以为是篇名,即《召南·殷其雷》,取名于第三句"何斯违斯"⑤,但何琳仪认为不是篇名⑥;第二十五简的"又兔"、第二十九简的"涉秦",学者们一般都作篇名来讨论,但王志平却不作篇名来考虑⑦。实际也有可能举诗中关键词来代

---

① 李学勤:《〈诗论〉的体裁和作者》;范毓周:《上海博物馆藏楚简〈诗论〉的释文、简序与分章》,分别见于《上博馆藏战国楚竹书研究》第51—61页、第173—186页。姜广辉:《古〈诗序〉的编连、释读与定位研究》,姜广辉主编《中国经学思想史》,中国社会科学出版社,2003年版,第479—511页。

② 俞志慧:《〈孔子诗论〉五题》,《上博馆藏战国楚竹书研究》,第307—326页。

③ 马承源:《〈孔子诗论〉释文考释》,见《上海博物馆藏战国楚竹书(一)》,第159页。

④ 周凤五:《〈孔子诗论〉新释文及注解》,《上博馆藏战国楚竹书研究》,第152—157页。

⑤ 马承源:《〈孔子诗论〉释文考释》,见《上海博物馆藏战国楚竹书(一)》,第157页。

⑥ 何琳仪:《沪简〈诗论〉选释》,《上博馆藏战国楚竹书研究》,第243—260页。

⑦ 王志平:《〈诗论〉笺疏》,《上博馆藏战国楚竹书研究》,第210—227页。

指诗篇,因为先秦传世典籍所称述的《诗经》篇题,只要见于今本者,皆与今本同①。就《郑风·褰裳》来说,其篇题也见于《左传》,昭公十六年,郑六卿饯韩宣子,子大叔赋《褰裳》。可知原已经命名为《褰裳》,何以又称"涉秦"? 所以,由《孔子诗论》恰可以看出《诗经》在战国时期,不仅语句保持高度的稳定,其结构也是保持高度的稳定的。

秦始皇焚书坑儒、禁语《诗》《书》,对儒家典籍的传播造成了很大的影响。那么,《诗经》的语句、结构会不会因此而有所变化呢?陈乔枞说:"四家之《诗》,其始口相传授,受之者非一邦之人,人各用其乡音。故有同言而异字、同字而异音者。"②由于四家《诗》皆得自讽诵,授读者不见得皆用通语,故陈乔枞所言不能说没有道理。但这也只是产生异文,尚不会导致《诗经》语句、结构的变化。又《经典释文·序录》引郑玄曰:"其始书之也,仓卒无其字,或以音类比方假借为之,趣于近之而已。"由讽诵到记录也可能产生异文。因为记录者可能会有不同的用字习惯,有的喜欢用古字,有的喜欢用今字;有的偏好用本字,有的偏好用假借字;在记录时,"仓卒"之间,也可能"比方假借"。但这也只是产生异文,也不会影响《诗经》的语句、结构的稳定。

四家《诗》的写定时间虽不可考,但就《阜阳汉简〈诗经〉》来看,至迟

---

① 见于《论语》的有:《周南·关雎》《周颂·雍》。见于《左传》的有:《召南》:《采蘩》《草虫》《采苹》《甘棠》《摽有梅》;《邶风》:《绿衣》《匏有苦叶》《式微》《静女》;《鄘风》:《桑中》《鹑之奔奔》《相鼠》《干旄》;《卫风》:《淇奥》《木瓜》;《郑风》:《缁衣》《将仲子》《清人》《羔裘》《有女同车》《萚兮》《褰裳》《风雨》《野有蔓草》;《唐风》:《蟋蟀》《扬之水》;《秦风》:《黄鸟》《无衣》;《豳风》:《七月》;《小雅》:《鹿鸣》《四牡》《皇皇者华》《常棣》《采薇》《鱼丽》《蓼萧》《湛露》《彤弓》《菁菁者莪》《六月》《吉日》《鸿雁》《祈父》《小旻》《小宛》《巧言》《四月》《桑扈》《车辖》《青蝇》《采菽》《角弓》《黍苗》《隰桑》《瓠叶》;《大雅》:《文王》《大明》《緜》《行苇》《既醉》《假乐》《洞酌》《板》《韩奕》;《周颂》:《我将》《武》《汋》。见于《国语》的有:《邶风》:《绿衣》《匏有苦叶》;《小雅》:《鹿鸣》《四牡》《皇皇者华》《六月》《采菽》《黍苗》;《大雅》:《文王》《大明》《緜》《抑》;《周颂》:《昊天有成命》;《商颂》:《那》。见于《孟子》的有:《邶风·凯风》《小雅·小弁》《大雅·云汉》。

② 陈乔枞:《诗经四家异文考》,《续修四库全书》第 75 册,上海古籍出版社, 2002 年版,第 463 页。

在汉文帝十五年(前 165)①,《诗经》已经有写本了。胡平生、韩自强以为《阜阳汉简〈诗经〉》是不同于鲁、齐、韩、毛而"流传于民间的另外一家"②,李学勤以为是"楚国流传下来的另一种本子"③,许廷桂认为"属于汉初'大收篇籍'即搜辑佚文阶段——其时'《诗》始萌牙'尚未严格分家——的一种早期文本"④。但不论《阜阳汉简〈诗经〉》为何种学派性质,实质都可以说明此时《诗经》文本仍然基本上是稳定的。拿《阜阳汉简〈诗经〉》和四家《诗》比较,主要的不同在于用字和具体诗篇句子字数方面。由于墓穴曾遭盗扰,后又垮塌,原简的次序已乱,简书也残损严重,因而也就无从知晓《阜阳汉简〈诗经〉》的类次、篇次、章次如何。不过由 S051"右方北国"、S098"右方郑国"以及篇题来看,应该差别不大。由"右方北国"可以看出《阜阳汉简〈诗经〉》邶、鄘、卫是分卷的,与季札观乐时同,与《孔子诗论》同⑤,与四家《诗》亦同。再结合"右方郑国"等看,《阜阳汉简〈诗经〉》的《国风》类别与四家《诗》也应该是相同的。而就篇题来看,也仅为用字的不同,不存在命名不同的现象。

虽然申公、韩婴在文帝时为博士,辕固在景帝时为博士,毛公也在景帝时为河间献王博士,但此时的博士乃以其博学咨议政事,并非居官教授⑥。直到武帝时立《五经》博士、设弟子员,博士才居官教授。也就是说在文、景之时,由于尚未立专经博士,实际未形成学派竞争的局面,那么也就不存为了竞争而改动经文的情况。直到武帝立《五经》博士,设弟子员,在利禄的刺激下,各家为了立于学官,背师立说,甚至不惜变

---

① 《阜阳汉简〈诗经〉》出自第二代汝阴侯夏侯灶墓,此墓封穴在汉文帝十五年(前 165),说见胡平生、韩自强《阜阳汉简〈诗经〉研究序》。
② 胡平生、韩自强:《阜阳汉简〈诗经〉简论》,见《阜阳汉简〈诗经〉研究》,第 31 页。
③ 同上。
④ 许廷桂:《阜阳汉简〈诗经〉校读札记》,《文学遗产》1987 年第 6 期,第 129—133 页。
⑤ 《上博简·孔子诗论》第二十六简有"北白舟冈",实际是为了区分,因《邶风》中有《柏舟》篇,《鄘风》中亦有《柏舟》篇。
⑥ 参见赵茂林:《两汉三家〈诗〉研究》第五章"三家《诗》的流变",第 552—563 页。

动经文。《汉书·夏侯胜传》附夏侯建传:"胜从父子建字长卿,自师事胜及欧阳高,左右采获,又从《五经》诸儒问与《尚书》相出入者,牵引以次章句,具文饰说。胜非之曰:'建所谓章句小儒,破碎大道。'建亦非胜为学疏略,难以应敌。建卒自颛门名经,为议郎、博士,至太子少傅。"夏侯建之所以能自名其学,就在于善于"左右采获"、"具文饰说",其所以要如此,是为了"应敌"、为了竞争。为了竞争,曲以为说,甚至不惜改动经文以就其说。《后汉书·儒林传》:"党人既诛,其高名善士多坐流废,后遂至忿争,更相言告,亦有私行金货,定兰台漆书经字,以合其私文。"而这种改经的行为,实际在前汉就已经存在。就今文各经各派而言,即使所用经文来源相同,往往存在不小差异。欧阳、大小夏侯《尚书》学同出伏生,但《艺文志》:"《尚书今文经》二十九卷。"注云:"大、小夏侯二家。《欧阳经》三十二卷。"王先谦说:"大、小夏侯经与伏生卷同,欧阳分析增多其数"[1]。欧阳《尚书》学虽只是分《盘庚》为三篇、《序》别为一卷[2],但实质也是一种对经文的改动。又伏生《大传》:"故尧推尊舜而尚之,属诸侯焉,致天下于大麓之野。"[3]"麓"训"山麓"。《汉书·于定国传》:"上报定国曰:'……万方之事,大录于君。'"引用《尚书》,训"麓"为"录",用大夏侯说,与《大传》用字、训释皆不同。熹平石经《尚书》用欧阳本,校以大、小夏侯。则《尚书》三家文字上有差异。今文《易》皆传于田何,而《艺文志》曰:"《易经》十二篇,施、孟、梁丘三家。"熹平石经《易》用孟氏本,校以施、梁丘、京三家。各家文本上也是有差别的。《仪礼》十七篇传自高堂生,《艺文志》:"《经》十七篇。后氏、戴氏。"后氏指后苍,学《礼》于孟卿,授闻人通汉、戴德、戴圣、庆普。德号大戴,圣号小戴。此戴氏指大戴。戴氏为后氏学生,二家经文已经不同。郑玄《仪礼注》用刘向《别录》本,贾公彦《仪礼注疏》以大、小戴本与之比较,三本篇目次序颇不同。熹平石经《礼经》用大戴本,校之以小戴本,则二者文字上也有出入的。

---

[1] 王先谦撰:《汉书补注》,中华书局,1983年版,第868页。
[2] 《汉石经集存》,第25页。
[3] 皮锡瑞撰:《经学历史》,周予同注,中华书局,1959年版,第77—79页。

《毛诗》长期在民间传播自然不至于此。但官学有利禄的支持，传《毛诗》者自然也会有立于学官的期许。《艺文志》："又有毛公之学，自谓子夏所传"，《毛诗》学者借子夏自重，正是期许立于学官的一种表现。再则，自从刘歆建言立《春秋左氏传》及《毛诗》《古文尚书》《逸礼》于学官，今古文之争而起。刘歆指责博士们"因陋就寡"、"专己守残"，《毛诗》学者可能受此启发，加入六"笙诗"、《都人士》首章显示比三家所传要完备，来争取立于学官。《左传·文公十三年》："秦人归其帑。其处者为刘氏。"孔《疏》："士会之帑在秦不显，于会之身复无所辟，传说处秦为刘氏，未知何意言此？讨寻上下，其文不类，深疑此句或非本旨，盖以为汉室初兴，损弃古学，《左氏》不显于世，先儒无以自申，刘氏从秦从魏，其源本出刘累，插注此辞，将以媚于世。明帝时，贾逵上疏云：'《五经》皆无证图谶明刘氏为尧后者，而左氏独有明文。'窃谓前世藉此以求道通，故后引之以为证耳。"孔疏虽然是推测，但所言并非毫无道理。不过，以为是汉兴所加，却是没有考虑学术演变而说，不见得正确。

所以，四家《诗》在武帝立《五经》博士前，文本上虽有差异，但差异尚不大。而其差异主要是在分派后的传承中逐渐衍生的。

### ■ 作者简介

赵茂林，1970年生，甘肃张掖人，文学博士，西北师范大学文学院教授，主要从事先唐文学与文化研究。

# 《诗经》札记二则

## 伏麒鹏

（会宁二中　甘肃白银　730900）

**内容提要**　连绵词的考释历来是汉语词汇研究的一大重难点。《周南·关雎》中"参差"一词旧注多将其释为"参差不齐"之意。通过对历代典籍中"参差"一词具体含义的考察，本文认为《周南·关雎》中"参差"一词释为"茂盛"更为准确。《卫风·氓》："桑之落矣，其黄而陨。"这一句中的"黄"和陨旧注多释为"枯黄""陨落"。阜阳汉简《诗经》作"其黄而芸"。本文认为"黄陨"即"黄芸"，双声联绵词，是"芸黄"之倒文。其义应为"茂盛"。

**关键词**　连语　《周南·关雎》　《卫风·氓》

## 一、释"参差"

《周南·关雎》："参差荇菜，左右流之。"参差，毛、郑无训。孔疏曰："言此参差然不齐之荇菜。"按："参差"，双音连语，形况之词，其义为"茂盛"、"众多"，孔颖达说非。屈原《离骚》"长余佩之陆离"，王逸注："陆离，犹参嵯，众貌也。"（参嵯，即"参差"，一词之异写。胡克家校刻之《离骚》注即作"参差"，然脱去"犹"字）①司马相如《子虚赋》："其山则……

---

①　王念孙《广雅疏证》卷六上曰："陆离，长貌也。"以王逸"陆离，犹参嵯，众貌也"之注为失。司马相如《大人赋》："攒罗列聚丛以茏茸兮，衍曼流烂痑以陆离。"张揖注："陆离，参差也。"则知此为汉、晋以来旧说，必有根据。其实，"参差"一词在古文献中所具有之茂盛、众多、高峻、长大等，义皆相近，王氏持"不齐一"之义以驳王逸，非是。

岑崟参差,日月蔽亏。"张揖注:"高山壅蔽,日月亏缺半见。""参差"与"嶔崟"连文,皆谓山峰高大,非谓高低不齐也。《上林赋》:"深林巨木,崭岩参差。"颜师古注:"崭岩,尖锐貌。参差,不齐也。"按,"参差"与"崭岩"一义,形容林木高大茂盛,非谓长短不齐也,颜说失之。蔡邕《琴赋》:"丹华炜烨,绿叶参差。""绿叶参差",言叶之稠密也。潘岳《笙赋》:"骈田獦攊,鲫鲽参差。"其"参差"为众多之义,极为显豁。《文选》卷二十丘迟《侍宴乐游苑送张徐州应诏诗》:"参差别念举,肃穆恩波被。""参差别念举"谓离别之念繁乱而生也。又卷二十六谢朓《酬王晋安》:"怅望一涂阻,参差百虑依。"以"参差"饰"百虑"谓虑之繁多也。又陆厥《奉答内兄希叔》:"凫鹄啸俦侣,荷芰始参差。"荷芰参差,谓荷芰茂盛也。又卷二十七曹植《白马篇》:"宿昔秉良弓,楛矢何参差。"王力主编《古代汉语》注:"参差,这里用来形容多。"又卷三十八任昉《为范尚书让吏部封侯第一表》:"近世侯者,功绪参差。""功绪参差",言功业隆盛也。徐陵《与李那书》:"山泽晻霭,松竹参差。""松竹参差",言松竹茂盛也。《古文苑》卷九王融《游仙诗》其四:"弭节且夷与,参差闻凤笙。""参差闻凤笙",谓听到了繁复响亮的凤笙声。又:王融《奉和南海王殿下咏秋胡妻》其四:"参差兴别绪,依迟起离慕。""参差兴别绪",谓别思正浓也。又:宗夬《别萧咨议》:"别酒正参差,乖情将陆离。""参差"、"陆离"对文,其义相近。又《阻雪连句遥赠和》沈约一首云:"幽山有桂树,岁暮空参差。""空参差"谓丛生之桂树徒然繁茂也。卷十五扬雄《光禄勋箴》:"郎虽执戟,谒者参差。""谒者参差",即为任谒者之职者众多也。降及唐宋,此义犹存,如杜牧《阿房宫赋》:"瓦缝参差,多于周身之帛缕。""瓦缝参差",言瓦缝之众多,非谓其长短不齐。柳永《望海潮》词:"风帘翠幕,参差十万人家。""参差十万人家",谓人家众多,有十万之数。又从众多、繁盛义引申为几乎、差不多。如《文选》卷二十七谢朓《晚登三山还望京邑》:"白日丽飞甍,参差皆可见。""参差皆可见"谓几乎全部可见也。《敦煌变文集·无常经讲经文》:"贪为身,贪为己,垂忆二亲遭拷捶。莫道思量救拔门,眼里参差皆没泪。"参差没泪,即几乎没有眼泪的意思。白居易《长恨歌》:"中有一人字太真,雪肤花貌参差是。""参差是"即完全是、几乎是。董解元《西厢记》:"莺莺在普救,参差被虏。""参差"也是差一点儿的意思。又山高大亦谓之"参差"。司马相如《上林赋》："深林巨木,崭巖参嵳。""嵾嵳",即"参差"也。杨雄《蜀都赋》："诸 徼碾峴,五矾参差。"又丝之杂乱亦谓之"参差"。《说文》十三篇上："縒, 参縒也。"《集韵》、《类篇》皆引《说文》参縒也,谓丝乱皃。《韵会》于"差"字下引《说文》参差,丝乱皃。丝乱,谓丝成团而头绪难理也。于草木之长大则书作"槮差"(见《说文》六篇上①),于竹之长大则特书作"篸差"(见《说文》五篇上)。"参縒"、"槮差"、"篸差",皆"参差"之异写。而"高大"、"长大"、"散乱"又与"茂盛"、"众多"意义相类似也。

《关雎》"参差",自孔疏而后,历代承袭其说,习非成是,故类例以驳正之。千虑一得,庶于经义有所裨益而已。

## 二、释"黄陨"

《卫风·氓》："桑之落矣,其黄而陨。"传："陨,惰也。"按："其黄而陨",1977年出土之阜阳汉简《诗经》作"其黄而芸"。"黄芸",双声联绵词,是"芸黄"之倒文。《诗经·小雅·裳裳者华》："裳裳者华,芸其黄矣。"毛传："芸黄,盛也。"联緜词有一个重要特征,就是一词有多种不同的写法。故"芸黄"也可写作"煩黄"、"焜黄"、"焜煌"、"焜熀"等。芸黄,即"煩黄"、"焜黄"、"焜煌"、"焜熀"也。芸,王分切,喻三,文韵;焜,胡本切,匣母,混韵。古喻母三等字隶牙声匣母,芸、焜二字古音相同。古喻母三等字隶牙声匣母,是曾运乾在声韵学上的发明。曾先生曰："古芸魂声同。《古微书》引《孝经援神契》云：'魂,芸也；芸芸动也。'《白虎通》云：'魂犹伝伝也,行不休也。'又云：'魂声亦同。'《中山经》：'其光熊熊,

---

① 《诗》"参差荇菜",王先谦《诗三家义集疏》："孔疏：'言此参差然不齐之荇菜。'参,借字。'三家参作槮,荇作茪'者,《说文》：'槮,木长貌。《诗》曰："槮差茪菜。"'《文选·长笛赋》'森槮柞朴',注：'森槮,木长貌。'《西京赋》'槮爽橚槮',注：'皆草木盛貌也。'《说文》'差'下云：'贰也,差不相值也。从左、从巫。'《广雅·释诂》：'差,次也。'槮差,谓如木有长者、次者,槮差然不齐一也。"按：王氏亦分字而诂,非是。

其气魂魂。'按：犹云云也。《吕览·圆道篇》：'云气西行云云然。'按：芸、伝、云，均王分切，于母。魂户昆切，匣母。"①古读芸如魂，魂、焜声近，故古亦读芸如焜，此可为曾先生《喻母古读考》增一例矣。《小雅·苕之华》："苕之华，芸其黄矣。"毛传："苕，陵苕也，将黄则落。"与《裳裳者华》之说相歧。王引之《经义述闻》卷六"苕之华，芸其黄矣"条曰："《苕之华》篇'苕之华，芸其黄矣。'毛传曰：'苕，陵苕也，将黄则落。'引之谨案：'芸其黄矣'，言其盛，非言其衰。故次章云'其叶青青'也。《裳裳者华》之诗曰：'裳裳者华，其叶湑兮。'传曰：'湑，盛貌。'犹此诗云'苕之华，其叶青青'也。又曰：'裳裳者华，芸其黄矣。'传曰：'芸黄，盛也。'犹此诗云'苕之华，芸其黄矣'也。《尔雅》曰：'苕，陵苕；黄华蕧，白华茇。'是苕华本有黄者，岂待将落而始黄哉？诗人之起兴，往往感物之盛而叹人之衰。'有杕之杜，其叶湑湑'，何其盛也；'独行踽踽'，何其衰也。'隰有苌楚，猗傩其华'，何其盛也；'乐子之无家'，何其衰也。然则'苕之华，芸其黄矣。心之忧矣，维其伤矣。''苕之华，其叶青青。知我如此，不如无生。'物自盛而人自衰，诗人所以叹也。毛公既以黄为将落，遂并以下章为'华落叶青青然'，殆失之矣。"按：王说甚确，然亦不以"芸黄"为连语者，殆以古声之学当时未全然揭明也。"桑之落矣，其黄而芸"，谓桑甚熟落之时，其叶青绿茂盛。正以物盛而形人"三岁食贫"之衰也。朱起凤曰："华叶先黄而后落，植物皆然，未有释黄为盛者也。毛传以芸黄为盛，殊乖经义。"②朱丹九虽为联绵词研究大家，但于"芸黄"却犯了拆字解词的毛病，且据以驳毛，实不足为训。究其原因，一是未通喻三隶匣之古读条例；二是受传统训释影响，袭其谬说。古乐府《长歌行》："常恐秋节至，焜黄华叶衰。"李善注："焜黄，色衰貌也。"李氏虽以"焜黄"为形况之词，然释义错误。"常恐秋节至，焜黄华叶衰"二句，意谓常畏秋风忽至，光艳鲜嫩之花、叶因而干枯、衰萎。诗人以此取喻，盖叹人生无常，青春短暂也。傅毅《舞赋》："黼帐袪而结组兮，铺首炳以焜煌。"焜煌，即"芸黄"。"铺首炳以焜煌"之"焜煌"，绝无"衰败枯

---

① 曾运乾：《音韵学讲义》，中华书局，1996年版，第152页。
② 朱起凤：《辞通》，上海古籍出版社，1982年版，第873页。

黄"之意,而是形况"铺首"之光鲜明亮。芸黄,谓桑叶繁盛,色泽鲜明,故毛亨训为"盛也"。《汉书·礼乐志·郊祀歌》:"照紫幄,珠煟黄。"颜师古注:"如淳曰:'煟音陨,黄貌也。'师古曰:'言光照紫幄,故其珠色煟然而黄也。'"煟,于分切,喻三,文韵,古读入匣母。煟黄即芸黄、焜黄,谓珠色的皪鲜明,光盛之貌,非言"人老珠黄"之"珠黄"也。如淳、师古之说皆误。"焜黄"的又一体作"焜煌"。《抱朴子·畅玄》:"入宴千门之焜煌,出驱朱轮之华仪。"

连语,可以倒言,此亦其所具特征之一。披离,叠韵连语,可倒为"离披";惽恅,叠韵连语,可倒为"恅惽";弟郁,叠韵连语,可倒为"郁弟"。阢陧,双声连语,可倒为"隉阢"。缤纷,双声连语,可倒为"纷缤"。倒言之例,古籍中极多,这里不烦详举。据此,则知"芸黄"倒言为"黄芸",亦符合古人语言之习惯。

双声或叠韵之联绵词,固不容析诂,然诗文运用,自可分言,极见汉语造词之具条例,而运用之灵活多样也。《诗经·邶风·北风》之"其虚其邪,既亟只且"陈奂疏:"虚邪二字连文成义,虚邪,犹委蛇也。"此分言于句内也。《小雅·隰桑》:"隰桑有阿,其叶有难。"陈奂疏:"'阿'之为言'猗'也。《淇奥》传:'猗猗,美盛也。'难、傩古通。'难'之为言'那'也。《释文》:'难,乃多反。'其读同'那'。《桑扈》'那',传:'那,多也。'《苌楚》曰'猗傩',《那》曰'猗那',音义皆同也。"此分言于两句也。《小雅·何草不黄》:"何草不黄?何日不行?何人不将?经营四方。""何草不玄?何人不矜?哀我征夫,独为匪民。"王引之曰:"《卷耳》篇:'我马虺隤,我马玄黄。'毛传曰:'虺隤,病也。玄马病则黄。'《小雅·何草不黄》篇'何草不黄'、'何草不玄',笺谓'黄为岁晚草黄,玄为始春之时草牙蘖者将生必玄。'引之谨案:'虺隤,叠韵字,玄黄,双声字。皆谓病貌也。《传》言'玄马病则黄',失之。'何草不黄'、'何草不玄',玄黄,亦病也,犹言无草不死,无木不萎也。"①此分言于两章也。于省吾《泽螺居读诗札记》"旐维旟矣"条:"《无羊》篇称'牧人乃梦,众维鱼矣,旐维旟矣。'……'众、兆'双声叠义。古之叠义连语往往分用,《隰有苌楚》篇称

---

① 王引之:《经义述闻》卷五,上海古籍出版社,2018年版,第273、274页。

'猗傩其枝','猗傩'即'阿难',《隰桑》篇分用之则为'隰桑有阿,其叶有难';《那》篇称'亦不夷怿',夷怿叠义,训为喜悦,《节南山》篇分用之则为'既夷既怿';毛公鼎称'肆皇天亡斁,临保我有周','临保'叠义,《国策·西周策》称'君临函谷',高注谓'临犹守也',守与保同意;《思齐》篇分用临保二字为'不显亦临,无射亦保。'"迁延(也作"迁衍"),叠韵为义也,《管子·白心篇》"无迁无衍",即谓无迁延也;"恍惚"双声为义也,《老子·第二十一章》曰"道之为物,惟恍惟惚。惚兮恍兮,其中有象;恍兮惚兮,其中有物",《庄子·至乐》曰"芒乎芴乎,而无从出乎！芴乎芒乎,而无有象乎";"游豫"双声为义也,《孟子·梁惠王下》曰:"吾王不游,吾何以休？吾王不豫,吾何以助？""流连"双声为义也,《孟子·梁惠王下》曰"从流下而忘反,谓之流;从流上而忘反,谓之连";"荒亡(也作'荒芒')"叠韵为义也,《孟子·梁惠王下》曰:"从兽无厌谓之荒;乐酒无厌谓之亡"(《淮南子·诠言》曰"自身以上,至于荒亡尔远矣");劳来,双声为义,《孟子·滕文公上》:"放勋曰：'劳之来之,匡之直之,辅之翼之,使自得之,又从而振德之。'"①辜榷,双声为义,《汉书·王莽传》:"豪吏猾民辜而榷之。"②慷慨,双声为义也,曹操《短歌行》曰"慨当以慷,忧思难忘",李贽《焚书》四《寒灯小话》曰"况慷他人之慨,费别人之财,于人为不情,于己甚无谓乎？"皆古书联绵词分用例。据此,则上揭毛《诗》之"其黄而芸"、"芸其黄矣"为联绵词之二字分用,又连文为义,固不待言矣。

## ■ 作者简介

伏麒鹏,1963年生,会宁二中高级教师,白银市政协文史资料专委会成员。

---

① 详王念孙撰：《广雅疏证》卷四上,中华书局,2004年版,第121页；《读书杂志·汉书第十六》,江苏古籍出版社,1985年版,第407页。
② 详王念孙撰：《广雅疏证》卷六上,第198页；《读书杂志·汉书第十六》,第408页。

# 宋 玉 论

## 汤漳平

(闽南师范大学文学院　福建漳州　363000)

**内容提要**　从二十世纪九十年代以来,宋玉研究引起大家的重视并逐渐形成热潮。但是,在怎样认识宋玉及其作品的问题上,大家迄今还有一些不同的看法,仔细回顾一下,几十年来,学术界对宋玉的批评,似乎太过于简单化,甚至未免有些苛求。当然,文学史上以"屈宋"并称,在为人方面,屈原那种不屈不挠地追求真理,并为此而捐躯的精神,宋玉是难与比肩的。但是,"屈宋"并称,似乎更加看重从创作成就和文学史上的地位加以评价的。从这个意义上讲,开创了赋体文学的宋玉和屈原并称当之无愧。

**关键词**　宋玉　人格　作品　文学史上的"屈宋"并称

从二十世纪九十年代以来,宋玉研究引起大家的重视并逐渐形成热潮。但是,在怎样认识宋玉及其作品的问题上,大家迄今还有一些不同的看法,这本来是学术研究中的正常现象。记得2011年在福建东山召开的中国屈原学会第十三届学术研讨会上,有的小组还对这一问题争论起来,并问我是什么意见。这让我想起,虽然我在各种场合的发言,在出版的书和论文里,都有明确的意见,但均未成专文。其实,早在二十世纪八十年代末,我就写过一篇长达三万余字的《宋玉论》。投稿《中国社会科学》,编辑部认为文章的内容以考证为主,和刊物的风格不太一致。我改投《文学评论》后,承蒙他们厚爱,将前半部分予以发表,就是1991年第4期的《宋玉作品真伪辩》,余下有关论的部分,有一万余字,一向搁置。本次会议召开,想起这篇旧文,这才将其从存稿中取出。本文依旧能代表我今日的看法,故不揣鄙陋出之,请与会代表批评指正。

# 一

讨论宋玉其人,我们首先必须摒弃郭沫若在《屈原》剧本中所塑造的那位卖师求荣的屈原弟子形象,因为这一形象的创造,更多的是出于当时政治因素以及艺术创作的需要,未必和历史上的宋玉其人形象完全一致。就像《三国演义》中的曹孟德和历史上的曹孟德也无须完全一致。《屈原》中的郑詹尹形象,就是没有历史依据的。

对历史上的文学家作出评价,无非依据两方面的材料:一是有关他生平事迹的史料记载;二是他传世的各种作品。前者确实比较令人失望。因为作为中国古代的著名作家,宋玉的生平事迹见诸记载的实在太少了。正史之中,只有《史记》和《汉书》中短短的两段话。

> 《史记·屈原列传》:"屈原既死之后,楚有宋玉、唐勒、景差之徒者,皆好辞而以赋见称,然皆祖屈原之从容辞令,终莫敢直谏。"
> 《汉书·艺文志》:"宋玉赋十六篇,楚人,与唐勒并时,在屈原后也。"

此外,见于汉人记载的还有《韩诗外传》卷七(一则)、《新序·杂事第一》(一则)、《新序·杂事第五》(二则)等。这四则记载实际只有三则,因为《韩诗外传》的这则故事和《新序·杂事第五》中的一则内容大体相同:

> 《韩诗外传》卷七:宋玉因其友见楚襄王,襄王待之无以异,乃让其友。友曰:"夫姜桂因地而生,不因地而辛;女因媒而嫁,不因媒而亲。子之事王未耳,何怨于我?"宋玉曰:"不然。昔者齐有狡兔,曰东郭㕙兔,盖一日而走五百里。于是齐有良狗曰韩卢,亦一

日而走五百里。使之瞻见指注,虽良狗犹不及众兔之尘,若摄缨而纵绁之,则狡兔亦不能离也。今子之属臣也,摄缨纵绁与?瞻见指注与?《诗》曰:'将安将乐,弃予作遗。'其友曰:'仆人有过,仆人有过。'"

《新序·杂事第五》:宋玉因其友以见于楚襄王,襄王待之无以异,宋玉让其友。其友曰:"夫姜桂因地而生,不因地而辛;妇人因媒而嫁,不因媒而亲。子之事王未耳,何怨于我?"宋玉曰:"不然。昔者齐有良兔,曰东郭𧽙,盖一日而走五百里,于是齐有良狗曰韩卢,亦一旦而走五百里。使之遥见而指属,则虽韩卢不及众兔之尘。若蹑迹而纵緤,则虽东郭夋兔亦不能离。今子之属臣也,蹑迹而纵绁与?遥见而指属与?《诗》曰:'将安将乐,弃予如遗。'此之谓也。"其友曰:"仆人有过,仆人有过。"

这两段文字,意思大致相同,它们应当是同一出处。《新序·杂事第五》中的另一段不见于其他书记载,也是比较重要的材料:

宋玉事楚襄王而不见察,意气不得,形于颜色。或谓曰:"先生何谈说之不扬,计画之疑也?"宋玉曰:"不然。子独不见夫玄蝯乎?当其居桂林之中,峻叶之上,从容游戏,超腾往来,龙兴而鸟集,悲啸(脱一而字)长吟。当此之时,虽羿、逢蒙,不得正目而视也。及其在枳棘之中也,恐惧而悼慄,危视而迹行,众人皆得意焉。此皮筋非加急而体益短也,处势不便故也。夫处势不便,岂何以量功校能哉?《诗》不云乎:'驾彼四牡,四牡项领。'夫久驾而长不得行,项领不亦宜乎?《易》曰:'臀无肤,其行趑趄。'此之谓也。"

我们比较这两则故事,便可以发现,它们在写法上大体相似,开头为简短的引言,中间为对话的主要内容,结束时则引《诗》(后者还引《易》)为证。显然,这两则故事来源也是相同的。那么,它们是来自《韩诗外传》,还是比《韩诗外传》更早,则是有待于进一步考证的问题,但至少不晚于《韩诗外传》。《韩诗外传》的作者韩婴,西汉初年著名学者。

他传《诗经》时,采集了大量古籍记载和当时流传的各种故事,用以证《诗》。由于其生活年代和宋玉接近,因此我们也没有理由认为他的这些记载是无稽之谈。所以,后人将这些故事收入《宋玉集》中,确是合理的。郭沫若也认为这些记载内容还是比较可靠的,他说:

> 上述两个故事,我认为都比较可靠。第一个故事既散见诸书,而且小有异同,正足证明事有根源,而非雷同一响。第二个故事则在宋玉最可靠的作品《九辩》中得到内证。(《关于宋玉》)

至于《新序·杂事第一》中的另一则故事,实际上便是《对楚王问》的内容。从前面我们在引述过程中,已经指出这二则故事内容,实际上也都被录入《宋玉集》中,一直是前人研究宋玉生平的重要资料。在研究宋玉的师承关系时,人们还常提到王逸在《楚辞章句·九辩序》中的一段话,他说:

> 《九辩》者,楚大夫宋玉之所作也。……宋玉者,屈原弟子也,悯惜其师忠而放逐,故作《九辩》以述其志。

晋人习凿齿在《襄阳耆旧传》卷一中也有关于宋玉生平的记载,但主要内容并未超过上述几则记载,他增加的仅是这样几句话:

> 宋玉者,楚之鄢人也。故宜城有宋玉冢。始事屈原,原既放逐,求事楚友景差。……玉识音而善属文,襄王好乐爱赋,既美其才,而憎之似屈原也,曰:"子盍从俗,使楚人贵子之德乎?"对曰:"昔楚有喜歌者……"

从上述记载对照宋玉本人存世比较可靠的作品来分析,我认为它们在内涵上是可以相互补充印证的。犹如我们研究屈原生平的时候,既以《屈原列传》为主要线索,同时也注意他在各种不同时期所创作的作品反映出来的情况及思想感情等。

从现存的材料中,我们可以对宋玉的生平作一个简单的描述:宋玉,鄢人(今湖北宜阳),是屈原之后的楚国著名文学家,和景差、唐勒同时。由于他识音且善属文,经人推荐而当了楚襄王的文学侍臣,初为小臣,后迁任大夫。当时楚国朝政黑暗腐败,他屡受谗言,因而始终郁郁而不得志。宋玉喜爱屈原的作品,并刻意学习和模仿,但他创作的主要作品是赋,这使他成为我国赋体文学之祖。他虽然对现实有所不满意,但"终莫敢直谏"。晚年因失职而悲哀,后不知所终。

在这里,我们不得不回顾一件历史公案。在如何评价宋玉及其为人的问题上,从二十世纪四十年代开始,在我国学术界曾经出现一场激烈的争论。其导火线则是因郭沫若在《屈原》剧作中塑造的宋玉形象而引起的。在剧作中,郭沫若描写的宋玉是没有骨气、卖师以求荣的无耻之徒,于是引起一些学者如陆侃如等的不满而写文章加以反对。客观地说,在争论中,双方都有偏颇之处。郭沫若的剧作,是一出政治性极强的作品,创作的目的是非常明确的,它要以剧作的上演,冲破国民党所实行的白色恐怖,借古人之口以斥今。因此,剧作中的人物设计,也尽是体现这种创作意图,未必能完全符合历史的本来面目,如婵娟、宋玉均属此类。剧本中,宋玉原为屈原弟子,后来屈原遭谗,而宋玉却依附于反动势力,卖师求荣,这正是郭氏欲借此讽刺和鞭挞当时少数人的背叛革命的行为。在史籍记载中,宋玉并无这种行为。相反,王逸称《九辩》的写作动机为宋玉"悯惜其师(指屈原)忠而放逐,故作《九辩》以述其志"。(《九辩·序》)他还说,《招魂》篇是宋玉"怜哀屈原忠而斥弃,愁懑山泽,魂魄散佚,厥命将落,故作《招魂》,欲以复其精神,延其年寿",并用"以讽谏怀王,冀其觉悟而还之也"(《楚辞章句·招魂序》)。从这两篇序言中,可知汉人并无宋玉叛师求荣的记载。到晋人习凿齿的《襄阳耆旧传》中也还写宋玉因"似屈原",而遭到襄王的憎恨。因此,郭沫若笔下的宋玉形象,于史无征。

可是,从另一方面说,《屈原》的演出,在当时确是一场十分严肃的政治斗争。国民党反动势力,千方百计地企图贬低作品的价值,从而达到压制《屈原》历史剧演出的目的,因而在报刊上组织文章对剧作挑毛病,找岔子。由此可见,学术研究有时也是和政治斗争紧密相联系的。

在这里我们必须指出,郭沫若关于宋玉的评价是偏狭的,带有极强的主观色彩。因为我们发现,他在创作了《屈原》历史剧之后,便将剧中的宋玉与历史上的宋玉形象融为一体,并认为自己所塑造的这一形象和历史人物宋玉是相符合的。他在多篇文章(如《关于宋玉》《今昔蒲剑·写完五幕剧〈屈原〉之后》《给丁力的信》等)中,反复强调,"根据历史上遗留的资料,他(指宋玉)实在是没有骨气。"并认为自己对宋玉的这种评价,是延续了古人而来的,"对宋玉首先提出了严正批评的应该当数司马迁","司马迁对宋玉、唐勒辈称为'之徒',首先就表示了有些鄙屑的意思,接下去说他们'终莫敢直谏',那鄙屑的意思就非常明了了。"(《关于宋玉》)

其实,郭沫若的辩说并不能说明问题。诚然,历史上确有人对宋玉提出批评,不仅司马迁,还有班固,他认为宋玉所开创的这些赋作,大多是"侈丽闳衍之词,没其风谕之义。"(《汉书·艺文志》);如挚虞,也认为:"前世为赋者,有孙卿、屈原,尚颇有古诗之义,至宋玉,则多淫浮之病矣!"(《文章流别论》)又如皇甫谧,他认为屈原、孙卿之赋"遗文炳然,辞义可观",对宋玉,他却说:

  及宋玉之徒,淫文放发,言过于实,夸竞之兴,体失之渐,风雅之则,于是乎乖。(《三都赋序》)

但是,我们上述所举的这些批评意见,并不能为郭沫若所说的观点提供证据。这是因为,首先,在众多批评意见中,真正涉及对宋玉本人人格评价有关的,也就只有司马迁的"终莫敢直谏"一句。但这句话只能理解为宋玉讽谏方法和屈原比较,是软弱的,斗争性不强。也丝毫牵扯不到毫无骨气,甚至卖师求荣上面去。其次,上述大多数批评者的意见,是针对宋玉的作品而发的,而且也是按照传统的功利主义的原则加以品评的。固然文如其人,两者往往有着密切联系,但它们彼此之间也是有相对的独立性,而且对文章的评价标准不同,也就往往影响到对作者评价的高低。在这个问题上,朱碧莲的《论宋玉及其〈九辩〉》一文有较详细的辩说,其中不少说法是有道理的。

仔细回顾一下,在几十年来,学术界对宋玉的批评,似乎太过于简单化了,客观地说,对他未免有些苛求。当然,文学史上以"屈宋"并称,在为人方面,屈原那种不屈不挠地追求真理,并为此而捐躯的精神,宋玉是难与比肩的。但是,文学史上的"屈宋"并称,似乎更加看重从创作成就和文学史上的地位加以评价的。从这个意义上讲,开创了赋体文学的宋玉和屈原并称确实当之无愧。

我觉得,我们在评价历史人物的时候,往往忘记了"存在决定意识"这一重要原则,因而才会产生上述的偏颇的认识。屈原和宋玉在当时所处的地位是极不相同的。屈原从年轻时起便受怀王的信任,"入则与王图议国事,以出号令;出则接遇宾客,应对诸侯。"(《屈原列传》)尽管对"左尹"这个官职有多少权力的问题有所争议,但有一点事实确凿,那就是屈原当时正置身于楚国最高的权力中心里,而且是重要的决策人物之一。而宋玉呢,他地位是可怜的,最初被引见给楚襄王的时候,襄王只让他当了地位低下的"小臣"。按郭沫若的说法,"小臣"就相当于弄臣,是为国君所戏弄,"倡优蓄之"者。所以,尽管宋玉才华横溢,但楚王并"不见察",以致于使他"意气不得,形于颜色"。后来,楚王毕竟"美其才",让他升了"大夫"的官职,但也依然是个文学侍臣,并无过问国事的多少权力。从宋玉传世的作品中,我们可以窥见他其中的一些境况:在《对楚王问》里,他用"曲高和寡"来解释自己因不能从俗而受到的责难;在《登徒子好色赋》中,他又担了"好色"的罪名而受人攻击;在《讽赋》里,他又受了唐勒谗言的中伤。……虽然这些作品中的叙述未必真实,有的可能是宋玉为创作的需要而伪设主客。但宋玉的不得意,从作品的反映中与史料的记载中却得到证实。文学创作是社会生活的反映,这些作品的基调也是能说明不少问题的。即使到了晚年,他的境况也没有多大的变化,《九辩》所反映出来的凄凉的、郁郁不乐的情调,恐怕也是贯穿着他生活的主旋律。对于宋玉处境的看法,历来并无多大分歧。因此,我们就能从这里出发设身处地地加以分析。

宋玉的处境和社会地位,决定他不可能和屈原一样,在政治舞台上有所表现。屈原是楚国的王族成员,他还曾在一段时间内受到怀王的赏识,所以在怀王执政的前期,屈原能够有所作为。而待到怀王后期"被疏"后,他已不可能对怀王有多少影响,所以这一时期中,屈原只能在作品中表达他的悲哀、愤懑和抒写对往事的回忆。这种情况表明,在封建社会中,所谓直言敢谏,主要取决于君主容人之量。如果没有唐太宗的气量,恐怕也出不了魏征这样的谏臣。宋玉的时代,他面对的是楚襄王。史书评价楚襄王一向昏庸无能,不以国家利益为重。他的父亲怀王被秦所骗,入武关时被拘押,终于客死于秦。但襄王不思励精图治,以报国仇家恨。相反地,他成天"专淫逸侈靡,不顾国政"(《战国策·楚策四》),朝政十分腐败。秦将白起曾经有一段十分精彩的谈话描述这一状况,他说:

是时楚王恃其国大,不恤其政。而群臣相妒以功,谄谀用事。良臣斥疏,百姓心离,城池不修,既无良臣,又无守备。(《战国策·中山策》)

白起这里所说的"楚王",即楚襄王。正由于这样,当顷襄廿一年时,白起发兵击楚,势如破竹,楚国郢都沦陷,宗庙和先王陵墓皆被烧毁和夷为平地。宋玉面对的是这样的国君,本人地位又十分低下,时时因遭受攻击而不得不自我辩护。在这样的处境下,他欲求自全其身尚且勉乎其难,又怎能侃侃而谈去议论国家兴亡之事呢?他后来虽升为大夫,但处境并无根本的转变。从他留下的作品中我们看到,楚襄王所要求的是让他写一些赏心悦目的文字,如《大言》《小言》之类,近乎文字游戏,并无征询朝政大事的意向。因此,即令宋玉有一腔报国的热心,也是难以实现的,他所反映出来的郁郁不得志,也就在情理之中了,我们似不应对他有所苛责。

二

毫无疑问,在现实的所有材料中,最能集中反映宋玉思想倾向的是他的作品。言为心声,近万字的宋玉作品,是我们进行客观评价的基础。

历来的评论者,因个人见解的不同,对宋玉作品评价确实也差别极大,其中否定最为明显的是郭沫若。而另外一些人的评价,却又未免有过誉之嫌。这种各执一词的评价,都容易偏颇。

作为历史人物的宋玉,处于战国后期剧烈变化的时代,他的思想和行为准则,绝非今人的想象那样简单。即使像屈原,尽管始终坚持真理,并与黑暗的社会现实作了勇敢的不妥协的斗争,但在斗争过程中,他也有过犹豫和彷徨,有过远游以自适的自我解脱的意识,不承认这种思想的激烈斗争的复杂状况,用一把尺子来机械地丈量人的思想,恐怕没有不出偏差的。过去的教训值得我们吸取。

宋玉的作品,按其思想倾向而论,似可分为三类:好的、一般的和没有什么意义的。

第一类作品,应该包括《九辩》《高唐赋》《神女赋》和《钓赋》。

《九辩》是继屈作之后写得最为成功的一篇楚辞作品。它虽然不像王逸所说的,是什么"悯师之作",但其思想倾向仍然应该值得肯定的。作者在这篇"自悯"之词中以个人的不幸遭遇揭露了楚国现实社会的黑暗。从诗篇中,我们见到这样的情景:从楚王以至下层,都处在毫无希望的社会现实中,君上的昏庸,贤能之士的不得志,谗谀者的霸道等等,因此我们正是通过这篇作品,再一次印证了屈原对楚国黑暗现实的揭露和失望,是真实的。假如说,屈原在作品中还曾流露出一线希望,如司马迁所讲的"冀幸君之一悟,俗之一改"(《屈原列传》)的话,那么到了宋玉的《九辩》中,连这一线希望也看不到了。《九辩》的整个调子是低沉的、绝望的,这也是实事求是地反映了行将寿终正寝的楚国的社会现实。《九辩》是宋玉晚年所作,当他侍候顷襄王时,宋玉还是比较年轻的(从《登徒子好色赋》中可知),那么,当宋玉晚年的时候,楚国距覆灭已经时日无多了。《九辩》是一曲挽歌,它哀悼的是一个行将覆灭的国家,尽管作者对这一政权仍然有着藕断丝连的感情,还"不敢忘初之厚德",直至结束也还希望"赖皇天之厚德兮,还及君之无恙"。然而在本质上,他已看到不堪设想的后果:"事绵绵而多私兮,窃悼后之危败。"诗人的思想确实充满强烈的矛盾,他诅咒着社会的黑暗,他揭露现实的不公正,他知道等待着这个国家的是什么样的命运,然而他却又一而再,再而三地表示自己的多情,并对这一行将灭亡的政权给予毫无希望的祝福。在宋玉的所有作品中,这一篇最生动而具体地描写楚国的社会现实中存在的种种矛盾,并最详细而真实地表露了自己的思想感情,这一点,在他的赋作中是表露极少的。

《高唐赋》和《神女赋》虽然着重于描写楚国云梦地区山水之美,并细致地刻画了神女动人的艺术形象,从而使历来认为是"假设其事,风谏淫惑"(《文选》李善注)的主题反而不突出。然而,我们在作品的字里行间,看到了洋溢着作者对故乡山水和风俗传说的热爱,作品感情是健康的,并给人以美的享受。

按照传统的评价标准,《钓赋》应该最符合儒家的"美刺"原则了。这篇赋作以说钓术为名,婉转地劝谏楚襄王以古代贤君尧、舜、禹、汤为榜样,实行仁政,招引贤人,治理国家,讽谏意义极为明显。可是大概因为它出自《古文苑》这本后出的书中,所以历代评者先自加以歧视,评价不高,说是它和纵横家有相似之处,因此不加以重视。其实,这种指责毫无道理。我们恰恰从这篇作品中,看出宋玉毕竟还抓住一些机会委婉地劝谏楚王,仍希望他别注意垂钓田猎之类的逸事,将精力花到治理国家大事上面,这是难能可贵的。

再看属于第二类,即思想上比较一般的作品。大体《登徒子好色赋》《对楚王问》和《讽赋》可属此类。《登徒子好色赋》从赋体作品的要求而言,是写得很成功的,但是这篇作品和《讽赋》、《对楚王说》内容都局限在为个人作辩护,因此较之第一类作品,显然要差一个等级。当然,如《登徒子好色赋》在结束强调了"目欲其颜,心顾其义,扬诗守礼,终不过差"的"发乎情,止乎礼义"的思想,还是可以称道的。如果联系楚襄王荒淫的生活,宋玉作赋以讽的话,那么赋作的针对性也还是比较强的(《文选》李善注称:《登徒子好色赋》是宋玉"假以为辞,讽于淫也"。刘勰也认为:"楚襄宴集,而宋玉赋《好色》,意在微讽,有足观者。")不过,像《讽赋》,虽然章樵说,这篇赋是因"楚襄王好女色,宋玉以此讽之",但作品的实际效果确是"劝百而讽一"。《对楚王问》一篇,记录了作者遭受攻击而不得不自我辩护的言词,它能使我们对宋玉在当时所处的境况有所了解,作品本身的社会意义却比较小,因此我们也将它归入这一类中。

第三类作品有《风赋》《大言赋》和《小言赋》。

对《风赋》的评价,历来分歧颇大。笔者曾写过一篇文章,以为《风赋》有谀上之嫌(见《〈风赋〉是讽谏之作吗?》复旦学报 1979 年 4 月),有的学者不同意。这个问题仍可继续讨论。但我以为,即令该篇所写的"雄风"和"雌风"就是写出阶级差别,要用以"讽谏"楚王的话,至少也应让被讽谏者读后有所觉察,然而我们通观全篇,毫无这种痕迹,而且当宋玉用了许多妙语丽词把"雄风"大大美化一番之后,襄王兴致勃勃地称赞宋玉的"善哉论事!"何曾有所触动? 我们就算退一步说,推测作者本意是为"讽谏"而作,然而其效果恐怕也适得其反,这不禁使人想起汉武帝好神仙,司马相如作《大人赋》以"讽谏",没想到汉武帝读后不仅毫无悔悟,反而飘飘然而有凌云之感,这种讽谏不也太可悲吗! 当然,以艺术水平而言,《风赋》确为宋玉赋作中的上乘之作,但这和作品的思想性毕竟不是一回事。

至于《大言赋》和《小言赋》,思想内容空虚,徒以言辞争一日之短长,并无多少可称道之处。谢榛就认为它不过是"以文为戏尔"(《四溟诗话》卷二),王世贞也认为这两篇作品是"枚皋滑稽之流"(《艺苑卮言》)。当然,宋玉作为襄王的文学侍臣,像《大言》与《小言》开头序中所交代的那样,襄王一时兴起,要他的侍臣们各逞其能,以判优劣,这种以文字为游戏的题目,宋玉辈也是不敢不写的,以其处境而论,我们倒也没有什么可指责的地方。

从上述三类作品中,我们看到,毕竟在宋玉作品中,前两类在思想内容上可取的作品还是占了多数,这些作品反映了作者对国事的关心,如《钓赋》中,作者的政治态度便表现得十分积极,这是难能可贵的。而且他到晚年穷困潦倒的处境,也是令人同情的。基于上述的分析,至少我们应该承认,宋玉是一位值得肯定的古代作家。

当然,我在上述分析中提出的三类划分标准,是否合适,还可以进一步讨论。

## 三

但是,衡量一个作家在文学史上的地位,依据的是什么?恐怕主要的还不是看他作品的思想倾向,更重要的应是他对于文学发展所起的积极作用的大小。假如屈原不是创造了骚体诗这种新的文学形式,依然沿袭《诗经》的四言体诗的道路进行创作,哪怕他在作品中表现出来的思想倾向再积极,也不可能在我国文学史上占有如此重要的地位。宋玉也是如此,倘若否定了他对赋体文学所作出的独特的、其他人难以替代的贡献,而仅有一篇《九辩》作品,是难以确立其在文学史上的地位的。尽管许多人在研究《九辩》时,对其艺术表现手法、悲秋情绪等的成功描写赞颂不已,因为谁都难以否认,《九辩》毕竟难以和《离骚》相提并论。不仅在思想内容、篇章构思上难以比肩,在语言形式和艺术表现手法上也是不能相比,更何况《九辩》中大量袭用《离骚》等屈作的语言。因此,《九辩》毕竟只能算是比较成功的拟骚作,它也只能反映司马迁所说的宋玉确实"好辞"的一个方面。

毫无疑义,能够确立宋玉在我国文学史上地位的是他的赋作。如果他没有"以赋见称",成为赋体文学之祖的话,他只是个二流作家。因此,将宋玉的作品剥夺到只剩下一篇《九辩》,却还要说"这并不影响他在文学史上应有的地位",实在令人不可思议。

宋玉一生中写过多少作品,这是个难以查明的问题。岁月的流逝,使得古代作家的大量作品失传了。但是,从流传至今的这些作品中,我们还可以大致看出他创作实践的轨迹,也许从中可以帮助我们认识到赋体文学的确立过程。

在对宋玉作品的整体分析中,我们看到这样的现象,即这些作品,呈现出从散体到韵散结合,再到以韵文和骈文为主的一个发展过程。我想,也许这种现象,正是体现了他赋体创作发展的渐进过程。

## (一) 散体作品

《对楚王问》一篇,是典型的散体作品。这篇作品不称为赋,《昭明文选》将其列入《对问》,单独分类。确实,《对楚王问》与后世之典型赋作不同,因为其中的语句都不用韵。但是,如果将它放在赋体文学尚未形成的初期看,这篇作品和后世之辞赋还是有密切的联系的。刘熙载在《艺概·文概》中已经指出这种联系的地方,他说:"用辞赋之骈丽以为文者,起于宋玉《对楚王问》。"我们从作品中可以看,后世赋体文学常用的典型表现手法之一的排比,在这篇作品中得到充分的运用,骈丽的句式,也是十分明显的。其实,除这一篇外,《新序·杂事第五》中所载的两则,也同属"问对"一类,而且文中宋玉的回答,语言风格与《对楚王问》如出一辙,尤其在描写"玄猿""居桂林之中"时的得意之态与"在枳棘之中"时的狼狈之状,大量使用骈俪之文。这些段落的文字,若置之其后的赋体文学作品中,谁也不会觉得不合适。这里需要着重指出的是,这几段"对问"的写法,与《渔父》可说是同一类型,篇中都不讲究用韵,但却用了较多俪句和排比手法。从文学继承的角度而论,或许可以说,宋玉正是从这里开始了他赋体文学创作的尝试。

## (二) 散韵结合的赋作

虽然一直到赋体文学作品成熟以后,大多数赋作中都有散韵结合的特点,但是我们也注意到,越到后来,赋作中越注意句间的押韵和句式的整齐。可是在宋玉的赋作中,一部分作品在写法上散文句式的部分占主要地位,例如《登徒子好色赋》《讽赋》便属此类。这些作品,较之第一类中的散体作品来,骈俪成分增多,其中部分段落句子已注意韵律和谐,但散句的成分仍较大,可以看出,作者尚未刻意追求语言形式的美感,行文显得比较自然流畅。相比之下,《钓赋》《大言赋》《小言赋》则又不同,《钓赋》也是通篇散体,但用了大段骈俪句子,显得较为齐整,不过并不着意用韵。但《大言赋》与《小言赋》各答言的段落,都已注意骈俪句和韵脚的和谐,这种变化,是值得我们注意的。同时,在这类作品中,有的已出现小段插用骚体诗的句式,如《登徒子好色赋》中的赠诗:"寤春风兮发鲜荣,洁斋俟兮惠音声",《大言赋》中唐勒、景差两人的答话也都是用这种骚体句式。对照一下近年出土的《唐勒赋》，可以看出，它和这一类中的《登徒子好色赋》的语言风格较为相近，大多是散体句式。

**（三）句式整齐，讲求韵律的赋作**

我们看到，宋玉作品中，《风赋》《高唐赋》和《神女赋》三篇，在语言方面具有独特的风格，它们已呈现出后世成熟的典型的赋体作品的风貌。

这三篇作品，开头都有一段散体的序言，交代作赋的时间、地点与在场人物。三篇中，《风赋》和《高唐赋》的序言较长，《神女赋》的序言较短，这是因为《神女赋》是接着《高唐赋》而创作的，时、地、人物大体相同，因此仅作简单交代后便转入正文描述。

在正文描述中，三篇赋作都极注意押韵和句式的整齐，然而这种整齐不像后代的律诗五言、七言到底，而是杂用了四言、六言，个别地方还插有三言的句式，过渡部分也有散句。这种相对整齐而中间又富于变化的句式，既显出参差错落，流畅自然，又有一定的规则和韵律，使人感到既自由又和谐。当然，这三篇作品的语言风格也不完全一致。《风赋》中散句较多，中间夹杂大量排比句和四言句（少量三言句）。《高唐赋》和《神女赋》正文中的句式比较一致，主要有两类，一类是四言句式，一类是骚体句式。《高唐赋》中首段是骚体诗句式，后面的段落都是整齐的四言句式；《神女赋》中这两种句式呈现交错现象，除有整段的骚体句式（中间部分）和整段四言句式外，还有交叉使用这两种句式的段落。在后代赋作中最常采用的正是《高唐赋》和《神女赋》的模式。

## 四

综上所述，我们看到，在宋玉现存的赋作中，确实存在着一条明显的发展线索，它启示我们去认识赋作的发生、发展及其成熟的过程。在上述三个阶段中，有几个明显特点：一、作品的语言，经历了由散到韵散结合,最后以韵文为主的过程。《高唐赋》《神女赋》中以诗经的四言句和楚辞的骚体诗句相结合的写法,成为后代赋作的典范。二、作品的内容则是从为自己辩护到有所讽谏,再发展为主要铺写外界事物的过程。在《风赋》《高唐赋》《神女赋》中,自然界的风,高唐的山水,巫山神女的传说,这些作家描写的对象,都属外界的客体,这和三则"对问"以寓言的形式自我辩护的写法,恰成鲜明的对比。三、作品的篇幅由小而大,叙述的层次也由简单的一问一答发展到多层次和多人物的问答,描写的客观对象也由简略到比较详尽。《高唐赋》和《神女赋》展示给我们的犹如两幅描摹得十分细致的工笔画,山水人物可谓惟妙惟肖,"铺采摛文,体物写志"的特点,已十分鲜明。四、在前两个阶段的多数作品中,显示出作者强烈的思辨色彩。而这种辩士之风,恰恰是战国时代诸子散文的重要特色,从这里我们可以看到赋作和诸子散文之间的密切联系。

我们将宋玉作品分成这样三个阶段,有没有客观依据呢?这一点,我想也可以从作品本身找到回答。三篇"对问",作于宋玉初侍襄王时,作品中交代得很清楚。当时宋玉刚经人介绍而被襄王用为"小臣"。而且襄王对宋玉并不很重视,既挑剔他的为人,又不用他的谋划,使宋玉"意气不得,形于颜色",这当然是他的年轻时期。到写《登徒子好色赋》与《讽赋》时,他依然是壮盛之年,否则就不会出现登徒子攻击他"体貌闲丽"。况且他自称"东家之子"登墙窥看他三年,然而他还未答应她的婚事。到了写《高唐赋》和《神女赋》时,宋玉显然已取得襄王的信任,随时陪同身旁,进行文学创作了,这应该是在侍候襄王多年以后的事了。当然,作品中的描述未必完全和生活中的情形相一致。但就宋玉的这些作品而言,恐怕还不属于这种情形。年轻人往往难以理解老年人的心态,而"老夫聊发少年狂"固然也有,但狂态毕竟也是大相径庭的,这些是不难从作品中加以体会出来的。

章学诚在论赋时曾经这样指出:

> 古之赋家者流,原本诗骚,出入战国诸子。假设问对,庄列寓言之遗也;恢廓声势,苏张纵横之体也;排比谐隐,韩非《储说》之属

也;徵材聚事,《吕览》类辑之义也。虽其文逐声韵,旨存比兴,而深探本原,实能自成一子子学;与夫专门之书,初无差别。(《校雠通义·汉志诗赋第十五》)

章氏此论,就探求赋体作品的源流而言,实在比刘勰要高明得多。刘勰在《文心雕龙·论赋》篇中,仅简单地说:"然赋也者,受命于诗人,拓宇于楚辞也。"他只是说了"赋"从诗的六义之一演变而成为一种新文体的过程。章氏能从诗骚和战国散文两个方面探求赋体作品产生的客观条件,并以战国诸子散文的艺术表现手法同赋作的特点作了横向对比,对我们认识赋体文学产生的背景具有重要的意义。在《文史通义·诗教上》篇中,他还对战国之文的时代特色作了精彩的叙述,他说:

战国之文,既源于六艺,又谓多出于《诗》教,何谓也? 曰:战国者,纵横之世也。纵横之学,本于古者行人之官。观春秋之辞命,列国大夫,聘问诸侯,出使专对,盖欲文其言以达旨而已。至战国而抵掌揣摩,腾说以取富贵,其辞敷张而扬厉,变其本而加恢奇焉,不可谓非行人辞命之极也。孔子曰:"诵诗三百,授之以政,不达;使于四方,不能专对,虽多奚为?"是则比兴之旨,讽谕之义,固行人之所肄也。纵横者流,推而衍之,是以能委折而入情,微婉而善讽也。九流之学,承官曲出于六典,虽或原于《书》《易》《春秋》,其质多本于礼教,为其体之有所该也。及其出而用世,必兼纵横,所以文其质也。古之文质合于一,至战国而各具之质。当其用也,必兼纵横之辞以文之,周衰文弊之效也。故曰:战国者,纵横之世也。

章氏这段话,虽是对整个战国之文所具有的特质所作的说明,也可以看成是对赋作特质的说明,因为赋同样是"战国之文"中的一种。产生于这个时代的宋玉赋,其中许多篇章,我们确实都看到"其辞敷张而扬厉,变其本而加恢奇","委折而入情,微婉而善讽"的特色。古代的一些学者,由于对这种特色认识不清,因而对表现这种特色尤其明显的赋作如

《钓赋》大加贬斥，认为它有纵横家之气，所以不值得一提，这是很不恰当的评价。

从上述分析中，我们清楚地看到，宋玉正是在我国诗、骚传统的哺育下，融会了战国诸子之学的长处，和唐勒、景差等人共同辛勤耕耘，筚路蓝缕，终于自创文学新体，完成了确立赋体文学的过程，从而对我国文学创作的发展作出了不可磨灭的贡献。由于景差的赋作早佚，唐勒的作品也不多，不久也亡佚了。因此，从后代文学家所受到的影响而言，宋玉无可争辩地远远超过唐勒和景差等。正是这种客观事实，确立了宋玉本人在我国文学史上的突出地位，他所以被称为我国赋体文学之祖，并得以和屈原并称于文坛，其原因也正在于此。

近百年来，由于受到所谓真伪问题的困扰，使得宋玉研究长期停留在浅层次上，大量问题没有人进行研究，现在应该是到了改变这一状况的时候了，愿更多有志者努力耕耘，以获得丰硕的成果。

写于1989年6月

## ■ 作者简介

汤漳平，1946年生，男，福建云霄人。闽南师范大学教授，《中州学刊》原社长，研究员，主要从事中国古代文学研究。

# 陆时雍《楚辞疏》《诗》《骚》关系探微

## 罗剑波 赵 月

(复旦大学 中文系,上海 200433)

**内容提要** 陆时雍《楚辞疏》是明代后期较为重要的《楚辞》论著,在整个《楚辞》学史上也有其独特的地位。在书中,陆氏对《诗》《骚》关系即两者之同异多有论述,值得关注。大体而言,陆时雍以《楚辞》与《诗经》风格不同却本质相似、文义互通,且《诗经》"六义"在《楚辞》中均有体现,故认为《楚辞》与《诗经》有相同的地位。

**关键词** 陆时雍 《楚辞疏》 《诗》 《骚》 关系 同异

《诗经》与《楚辞》的关系,历来颇受关注。陆时雍于《楚辞疏》中对《诗》《骚》之同异多有论述。陆氏以《诗》《骚》相异处多在风格,因《诗》之语平而《骚》之语激,《诗》之旨在温柔敦厚,《骚》之格在婉娈悱恻。于此之外,陆时雍又多承继王逸《楚辞章句》、洪兴祖《楚辞补注》、朱熹《楚辞集注》中对《诗》《骚》关系的阐述,以《诗》《骚》相通处有三:其一在功用,《骚》之语激非出于怨怼不平,而全出于忠君爱国之至,故《离骚》作而忠义明,与《诗》一样可使世知有人伦之教,此与朱熹观念相类;其二在文义,《骚》之义与《诗》之义多有互见相通之处,故可借《诗》以释《骚》,此与王逸、洪兴祖一脉;其三在六义(赋、比、兴、风、雅、颂)之运用,朱熹曾言,《骚》中篇目就其创作意旨多类于"颂",就其文辞章句则类于"风";陆时雍进一步提出《楚辞》"变风为歌,变而不降",且《骚》亦常运用"赋、比、兴"之手法,《骚》之赋比兴,在文献可征的情况下,最早由王逸于《楚辞章句》中阐发,至朱熹《楚辞集注》提出"赋比兴杂出"的观念,陆氏承袭之余,亦指出王逸说法的不当之处,又承继朱熹说法,谓《骚》中有"比、赋杂出者,有赋中兼比,比中兼赋者"。

## 一、《诗》《骚》本同而末异

《诗经》与《楚辞》之差异,多在风格。陆时雍好友周拱辰在为《楚辞疏》作叙时即称:"《离骚》之视《诗》异矣。忧怀郁伊,感愤激昂,其言上述邃古,下讥当世,悟君念国,九死未悔,乃说者以《梼杌》为史,《离骚》为变风。"①周拱辰以《离骚》与《诗经》的差异,在《离骚》重在抒发作者忧愤抑郁的心情,呈现出感愤激昂的特征,因而可称为"变风"。陆时雍在评价《诗经》与《楚辞》的差异时,与周拱辰有颇多相似之处。陆时雍曰:

> 余观于《骚》而知《诗》之所以变也。和平之失,沿而哀怨,哀怨之极,至于凄洒。人喜斯陶,陶斯咏,咏斯怿,怿斯愠,愠斯哀,哀斯困,君子读《离骚》而知楚国之将亡也。②
>
> 温柔敦厚,《诗》之教也;婉娈悱恻,《离骚》之旨也……知其不然而未敢绝望者,厚道也;思之不得,但流涕以从之,而未尝有一言怨及之者,爱之至也。③
>
> 《诗》人语平,《骚》人语激,然《离骚》作,而色亦加庄,语亦加和。读之者第觉其缱绻绸缪,而不见有忿怼抗厉,则所以继风雅而起者,良不虚耳。④
>
> 夫《骚》之不平,愈于郑卫慆淫远矣,《诗》亡而《骚》兴,《骚》兴,

---

① 陆时雍:《楚辞疏》,明天启间缉柳斋刻本,第一册。
② 同上。
③ 同上。
④ 同上。

世知有人伦之教,诚使其乱政波俗荒淫谖慝之间,为君若臣,《骚》何可一日无也?《诗》能废也,即《骚》可不存已夫。①

由以上四则材料,可知陆时雍对《楚辞》与《诗经》关系的认知:其一,《楚辞》与《诗经》所呈现出来的风格有差异。《楚辞》是《诗》之变体,《诗经》平和中正,《楚辞》哀怨之极;《诗经》温柔敦厚,《楚辞》婉娈悱恻;《诗经》语言朴质,《楚辞》语言激切。因此,就文本风格言之,《楚辞》呈现出更为激烈凄怆的风貌,与《诗经》之温柔敦厚不甚相似。其二,陆时雍在此基础上,又言《楚辞》与《诗经》在本质上的相似之处。陆氏认为,屈原知怀王与己之心意不同,却不敢对楚王绝望,此全是出于屈子内心的温柔敦厚之意;屈原被放,心念君王,虽得不到君王的赦免和理解,却不敢对君王有怨,此全是出于一派忠君爱国之心。因此,读者细览《楚辞》之文,只觉有缱绻深情,却不见有忿怼抗厉。概论之,则知《楚辞》与《诗经》虽有文本风貌上的差异,就其本质而言,却与《诗经》之温柔敦厚一脉相承,可谓"继风雅而起者"。

由此,陆时雍认为,读屈赋则可知世有人伦,于教化世道人心有益。这一观念其实与朱熹所持论有共通之处。朱熹尝于《楚辞集注》中言:

> 右楚辞集注八卷,今所校定,其第录如上。盖自屈原赋离《骚》而南国宗之,名章继作,通号"楚辞",大抵皆祖原意,而《离骚》深远矣。窃尝论之:原之为人,其志行虽或过于中庸而不可以为法,然皆出于忠君爱国之诚心。原之为书,其辞旨虽或流于跌宕怪神、怨怼激发而不可以为训,然皆生于缱绻恻怛、不能自已之至意。虽其不知学于北方,以求周公、仲尼之道,而独驰骋于变风、变雅之末流,以故醇儒莊士或羞称之。然使世之放臣、屏子、怨妻、去妇,抆泪讴吟于下,而所天者幸而听之,则于彼此之间,天性民彝之善,岂不足以交有所发,而增夫三纲五典之重?②

---

① 陆时雍:《楚辞疏》,明天启间缉柳斋刻本,第一册。
② 朱熹:《楚辞集注》,上海古籍出版社,1979年版,第2页。

朱熹认为，屈原为人，虽然并不完全符合儒家"中庸"的要求，却有忠君爱国之诚心；屈原为文，虽然言及怪力乱神而又怨怼激切，却全是出自对国对君的情意。读屈子文章，能使世人感慨落泪，亦能发人至善之心，因而与《诗经》一样，于教化有益。

陆时雍《楚辞疏》对《楚辞》与《诗经》关系的认识，与朱熹有相似处。但若细加比较，仍有差异。陆时雍曰：

> 夫子一日作，即《诗》一日未亡也。《离骚》变风为歌，变而不降，其言则缊缊尔，其衷则缉缉耳……《离骚》作而忠义明。①

由此可知，朱熹仍是以《楚辞》为"变风、变雅之末流"，然陆时雍则点明《楚辞》虽于《诗经》有变，却与《诗经》本质相同，因而"变而不降"。

综上可知，陆时雍《楚辞疏》对《诗经》与《楚辞》关系的认知，一方面在二者之风格差异：《楚辞》语言激切，《诗经》语言平缓；《楚辞》哀伤凄怆，《诗经》温柔敦厚。另一方面，则在二者之本质相似：读《楚辞》之文，不见其怨怼，只见其深情，皆因屈原心中有敦厚之意、爱君之情。因此，《楚辞》与《诗经》一样，可使世人知人伦之教。考陆时雍对《诗》《骚》同异的认识，实则与朱熹有相似处，然朱熹仍以《楚辞》为"变风"、"变雅"之末流，陆时雍则以《楚辞》变而不降，是继《风》《雅》而起者，此又是朱、陆二人之相异处。

## 二、《诗》《骚》文义互见论

陆时雍既以《诗经》与《楚辞》有相通之处，在阐释《楚辞》篇目大旨时，即借《诗经》对《楚辞》文义加以疏通。陆氏尝释《远游》一篇曰：

> 《远游》，其荡思也。荡思自娱，漫兴遣愁。《诗》曰："我姑酌彼兕

---

① 陆时雍：《楚辞疏》，明天启间缉柳斋刻本，第一册。

觥,维以不永伤。"又曰"逢此百罹,尚寐无吪",惟罪与梦,良于解忧。则《远游》之作,实瀛岛之一梦也。此梦不醒,原固可以泽畔老矣。天下愚者善乐,智者善愁。邪者自便,正者自苦。此千载之一调也。①

为解《远游》章旨,陆时雍引《诗》两处。首篇出自《诗经·周南·卷耳》:

采采卷耳,不盈顷筐。嗟我怀人,置彼周行。
陟彼崔嵬,我马虺隤。我姑酌彼金罍,维以不永怀。
陟彼高冈,我马玄黄。我姑酌彼兕觥,维以不永伤。
陟彼砠矣,我马瘏矣,我仆痡矣,云何吁矣。②

《卷耳》一篇,起自女子采摘卷耳不得满筐,全因思念从军的心上人。随后,画面转入远征的男子,因攀爬崔嵬高山,马匹疲极而病,只得在酒器中斟满酒,借一醉暂且消除长久弥漫于心的哀伤。然观《诗》之最后,则知任何企图消除愁思的方式,在现实面前都是无力的,远游之人终是摆脱不了忧伤叹息。

陆时雍所引第二篇,出自《国风·王风·兔爰》:

有兔爰爰,雉离于罗。我生之初,尚无为;我生之后,逢此百罹。尚寐无吪!
有兔爰爰,雉离于罦。我生之初,尚无造;我生之后,逢此百忧。尚寐无觉!
有兔爰爰,雉离于罿。我生之初,尚无庸;我生之后,逢此百凶。尚寐无聪!③

---

① 陆时雍:《楚辞疏》,明天启间缉柳斋刻本,第一册。
② 毛亨传,郑玄笺,孔颖达疏,陆德明释音:《毛诗注疏》,上海古籍出版社,2013年版,第46页。
③ 同上,第359页。

《毛诗》有序曰:"《兔爰》,闵周也。桓王失信,诸侯背叛,构怨连祸,王师伤败,君子不乐其生焉。"①全篇以兔、雉起兴,言己在幼年之时尚且未遭祸患,却在成年之后历尽苦难灾祸,因而只得发出沉重的哀叹:在如此乱世生活,不如长睡不复醒来。

复观屈原《远游》一篇,其上天远游,访子乔,见东帝,漱正阳之气,憩神鸟之穴,雷神为之向导,风神为之开路,凡此种种,皆是欣悦迷醉之事,然屈原却于开篇处言:"悲时俗之迫阨兮,愿轻举而远游。"②则知作者之远游,本是对时俗不得已的逃避,近似于《国风·王风·兔爰》中"尚寐无吪"的呼号;且文中在描绘远游之景时又言:"涉青云以泛滥游兮,忽临睨夫旧乡。仆夫怀余心悲兮,边马顾而不行。思旧故以想象兮,长太息而掩涕。"③则知屈子借远游以排解心中愁苦,却在俯瞰故乡时徘徊不前、长叹掩涕,一如《诗经·周南·卷耳》中借酒排解伤悲的男子,仍然逃不了"云何吁矣"。陆时雍借《诗经》两篇,对《远游》之旨作了准确的阐释,认为《远游》乃屈原为排解内心伤痛而强打精神的瀛岛之梦,然此梦一醒,仍摆脱不了心中愁苦。就文义言之,则与《诗经·周南·卷耳》与《国风·王风·兔爰》两篇相通,陆氏此举,是引《诗》以释《骚》。

引《诗》以释《骚》,实发端于王逸《楚辞章句》。汉代学者,以《诗》《骚》互比者甚众。班固《汉书·艺文志》尝曰:"大儒孙卿及楚臣屈原离谗忧国,皆作赋以风,咸有恻隐古诗之义。"④即是以《诗》《骚》有共通处。在此背景之下,王逸亦按照汉儒解《诗》的原则诠解《楚辞》,以《楚辞》与《诗经》一样,多有讽谏之义,如其为《招魂》作小序曰:

《招魂》者,宋玉之所作也。招者,召也。以手曰招,以言曰召。魂者,身之精也。宋玉怜哀屈原忠而斥弃,愁满山泽,魂魄放佚,厥

---

① 毛亨传,郑玄笺,孔颖达疏,陆德明释音:《毛诗注疏》,上海古籍出版社,2013年版,第359页。
② 陆时雍:《楚辞疏》,明天启间缉柳斋刻本,第四册。
③ 同上,第五册。
④ 班固:《汉书》,中华书局,2007年版,第342页。

命将落,故作招魂,欲以复其精神,延其年寿,外陈四方之恶,内崇楚国之美,以讽谏怀王,冀其觉悟而还之也。①

由此可知,王逸受汉儒解《诗》的影响,认为《楚辞》与《诗经》相似,乃"依经立义",以讽谏君上为旨归。由此,王逸在训诂《楚辞》字词时常引五经,而对于《诗经》的引用尤多。现列简表对王逸所引条目数量作一记录:

| 《楚辞》篇目 | 引《诗》条数 |
| --- | --- |
| 《离骚经章句第一》 | 13条 |
| 《九歌传章句第二》 | 10条 |
| 《九章传章句第三》 | 11条 |
| 《招魂传章句第九》 | 9条 |
| 《九叹传章句第十六》 | 35条 |

考察《楚辞章句》全书,可知王逸引《诗经》以释《楚辞》主要体现在以下三个方面:

其一,以《诗经》与《楚辞》中的文字词义互作考证。如"帝高阳之苗裔兮,朕皇考曰伯庸"②,王逸释曰:"朕,我也。皇,美也。父死称考也。《诗》曰:'既右烈考'。"③此是以《周颂·雝》中之"考"与《离骚》之"考"互见。

其二,引《诗经》解释《楚辞》中的句义。如《离骚》有言:"忽奔走以先后兮,及前王之踵武。"④王逸释曰:"(屈原)言己急欲奔走先后,以辅翼君者,冀及先王之德,继续其迹,而广其基也。奔走先后,四辅之职也。《诗》曰:'予曰有奔走,予曰有先后。'是之谓也。"⑤此是以《大雅·绵》中语句,解释《楚辞》"忽奔走以先后"的含义。

---

① 王逸:《楚辞章句》,上海古籍出版社,2017年版,第202页。
② 同上,第2页。
③ 同上,第3页。
④ 同上,第5页。
⑤ 同上,第7页。

其三,引《诗经》解释《楚辞》中所用之典。如《天问》有言:"昏微循迹,有狄不宁。何繁鸟萃棘,负子肆情?"①王逸以此句是讽晋大夫解居父,并释曰:"言解居父聘乎吴,过陈之墓门,见妇人负其子,欲与之淫泆。肆其情欲。妇人则引《诗》刺之曰:'墓门有棘,有鸮萃止。'故曰'繁鸟萃棘'也。'墓门有棘',虽无人,棘上犹有鸮,汝独不愧也?"②王逸以屈原此问出自《陈风·墓门》,故引之以诠解屈子所用之典。

王逸之后,洪兴祖《楚辞补注》旁征博引,对《诗经》的引用大为增加,概而论之,其引用可分为以下几类:其一,引《诗经》与《楚辞》间的字义词义互释互证。《离骚》有云:"何昔日之芳草兮,今直为此萧艾也。"③洪兴祖补释曰:"《诗》云'彼采萧兮,彼采艾兮。是也。'"④《九歌·湘夫人》有云:"九嶷缤兮并迎,灵之来兮如云"⑤,洪兴祖补释曰:"《诗》云:有女如云。言众多也。"⑥《九歌·少司命》又云:"秋兰兮青青,绿叶兮紫茎。"⑦洪兴祖补释曰:"《诗》云:绿竹青青。青青,茂盛也,音菁。"⑧以上诸例,皆是举《诗经》以释《楚辞》字义、词义之证。其二,引《诗》以明《楚辞》中所用之典,并解释句子含义。《天问》有云:"稷维元子,帝何竺之?"⑨后稷生而仁贤,天帝为何独独待之亲厚?为解此句,洪氏补注言:"'《诗》曰:厥初生民,时维姜嫄。生民如何,克禋克祀,以弗无子。履帝武敏,攸介攸止。载震载夙。载生载育,时维后稷。'注云:'姜嫄之生后稷,乃禋祀上帝于郊禖,而得其福。'"⑩此例是洪兴祖以《诗经》而明《楚辞》所用之典,以姜嫄生后稷,乃是祭祀郊禖求得,因而后稷得上天庇佑,生而仁贤。其三,揭示《楚辞》中的部分语句

---

① 王逸:《楚辞章句》,上海古籍出版社,2017年版,第77页。
② 同上,第80页。
③ 洪兴祖:《楚辞补注》,中华书局,2015年版,第31页。
④ 同上,第31页。
⑤ 同上,第54页。
⑥ 同上,第54页。
⑦ 同上,第57页。
⑧ 同上,第57页。
⑨ 同上,第88页。
⑩ 同上,第88页。

是由《诗经》中化用而来。如《九歌·山鬼》"乘赤豹兮从文狸"①,洪兴祖补曰:"《诗》曰:'赤豹黄罴'。"②此处引《诗经》,非为解释"赤豹"一词的含义,而是表明《山鬼》里的句子或从《诗经·大雅·韩奕》中化用而来。概论之,洪兴祖引《诗经》以释《楚辞》者甚多,然就其具体运用来看,大体与王逸相类,唯其以《楚辞》语句有从《诗经》处化用者,此是王逸所未及之处。

朱熹《楚辞集注》仍延续《诗》《骚》互释的方式,但就其具体运用来看,多是纠正旧注之误而附以己见。朱熹尝释"若英"一词曰:"若英,若,即如也,犹《诗》言美如英耳。注以若为杜若,则不成文理矣。"③此是借《诗经》以释"若英"之义,并以《诗》为据,纠正前人讹误。此外,朱熹亦尝以《楚辞》为据反观《诗经》,在前人的基础上提出对《诗经》的正确理解。《楚辞辨证·大招》言:

> 周颂"陟降庭止",传注训庭为直,而说之云:文王之进退其臣,皆由直道,诸儒祖之,无敢违者。而颜监于《匡衡传》所引,独释之曰:"言若有神明临其朝廷也。"盖匡衡时未行毛说,颜监又精史学,而不梏于专经之陋,故其言独能如此,无所阿随,而得经之本指也。余旧读《诗》而爱颜说,然尚疑其无据,及读此词,乃有"登降堂只"之文,于是益信"陟降庭止"之为古语,其义审如颜说而无疑也。④

此是以《大招》"三公穆穆,登降堂只"之文,佐证颜监、匡衡对周颂"陟降庭止"的解释。

以此观之,王逸、洪兴祖、朱熹多以《诗》《骚》互释,但重点着眼于引《诗》以解释《楚辞》中的字词含义及所用典故,并借以疏通文义。陆时雍则不然,其于《楚辞疏》中引《诗》释《骚》,并不在训诂字词含义,而在

---

① 洪兴祖:《楚辞补注》,中华书局,2015年版,第63页。
② 同上,第63页。
③ 朱熹:《楚辞集注》,上海古籍出版社,1979年版,第186页。
④ 同上,第205页。

揭示《楚辞》与《诗经》在立意上的互通处,以纠正前人"训诂有余而发明不足"的弊病。

综上所述,陆时雍在《楚辞疏》中,以《诗经》与《楚辞》文义互通,故借《诗经》以阐明《楚辞》章旨句义。以《诗》释《骚》,当始于汉代,王逸《楚辞章句》即多有应用,不仅依《诗》评《骚》,认为《楚辞》诸篇风刺上政,还引《诗经》解释《楚辞》中的词义、句义及典故含义。洪兴祖《楚辞补注》与朱熹《楚辞集注》延续《诗》《骚》互见的方式,洪氏引《诗经》之处较王逸大大增加,然仍不出解释词句与典故,唯一不同者,在洪兴祖有意识地挖掘《楚辞》中化用《诗经》的句子。朱熹引《诗经》以释《骚》处不如王、洪两家多,其目的多是以《诗》《骚》为据,纠正前人注疏中的舛讹之处。陆时雍引《诗》以释《骚》,当是从三家注疏中承继而来,然偏重有异。三家注疏以《诗》释《骚》,偏于训诂考证;陆时雍以《诗》释《骚》,偏于揭示《诗》《骚》立意的相通之处。陆氏尝于《楚辞条例》中曰:

> 郭象之注《庄子》,王逸之注《离骚》,工拙虽殊,要皆自下语耳,于所注无与也。朱晦翁句解字释,大便后学,然《骚》人用意幽深,寄情微眇,觉朱注于训诂有余而发明未足。余为之抉隐通微,使读者了知其意,世无憎衷,亦余心之大快耳。①

则可知陆时雍著《楚辞疏》,重在发明作者的幽深用意,使世之读者无所疑惑,故其以《诗》释《骚》之时,非重在借《诗经》训诂字词,而是援引《诗经》发明章旨,此是其与三家注本不同之处。

## 三、《楚辞》中的"六义"

前文已述,陆时雍《楚辞疏》以《楚辞》"变风为歌,变而不降"②,换

---

① 陆时雍:《楚辞疏》,明天启间缉柳斋刻本,第二册。
② 同上,第一册。

言之,则是认为《楚辞》中的篇目与以十五国风为代表的《诗经》篇目有所差异,但却同样具有很高的地位。

把《楚辞》与六义中的"风、雅、颂"作具体深入的连接,当始于朱熹《楚辞集注》。朱熹尝为《九歌》作序曰:

> 楚俗祠祭之歌,今不可得而闻矣。然计其间,或以阴巫下阳神,或以阳主接阴鬼,则其辞之亵慢荒淫,当有不可道者。故屈原因而文之,以寄吾区区忠君爱国之意,比其类,则宜为《三颂》之属;而论其辞,则反为《国风》再变之《郑》《卫》矣。①

在朱熹看来,《九歌》因寄托了屈原的忠君爱国之意,而《诗经》中的"颂"从本质上来说是一致的;而《九歌》的文辞,则类似于国风中的《郑风》、《卫风》。

此外,《楚辞集注·离骚》序言中,有淮南王刘安的评语:"国风好色而不淫,小雅怨诽而不乱,若《离骚》者,可谓兼之矣。"②刘安认为《离骚》兼有《风》《雅》之美,朱熹注曰:

> 按《周礼》:太师掌六诗以教国子,曰风、曰赋、曰比、曰兴、曰雅、曰颂,而《毛诗·大序》谓之六义,盖古今声《诗》条理,无出此者,《风》则闾巷风土男女情思之词,《雅》则朝会燕享公卿大人之作,《颂》则鬼神宗庙祭祀歌舞之乐,其所以分者,皆以其篇章节奏之异而别之也……不特《诗》也,楚人之词,亦以是而求之,则其寓情草木,托意男女,以极游观之适者,变《风》之流也;其叙事陈情,感今怀古,以不忘乎君臣之义者,变《雅》之类也。至于语冥婚而越礼,摅怨愤而失中,则又《风》、《雅》之再变矣。其语祀神歌舞之盛,则几乎《颂》,而其变也,又有甚焉。③

---

① 朱熹:《楚辞集注》,上海古籍出版社,1979年版,第29页。
② 同上,第2页。
③ 同上,第2、3页。

在朱熹看来,《楚辞》中寓情草木、托意男女的篇目当为"变风";叙事陈情、感今怀古,不忘君臣之义的篇目,当为"变雅";描写祭祀鬼神中歌舞之盛的篇目,则类于《颂》。

观晦翁之言,则知陆时雍认为《楚辞》"变风为歌,变而不降"的观念非凭空而来。此外,朱熹也曾对《诗经》六义中的"赋、比、兴"作过具体的阐释:

> 赋者,敷陈其事而直言之者也;
> 比者,以彼物比此物也;
> 兴者,先言他物以引起所咏之词也。①
> 直指其名,直叙其事者,赋也;本要言其事,而虚用两句钓起,因而接续去者,兴也;引物为况者,比也。②

但是,探讨《楚辞》中的"赋、比、兴",则早在王逸《楚辞章句》里即有发端。刘勰《文心雕龙·辨骚》曰:"王逸以为诗人提耳,屈原婉顺,《离骚》之文,依经立义"③,考《楚辞章句》全文,则知王逸以《楚辞》与《诗经》一样多用"比",故其重在发掘《楚辞》文词之下的比喻义。如《离骚》"荃不揆余之中情兮,反信谗而齌怒"④,王逸注曰:"荃,香草,以喻君也"⑤;《离骚》"乘骐骥以驰骋兮,来吾道夫先路"⑥,王逸注曰:"骐骥,骏马也,以喻贤智。言乘骏马,一日可致千里。以言任贤智,则可成于治也。"⑦《离骚》"惟草木之零落兮,恐美人之迟暮"⑧,王逸注曰:"迟,晚

---

① 见朱熹《诗集传》对《诗经·周南·葛覃》《诗经·周南·螽斯》《诗经·周南·关雎》篇的诠释。
② 黎靖德编:《朱子语类》第六册卷八十,中华书局,1986年版,第2067页。
③ 刘勰著,范文澜注:《文心雕龙注》,人民文学出版社,1958,第46页。
④ 王逸:《楚辞章句》,上海古籍出版社,2017年版,第5页。
⑤ 同上,第7页。
⑥ 同上,第2页。
⑦ 同上,第5页。
⑧ 同上,第2页。

也。美人,谓怀王也。人君服饰美好,故言美人也。"①

洪兴祖《楚辞补注》对王逸多有承继,仍重在发掘《楚辞》中的比喻义,如前文提及《离骚》"惟草木之零落兮,恐美人之迟暮"一句,洪兴祖补曰:"屈原有以美人喻君者,'恐美人之迟暮'是也;有喻善人者,'满堂兮美人'是也;有自喻者,'送美人兮南浦'是也。"②《离骚》"忽反顾以流涕兮,哀高丘之无女"③,洪兴祖补曰:"《离骚》多以女喻臣,不必指神女。"④《九歌》"闻佳人兮召予,将腾驾兮偕逝"⑤,洪兴祖补曰:"佳人以喻贤人,与己同志者。"⑥

至朱熹《楚辞集注》,对"赋、比、兴"的阐发,则主要集中在两方面:其一,全面分析了《楚辞》对赋、比、兴的运用:

> 其为赋,则如《骚经》首章之云也;比,则香草恶物之类也;兴,则托物兴词,初不取义,如《九歌》"沅芷澧兰",以兴"思公子而未敢言"之属也。然《诗》之兴多而比、赋少,《骚》则兴少而比、赋多。要必辨此,而后词义可寻,读者不可以不察也。⑦

在朱子看来,《诗经》之中兴多而比、赋少,《楚辞》之中兴少而比、赋多,然《楚辞》与《诗经》一样,对"赋、比、兴"均有运用。因此,对于前人注疏仅就"比"大加阐述的现象,朱熹持批评态度:

> 盖以君臣之义而言,则其全篇皆以事神为比,不杂它意。以事神之义而言,则其篇内又或自为赋、为比、为兴,各有当也。然后之读者,昧于全体之为比,故其疏者以它求而不似,其密者又

---

① 王逸:《楚辞章句》,上海古籍出版社,2017年版,第5页。
② 洪兴祖:《楚辞补注》,中华书局,2015年版,第5页。
③ 同上,第23页。
④ 同上,第23页。
⑤ 同上,第52页。
⑥ 同上,第53页。
⑦ 朱熹:《楚辞集注》,上海古籍出版社,1979年版,第2页。

直致而太迫,又其甚则并其篇中文义之曲折而失之,皆无当日吟咏情性之本旨。①

朱熹提出,读者多专注于《楚辞》中的君臣之义,以全篇皆比,不杂他意,而忽略了对《楚辞》的全面把握,对篇内赋、比、兴的应用理解不足,或疏或密,无法贴近于《楚辞》吟咏性情的本旨。

其二,对前人注疏分析六义的舛讹之处,加以辨证。如于《离骚经》曰:

> 王逸曰:"《离骚》之文,依《诗》取兴,引类譬喻。故善鸟香草,以配忠贞;恶禽臭物,以比谗佞;灵修美人,以媲于君;宓妃佚女,以譬贤臣;虬龙鸾凤,以托君子;飘风云霓,以为小人。"今按逸此言,有得有失。其言配忠贞、比谗佞、灵修美人者,得之;盖即《诗》所谓比也。若宓妃佚女,则便是美人,虬龙鸾凤则亦善鸟之类耳,不当别出一条,更立它义也。飘风云霓,亦非小人之比。逸说皆误。②
> 卒章琼枝之属,皆寓言耳,注家曲为比类,非也。③

又于《九歌》云:

> 王逸以离居为隐士,补注又以此为屈原诉神之辞,皆失本指。④

复观陆时雍之《楚辞疏》,则知其受朱熹影响极大。陆氏对《楚辞》中"赋、比、兴"的运用也有提及,尝言:"兴起于《诗》,《诗》之失兴者多矣。兴者,感物生情,悠然起兴。若物不称情,何当于兴矣。'沅有芷兮澧有兰,思公子兮未敢言。'才说芷兰,便觉公子,芬馡扑人眉睫。"⑤朱

---

① 朱熹:《楚辞集注》,上海古籍出版社,1979年版,第185页。
② 同上,第173页。
③ 同上,第184页。
④ 同上,第173页。
⑤ 陆时雍:《楚辞疏》,明天启间缉柳斋刻本,第二册。

子曾曰：'如《九歌》'沅芷澧兰'，以兴'思公子而未敢言'之属也。"①由此则可知陆时雍此论，是对朱子之言的深化。

陆时雍亦尝就"六义"的问题，来评判王逸、朱熹二人的注疏：

> （王逸）又曰：《离骚》之文，依《诗》取兴，引类譬喻。故善鸟香草，以比忠贞；恶禽臭物，以比谗佞；灵修美人，以媲于君；宓妃佚女，以譬贤臣；虬龙鸾凤，以比君子；飘风云霓，以为小人。夫香草比芳以自喻也；灵修美人以喻君也；恶草以刺谗也，此说得矣。至鹈鴂先鸣，赋而非比；鸠与雄鸠，以叹良媒之不偶，而非有所刺也；虬龙鸾凤，飘风云霓，以言役使侍卫之盛，若宓妃佚女，则遑遑得君之意而于贤臣何取乎？②

> 《诗》有六义，比兴赋居其三。朱晦翁注《离骚》，依《诗》起例，分比兴赋而释之。余谓《离骚》与《诗》不同。《骚》中有比赋杂出者，有赋中兼比、比中兼赋者，若泥定一例，则意枯而语滞矣，故无取乎此也。③

陆时雍对王逸作评，一方面承认其引类譬喻的正确性，如以善鸟香草以自喻，以灵修美人以喻君，以恶禽臭物以喻谗佞小人，这些说法都足以发明《楚辞》背后的深意；但是，陆氏又以为王逸对部分语句所用修辞有所误判，如"恐鹈鴂之先鸣兮，使夫百草为之不芳"，本该有"赋"，却被王逸错解为"比"；"虬龙鸾凤""飘风云霓"，言侍卫之盛，与"比"无关，却被王逸错解为比喻"君子""小人"。陆氏对王逸的评价，与朱熹对王逸的评价相类，朱熹曾言："若宓妃佚女，则便是美人，虬龙鸾凤则亦善鸟之类耳，不当别出一条，更立它义也。飘风云霓，亦非小人之比。逸说皆误。"④是以"宓妃佚女"非谓"贤臣"，"虬龙鸾凤"非谓"君子"，"飘

---

① 朱熹：《楚辞集注》，上海古籍出版社，1979年版，第185页。
② 陆时雍：《楚辞疏》，明天启间缉柳斋刻本，第二册。
③ 同上。
④ 朱熹：《楚辞集注》，上海古籍出版社，1979年版，第173页。

风云霓"非谓"小人",可见陆时雍的观点有沿袭朱熹之处。

陆时雍对朱熹以"赋""比""兴"分释《楚辞》的做法亦有评价。陆氏认为,《楚辞》之中,有比、赋杂出者,有赋中兼比、比中兼赋者,因此,泥定于"赋""比""兴"中的任何一例都不恰当。清人刘献庭也曾批评朱熹说:"《离骚》注释,不下数十家,独王逸稍胜之。注释名物,尚有可依据者。若考亭本处处以赋、比、兴配之,每四句为一截,遂使气脉断绝,死板呆腐,令人愈读愈惑。故《离骚》之旨意一隐而不复再显者,自考亭始也。"①然细考《楚辞集注》,则可知朱熹对《楚辞》修辞的复杂性早有意识,并非仅仅泥定于"赋比兴"中的一例。如《离骚》"纷吾既有此内美兮,又重之以修能。扈江离与辟芷兮,纫秋兰以为佩"②,朱熹注曰:"赋而比也"③;《离骚》"启九辩与九歌兮,夏康娱以自纵。不顾难以图后兮,五子用失乎家衖"④,朱熹注曰:"自此以下,皆比而赋也。"⑤《九歌·云中君》"石濑兮浅浅,飞龙兮翩翩,交不忠兮怨长,期不信兮告余以不闲"⑥,朱熹注曰:"此章兴而比也。"⑦若对《楚辞集注》全书详作统计,可知朱熹对赋、比、兴杂出者较为关注。(详见下表)

| 六　义 | 数　量 | 六　义 | 数　量 |
|---|---|---|---|
| 赋 | 13处 | 比而赋 | 4处 |
| 兴 | 1处 | 兴而比 | 1处 |
| 比 | 15处 | 比而又比 | 1处 |
| 赋而比 | 12处 | | |

---

①　刘献庭:《离骚经讲录·总论》,转引自周殿富《楚辞论》(吉林人民出版社,2003年版,第363页)。
②　朱熹:《楚辞集注》,上海古籍出版社,1979年版,第3页。
③　同上,第3页。
④　同上,第3页。
⑤　同上,第12页。
⑥　同上,第34页。
⑦　同上,第34页。

就此而言,陆时雍对朱熹的批评似有可商榷之处。

综上所述,陆时雍对《楚辞》中六义的认识,受朱熹影响最大。朱熹认为,《楚辞》寓情草木,托意男女,是"变风"之流;《楚辞》叙事陈情,感今怀古,是变《雅》之类;《楚辞》语冥婚而越礼,摅怨愤而失中,是《风》《雅》之再变;《楚辞》语祀神歌舞之盛,则类似于《颂》。陆时雍以《离骚》变风为歌、变而不降,当是由朱熹处生发而来,但并不以《楚辞》为风雅末流,而认为其与《诗经》具有同样地位,此是与朱熹不同处。朱熹又以《楚辞》多有对赋、比、兴的运用,如《离骚》首章则为赋;诸篇中的香草恶物则为比;《九歌》"沅芷澧兰"则为兴,对王逸、洪兴祖仅昧于比的做法加以批评,并对其注疏中的张冠李戴之处加以辨正。陆时雍对"赋比兴"的认识与朱熹有相承之处,如其强调"沅有芷兮澧有兰,思公子兮未敢言",是对"兴"的运用,且其提及的一些王逸错解,也与朱熹对王逸的批评相类。然陆时雍亦尝批评朱熹依《诗》起例,分比兴赋而释之。陆氏认为,《楚辞》中有比、赋杂出者,有赋中兼比、比中兼赋者,若泥定一例,则意枯而语滞。但细考《楚辞集注》,则可知朱熹对于《楚辞》比、赋杂出者有所关注,故陆时雍之批评有不当处。

综上所论,陆时雍《楚辞疏》对《诗经》与《楚辞》关系的认知,主要集中于三个方面:其一,对二者风格差异的认识。《楚辞》语言激切,《诗经》语言平缓;《楚辞》哀伤凄怆,《诗经》温柔敦厚。但是,二者在本质上却是相似的,读《楚辞》之文,不见其怨忿,只见其深情,是因屈原心中有敦厚之意,爱君之情。因此,《楚辞》与《诗经》一样,可使世人知人伦之教。朱熹尝以《楚辞》可发天性民彝之善而增三纲五典之重,陆氏之观念与此相类。

其二,以《诗经》与《楚辞》文义互通,故借《诗经》以阐明《楚辞》章旨句义。以《诗》释《骚》,当始于汉代,王逸《楚辞章句》即多有应用,不仅依《诗》评《骚》,认为《楚辞》诸篇风刺上政,还引《诗经》解释《楚辞》中的词义、句义及典故含义。洪兴祖《楚辞补注》与朱熹《楚辞集注》仍以《诗》《骚》互见,但引《诗》多不出训诂之用。陆时雍引《诗》以释《骚》,当是承继三家注本,然偏重有异。三家注疏以《诗》释《骚》,偏于训诂考证;陆时雍以《诗》释《骚》,偏于发明文义。

其三,对《楚辞》中六义的认识。在这一方面,陆时雍受朱熹影响最大。朱熹认为《楚辞》为"变风""变雅""变颂"之流,陆时雍言《离骚》"变风为歌,变而不降",在承继朱熹观念的同时,肯定了《楚辞》与《诗经》一样的地位。朱熹认为《楚辞》中多有对"赋、比、兴"的运用,对于前人注疏中对"赋比兴"认识不当之处加以辨正,陆时雍皆有吸收。然其批评朱熹泥定一例、意枯语滞,却忽略了朱熹对《楚辞》比、赋杂出者早有关注,故其对朱熹的批评尚有可商榷之处。

■ **作者简介**

罗剑波,1979年生,男,山东郓城人,复旦大学中文系教授,从事中国古典文学及文论研究。

赵月,复旦大学中文系研究生。

# 《楚辞订注》作者许清奇生平及作品考

## 徐　敏　许富宏

（南通大学文学院　江苏南通　226019）

**内容提要**　许清奇主要活动于清乾隆时期，字赏夫，号象峰，福建漳州府南靖县人，弱冠拔贡，而立前中举，晚年莅任汀州府归化县教谕。著有《楚辞订注》、《周易明象》、《汇例杂论》等书，其中流传最久的当属《楚辞订注》，至于其他作品，已未有完本。至于许清奇本人，因《楚辞订注》而留名于世，虽然今人少有论及，但清代著名官员、学者官献瑶与《四库全书总目提要》皆从正面肯定了其学术成就。

**关键词**　许清奇　生平　官献瑶　金德瑛　黄日纪

　　清康乾期间，辑注《楚辞》者颇多，许清奇即为其中的代表。此人在历史上留影甚少，与其在《楚辞》学史上的地位相比不甚相称。关于其生平事迹，《四库全书》所录《天玉经》一书的提要中，有言道："《内传》首言江东一卦，江西一卦，南北八神一卦，术者罕通其说。近时潘思榘作《天玉经笺》，许清奇作《天玉经注》，始推绎下文有父母三般卦，又有'天卦江东掌上寻'之语，疑所谓江东者即天卦，所谓江西者即地卦，所谓南北者即父母卦。"①以此肯定了许清奇在注解《天玉经》上的成就。许清

---

① 《四库全书总目》，中华书局，1965年版，第922页。

奇著有《周易明象》，清代官员、学者官献瑶①曾为其作序，并在序中赞其"好学而求得于心，遇疑难之书辄能缘委而竟端，因此而证彼"②，称其在《易》象上能得意旨，且微言精义。此外，《清史稿艺文志及补编》中，楚辞类下明确录有许清奇《楚辞订注》一书。③ 因此，许清奇在清代楚辞学史上的成就值得我们对其人做进一步研究。

今人论著中谈及许清奇，关于表字、籍贯，历来说法一致。如姜亮夫在《楚辞书目五种》中提到："清奇，字赏夫，清闽漳州人。"④周建忠在《五百种楚辞著作提要》中的说法亦是如此。以及饶宗颐《楚辞书录》："《楚辞订注》四卷，清闽漳许清奇订。"⑤又李学勤、吕文郁所主编的《四库大辞典》中介绍道："许清奇，字赏夫，福建漳州人。"⑥以及黄灵庚在《楚辞文献丛考》中《楚辞订注及佚名批注》一文中说道："清奇字赏夫，漳州府南靖人。"⑦唯有陈诠据漳州地方文献编集的《海峡两岸开漳圣王文化史料集•开漳篇》，提及了许清奇的其他作品："《周易明象》四卷、《汇例杂论》一卷、《象峰集》。"⑧然而，关于许清奇的生卒年、生平等，前人并未论及，至于科第、作品等，又并非详尽准确。今笔者按清人别集及地方志中所载信息，对今人之论加以补充纠正。

---

① 官献瑶(1703—1782)：字瑜卿，号依园，福建泉州府安溪县人。乾隆元年举人，四年进士，官至翰林院编修、陕甘学政、司经局洗马等。曾受业于漳浦蔡世远、桐城方苞、高安朱轼，长于经学，所著有《石溪文集》十六卷，《诗集》二卷，《读易偶记》三卷，《尚书偶记》一卷，《读诗偶记》二卷，《周官偶记》六卷等书十余种。《清史列传》《清史稿》有传。
② 孙尔准等修，陈寿祺纂，程祖洛等续修，魏敬中续纂：《重纂福建通志》，1871年刻本，卷七十四。
③ 章钰等编，武作成补编：《清史稿艺文志及补编》，中华书局，1982年版，第581页。
④ 姜亮夫：《楚辞书目五种》，中华书局，1961年版，第205页。
⑤ 饶宗颐：《楚辞书录》，东南印务出版社，1956年版，第30页。
⑥ 李学勤，吕文郁主编：《四库大辞典》，吉林大学出版社，1996年版，第2358页。
⑦ 黄灵庚：《楚辞文献丛考》，国家图书馆出版社，2017年版，第1563页。
⑧ 陈诠：《海峡两岸开漳圣王文化史料集•开漳篇》，厦门大学出版社，2014年版，第212页。

## 一、生年及作品考

### (一) 生年及字号考

关于许清奇的生年,诚如上文所言,未见今人有所考证,这个问题亟待解决。在《清代官员履历档案全编》中,辑有许清奇参与乾隆四十二年(1777年)三月月选官时所留存的履历:

> 臣许清奇,福建漳州府南靖县人,年五十六岁,乾隆十五年庚午科举人,候选知县令,轮班拟备。敬缮履历,恭呈御览,谨奏。
> 乾隆四十二年四月　初一　日①

四月月选官事中的履历同上,五月月选官事中所录略有不同:

> 臣许清奇,福建漳州府南靖县人,年五十六岁,乾隆十五年庚午科举人,候选知县令,签掣河南陈州府项城县知县缺。敬缮履历,恭呈御览,谨奏。
> 乾隆四十二年六月　初四　日②

以上履历均明确记载了乾隆四十二年时许清奇已五十六岁,那么,往前推算,许清奇的出生年份便可确定为康熙六十年(1722)。

关于许清奇的卒年,至今也无明确的结论。《清溪福春上官氏家谱》中所辑录的官献瑶"行述",在"行述"之末,落款为"乾隆四十七年壬寅八月年眷世侄许清奇撰"③,据此可知,许清奇的去世时间不早于乾

---

① 秦国经主编:《中国第一历史档案馆藏·清代官员履历档案全编20》,华东师范大学出版社,1997年版,第20册,第595页。
② 秦国经主编:《中国第一历史档案馆藏·清代官员履历档案全编20》,第20册,第615页。
③ 《清溪福春上官氏家谱》,卷十五。

隆四十七年(1782)八月,然而更为具体的时间尚无从得考。

关于许清奇的名、字、号,今人皆说其字赏夫,却对"许清奇"之名未有疑问,也并未提及其号。事实上,许清奇不是原名,而是改过后的名字。且有号行于世。这是《楚辞书目五种》《五百种楚辞著作提要》等书中所未提及过的。

改名一事,可见于许清奇所著《楚辞订注》一书中,该书序后有阳文印"原名许争奇"。① 又光绪《漳州府志》在"乾隆十五年庚午蓝彩琳榜"下录:"许争奇,南靖人,改清奇。"②以及《重纂福建通志》在举人"乾隆十五年庚午蓝彩琳榜"下录:"南靖许争奇:改名清奇,归化教授。"③以上种种都说明许清奇原名许争奇,只是不知他究竟何时改的名。

至于许清奇的号,在乾隆本《楚辞订注》的扉页,有阴文印"象峰",④且清代黄日纪在其《榕林汇咏》中为许清奇撰有小传,言其"字赏夫,号象峰",⑤而郑杰《国朝全闽诗录初集续》中,也作如是说:"清奇,字赏夫,号象峰。"⑥由此可见许清奇号象峰。

总而言之,我们可知许清奇生于1722年,乃清代福建漳州府南靖县人,原名许争奇,字赏夫,号象峰,后改名许清奇,以改后之名行于世。

**(二) 作品考**

许清奇一生所著,其目录散见于清人别集、福建地方志与《四库全书总目提要》中。在刻于乾隆三十五年的《榕林汇咏》中,黄日纪明确说明了许清奇"著有《周易明象》《四书剩义》《楚词订注》等书",其中《楚词订注》即《楚辞订注》。此外,载有许清奇的那几页,其版心书"象峰稿"三字,该书所录其他作者亦是如此——版心皆有所属文人的别集之名。

---

① 许清奇:《楚辞订注》,1755年刻本,卷首。
② 沈定均修,吴联薰纂:《漳州府志》,1877年芝山书院藏版,卷十九。
③ 孙尔准等修,陈寿祺纂,程祖洛等续修,魏敬中续纂:《重纂福建通志》,1871年刻本,卷一百六十三。
④ 许清奇:《楚辞订注》,1755年刻本,卷首。
⑤ 黄日纪:《榕林汇咏》,1770年榕林别墅自刻本,不分卷。
⑥ 郑杰纂:《国朝全闽诗录初集续》,注韩居,1800年刻本,卷九。

因此,《象峰稿》应当是许清奇尚未成书的别集。① 查《重纂福建通志·经籍志》,其下记录了许清奇的《周易明象》四卷,《汇例杂论》一卷与《象峰集》,②民国《福建通志·艺文志》也记录了许清奇的《周易明象》四卷与《汇例杂论》一卷。③ 因此,许清奇可确定的作品有《楚辞订注》《周易明象》《汇例杂论》《四书剩义》《象峰集》五种。

除以上五种之外,查《四库全书总目提要》,其中《天玉经》一书的提要中有"近时潘思榘作《天玉经笺》,许清奇作《天玉经注》"④之说。然而这里所谓的《天玉经注》作者是否即《楚辞订注》的作者许清奇呢?可从以下三个方面考论。其一,《四库全书》始修于乾隆三十八年(1773),四十七年(1782)纂修完毕,且同年汇编完成《四库全书总目提要》。因此,提要中所说的"近时"正是许清奇的主要活动时间,著成《天玉经注》的时间也合得上许清奇的年纪。其二,《四库全书》的总纂官纪昀曾于乾隆二十七年(1762)莅任福建学政,而黄日纪在1770年本的《榕林汇咏》中称许清奇"二十年来独处一室,不交外事"。⑤ 换而言之,纪昀任福建学政时,许清奇也在福建。那么,如果许清奇当时著成了《天玉经注》,身为学政的纪昀很可能予以关注。如此一来,在《四库全书总目提要》中论及许清奇的《天玉经注》便也合情合理。其三,《四库全书》目录中未见与许清奇重名之人。因此,《天玉经注》一书应当也为许清奇所著。

综上可知,许清奇应著有《楚辞订注》《周易明象》《汇例杂论》《四书剩义》《天玉经注》《象峰集》等书。以下将就这几册书的流传情况加以整理说明。

《楚辞订注》,现存乾隆乙亥本。虽未能知晓其确切刊行时间,但许

---

① 黄日纪:《榕林汇咏》,1770年榕林别墅自刻本,不分卷。
② 孙尔准等修,陈寿祺纂,程祖洛等续修,魏敬中续纂:《重纂福建通志》,1871年刻本,卷七十四。
③ 李厚基等修,沈瑜庆、陈衍纂:《福建通志》,1938年刻本,艺文志、易类及别集类下录许清奇作品。
④ 永瑢等撰:《四库全书总目》,中华书局,1965年版,第922页。
⑤ 黄日纪:《榕林汇咏》,1770年榕林别墅自刻本,不分卷。

清奇曾在序中提及"乾隆乙亥岁荔月象峰许清奇题于墨壶小斋",即1755年6月,想来刊印时间也所差不多,因此目前国家图书馆、姜亮夫《楚辞书目五种》、饶宗颐《楚辞书录》皆以乾隆乙亥本称之。此书现被收录于黄灵庚主编的《楚辞文献丛刊》中,由国家图书馆出版社影印出版。

在民国《福建通志·艺文志存目》下,并未载有《周易明象》《汇例杂论》《四书剩义》《天玉经注》与《象峰集》,①由此看来,这几本书在民国时已难见到。其中,在清代学者郭嵩焘《周易异同商》中,辑有许清奇两条佚注,应出自《周易明象》;②郭嵩焘《周易异同商》现收入岳麓书社出版《郭嵩焘全集》中。

至于其他作品,目前只有零散的诗文尚能得窥。其一为诗,两首七律一首五律;其二为文,题为《石溪先生行述》。三首律诗现录于黄日纪《榕林汇咏》之中,依次名为《题榕林别墅》《过榕林别墅赠黄库部》《叶蒐先生以诗相招同诸友宴集榕林别墅》。③ 其中《过榕林别墅赠黄库部》亦可见于清代郑杰《国朝全闽诗录初集续》与民国江煦《鹭江名胜诗钞》之中,只是诗题略有差异。至于许清奇《石溪先生行述》一文,现录于上官氏家谱之中。全文四千六百多字,记述的是同时期官员、学者官献瑶的一生,从出生到去世,事无巨细,其记载之完备,是清代福建地方志及其他官修史书所不能及的,具有相当大的文献价值。

总之,许清奇一生所著,现仅存《楚辞订注》一书,与三首律诗、一篇佚文,以及《周易明象》的几条佚注,其余皆已散佚难考。

# 二、生平考

关于许清奇的生平事迹,今人论著中虽未提及,但从目前所存的地

---

① 李厚基等修,沈瑜庆、陈衍纂:《福建通志》,1938年刻本,艺文志存目下录。
② 郭嵩焘:《郭嵩焘全集》,岳麓书社,2012年版,第二册,第93,244页。
③ 黄日纪:《榕林汇咏》,1770年榕林别墅自刻本,不分卷。

方志及许氏家谱等文献中,我们尚能窥探一二。根据这些资料,许清奇的生平可大致分为科举、入仕、交游三个重要阶段。

### (一) 科举考

据目前所存文献,许清奇的科举阶段主要有两件事:拔贡,举乡试。

贡生是科举制中一种特殊的存在,不是经由童试、乡试、会试、殿试考选出来的,而是针对不同特性的学子加以甄选,再命其到部进行专门的考试,然后授职或贡入国子监,有岁贡、恩贡、拔贡、优贡、副贡、例贡这六种。作为其中之一的拔贡,是从生员中遴选文行兼优者,由学政录送到部,须考经书、策论,且录取名额极少,直省府学二人,州、县学各一人,故其地位属贡生之最。

关于乾隆时期的拔贡一制,《大清会典事例》对此有专门的记述,如乾隆元年:

> 各学政选拔贡生,务秉公考覈,拔取文行兼优之士,不得委任教官,开竞奔之门。到部时仍遵例奏请钦命大臣考试,分别等第,如有文理荒谬者,本生褫革,该学政交部严加议处。考到一等、二等者,九卿会同拣选,由部引见,其中果有卓越之才,自仰邀简用,其三等者停其拣选,照例劄监肄业。凡宗学、义学教习,即于此中考取。三年期满,以知县铨用,其肄业期满者,俟吏部照例铨选。①

简而言之,经学政选拔上来的生员入京之后须得经过考试分等第,其中一、二等可由九卿拣选简用,三等则须留国子监肄业。而到了乾隆二年:

> 嗣后拔贡到部,停其拣选引见,仍由部奏请钦命大臣考试,劄监肄业,如有文理荒谬者,本生及该学政照例议处,其肄业贡生,俟三

---

① 昆冈等修:《大清会典事例》,商务印书馆,1908年版,卷三百八十四,礼部下"拔贡事宜"条。

年期满,其中果有经义治事精通练达、人品卓越学识醇正者,祭酒等官覈实保荐,引见以知县教职简用,其余照例以教职轮班序选。①

以及乾隆八年:

> 嗣后凡拔贡到部,由部验到,即劄国子监会同考试,文理通顺者准为拔贡,留监肄业,荒谬者即行褫革。如文理虽不荒谬,而词句疵累,不称拔贡之选者,发回原籍,仍将该学政分别议处。②

也就是说,至少在乾隆二年至八年间,所有从各地方选拔上来的生员,在国子监参加考试之后,只有"文理通顺者"方可入监肄业,并准为拔贡生,其余一律褫革,视为废贡。那么,许清奇究竟属于哪一种呢?

查乾隆《南靖县志》,其"选举·国朝贡生"下录:"许争奇,(乾隆)六年拔。"③又乾隆《漳州府志》贡生名录中,乾隆六年辛酉榜下有:"许争奇:南靖拔,见科目。"④以及《重纂福建通志》在"选举·国朝贡生"下仍录漳州府南靖县之许争奇。我们可认为许清奇在乾隆六年被选拔入京之后,必然在国子监的考试中名列一等或二等,由此作为准拔贡生入监肄业。

许清奇拔贡之后,时隔九年又中举人,此事在清代官员档案及福建地方志中皆有记载,前文也多有提到。即《清代官员履历档案全编》中"臣许清奇,福建漳州府南靖县人,年五十六岁,乾隆十五年庚午科举人",以及光绪《漳州府志·选举》中乾隆十五年庚午蓝彩琳榜下录有许争奇,《重纂福建通志·选举》中乾隆十五年庚午蓝彩琳榜下录许清奇等等。是以许清奇乃是乾隆十五年(1750)得中福建庚午科举人,时年二十九。此后再无进取。

---

① 昆冈等修:《大清会典事例》,商务印书馆,1908年版,卷三百八十四,礼部下"拔贡事宜"条。
② 同上。
③ 姚循义修:《南靖县志》,1743年刻本,卷五。
④ 李维钰修,官献瑶纂:《漳州府志》,卷二十。

## (二) 入仕考

许清奇的仕途极为简单,但今人论著中也多未提及。作为科举正途出身的许清奇,具备入仕的资格。《清史稿》记载了乾隆初年时对国子监生的要求:"三年期满,祭酒等分别等第,覈实保荐,用知县、教职。"①那么,许清奇从国子监结业以后,按例是应该被授知县、教职缺的,然而从事实来看,他当时并未获得一官半职,而是在很多年之后才步入仕途。

据上文所引《清代官员履历档案全编》中的记载,乾隆四十二年(1777年)春末,许清奇以五十六岁之龄赴京投供,参加了那一年的月选官,历时三个月左右。是年五月份月选官事记载:

> 其知县内,签掣河南项城县知县许清奇,臣等看得该员年力衰庸,难胜知县之任,查系举人出身,相应奏闻请旨,以教职改补。谨将该员附于月选官之末,带领引见,恭候钦定。②

签掣,即掣签,清代月选官事均由掣签选缺。文官任用中,以吏部铨选为基础。首先由各衙门呈报开缺供吏部铨选,根据候选人员赴京投供时的参选材料进行验到复核并排序,然后由吏部掣签定缺,再将名单送给九卿、科道验看,验看合格才能给凭、赴任。③ 简而言之,许清奇原本掣得了河南项城县知县一缺,但最终由于年纪较大,将原本候选知县资格改为教职。而黄灵庚在《〈楚辞订注〉及佚名批注》一文中说许清奇"年五十六岁,方中乾隆十五年庚午科举人"④,这一说法有误。许清奇确然是乾隆十五年中举,但彼时并非五十六岁,应是二十九岁,且五十六岁时乃是上京求官去了。

另外,查《重纂福建通志》,其中汀州府归化县教谕下录:"许清

---

① 赵尔巽等撰:《清史稿》,中华书局,1977年版,卷一百六,第3106页。
② 秦国经主编:《中国第一历史档案馆藏·清代官员履历档案全编20》,华东师范大学出版社,1997年版,第20册,第608页。
③ 艾永明:《清朝文官制度》,商务印书馆,2003年版,第73—129页。
④ 黄灵庚:《楚辞文献丛考》,国家图书馆出版社,2017年版,第1563页。

奇：南靖举人，(乾隆)四十三年任。"①这个时间同《清代官员履历档案全编》所记载的时间虽然略有出入，但算上任命、补发文书等一系列程序，许清奇于四十三年赴任便也合理，不能算是记载错误。由此看来，许清奇应是在乾隆四十三年(1778年)莅任汀州府归化县教谕的。

### (三) 交游考

结社吟咏向来是中国古代文人所钟爱的风雅之事，广泛的交游圈不但能为自己的仕途争取更多机会，还能在日复一日的交游中提高个人的知识素养，若是能与博学的前辈结识、酬唱交往，更能获得相当不错的指点。就目前所存文献来看，许清奇的一生中主要结识有官献瑶、金德瑛、黄日纪等人。

#### 1. 与官献瑶

官献瑶(1703—1782)，字瑜卿，一字石溪，号依园，清福建泉州府安溪县人。乾隆元年举人，四年进士，官至翰林院编修、陕甘学政、司经局洗马等。曾受业于漳浦蔡世远、桐城方苞，长于经学，所著有《石溪文集》十六卷，《诗集》二卷，《读易偶记》三卷，《尚书偶记》一卷，《读诗偶记》二卷，《周官偶记》六卷等十余种。

据官献瑶在《周易明象序》中所云"自乾隆丙寅获交南靖许子赏夫"，②可知许清奇于乾隆十一年(1746年)结识了官献瑶，而两人结识的地点也能考证出。查《清实录》，乾隆九年十二月八日有：

> 命翰林院检讨吴嗣爵提督福建学政，左春坊左中允于敏中提督山东学政，翰林院侍读宋邦绥提督湖北学政，翰林院编修官献瑶提督广西学政，翰林院编修汪士锽提督河南学政。③

---

① 孙尔准等修，陈寿祺纂，程祖洛等续修，魏敬中续纂：《重纂福建通志》，1871年刻本，卷一百十五。
② 同上，卷七十四。
③ 《清实录》，中华书局，1986年版，第十一册，卷之二三〇，第970页。

这说明乾隆九年底官献瑶已被任命为广西学政。又乾隆十二年五月十七日有谕：

> 朕令大臣等于自陈本内举贤自代，原期各矢公心，全无瞻顾。杨嗣璟系广西人，而举广西学政官献瑶，且侍郎与中允官阶相隔甚远，虽朕有韦带之士，亦许举荐之旨，原以待出众之材，必其材猷特达、国人皆以为可者而后称。而官献瑶岂即其选？[①]

谕中提及乾隆十二年五月时广西杨嗣璟举广西学政官献瑶，因此乾隆十一年即丙寅年(1746)时，官献瑶仍在广西任学政。那么，许清奇很有可能是在广西结识了官献瑶。

目前虽未能找出二人来往的书信、和诗等文献，但现存有许清奇为官献瑶所撰写的一篇行述，可窥二人交往之一斑。行述有云："清奇受知最早亦最深，日亲懿范，时聆典训，故稔先生之为人。"[②]可见许清奇对其爱重之深。

另外，上文已提过官献瑶曾为许清奇《周易明象》撰有序，序云：

> 自乾隆丙寅获交南靖许子赏夫，其为人好学而求得于心，遇疑难之书辄能缘委而竟端，因此而证彼。予观许子《明象》根极于《说卦》，取象于《左氏内外传》、古筮人之占繇，参互错综不离其宗。夫《易》之大传乃卦爻通例也，《说卦》《杂卦》乃卦爻象通例也。许子于《易》象能自得于心而微言精义，一以折中为依归。夫求之象而不得其意旨者有矣，京、焦诸家是也。许子《明象》，四圣人象中之意，亦因之而明。此许子之好学深思可畏爱也欤。[③]

在此序之中，官献瑶称赞许清奇"好学而求得于心"且"好学深思"，于

---

① 《清实录》，中华书局，1986年版，第十二册，卷之二九一，第808页。
② 《清溪福春上官氏家谱》。
③ 《重纂福建通志》，1871年刻本，卷七十四。

《易》象能得意旨,许清奇又能受上官氏之邀撰写官献瑶的行述,可见二人交谊深厚,否则许清奇如何能请得官献瑶为自己的书作序。

2. 与金德瑛

除官献瑶之外,许清奇亦曾结识了浙江名宦金德瑛。许清奇《楚辞订注》一书的扉页题有"宗伯金慕斋鉴定"几字,金慕斋即金德瑛。金德瑛(1701—1762),字汝白,一字慕斋,号桧门,亦有人云"慕斋"为其号。① 浙江仁和县人,乾隆元年状元,官光禄大夫等。著有《桧门诗疑》《桧门诗存》《观剧绝句》等。其为人端平简直,无有偏党,学问淹博,工书法,善鉴金石字画。

据《清实录》记载,乾隆六年六月二十七日,乾隆以"以光禄寺卿李绂为江南乡试正考官,翰林院修撰金德瑛为副考官。"②而后,乾隆九年十一月十八日又有谕:"朕闻金德瑛在江西学政之任操守甚好,取士公明,着再留任三年。"③由学政三年任期倒推,可知金德瑛在主持完江南乡试之后即被调任为江西学政,并连任两届,直到乾隆十二年方还。而许清奇自乾隆六年被拔为贡生之后,直到乾隆九年才能结业。很显然,在金德瑛任满回京之时,许清奇已然离开了国子监。

那么,两人是否有可能在大计之年相识呢?按每逢寅、巳、申、亥年进行大计之例,乾隆八年、十一年有大计,身为学政的金德瑛会在大计之年的十月内具疏到京,十一月初一日赴通政司汇奏,大计结束后立即离京。④ 依照如此紧凑的行程安排,即便金德瑛进京参与大计时许清奇仍在京坐监,两人相遇的可能性亦微乎其微。因此,两人最初的渊源并不在此。

查《清实录》,乾隆十五年五月十四日,乾隆以"少詹事金德瑛为福

---

① 李桓辑:《国朝耆献类征初编》,明文书局,1884年版,卷八十一,第712—737页,陈兆崙为金德瑛撰墓志铭,云:"公讳德瑛,字汝白,一字慕斋,又号桧门。"而蒋士铨为金德瑛撰行状时则称金德瑛号慕斋。

② 《清实录》,中华书局,1986年版,第十册,卷之一四五,第1087页。

③ 《清实录》,中华书局,1986年版,第十一册,卷之二二九,第953页。

④ 郭松义、李新达、杨珍:《中国政治制度通史:清代卷》,人民出版社,1996年版,第574页。

建乡试正考官,吏部员外郎冯成修为副考官。"①而这一年,许清奇恰好举福建乡试,因此,两人应是在这一年才开始有了交集。许清奇在刊印《楚辞订注》之前曾特意请金德瑛相看鉴定,足见他对这位"宗伯"的尊重。

3. 与黄日纪

与许清奇往来的人物当中,还有一位在当时也颇负盛名,即厦门黄日纪。黄日纪,字叶蓭,号荔崖,清乾隆时期以福建漳州府龙溪籍迁往厦门,官至兵部武选司主事。编著有《归田集》《嘉禾名胜记》《榕林汇咏》《全闽诗僡》《荔崖诗钞》等书。黄日纪于1763年建成榕林别墅,并于是年秋成立云洲诗社,与朋友门人往来唱和,这其中就包含其门人蔡天任。②而道光《厦门志》载:

> 蔡天任,字弼卿,嘉禾里人。幼颖异,博涉书史,虽专治举业,亦留情吟咏。年弱冠能诗,当时与许象峰、蓝春园、林南池、薛梧山、谢饯鄜诸君诗酒唱和,性极恬雅,歉然自下,诸君重之。③

是以许清奇与蔡天任交好,那么与黄日纪的唱和更是合乎情理之中。

1770年,黄日纪将自己与友人在榕林别墅的吟咏唱和之作汇集成《榕林汇咏》,是书不仅收录了许清奇的三首律诗,还为其撰有一篇短小的传记。在传记中,黄日纪这样描述许清奇的生活方式:"幼多病,二十年独处一室,不交外事,惟日与古人晤对。积书既富,研究尤深,故经史多所纂述。"④虽然着墨不多,但也能看出黄日纪与许清奇关系匪浅。另外,据前文可知,《榕林汇咏》所收录的三首诗分别是《题榕林别墅》《过榕林别墅赠黄库部》《叶蓭先生以诗相招同诸友宴集榕林别墅》,从诗题中我们不难看出,许清奇不止一次拜访过黄日纪,这是毋庸置疑的。

---

① 《清实录》,中华书局,1986年版,第十三册,卷之三百六十四,第1018页。
② 朱思凡:《黄日纪研究》,福建师范大学,2012年硕士学位论文。
③ 周凯纂:《厦门志》,1839年刻本,卷十三。
④ 黄日纪:《榕林汇咏》,1770年榕林别墅自刻本,不分卷。

许清奇自然还有其他友人,但目前所存资料有限,可考者不多。通过对其作品、生平的考证,希望有助于理解其注《楚辞》时的思想与主张。

## ■ 作者简介

徐敏,1994年生,女,汉族,安徽池州人。南通大学文学院硕士研究生,专业方向是先秦文学与文献。

许富宏,1972年生,男,南通大学文学院教授。研究方向为先秦文学与文献。

# 越王句践世子的名谓及音读*

## 俞志慧

（绍兴文理学院人文学院　浙江绍兴　312000）

**内容提要**　本文通过梳理传世文献和吉金文中有关越王世子的各种名谓，认为记载中的十二种称谓都指向句践世子。"者旨"为其氏，又作"诸稽"、"柘稽"，疾言之则曰"适"、曰"鼫"，作"鼯"者为"鼫"字之讹。"於赐"为其名，又作"與夷"，疾言之则曰"郢"、曰"與"，作"興"者系"與"字之讹，"於赐"读作"與夷"。本文意在纠正《史记》和《国语》韦昭注将柘稽（诸稽郢）指为一般大夫的错误，也纠正学界对"赐"字的误读，认为当从"易"，读如"夷"。

**关键词**　句践世子　适郢　者旨于赐　诸稽郢　柘稽　者旨

## 一、适郢、鹿郢、鼫與

《左传·哀公二十四年》载："闰月，公如越，得大（太）子适郢，将妻公而多与之地。"晋杜预注："适郢，越王大子。得，相亲说也。"[1]唐陆德

---

\*　本文为以下项目阶段性成果：全国社科规划办项目：《国语》汇校集注及相关问题研究（11BZW030）；教育部人文社科基金项目：《国语》汇校集注（09YJA751060）；全国高校古委会项目：《国语》汇校集注（0958）；浙江省社科规划项目：《国语》集注（09CGWX001YB）。

①　杨伯峻：《春秋左传注》，中华书局，2009年版，第1723页。

明《经典释文》亦云："郢,以井反。适郢,越王句践之太子名。"①同是越王句践的太子,今本《竹书纪年》卷下有如下记载:"(周贞定王)四年十一月,於越子句践卒,是为灰执,次鹿郢立。"②古本《竹书纪年》则云:"(晋出公)十年十一月,於粤子句践卒,是为灰执,次鹿郢立。"③该材料见载于《史记·越王句践世家》唐开元年间司马贞《索隐》所引,后者系于《越世家》"句践卒,子王鼫與"立之下,云:"鼫,音石。與,音餘。乐资云:《越语》谓鹿郢为鼫與也。"据明郭孔延《史通评释》记载,乐资为晋著作郎,追采《战国策》《史记》二书,撰为《春秋后传》,《隋书·经籍志》与《旧唐书·经籍志》《新唐书·艺文志》俱载其书,其所谓《越语》未见于今传《国语·越语》,疑别是一书。但其中所说的鹿郢与鼫與为一人,应该可以采信。唯同一人何以有三种不同名谓,古人已有困惑。宋元之际金履祥在其《通鉴前编》卷十八中有如下断语:"当以《左氏》、《纪年》为正,'鹿'与'适'语讹尔。鼫與必其號,犹句践之号灰执也。"④金氏谓灰执系句践之号,不知何所据而云然,于是断鼫與为适郢之号亦缺乏佐证。

指称同一个人,"鼫與"與"适郢"、"鹿郢"这三个不同的名谓只是记音时所用的文字不一样,其读音应该相同,至少是相近,因而上述三个称谓在语音上必有相关性。

先说"郢"与"與"二字间的关系,郢,古音属耕部喻母四等字;與,古音属鱼部喻母四等字,声母相同,耕、阳旁转,鱼、阳对转,因此"郢"、"與"可相通。再说"鼫"与"适",鼫,古音属铎部禅母三等字;适,古有五音,分别属锡部审母三等字、锡部端母、锡部定母、锡部知母和锡部透母。上古音照母三等字读舌面音,与端组音近可通,故"鼫"与"适"可相通。至于"鹿"字,董楚平先生在《吴越徐舒金文集释》中说:"'鹿'字当

---

① 陆德明:《经典释文》,上海古籍出版社,1985年版,第1192页。
② 张玉春译注:《竹书纪年译注》,黑龙江人民出版社,2003年版,第235页。
③ 同上,第48页。
④ 金履祥:《资治通鉴前编》,文渊阁《四库全书》,史部编年类,总第332册,上海古籍出版社,1987年版,第366页。

是'鼮'字缺'石'的形讹。"①曹锦炎先生在其《越王大子矛考释》一文中也说:"'鹿'为'鼮'之讹字。"②遍检金文与古陶文,其中的"鹿"字与从"鼠"的字确有若干字例非常相似,故董、曹二先生之说不失为一种可能性,可惜未见进一步的证据③。

## 二、者旨於睗

关于句践世子的名谓,其实远不止上述三种。最早著录于北宋徽宗敕编的《宣和博古图录》的越王者旨於睗钟④,今人马承源、陈梦家、林沄、曹锦炎等先生先后据摹本释文,确定器主为者旨於睗⑤,者旨为氏,於睗为名。后来又发掘有者旨於睗剑,现藏台北古越阁;者旨於睗铜矛,现藏上海博物馆。这三处者旨於睗,学界普遍认为即句践世子,也就是上述的适郢、鼮與、鹿郢。放下鹿郢不谈,適郢、鼮與与者旨於睗的音读又有怎样的相关性呢? 上述曹锦炎等学者已注意到急读缓读的现象,给我们以很大启发。"者"古音属鱼部照母三等字,"旨"属脂部照母三等字,"者旨"急读则可能读作禅母的"鼮"字或者与"鼮"字相通的

---

① 董楚平:《吴越徐舒金文集释》,浙江古籍出版社,1992年版,第167页。
② 曹锦炎:《越王大子矛考释》,收入氏著《吴越历史与考古论丛》,文物出版社,2007年版,第68页。
③ 还有一种可能性:据同声必同部的规律,汉字中鑠、爍、颯等从来母之字读作审母或心母;反过来,砍、磊等从审母、禅母之字却又读作来母;而象率、瀧等则一字兼有来母、审母两个音读,是否读作来母的"鹿"与同属收/k/尾的照三入声字"适"、"鼮"、"柘"在古代或吴越地区有音同音近相通的现象,敢以此质诸高明。
④ 见《宣和博古图》卷二十二,第7页。《历代钟鼎彝器款识法帖》商钟1—3。
⑤ 参马承源:《越王剑、永康元年群神禽兽镜》,《文物》1962年第12期;陈梦家撰:《祭器三记》,《考古》1963年第3期;林沄撰:《越王者旨于赐考》,《考古》1963年第8期;殷涤非撰:《者旨于赐考略》,《古文字研究》,1983年第10辑;曹锦炎撰:《越王大子矛考释》,收入氏著《吴越历史与考古论丛》,文物出版社,2007年版,第65—70页。

"适"字。"於"不论读作"乌"、"预"还是作如字读,声母都属影母,与属喻母的"與"和"郢"同属喉音,可以相通,故"於睗"急读就类似于"與"或者"郢"。这里又出现了一个问题,即其中"睗"字的音读的认定,《说文·目部》云:"睗,目疾视也,从目,易声。"徐铉作施只切,徐锴作矢易反,目前的各种工具书皆标音作"shì",疑从二徐之注。但施只切或者矢易反的音读与喻母字"与"、"郢"相距甚远,故不能将"于睗"的"睗"定音为"shì"。另外,容庚《金文编》"睗"下云:"睗,与'赐'为一字。"容氏并举召尊、虢季子白盘、越王者旨於睗矛的用字为例①,其意为者旨於睗的"睗"读如"赐",但是,"赐"古音属心母,与喻母字"與"、"郢"也不能通作。故这里的"睗"字当从其声旁读作"易","易"字古音属喻母四等字,容庚《金文编》曾举毛公鼎"夙夕敬念王畏不睗"之"睗"读为易②,则"睗"读为"易"有据可援。如此,"于睗"急读才可能成为"與"或者"郢"。

## 三、诸稽郢、柘稽、者旨

者旨,又作"诸稽","诸稽"从"者旨"得声,后者是前者的繁化,或者前者是后者的省文,见于《国语·吴语》:"(越王)乃命诸稽郢行成于吴。"三国吴韦昭注曰:"诸稽郢,越大夫。"③类似的记载也见于《史记·越王句践世家》与司马贞《索隐》,《史记》云:"于是(句践)举国政属大夫种,而使范蠡与大夫柘稽行成,为质于吴。"《索隐》:"越大夫也,《国语》作诸稽郢。"④《索隐》断《史记》之"柘稽"即《吴语》的"诸稽郢",诚是,柘、诸古音同属照母三等字,故可通作。《史记》称"柘稽",只是出其氏而未出其名。这种记名方式,与香港中文大学文物馆藏鸟虫书铜矛中

---

① 容庚编:《金文编》,中华书局,1985年版,第235页。
② 同上。
③ 韦昭注,上海师范大学古籍整理研究所校点:《国语》,上海古籍出版社,1998年版,第593页。
④ 司马迁撰,裴骃集解,司马贞索隐,张守节正义:《史记》,中华书局,1959年版,第1742、1743页。

的记名方式一样,后者仅作"戉(越)王者旨自乍(作)用矛"①。司马迁、韦昭、司马贞都以为这位为越王句践行成的柘稽(诸稽郢)是一般的越大夫,显然没注意到该使者的特殊身份。反观春秋战国时期作为质子的身份,如晋惠公被扣于秦,其子子圉(后来逃归为晋怀公)为质于秦,楚熊横(后来成为顷襄王)为质于齐,其父楚怀王入秦被扣,秦王孙子楚为质于赵等,这些人质不是王孙就是世子,以彼例此,可知该柘稽或者说诸稽郢亦当为句践世子。

## 四、與夷、興夷

与《史记》书氏不书名相反,《越绝书》则书名不书氏,作"與夷",该书《越绝外传记地传》载:"句践子與夷,时霸。與夷子子翁,时霸。"②"與夷"与"於賜"为缓读,疾言之则为"與"或"郢"。与《越绝书》大致同时的越地文献《吴越春秋》则作"興夷",该书《句践伐吴外传》载:"句践寝疾,将卒,谓太子興夷曰:'夫霸者之后,难以久立,其慎之哉!'遂卒。"③"興夷"的音读与前述句践世子的其他称谓差距甚大,不存在通假的可能,曹锦炎先生认为乃"與夷"之讹④,其说有理。

## 五、诸　　鞅

诸稽郢在《左传·哀公二十三年》中还出现过一次:"秋八月,叔青如越,始使越也。越诸鞅来聘,报叔青也。"⑤董楚平先生云:"诸鞅即诸稽

---

① 见曹锦炎:《吴越历史与考古论丛》,文物出版社,2007年版,第68、69页。
② 旧题袁康、吴平辑录:《越绝书》,上海古籍出版社,1985年版,第58页。
③ 周生春:《吴越春秋辑校汇考》,上海古籍出版社,1997年版,第178页。
④ 参曹锦炎撰《越王大子矛考释》,见《吴越历史与考古论丛》,文物出版社,2007年版,第65页。
⑤ 杨伯峻:《春秋左传注》,中华书局,第1722页。

郢,鞅古阳部,郢古耕部,耕、阳古可旁转。"①这个诸鞅即前述适郢、𦈢𦈢与、鹿郢、者旨于赐、诸稽郢、柘稽,"诸"是"诸稽"的省称,如《史记·越王句践世家》司马贞《索隐》引《竹书纪年》载越王翳的太子叫诸咎:"翳三十三年,迁于吴。三十六年七月,太子诸咎弑其君翳,十月,粤杀诸咎。"②"鞅"古音属影母阳部,"郢"属喻四耕部,"与"属喻四鱼部,皆可通作。此前一年,越灭吴,世子诸鞅聘鲁,显然是一重大外交事件,故《左传》大书一笔。

## 六、旨　於

上海博物馆藏越王大子矛铭文有云:"于戉台(嗣)王旨于之大子不寿自乍(作)元用矛"③,据曹锦炎研究,其中的"旨于"是一种特殊的省文,其完整的形式仍然是者旨于赐或者者旨与夷。"於"读如"与",喉音影母与喻母相通。"者旨"省作"旨",亦犹"诸稽"省作"诸",皆急读之故。

## 七、𦈢𦈢　与

最后,还有一个称谓,叫𦈢𦈢与,南宋罗泌《路史》卷二十三后纪十四云:"勾践以晋出公十年卒,鹿郢立,是为𦈢𦈢与,六年卒。"④明陈士元《名疑集》卷二亦载:"越王勾践,夏后氏苗裔,允常之子也,是为菼执。菼执子𦈢𦈢与。"⑤二者皆为晚出文献,且于出土器物和早期文献均未见印证材料,疑"𦈢𦈢"为"𦈢𦈢与"之"𦈢𦈢"的讹字。

综上所述,上揭十二种称谓皆指向越王句践的世子,"者旨"为其

---

① 董楚平:《吴越徐舒金文集释》,浙江古籍出版社,1992年版,第167页。
② 司马迁撰,裴骃集解,司马贞索隐,张守节正义:《史记》,第2747页。
③ 文字隶定从宽式,相关考释请见上揭曹锦炎文。
④ 罗泌:《路史》,文渊阁《四库全书》,史部别史类,总第383册,上海古籍出版社,1987年版,第240页。
⑤ 陈士元:《名疑集》,中华书局丛,书集成初编,1991年版,第27页。

氏,又作"诸稽"、"柘稽",疾言之则曰"适"、曰"鼰",作"鼰"者为"鼰"字之讹。"于赐"为其名,又作"與夷",疾言之则曰"郢"、曰"與",作"興"者系"與"字之讹。"赐"字不读施只切、矢易反,也不读如"赐","于赐"读如"與夷"。柘稽(诸稽郢)并非《史记》和《国语》韦昭注认为的一般大夫,而是越王句践的世子。

最后,需要说明的是,在"书同文"之前,古人书写的混乱情况远远超出我们的想象,《上海博物馆藏〈战国楚竹书(五)·竞建内之〉》①一文中,关于齐大夫"鲍朋"的"鲍"的书写,同一书手在这同一篇文章中,先后书作"级(第一简)"、"汲(第二简、第五简)"和"伋(第九简)",在非雅言系统的吴、越、楚等地,这种情况肯定特别严重,文献中保留的当时语音的混乱对音,源于雅言系统内的拟音者对系统外的语音的陌生;或者源于该系统外的拟音者对雅言的不熟悉;或者竟是一个方言区的拟音者对另一个方言区的语音的对音。这种文字与语音差异的交相作用,使得其中所标记的文字与原来的音读未必十分契合,导致本文讨论的一人多名的现象多见。甚至是在同一部《左传》中,或作"适郢",或作"诸鞅"。类似本文讨论的现象应该还有很多,基于这种现象,我们在阅读典籍、理解历史时,不能完全套用原来习用的由北方雅言系统推出的一套方法,至少需要稍稍放宽原来的标准。譬如上述越王大子矛用"旨于"来指代"者旨于赐",这种指谓方法就超出了我们原有的知识经验,这样的现象需要我们借助相关佐证材料多做一番解释的功夫;再譬如,"於"、"鞅"古音属影母,"與"、"郢"古音属喻母四等字,章太炎、黄侃认为喻母与影母古属同母,但曾运乾、王力等则认为喻四归定,二说各有依据,如从后者,"於"、"鞅"同"與"、"郢"相通就比较困难。好在即使没有这些音韵学的方法与理论,并不妨碍者旨于赐、旨于、鼰与、适郢、诸稽郢、與夷、诸鞅俱为同一人这个结论的成立。笔者并不是因此怀疑喻四归定的结论,而是说在涉及非雅言系统的语言文字材料时,这些结论的适用范围和程度还是需要深长思之的。

---

① 马承源主编:《上海博物馆藏〈战国楚竹书(五)〉》,上海古籍出版社,2005年版。

为便观览,兹将越王句践世子的十二种称谓与出处表列于后。

| 称谓 | 出处 | 原文 |
|---|---|---|
| 柘稽 | 《史记》 | 《越王句践世家》:使范蠡与大夫柘稽行成为质于吴。<br>《索隐》:越大夫也,《国语》作诸稽郢。 |
| 诸稽郢 | 《国语》 | 《吴语》:乃命诸稽郢行成于吴。韦昭注:诸稽郢,越大夫。 |
| 鹿郢 | 《竹书纪年》 | 《竹书纪年》:四年十一月,于越子句践卒,是为菼执,次鹿郢立。<br>十年,于越子鹿郢卒,不寿立。 |
| 者旨於睗 | 越王剑、钟铭 | 者旨於睗自作用剑。 |
| 鼫与 | 《史记》 | 《越王句践世家》:句践卒,是为菼执。子王鼫与立。<br>《索隐》:鼫,音石。与,音餘。 |
| 与夷 | 《越绝书》 | 《越绝外传地纪》:句践子与夷,时霸;与夷子子翁,时霸。 |
| 兴夷 | 《吴越春秋》 | 《句践伐吴外传》:寝疾,将卒,谓太子兴夷曰:"夫霸者之后,难以久立,其慎之哉!"遂卒。 |
| 适郢 | 《左传》 | 《哀公二十四年》:闰月,公如越,得太子适郢,将妻公而多与之地。<br>《经典释文》:适郢,越王句践之太子名。 |
| 诸鞅 | 《左传》 | 《哀公二十三年》:诸鞅来聘,报叔青也。 |
| 旨于 | 越王大子矛 | 上海博物馆藏:于戉台(嗣)王旨于之大子不寿自乍(作)元用矛。 |
| 者旨 | 鸟虫书铜矛 | 香港中文大学文物馆藏:越王者旨自乍(作)用矛。 |
| 鼫与 | 《路史》《名疑集》 | 卷二十三后纪:鹿郢立,是为鼫与,六年卒。<br>卷二:菼执子鼫与。 |

## ■ 作者简介

俞志慧,1963年生,浙江人。现任绍兴文理学院人文学院教授,主要从事先秦文学文献研究。

# 咬字嚼义四则

## 祝中熹

(甘肃省博物馆　甘肃兰州　730050)

**内容提要**　汉字历史久远,且一字一音,这先天性地决定了其一字多义、引申义纷繁的特性。对某些字义作些分析梳理工作,还是很有意义的。德字结构复杂,其本义为沿途进行巡视、观察,后异化为群体的生存之道,再引申出后世在政治、道德领域赋予它的那许多义涵。艾字结构简单,但后来以两种读音沿其两个部件引申出的义项,却相当复杂,其反向引申还导致出古文籍阅读中的一桩疑案。器字义涵明确而稳定,引申脉络清晰,但其本义与定型义之间存在断层,令人困惑。义字本义为杀牲以祭,须作些细致剖析方明;了解其引申轨迹,可加深对此字义涵的认知。
**关键词**　本义　引申义　定型义　反训

## 一、说　　德

"德"在汉语中是个含义宽泛但比较稳定,使用率极高的词,表义几乎不产生什么歧疑。从语言实践角度讲,"德"字概念在思想、政治、伦理、道德、民俗等社会生活的各个领域,都处于显要地位,具有核心意义。往大里说,德可被尊为国家、民族、社会存在与发展的生命线;往小里说,日常生活琐事中随时随处都可显示一个人的"德性"。在中国文化史上,德字经历代学者们的细致咀嚼后,早已百味尽出。然而,德字含义定型脉络存在含混之处,某些至关重要的环节,往往被忽略,很值得作些深层次的探讨。

就汉字形体结构而言,德字是个多元复合的会意字,共由4个部件组成。按传统形义学解释,左边部件(彳)表示行走或道路,右上部件(</p>)表示直视或观察,右中部件(一)表示单独或专注,右下部件(心)表示思考或情感。这么多表义因素合聚在一起,其意象之丰富自不待言。华夏文明很早便形成了义理化特色,社会生活与文化展示均擅言义理。对一种事物或某类现象,总要以主流意识形态为宗旨讲一番义正言顺的大道理;在汉字训释领域,此风尤盛。但此风容易滑向主观随意性,其负面效应是弃实取义,发展到极致便走向了拆字术,言者常把自己的揣度强加给字形结构。多年前曾盛极一时的所谓"劈文切字法",就颇有此风。但我们不能因此便轻视汉字的形释,汉字初创时即具备音、形二元表义功能,正如王宁先生所说:"汉字是因为它所记录的词(语素)的意义而构形的,构形时选择什么形象,采用哪些物件来组合,都要受到造字者和用字者文化环境和文化心理的影响。因而,汉字的原始构形理据中必然带有一定的文化信息。"[①]王先生在提到"造字者"的同时又提到"用字者"。造字者不仅要思考以什么形体表义,还须思考部件选择是否能为社会(用字群体)所接受,他不会赋予部件以不切实际的个人冥想。所以,只要抱实事求是的严谨态度,通过分析汉字部件探求其原始意义,再参证古文献中的使用文例,就是一条汉字形义学的正途。

德字的复杂结构是渐增成型的。甲文左旁为眼睛上部立一竖直线,含正视前方之意,被释为"直"字。《说文》:"直,正视也。"与字形相应。右旁为行符,可释为道路;又作立直线之目置于道路中心的形象,显示字义必同道路密不可分。甲文此字含沿大道巡视的意思,徐中舒主编《甲骨文字典》释左旁为"直",说"象目视悬锤以取直之形";而"从彳有行义,故自形观之,此字当会循行察视之义"。此字隶定为"徝",应为德字初文。卜辞中此字确有表巡视义的文例,如:

戊辰卜,㱿贞,王徝土方。(京一二五五)

---

[①] 王宁:《汉字与文化》,《北京师范大学学报》(社科版)1991年第6期。

庚申卜,㱿贞,今春王徝伐土方。(林一、二七、一一)

在金文中,此字又增添了"心"的部件,这使字义发生了较大的变化,开通了后世含义在政治、道德领域不断膨胀的渠道。文字学界兹后有了德、得同字之说。《说文》有德之异体"悳"字:"悳,外得于人,内得于己也。"加心的用意表示有所得。王文耀主编《简明金文辞典》即从此释。但《说文》对德和得却分别有释:"德,升也。""得,行有所导也。"清儒以音训解决这个矛盾,段注德字:"升,当作登……今俗谓用力徙前曰德,古语也。"桂馥《说文解字义证》:"古升、登、陟、得、德五字义皆同。"得字段注:"㝵,取也。行而有所取,是曰得也。《左传》曰:凡获器用曰得。"德字从"道"得声,得字义为行有所取,也由"道"得声,二字音义有缘。《广雅·释诂》也有"德,得也"之训。但甲文另有"得"字,为手取贝之形。故认定德、得原本同字,终嫌牵强。

不知从什么时候起,德字部件中又在"心"上增添了"一"。有人说这是"直"字篆化的结果。但在形释学中这"一"却帮了"心"的大忙,使德字具有了专心致志、信念守恒的意向。郭沫若先生对德字之增"心",作了这样的解释:"意思是把心放端正,便是《大学》上所说的'欲修其身者先正其心'。"他认为这是周人的观念。[①] 郭说影响较大,因为周代文献中德字主体功能已在表达政治作为和品行修养方面的含义。如武王时的大丰簋,铭文即言"丕显王作德",《尚书·泰誓》云:"受有亿兆夷人,离心离德;予有乱臣十人,同心同德。"《蔡仲之命》:"皇天无亲,惟德是辅。"《易·乾》:"君子进德修业。"《国语·周语》述不窋北迁后"不敢怠业,时序其德,纂修其绪"。《大戴礼·礼察》:"德教行而民康乐。"可以说,德字含义已完全定型。有鉴于殷、周的王朝更替,周人把当时居主导地位的意识形态天命观,提升到新的高度,增添了"德"的内容,从而确定了此字在华夏文明政治哲学中的核心地位。

然而,从汉字表义演变轨迹的角度考察,德字由巡视义升华至政治、道德域内的优异境界,显然缺失合理的过渡环节。事实上这个环节

---

[①] 郭沫若:《先秦天道观之进展》,《青铜时代》,科学出版社,1957年版,第17页。

是存在的,它不过由于被越来越强势的定型含义所掩盖,而被人们所忽略罢了。我们不妨略作追索。

还是应从德字的本义说起。由直视的眼睛和道路会成的巡视义,最切实的引申会是什么呢?据常理推度,应当是巡视到的事物、现象。言及此,不得不联系到文字产生时代也即文明形成期的社会形态。那正是部落联盟向国家过渡,乃至早期国家出现的历史阶段,巡视者当是部落联盟领导成员、国王或中央政府的使者,被巡视的当是联盟统属的各部落、酋邦、方国或封邑性质的行政区域。这种推度同甲骨卜辞中许多德字的使用情况相符。那个时代,巡视者负有考察、监督、指导被巡视地区的职责,巡视者希望看到的是被巡视地区良好的社会状况和民情。也就是说,被巡视地区已经掌握了一套群体谋生之道,形成了具有该群体特色的生存和管理方式。是时,各部落、方国或封邑,各据其地域,各有其生态环境,彼此虽有交往,但总体说相对封闭。在世代相继的生存斗争中,为适应环境、繁衍族体,各自创育了适宜的生产技术和风习,形成了共同体的特性。巡视与巡视所得联系紧密,故表巡视本义的德字,便引申出族体特性的义项;族体特性的核心内容是生存之道,各有其存在价值,无高低优劣之分,不具后世道德层面含义。

德字的这种义项,古文献中例证甚多,还常有义域扩延的用法,以"德"泛指"生"之特性。如《庄子·天地》即云:"物得以生谓之德。"五行宇宙模式以"德"称四季之气性,如《礼记·月令》谓立春之日"盛德在木";五行政治模式以"德"称中央王朝的秉性,即所谓"五德终始"说,故秦始皇"更名河水曰德水,以为水德之始"。《左传》昭公十七年,服虔注郯子语:"自少皞以上,天子之号以其德,百官之号以其征;自颛顼以来,天子之号以其地,百官之号以其事。"[1] "征"指图腾表象,"德"即指族体特性。时代越远古,人们越习惯于以族体的生存特性来区分部族。少昊之前的著名部族首领如有巢氏、燧人氏、伏羲氏、烈山氏、大庭氏、神

---

[1] 《礼记·月令》疏引服虔语,《礼记正义》(《十三经注疏》本),中华书局,1980年版,卷十四,125页下栏。

农氏、轩辕氏等等,其名号均缘自族体在长期生存斗争中形成的特性。《史记·五帝本纪》正义对此有过阐释:"炎帝作耒耜以利百姓,教民种五谷,故号神农;黄帝制舆服宫室等,故号轩辕氏;少昊象日月之始,能使太昊之道,故号少昊氏。此谓象其德也。"①所以班固《白虎通义》说"闻其氏即可知其德"。

最能反映德字这一义涵的,是《国语·晋语四》的一段文字。由晋公子重耳是否可娶秦君之女怀嬴一事,引出司空季子言姓与德的一番长篇大论,其中有语曰:

> 凡黄帝之子二十五宗,其得姓者十四人,为十二姓……同德之难也如是。昔少典娶于有蟜氏,生黄帝、炎帝。黄帝以姬水成,炎帝以姜水成。成而异德,故黄帝为姬,炎帝为姜。二帝用师以相济也,异德之故也。异姓则异德,异德则异类,异类虽近,男女相及,以生民也。同姓则同德,同德则同心,同心则同志,同志虽远,男女不相及,畏黩故也。黩则生怨,怨乱毓灾,灾毓灭性。是故娶妻避其同姓,畏乱灾也。故异德合姓,同德合义,义以道利,利以阜姓,姓利相更,成而不迁,乃能摄固,保其土房。

韦昭注:"得姓,以德居官而赐之姓也。""赐姓"问题后文将言及,姓由"德"生则确当不移。在此德字的族性表达已容含与族性密不可分的生态环境等因素,而且,因姓氏要求简明易称,不须罗列太多内容,多以一字志之,该字只起族性特征的符号作用。黄帝为姬姓,其后裔之所以衍生出了十二个姓,正是族体各自独立生存繁衍,从而形成本族特性的反映。说黄、炎二帝各以所居地的河流名而得姓,貌似合理,实则颠倒了事实。自然界的山河本无名称,名称来自生活在其周围的人类。最初,是水因居族而得名,非居族因水而得名。姬即"迹",其右旁乃"大人"(熊)之足印形,实为熊图腾表象符号,加女旁以示姓;姜即"羌",其

---

① 此为《正义》佚文。见张衍田《史记正义佚文辑校》,北京大学出版社,1985年版,第3页。

上部乃羊首装扮状,实为羊图腾之表象符号,加女旁以示姓①。此已为学界所熟知。在远古人类的精神世界里,图腾与本族的始生和衍生是融为一体的,图腾崇拜是族体特性的灵魂,所以也属"德"之内涵的组成部分。炎、黄二族之所以"成而异德",就是因为他们在不同的环境中形成了各自的族体特性,换句话说,他们走着各自的生存之道。《左传》隐公八年云:"天子建德,因生以赐姓,胙之土而命之氏。"上古时代的"赐姓",不过是部落联盟中心对所属族体的姓号所作的法定性规范和认可,后世文人用王权居高临下的语言加以表述罢了②。归根到底,姓的依据是"因生",即族体的生存之道。故杜注《传》文曰:"因其所由生以赐姓。"宋人罗泌讲得更明确:"姓也者,性也,与生俱有者也。"③

司空季子最后落实到婚姻关系上,讲同姓不婚的道理。他没有直接点明血缘遗传方面的原因,只说同姓同德则生"黩"、生"怨"而"毓灾"。黩义为轻慢不敬,即俗语所谓不当一回事。为什么同德会如此呢?因为双方生活在同一种生产方式和习俗中,彼此熟悉,没有相互学习的必要,难以产生相互尊重的心态。这其中也隐含血缘方面的因素,同姓同德则血缘关系近,男女结合将出现近亲繁殖的不良后果,即所言"灾毓灭性"。而异姓异德则血缘关系远,不容易导致近亲繁殖现象。这不仅在文化互补上,更在生理体质上,都有利于族体的发展,故言"乃能摄固,保其土房"。"土房"即"土方",俞樾有佳释。④ 总之,"异德合姓",可使族体康盛,巩固其活动地盘。"德"字的族性含义,在司空季子这番话中显示得十分清楚。德字后来在政治、道德方面的定型义,是从族性义涵衍生出来的。

---

① 祝中熹:《嬴、赵姓氏缘起析述——兼论族与姓的关系》,见赵逵夫主编《先秦文学与文化》(第三辑),上海远东出版社,2014年版。
② 同上。
③ 罗泌《路史》卷十九,《四库备要》本,中华书局,1989年版。
④ 徐元诰集解,王树民、沈长云点校:《国语集解·晋语四》,中华书局,2002年版,第338页。

## 二、说　　艾

"艾"字形体结构简单,本义明确,由字形两个部件在两个义域的引申,脉络也很清晰;但引申义项却较繁杂,且因有反向引申而导致出现文籍中一桩训诂疑案。

艾字从艸从乂,其本义为割草。《说文》:"乂,芟草也。从丿、乀相交刈,又或从刀。"段注:"象左右去之,会意也。"乂字后加刀旁,其义尤显。《诗·周南》"是刈是获",《臣工》"奄观铚艾",《说文》"获,乂谷也","铚者,所以乂也",皆以"乂"之割义释之。朱骏声《说文通训定声》认为"艾假借为刈",此说不确,"艾"字本具"刈"义。《穀梁传》庄公二十八年:"一年不艾,而百姓饥。"《左传》襄公三十年载申无宇言楚公子固杀大司马蔿掩事,谓司马乃"王之四体",此举是"艾王之体,以祸其国"。《汉书·项籍传》:"今日固决死,愿为诸君快哉!必三胜,斩将,艾旗,乃后死。"艾字均表割、砍义。割、砍义略一申便成"杀"义,故舍生捐躯谓之"艾命"。《吴越春秋·勾践阴谋外传》:"操锋履刃、艾命投死者,士之所重也。""艾命",是说生命可以像草一样被割掉。割除义又引申为"改正"义,表达接受惩创而戒惧反省的意思。《孟子·万章上》:"太甲悔过,自怨自艾,于桐处仁迁义。"《史记·乐书》:"成王作颂,推己惩艾。"艾字皆用是义。

除草为治田之要务,故艾、乂均引申出治理义项。《尚书·禹贡》即多用此义。何尊铭文记成王告诫宗室,言及武王克商后曾告于天:"余其宅兹中国,自之乂民。"《诗·小雅·小旻》"或哲或谋,或肃或艾",毛传:"艾,治也。"《史记·封禅书》:"汉兴已六十余岁矣,天下乂安。"《河渠书》:"诸夏艾安,功施于三代。"艾字皆指治理。治理义又引申出辅佐义。《尔雅·释诂》:"艾,相也。"相即辅佐。王引之《经义述闻》:"艾与乂同,乂为辅相之相。"《诗·南山有台》"乐只君子,保艾尔后",《国语·周语上》"树于有礼,艾人必丰",《晋语四》"树于有礼,必有艾",艾字均表辅佐义。

乂音 yì，凡由割草义从乂旁作动词引申的"艾"字，皆读此音。

《说文》释"艾"字有点令人摸不着头脑："艾，冰台也，从艸，乂声。"幸有段注："张华《博物志》曰：削冰令圆，举以向日，以艾于后承其影则得火。"原来如此。在玻璃发明之前，我们的祖先已能用自然界的冰块制作透镜，聚焦阳光以取火。许慎用艾（割草）——艾蒿（所割之草）——艾绒（艾草加工品）——引火（加工品功用）——冰台（辅助工具）这一取火全过程的终点物，解释本来含义简明通俗的"艾"字，可谓用意深长。这虽不合《说文》的释字规范，却包藏着丰富的知识信息。不过，他也可能是直接照搬了《尔雅·释诂》的训释，该书即以"冰台"释艾，郭璞注倒简捷："今艾蒿。"艾字由割草义沿艸旁引申为所割之草，所割之草为人们所需者首推艾蒿，于是形成了作为名词（读 ài）的引申系列。

艾蒿是一种多年生菊科植物，黄花，羽状叶片，有异香，可入药。晾干后揉制成艾绒可用来灸治某些疾病，这都为国人所熟知。其取火功用，却已被遗忘。这可能与后来人们使用了更方便的引火材质而不再使用艾绒，但艾灸穴位的医术却保留下来有关。"冰台"说提示我们：艾草与人们的密切关系，最早缘自其取火功能，这是当时社会须臾难离的生存需要。由引火而知其医疗作用，于是它又成为易得且操作方便的保健佳品。因此，是时社会对它的需求量是相当大的，对它的采集也成常态。《诗·王风·采葛》咏之："彼采艾兮，一日不见，如三岁兮。"艾字之所以引申出那么多义项，就因为它和其他植物不同，虽系野生，却是需常备之物，在人们生活中占据特殊位置。

作为艾蒿，艾字最近的引申义是颜色，表与其干绒相似的苍白色之义。杨倞注《荀子·正论》即谓："艾，苍白色。"唐代诗人元稹有"艾发衰容惜寸辉"之句。再作引申，艾又训老，因老年人头发如元稹所言苍白如艾。《方言》《广雅》都训艾为老。《礼记·曲礼上》："五十曰艾，服官政。"郑玄注："艾，老也。"孔疏："年至五十，气力已衰，发苍白色如艾也。"《周书·谥法》云"七十曰艾"，说与《曲礼》有异，但更能证艾之老义。《诗·鲁颂·閟宫》"俾尔昌而大，俾尔耆而艾"，《国语·周语上》"瞽史教诲，耆艾脩之"，耆、艾联用，皆言寿考。韦昭注《周语上》以"师傅"释耆艾，也因视之为年长有识者，《荀子·致士》即云："耆艾而言，可以为师。"

艾字之老义,再引申为止、息、尽、衰等义项。人及一切生物老到一定程度,必然呈现衰、尽之相,生命力终将止息。《小尔雅·广言》:"艾,尽、止也。"《诗·小雅·庭燎》:"夜未艾,庭燎晰晰。"夜未艾即夜未尽,毛传训艾为久,实亦为衰尽意,郑笺:"芟末曰艾。""末"也表终结义。王引之《经义述闻》以"已"训艾,谓"已、央、艾一声之转"。《左传》襄公九年,知武子言晋军"大劳未艾",杜注:"艾,息也。"昭公元年后子言秦之国势:"一世无道,国未艾也。国于天地,有与立焉。不数世淫,弗能毙也。"杜注:"艾,绝也。"

艾字又有美好义项。《战国策》载魏牟对赵王言:"王不以予工乃与幼艾。"高诱注:"艾,美也。"《国语·晋语》:"国君好艾大夫殆。"意为国君宠信嬖臣大夫易遭谗言之危,艾指男色,含美好义。《楚辞·少司命》"竦身长剑兮拥幼艾",王逸释艾为长,与幼相对;后世《楚辞》研究者却多训艾为美。张衡《东京赋》"齐腾骧而沛艾",薛综注云:"沛艾,作姿容貌也。"在论说艾之美好义项时,古今学者大都要引录《孟子·万章》那段著名的文字,孟子称誉舜之孝心,说舜:

> 人悦之,好色,富贵,无足以解忧者,惟顺于父母,可以解忧。人少,则慕父母;知好色,则慕少艾;有妻子,则慕妻子;仕则慕君,不得于君则热中。大孝终身慕父母。五十而慕者,予于大舜见之矣。

"慕"义为爱恋,这没问题,问题在"少艾"一语。"少"与"艾"都含多元义项,故自古至今人们对"慕少艾"有决然不同的理解,遂成一文字疑案。赵岐注此语曰:"艾,美好也。"朱熹《孟子集注》采赵说。但艾字如前所述有止、息、尽、衰之义项,而"少"又可训量少或减少,故有人解此语为爱恋之情有所减少,谓"盖知好色则慕父母之心少止息。《文子》云:'妻子备而孝衰于亲',即可作此注解。"(《清人笔记条辨》引张云璈说)①宋人程大昌《考古编》即持此说,反对以美好义释艾,甚至认为古

---

① 张舜徽:《清人笔记条辨》,中华书局,1986年版,第158页。

无此训。综观孟子整段话的意思,此说亦有一定道理,因为后文又有"终身慕"和"五十而慕"之语,表明孟子承认人们对父母的爱恋之心有随年龄增长而趋减的规律。但论此事的学者主流意见还是认可赵说,程大昌否认艾字的美好义项显然不恰当。

姑勿论两种认识的是与非,"艾"字引申系列中既有"衰老"义项又有"美好"义项则是事实。有学者试图解释这种现象,如宋翔凤《孟子赵注补正》"则慕少艾"条下即云:"《曲礼》五十曰艾,《疏》谓发苍白如艾也。盖古训艾为白,而百义有二:以发苍白言谓之老,以面白皙言则谓之美,同取艾之色也。"①张舜徽《清人笔记条辨》以"故训相反相成"视之,认为艾既可训老,又可训少。② 30多年前笔者也曾撰文探讨过这类"同字反义"现象,说:"同字反义现象,是由字义的反向分解造成的。这一类型的字,其本义原有大范围的外延,而它的大范围外延,又恰好可以分割为相反的两个方面,在其具体运用时,不得不兼顾这相反的两个方面,其表义也就分解为相反的两向。"③当时尚未关注到"艾"字,未举此例。不过,艾之美好义是否如宋翔凤所说,是由"白"反向引出的,似可商榷。艾绒能取火,能治病,自古供国人使用,其香气也为人们所喜爱。《离骚》即有"户服艾以盈要兮"之句,论者认为楚人有重午饰艾于腰的风俗,至今我们尚存端午节插艾于门、户的福祥传统,中国人对艾草是怀有美好情感的。艾的美好义,应当是这种情感在文字运用上的折射,是艾草物质本性母义的自然分衍。

## 三、说　　器

器字表义明确而稳定,引申脉络也简明,语言实践中很少产生歧议。唯其本义与定型义之间距离太大,找不到联结环节,令人困惑。

---

① 见王先谦编:《清经解续编》(二),上海书店,1988年影印本。
② 张舜徽:《清人笔记条辨》,第151页。
③ 祝中熹:《谈谈文言文中"同字反义"现象》,《语文学习》1984年第9期。

我们习知的"器"字含义是用具,由盛物类器皿扩延为用具的泛称。《说文》:"器,皿也,象器之口,犬所以守之。"许氏以"皿"释之,虽非本义,但明言其为日常饮食生活中的盛物之器,这是此字较早的定型义。《韩非子·难一》:"东夷之陶者器苦窳,舜往陶焉,朞年而器牢。"所言器即指陶质日用品。但说字形"象器之口"则可疑。许氏可能认为此字之所以有四个口,是为了突显器皿之口。这并不合乎汉字形体的表义规范。至于以守护之意释所含"犬"字,则是典型望文生义的臆说。生活器皿是从来不用犬看守的。段注云"有所盛曰器,无所盛曰械",似也欠妥。古今语言实践均无这种区分,器字由盛义扩展为用具之泛称后,包括械类的许多用具皆可称之为"器"。

《左传》文公十八年:"盗器为奸。"杜注:"器,国用也。"《易·系辞上》:"备物致用,立成器以为天下利。"又说"形乃谓之器",注云:"成形曰器。"这都是在泛称意义上使用器字。《系辞上》还说:"形而上者谓之道,形而下者谓之器。"则更进一步将器字泛指义无限扩大,让它进入哲学天地,与泛指精神意念的"道"相对应,含义容纳了一切有形事物。另一方面,文献中也缩小其含义,让它只表示宗庙祭祀或隆重典仪上使用的器物,使它披上了一层神圣色彩。如《周礼·典瑞》:"掌玉瑞玉器之藏。"注云:"礼神曰器。"《左传》成公二年:"唯器与名不可以假人。"皆属此类。

器字最受关注的是其含义向人事方面引申。作为盛物的用具,其容量可大可小,其材质多种多样,其品位有高有低,但均因长期使用而被人们所熟悉,很容易和人的性能品质产生联想,所以很早便形成了以器喻人的义延。这类文例多不胜举。如《论语·子路》:"及其使人也器之。"意为据其人之才能而用之。《庄子·胠箧》:"彼圣人者,天下之利器也。"言圣人能量之强锐。《礼记·王制》谓对待不同人物,"各以其器食之",是说要分别据能力而供食。《论语·八佾》载孔子语:"管仲之器小哉!"是说管仲气量狭小。后世通行的以"器"领起的词语,如器量、器度、器识、器宇、器任、器局、器重、器使、器观等,几乎都指人的才能、知识、气质、度量而言,可见器字含义向人事方面伸延,已成社会共遵的趋向。

在此须提及《论语·为政》中"君子不器"一语。由于器字表义已定型为有益于社会生活的用具,其引申义也如上文所言定型为人事方面的正面寓意,故"君子不器"便不太好理解,似乎有违通常的义理逻辑。先儒多以具体器物性能单一,而君子则应为全才的意思解释此语。何晏《论语集注》引包咸:"器者各周于用,至于君子,无所不施。"何晏自己作了进一步阐述:"器者,各适其用而不能相通;成德之士,体无不具,故用无不周,非特为一材一艺而已。"①意为器物各有其使用的局限性,而君子之德与才是全方位的,其作为不限于一事一技。这种理解被普遍接受,杨伯峻《论语译注》即采此说,将该语译为:"君子不像器皿一般,只有一定的用途。"②但综观孔子的育才宗旨,他并不提倡全能,而主张因材施教、各尽其长。樊迟学稼、学圃,孔子皆坦言非己之所能。他说"君子不器","器"字恐非以用具喻某一技能,当如《易·系辞上》所言,指"形而下"的义域。针对樊迟的学稼、学圃,孔子说:"上好礼,则民莫敢不敬;上好义,则民莫敢不服;上好信,则民莫敢不用情。夫如是,则四方之民襁负其子而至矣,焉用稼。"③他的意思是君子重在精神理念、意识形态领域的修养,即所谓礼、义、信,也即《易·系辞上》强调的"形而上"的"道",能够治国安民,在政教仁德上有所作为,而不在于掌握"形而下"的实用技能。

至于前文所言器字本义与定型义之间的缺环,目前还是学术空白,尚无人作出合理的解释。甲文中无器字,金文器字突出犬形,故康殷云此字"表示多犬声,狂吠之意。疑即吠、器初文"④。王延林编《常用古文字字典》也说此字"造字法应与嚚相同,四口不是物器,而是表示喧哗声。器本义当是狗叫,与吠同义,假借为器皿之器。金文中常见的'宝器'、'祭器',非其本义,当为假借义"⑤。康、王二位的本义说,可从;但王先生的假借说,却难苟同。这一则缺乏声韵学上的依据,二则古文献中找不到一条本义(狗吠)用例,本义未立,何从借起。器字形体结构与其通行的表达内容,在声和义两方面均相去甚远。此事目前还只能存疑。

---

① 见程树德:《论语集释》,中华书局,1992年版,第96页。
② 杨伯峻:《论语译注》,中华书局,1988年版,第17页。
③ 同上,第151页。
④ 康殷:《文字源流浅说》荣宝斋,1979年版,第494页。
⑤ 王延林编:《常用古文字字典》,上海书画出版社,1987年版,第117页。

## 四、说义（義）

"义（義）"字在汉语中的地位，可能仅次于"德"字，在其定型含义域内，虽有多元义项，但概念都比较接近。除了"意义"这一泛指义项外，大致用来表达正当、仁勇、高尚等性态、品质或行为，并多与"仁"、"德"等词相配联用。以"义"字领起的许多词语，展示的大都为正面含义。《礼记·祭统》："夫义者，所以济志也，诸德之发也。"《论语·公冶长》："其养民也惠，其使民也义。"《孟子·公孙丑》："其为气也，配义与道。"赵岐注："义谓仁义，可以立德之本也。"《淮南子·缪称》："义者，比于人心，而合于众适者也。"《齐俗》："义者，所以合君臣、父子、兄弟、夫妻、朋友之际也。"诸说皆强调"义"在社会生活及人际关系中所发挥的正面积极作用。

《说文》释义字："己之威义也，从我从羊。"段注："古者威仪字作义，今仁义字用之。""义之本训谓礼容各得其宜，礼容得宜则善矣，故《文王》、《我将》毛传皆曰：'义，善也。'引申之训也，从我从羊。威仪出于己，故从我。董子曰：仁者，人也；义者，我也。谓仁必及人，义必由中断制也。从羊者，与善美同意。"许慎以威仪释义，与本义靠近了些，但仍非本义；段注又进而将威仪同"我"字相联系，虽作了些非本义的义理性发挥，却有助于我们追索义字的本义，因为追索该字本义的确需要从"我"字说起。

《说文》："我，施身自谓也。……从戈、手。手，古文垂也。一曰古文杀字。"许氏纯以第一人称释"我"字，《尔雅·释诂》以"我"统言第一人称诸词，表明"我"的这一含义定型甚早。郝懿行《尔雅义疏》信从许氏"我"之左旁为古垂字说，并引许氏言"施"字义发挥之："施，垂下之貌，古人谦卑，凡自称我必垂下其身，故云施身自谓也。"①这纯系曲解。许氏说"施身"，乃用于自身之意，和下垂无关；而且，谓我字左旁乃古垂

---

① 郝懿行：《尔雅义疏》，北京市中国书店，1982年版，第49页。

字,本即误说。值得注意的是《说文》"一曰古文杀字"一语,这透露了"我"字本义的信息影迹。在此字第一人称义涵已在语言使用中长期稳定不变的文化背景下,晚至许慎时代还有其本义因子的留存,弥足珍贵。古汉语中第一人称代词是多元的,但"我"出现最早,使用最广泛,存延时间最长(至今仍用),是诸第一人称代词的母体。

"我"字在甲骨卜辞中已被大量使用,字形作长柄齿刃斧状。其左旁"㇂",乃由齿刃斧形演化而成;斧之长柄,在金文中演化成"戈"字。王延林《常用古文字字典》引朱芳圃《殷周文字释丛》语:"我象长柄而有三齿之器,即錡之初文,原为兵器。"①此释古文字学界似无异议,《说文》所透露的"杀"义,显然即由武器本义引申而出。一种兵器,为何被定型为第一人称代词呢?此类义变一般都视为假借现象,久假不归。其实,完全可以从另一个角度思考这个问题。武器和"自我"在上古时代存在某种内在联系,并非单纯的因同音而共形。早在文字产生之前,"当人们意识到了自我的存在,并在群体生活中产生了表达自我感受或愿望的需要时,'自指'的'我'便已经在音义结合的状态下出现了。那时肯定还没有产生齿刃斧的概念。但在创造文字的时代,斧、钺一类的武器当已经发明。在早期人类社会中,武器与生产工具是合一的,它们是最早与个人紧密结合、不可分离的物,是每个人终生与之一起劳动、战斗从而对它们产生了深厚感情的物。它们是人们赖以生存的必需条件,是人们最早意识到的私有财产。因此,武器和自我很自然地形成了那么一种特殊关系,这种关系又必然要反映在语音上。在接触到的众多的物中,人们最初只把自己使用并珍爱的武器视为'我的',呼为'我的'。这就是人们在创造文字的时候,用武器的形象来表示'自指'音义的渊源。自指的意思毕竟是比较抽象的,人们本能地要从看得见、摸得着的具体实物入手去造字,于是长柄齿刃斧的形象便成了人们指代自身的通用符号。"②

---

① 王延林编:《常用古文字字典》,第657页。
② 祝中熹:《先秦第一人称代词初探》,《兰州大学学报》(社会科学版)1986年第2期。

明确了"我"的本义,"义"的本义也便迎刃而解。"羊"为"我"的行施对象,康殷释此字曰:"概即用锯解羊以为牺牲之意,疑即牺的本字。"他进而指出,东周金文中多威、义二字连用,表"威仪"义,罕见后起之"仁义"义用法①。记得很久以前,庞朴先生在论证"仁"与"义"乃一对范畴时,也曾说义字本义为杀牲以祭,惜我今已记不得其文出处了。此说当为不刊之论。义字杀牲以祭的本义,最直接、最合理的引申义便是正当、适宜、美善,含"理应如此"之意。成语"义无反顾"、"义不容辞"、"义愤填膺"等皆如是用法。先秦时代,"国之大事在祀与戎"(《左传》成公十三年),杀牲以祭天地、祖先神灵以祈福祥,乃社会生活中的最高仪典,庄严神圣,理所当然,万民共遵。这就是"义"字引申义产生的驱动力,故前引《礼记·祭统》张扬"义"的"济志"功效,说义为"诸德之发"。

义与仁的组合词"仁义",书面和口语的使用率都很高,但二者确如庞朴先生所论是相对应的两个理念。"仁"似乎偏于精神层面,指人际关系中亲爱、关护、同情、怜悯的心态意识;"义"似乎偏于行动层面,指人际关系中严正、适当、公道、忠勇的言辞作为。在真善美的理念体系里,"仁"归于善,"义"归于真。成语"仁至义尽",细析之,表达这样的意思:怀着最大的善意,把该做的都做了。成语强调了感情和行为两个方面。"义"字表义的这种行为趋向,无疑是由杀牲以祭的母义中直接引出的。

最后还要指出,"义"字也曾有过反向引申的现象。新版《辞源》"义"字诸义项中即列有"奸邪"条,引《尚书·立政》"谋面,用丕训德,则乃宅人,兹乃三宅无义民",王引之《经义述闻》引王念孙曰:"义,与俄同,邪也。言夏先王谋勉用大顺之德,然后居贤人于官而任之,则三宅皆无倾邪之民也。"又引《左传》文公十八年"掩义隐贼,好行凶德",俞樾《群经平议》卷二十五云:"掩义与隐贼一律。掩犹隐也,义犹贼也。……义也,贼也,皆不善之事,故掩盖之、隐蔽之也。学者但知义为

---

① 康殷:《文字源流浅说》荣宝斋,1979年版,第411页。

仁义之义，而不知古书义字有作奸邪解者。"①"俄"字从"我"，本含倾侧歪邪义，故王念孙说义字"与俄同"。"贼"之本义即杀害，义字在《传》文中与贼字同律（义近并列），其奸邪义当从杀害义引申而出。但义字的正面引申义太过于强势，早已在中国政治、伦理、道德等文化天地中处于无可争议的位置，尤其是当"义"与"仁"联结成儒家意识形态之核心后，义字的反向义便随其本义一起完全消失了。

丙申岁暮成稿于兰州

■ **作者简介**

祝中熹，1938年生，甘肃省先秦文学与文化研究中心研究员，主要从事先秦史、秦文化及相关文物的研究工作。

---

① 何九盈、王宁、董琨主编：第三版《辞源》（下册），商务印书馆，2015年，第3297页。

# "子所雅言"之"所"字新解

## 雒 鹏

(西北师范大学文学院　甘肃兰州　730070)

**内容提要**　"子所雅言"常被引来谈及孔子时代汉语的通语叫"雅言",然"所"做何解,多语焉不详。究其原因是对《论语·述而篇》第十八章全章各句之间的逻辑关系没弄清楚,又泥于"所"字的惯例,多作为名词、代词来看。"子所雅言,《诗》《书》、执礼,皆雅言也。"一句表达的是一个因果关系,"《诗》《书》、执礼,皆雅言也"是果,原因是"子所雅言"。准此,"所"必须作为动词来看才能讲通,但文献里几乎无用例。我们据文献里"所"与"许"的种种通假关系,假设"所"与"许"的动词"赞许"及引申义也可通,得出"所"在"子所雅言"里有"赞许、主张、提倡"义,即"孔子提倡讲雅言"。这样后面的"《诗》《书》、执礼"与"皆"的语义指向及关系就豁然而与"子所雅言"方无重复之赘。

**关键词**　子所雅言　"所""许"通假　动词义　因果关系

《论语·述而篇》第十八章"子所雅言,《诗》、《书》、执礼,皆雅言也。"这句话常被引来谈及孔子时代汉语的通语叫"雅言",而整章的意思与各句之间的关系,今人的翻译和古人的注疏,总觉尚欠信达。细究根源,窃以为对"所"字的解释,不太合乎文法。本文不揣浅陋,在前贤时哲的研究基础上,试对"所"字在此章的用法做一探析,以期对《论语》文意的理解和对孔子语言观的认识有所帮助。

今人对《论语》注译影响较大者为杨伯峻先生的《论语译注》[①],近

---

① 杨伯峻:《论语译注》,中华书局,2009年版,第70页。

年杨逢彬所著《论语新注新译》①后出转精。后者,据封底的介绍,是作者"14年冷板凳的结晶"。这两部译注,对我们学习和了解孔子的思想和儒家文化的基本精神,有很大的作用。细读两书,发现对"子所雅言,《诗》、《书》、执礼,皆雅言也。"一章的注译,小有不同,一为释义的不同,二为句读的不同。我们不惮其烦,把两书的译注全文转抄,以资比较。《论语译注》的译文为:"孔子有用普通话的时候,读《诗》,读《书》,行礼,都用普通话。"只"雅言"一条有注释,即:"当时中国所通行的语言。春秋时各国语言不能统一,不但可以想象得到,即从古书中也可以找到证明。当时较为通行的语言便是'雅言'。"《论语新注新译》的译文为:"孔子说雅言的场合:诵《诗》,读《书》,行礼等,都用雅言。"注释有两条。一是对"子所雅言"的注释,说:"句式同上文'子之所慎'。'雅言'在这里用为动词,故句末用冒号。雅言,当时中原各国通行的语言。"二是对"《诗》、《书》、执礼"的注释,说:"这句《诗》《书》前面的动词没有出现,这就是俞樾《古书疑义举例》一书中所说的'探下文而省例'。不过,这一例比较特殊,不能径直在《诗》、《书》前补上'执'字,而须根据具体情况补上'诵''读'等字。《孟子·万章下》:'颂其诗,读其书,不知其人,可乎?'"看译文,大致意思也能明白,但前后表达有重复啰嗦之嫌,即"用普通话的时候……都用普通话""说雅言的场合……都用雅言",各句之间的逻辑关系是什么,有点乱。

　　杨伯峻先生的译文,把前两句作为一个直接成分来理解,是总分关系,说孔子有用普通话的时候,比如读《诗》,读《书》,行礼等,意思也是完整的,但这样最后缀一句"皆雅言也"就显得多余了,而且与"皆"的语义指向不合。再看杨逢彬的断句,"子所雅言:《诗》、《书》、执礼,皆雅言也","子所雅言"后用冒号,指出说雅言的场合包括"《诗》、《书》、执礼,皆雅言也"。这样把"《诗》、《书》、执礼"与后句"皆雅言也"作为一个直接成分来看,与"皆"的语义指向上就能一致,但整章的文意又显得不通畅,"皆雅言也"与前面的"子所雅言"又重复了。由此,孔子说雅言的场合都用雅言,这是很自然的事,还值得最后再重复一句吗?如果说是

---

① 杨逢彬:《论语新注新译》,北京大学出版社,2018年版,第127页。

为了强调,那句式就不是陈述句了。

究其原因,杨伯峻先生把后两句的直接成分关系割裂开了,做了重新分析。这从文言文里"皆"的用法上入手不难判断。"皆"是个表范围的副词,语义指向是统括前面所谈的各项内容。《说文解字·白部》:"皆,俱词也。"本章《诗》、《书》、执礼是个谓词性的联合结构,联合的是几个具有并列关系的事件,即诵《诗》、读《书》、行礼等事情,"皆"应该是对这几件事情的统括。"《诗》、《书》、执礼,皆雅言也"两句陈述的是孔子用雅言的事实。这个表达与"子所雅言"是什么关系呢?从整章是一个陈述句的形式上分析,应该表达的是一种因果关系,即孔子用雅言诵《诗》、读《书》、行礼这些事实结果是由前句表达的这个原因造成的。那是什么原因呢?从两位杨先生的译文"孔子有用普通话的时候"和"孔子说雅言的场合"可知,孔子是使用雅言的,而且是分时间和场合的,但为什么分,没说清楚。我们推测,孔子使用雅言一定是跟孔子的语言观有关。孔子是一个很注重礼仪的老师,这从他对周礼的尊崇上就可看得出来,其中当然包括使用通语。"皆雅言也"就是孔子注重和提倡雅言的结果!据此,笔者认为"子所雅言"就是说孔子注重和提倡讲雅言的意思,这是孔子的语言观的一个体现,后文紧接着说,他在诵《诗》,读《书》,行礼的场合,都使用雅言。这样就文意明白,各句的内在逻辑关系也就清楚了,就不显得重复了。

文言文的表达,最大的一个特点就是简约,况且是至圣先师的语录的整理。但为什么翻译出现了重复?原因就在于对文言词"所"字的理解。这个问题,杨逢彬应该是意识到了,所以他的注释里说"句式同上文'子之所慎'"。"子之所慎"见于《论语·述而篇》第十三章"子之所慎:齐、战、疾。"杨逢彬的译文为"孔子所小心慎重的事有三样:斋戒、战争、疾病。"但据原文,"子所雅言"和"子之所慎"的语法结构是不同的。"子之所慎"是个偏正结构,"之"作为介词(采用王力先生的说法)取消句子的独立性后"子之所慎"做主语,后面的"齐、战、疾"做谓语。我们把它译为"孔子小心慎重的是斋戒、战争、疾病。"如果十八章译为"孔子所说的雅言是诵《诗》、读《书》、行礼,都用雅言。"就大大地不通了。这是从局部考虑了"所"字可以当"场合"义讲,没有考虑全章三句之间语义表达的逻辑关系。

古人对《论语》的研究,真是汗牛充栋,不具述。程树德之《论语集释》,因后出,征引材料丰富,较为有名。其书于"雅言""执礼"之义多有考究,一如两位杨先生所释。"雅言"即当时的通语,犹如今天的普通话;"执礼"即行礼。唯于"所"字未见有解。清人对儒家经典多有独到见解,刘宝楠之《论语正义》在对前人考释的吸收、注重文字训诂阐发经义、对古注的详细疏解方面尤可称道。其于"所"字,有专门解释:"'所'字,即指《易》言。乃不独《易》也,若《诗》《书》、执礼,皆雅言也。"所谓"即指《易》言",释家认为这是承上章"子曰:'加我数年,五十以学易,可以无大过矣。'"①来说的。但细玩文意,似觉欠通。因《论语》乃语录,每章所言,不一定为同时之语,只是后人编写时,可能觉得内容都与"六经"有关,就连缀在一起了。这是前贤的释读,对"所"字还是语焉不详。

"所"字是文言文里常见的一个虚词,用法非常复杂。常见用法是做特殊的指代词,后面跟一个动词性的成分,表达的语义是这个动词所关涉支配的对象(曹操《举贤勿拘品行令》"其各举所知,勿有所遗。"陶潜《桃花源记》:"此人一一为具言所闻。"本段括号里举例见《古汉语常用字字典》第五版,后同。)除此外,"所"还表处所(如《左传·襄公十四年》:"赐我南鄙之田,狐狸所居,豺狼所嗥。"《墨子·号令》:"夜以火指鼓所。")、表大概的数目(如《史记·留侯世家》:"父去里所,复还。")、与"为"配合构成"为……所……"的格式表被动(如《三国志·魏书·武帝纪》:"术怒攻布,为布所破。")等。这些都不难理解。故杨逢彬讲成"……的场合",杨伯峻讲成"……的时候",也是有来由的。俞敏先生曾有一篇《古汉语里"所"字》的文章,考察了"所"字由实词变为虚词的过程,最后一节"'所'字的分枝"里有一个例子,是《文十三年公羊传》的"往党,卫侯会公于沓。至得与晋侯盟。"引何休的注说"党,所也。所犹时,齐人语也。"②看来所字当"时候"讲是有用例的。认知语言学认为,表达空间的词可以转来表达时间。"所"字由表处所转为表时间,看来

---

① 刘宝楠撰,高流水点校:《论语正义》,中华书局,1990年版,第269、270页。
② 俞敏:《俞敏语言学论文集》,商务印书馆,1999年版,第375—386页。

是符合语言规律的。但文献里"所"字还有些通假的用法,理解起来就比较麻烦了。

据文献用法常例,"所"字多与"许"字通假。如《诗·小雅·伐木》:"伐木许许",《说文解字·斤部》:"所,伐木声也……《诗》曰'伐木所所'。"杨树达《积微居小学述林·释许》:"按'所'与'许'古音同,故《毛诗》作'伐木许许'。运斤伐木有声谓之'所',持杵捣粟人有声谓之'许'。字音同,古义亦相近矣。"①这个音,按今音读"hu",是个拟声词。这个也不难证明,"所"字从"户"声;"浒"字读"hu"音,"许"字是谐声偏旁。"许"字在语义和用法上,与"所"字有许多共同之处。"许"可以做代词(如《宋史·杨万里传》:"吾头颅如许,报国无路。")、常与"何""恶"等连用表处所(如陶潜《五柳先生传》:"先生不知何许人也。")、表约数(晋干宝《搜神记》卷七:"临淄有大蛇,长十许丈。")。这些用法的"所"和"许"大多为体词性的,文献里互借的例子不少,前贤多有关注。清人黄生《义府》"里所"条:"《汉书·张良传》:'父去里所,复还。'师古曰:'行一里许而还。'又《疏广传》:'问金余尚有几所。'师古曰:'犹言几许。'愚按:所、许又同从数字所主切而来,盖约计其数如此耳。《周书·君奭》'多历年所',此用所之自。隋炀帝诗'闻名尔许时',犹如许时也。昭明太子诗'念人已去许多时',则意似近人俚语矣。"②但"许"字有一个动词义,表示"答应,允许",引申可有"赞许,赞同",是"所"字所无的,能不能通假,未见学界有论及者。

古书多假借,这是一个共识。既然"所"与"许"在体词性用法上都能通假,那么,"许"的"赞许,赞同"义,会不会与"所"通假呢?《尚书·无逸》里有一例"所"字做动词的用法,即"周公曰:呜呼,君子所其无逸?"一句中的"所"字。据郑玄及后代学者考释,认为通"处",是个动词用法。意思是"君子处在高位,怎么会没有安逸呢?"③"所"与"处"通,

---

① 杨树达:《积微居小学述林全编》,上海世纪出版股份有限公司、上海古籍出版社,2013年版,第37页。
② 黄生:《字诂义府合按》,中华书局,1984年版,第179、180页。
③ 王世舜:《尚书译注》,四川人民出版社,1982年版,第215页。

分析其字形不难理解。"处（處）"，声符为"虍"，与"所"字声符"户"同音，符合通假的原则。"所"字的处所义实际上来源于通假。"许"的处所义，也应该是由于与"处"音同的结果，可证之"杵"从"午"得声，"许"从"午"得声，二字得声一也。此虽为"所"通"处"，但可以说明"所"有动词用法。那么，"所"通假"许"的动词义用法，也就有可能了。"子所雅言"的"所"如果理解为与"许"通的"赞许，赞同"义，《论语·述而篇》第十八章整章的意思和各句之间的逻辑关系就圆通无碍了。"子所雅言"就是"子许雅言"。"子所雅言，《诗》《书》、执礼，皆雅言也。"就是：孔子赞许提倡讲雅言，所以他在诵《诗》、读《书》、执礼时，都用雅言。诵《诗》、读《书》、执礼时都用雅言的原因是"子许雅言"。

　　前贤时哲对文字之假借和文献之通假都需从语音来破解的确论甚丰，但有时泥于汉字的形体和字义以及不明古今语音演变的规律，往往顾此失彼，左右为难，不便断言，以致对经典文献的解读多有龃龉。古今汉语语音的历史，就我们所知，不是一两千年，而是四五千年甚至更长。《切韵》至今，因有大量韵书，许多语音现象都能解释清楚。上古汉语，跨度几千年（仅仅《诗经》时代的韵文至汉末韵文，时代跨度不下千年，遑论《诗经》之前的谐声字时代），我们今天还没有一个统一的音系。上古文献里的通假现象，比比皆是，我们换个思路，可能会有一点浅见，还望方家指教。

### ■ 作者简介

　　雒鹏，1965年生，甘肃省靖远县人，西北师范大学文学院副教授。主要研究领域为汉语言文字学，尤长于甘肃方言的研究，也兼及传统文化和民俗文化研究。

# 战国遣册文字释读二则*

## 田 河

(西北师范大学国际文化交流学院 甘肃兰州 730070)

**内容提要** 本文考证信阳长台关遣册的"鍪"所记录的器物为墓中出土的盆体敦,包山遣册"害"读为"瑴",记录的是墓中出土的木质壶。

**关键词** 战国遣册 鍪 害

## 一、鍪

信阳长台关 M1 遣册 2-024 号简:

窠(集)糈之器:二□□、一联珪、一□□、二□□,屯緅帽。二鉏、☒二友□,屯又(有)盍(蓋)。四倉(合)釾、一舃(錯)釾,屯又(有)盍(蓋)。①

鉏,原篆作🦌,左边略残,郭若愚释为"鉏",鉏,《说文》:"鉏釜也。"②商承祚隶为"鍒",无解。③ 信阳长台关遣册 2-025 号简记载"鼎,十□,屯又🦌","又"下一字模糊,朱德熙释为"鉏"。④ 按:2-025

---

\* 本文系国家社会科学基金重大项目"简帛学大辞典"(项目批准号:14ZDB027)阶段性成果。

① 河南省文物研究所:《信阳楚墓》,文物出版社,1986年版,图版一二六。
② 郭若愚:《战国楚简文字编》,上海书画出版社,1994年版,第94页。
③ 商承祚:《战国楚竹简汇编》,齐鲁书社,1995年版,第38页。
④ 朱德熙:《朱德熙文集(第五卷)》,商务印书馆,1999年版,第174页。

号简朱德熙释为"鈶"的字,残泐严重,待考。从字形看,2－024号简 ![字] 释鈶可从,鈶即鍟。大徐本《说文》:"鍟,鍟錍,釜也。从金此声。"①学界多从郭若愚说将鍟解为釜,但存疑。② 细审《说文》,"鍟"与"鎏"、"錍"、"鏊"等表示工具类相关的字放在一起,"鍟錍"解为"釜"恐有误。他本《说文》都作"斧"。段玉裁《说文解字注》"鍟,鍟錍,斧也。"段注"斧之一种也,叠韵字。"桂馥《说文义证》:"鍟錍斧也者,《玉篇》引作'錍鍟斧也'。馥案:鍟錍,短斧也。《方言》'鏨耀,短铎',《广雅》'錍䥶,短也'。"③可见"鍟錍"是连绵词,意为斧。从简文看"鍟"无疑是一种容器,但究竟是何种器,学界一直存疑。2008年,曹锦炎《工尹坡鍟铭文小考》一文中刊布了一件止水斋收藏的青铜器,器铭作"攻(工)尹坡之荣鍟"。曹先生指出工尹坡鍟器型与楚国青铜器中自名为"盏"的器型很相似。并将"鍟"读为"盏",进一步论证从"此"声之字与从"戋"声之字相通,如《公羊传·哀公四年》:"掩其上而柴其下。"《周礼·地官·媒氏》郑注、《春官·丧祝》郑注并引"柴"作"栈"。④ 鍟为精纽支部字,盏为庄纽元部字,韵部远隔,似不能通,但也有特例,如"隽"为从纽元部字,从隽得声的"樵"归精纽支部,⑤说明鍟、盏存在相通的可能。从器物形制及青铜器自名情况分析,曹氏的释读意见更值得肯定。吴镇烽《商周青铜器铭文暨图像集成》一书将工尹坡鍟收录在"敦·盏"类下,仅录铭文图版,没提供器型图像,描述如下:"器身圆形,口微敛,圆唇外翻,腹部有两个环耳,圆底,三个兽蹄形足;盖面有三个环钮,盖口沿两侧有卡扣。"(321页)从其描述看,工尹坡鍟与《图像集成》收录的大府盏(06055)、楚王酓审盏(06056)、贻于噉盏(06059)、愠儿盏(06063)、襄王孙盏(06068)、荆公孙敦(06069)、十四年陈侯午敦

---

① 许慎:《说文解字》,中华书局,2001年版,第295页。
② 刘国胜:《楚丧葬简牍集释》,科学出版社,2011年版,第17页。
③ 桂馥:《说文解字义证》,齐鲁书社,1994年版,第1228页。
④ 曹锦炎:《工尹坡鍟铭小考》,载张光裕、黄德宽主编:《古文字学论稿》,安徽大学出版社,2008年版,第18—19页。
⑤ 郭锡良:《汉字古音手册》,商务印书馆,2010年版,第356页、234页。

(06078)形制相同。① 这7件敦类器物中有5件自名为盏，2件自名为敦，可见，鍳应是盏(敦)类器物的异名。信阳长台关 M1 出土2件铜敦(1-7、1-8)，作圆球形，盖略平，有环状钮三个，盖与器身子母口扣合，腹部左右两侧各附一耳，耳内衔环，圜底(见下图)。② 此铜敦与《图像集成》收录的滕侯昃敦(06057)、高奴敦(06061)、归父敦(06066)、益余敦(06072)、齐侯敦(06076)形制相同(详下图)。以上诸器都自名为敦，形制上与工尹坡鍳相比少三足。朱凤瀚《中国青铜器综论》一书中将此类腹壁圆曲，平底，盖平顶，器盖相合呈扁体的青铜器都归入平底敦。③ 刘彬徽认为楚系青铜器的盏与敦是前后演变关系的两个类型——盆体敦与圆体敦，进一步指出敦是盆体敦和圆体敦的共名，盆体敦称为盏，盏也是楚文化区域对敦的区域性称呼。④鉴此，笔者认为信阳遣册 2-024 号简的"鍳"也可以读为"盏"，当是记录盏(敦)一类的器物。长台关 M1 出土的2件平底敦与简文"二鍳"数量相合，信阳遣册的"鍳"应该记录的就是这种平底敦(盆体敦)。

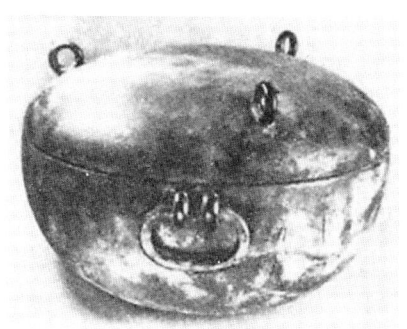

《信阳楚墓》图版四二·
铜器·3敦(1-7)

---

① 吴镇烽：《商周青铜器铭文暨图像集成》第13册，上海古籍出版社，2012年版，第315—345页。以下简称《图像集成》。
② 河南省文物研究所：《信阳楚墓》，文物出版社，1986年版，第49页，图版四二。
③ 朱凤瀚：《中国青铜器综论》，上海古籍出版社，2009年版，第144页。
④ 刘彬徽：《楚系青铜器研究》，湖北教育出版社，1995年版，第152—158页。

《图像集成》06076 齐侯敦　　　　　　06057 滕侯昃敦

## 二、害

包山 2 号楚墓遣册 256 号简主要记录随葬的食品,简文作:

腏一罋（瓿）、☐一害、瀯昱一罋（瓿）。青縊（锦）之纕（囊）四,皆又（有）糗。四筓飤（食）、篋鱼一籣。[1]

"害"原篆作 ,整理者阙释,刘钊、李守奎释为"害",[2]刘信芳认为  是"罋"之异体[3]。按:  与郭店楚简《语丛四》21 简的" (害)"形近,释"害"可信。从文例来看,"害"为盛食器,与缶、瓿相类。"害"疑读为"匃"。害为匣纽月部字,匃为溪纽月部字,韵部相同,声纽同为牙音。从"刧"得声的"契""挈"为溪纽月部字,而"禊""絜"为匣纽月部字,则害、匃音近可相通。《广雅·释器》:"匃,瓶也。"《玉篇·瓦部》:"匃,瓶,受一斗。"《方言》卷五:"缶谓之瓿甊,其小者谓之瓶。""匃"对应的器物可能是包山 M2 东室所出的木质壶（2∶4-1、4-2）,标本 2∶4-1 直

---

① 陈伟等:《楚地出土战国简册[十四种]》,经济科学出版社,2009 年版,第 119 页。
② 刘钊:《包山楚简文字考释》,（香港）《东方文化》1998 年 1、2 期合刊,第 65 页;李守奎:《楚文字编》,华东师范大学出版社,2003 年版,第 459 页。
③ 刘信芳:《包山楚简解诂》,艺文印书馆,2001 年版,第 261 页。

口,颈较直,弧肩外鼓,腹扁形①,如下图:

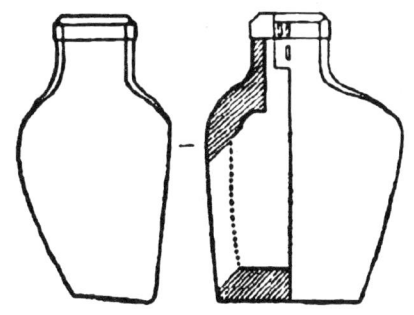

《包山楚墓》图八四 2 壶 2∶4-1

### ■ 作者简介

田河,西北师范大学国际文化交流学院副教授,研究方向为古文字学。

---

① 湖北省荆沙铁路考古队:《包山楚墓》,文物出版社,1991 年版,第 134 页。

# 穆字的造字之义及周人的宗法政治观念

## 赵 健

(天水师范学院 甘肃天水 741000)

**内容提要** 本文首先从文字历史出发,以辨识甲金文"穆"字形体入手,结合天水方言"穆"字的所含意义,指出传统字书及今之文字学者对其种种错误认识;接着依据甲金字形指出其为象形造字,其造字之义是表示菊科植物的籽蕊及形态相似的其他一些风媒花植物飞扬的籽蕊,重点描述了天水方言中的"柳穆穆"在旧时代深入人心的文化意含。接着指出上古三代之初宗族统治时期,古人最擅长形象类比思维,故赋予"穆"以大宗之"子"的引申之义,满足其子孙绵绵的强烈政治意愿;其后又赋予了这个代表宗族政治的最高统治者的"穆"以符合统治需要的德、才、品、性等多方面的高标准要素。

**关键词** 甲金文 "穆"政治意愿 德 才 品 性

夏商周三代是中华文化创始奠基时期,其后至今的一些文化、道德、政治观念之源头即生根于此。尤其产生于此时期的文字,更是生动具体地承载了这些鲜活的观念,只是由于漫长的历史变迁,一些我们至今明明白白地了解它,一些则只知其今而不知其古。"穆"字就是属于这后一种情况的字。

汉许慎《说文·禾部》:"穆,禾也。"许将其解为形声字。江学旺在《古汉语研究》2000 年 2 期《〈说文解字〉形声字甲骨文源字考》谓穆不是形声字,因字形讹变,许氏将连体误析为形声字了,江引徐中舒主编《甲骨文字典》释"穆"作"本象禾上长有锋芒之穗形。"《汉语大字典》穆字下按曰:"甲骨、金文穆原表向日葵的风彩,象形。本义当训和美。"比徐释具体深入一大步的是认作"象形"。但指为向日葵的风彩,这是毫无历史根据的杜撰。该字典五卷就载:"(向日葵)菊科,一年生草本,原产美洲。我国最早记载见于1621年明王象晋《二如亭群芳谱》,称西番葵。1688年成书的清陈淏子《花镜》始称向日葵。"17世纪方才传入中土的向日葵,怎能在三千三百年前殷商先人所创造的汉文字中就展现其形象风彩呢？显系凿空之说。从现有甲金文看,甲三六三六、金墙盘、井人钟所展示的字形,系一菊科植物的完整形象写照,有茎有根,有叶有花朵,其花朵硕大而弯曲下垂,尤其突出显示其花蕊多而长,且下落飘散。花蕊之多,甲三六三六穆字以花盘上三长芒象之。古人云:三者,数之多也。飘落之蕊,金墙盘穆字以彡象之。彡以三画,也正表多之义,《说文》谓:"彡,毛饰画文也。象形。"《汉书·高帝纪》唐颜师古注:"彡,毛发儿也。"饶炯《部首订》(《新订说·文部首六书例谈》):"指事。本谓毛饰为文曰彡,画饰为文亦曰彡,故从彡之字,或从毛取义,或从画取义。三之者,毛画文饰之数无穷,因举三以见其义。"金文穆字之彡,正显示其蕊籽絮毛之多也。

综观甲、金字形,显示一头状花序之盘朵,突出其成熟下落的、带着绒毛(花蕊)的种籽。这正是所有菊科植物的特征。各种菊花,都有大盘朵,多籽蕊的特征。尤其苦苣(古称荼,中药名败酱草),春天发芽,立夏后起苔,开黄花,花谢后花萼收拢,伸长,形成一个籽胞,使蕊籽成熟长大,然后籽胞开张,吐出无数个带着白色长绒毛的小小种籽,随风飘飞。还有小蓟(俗名绵束蓟)、大蓟(俗名马脑束,或狗脑束)也都如此。菊花中有六月菊,一年生草本,春天撒下种籽,六月开花,盘朵更大,籽蕊更多。还有野棉花(俗名张棉叶)、蒲公英,也都多籽蕊,多絮毛。杨柳科的杨树和柳树,雌雄异株,属柔荑花序,其雌株初夏扬花,其种籽也带着长长的丝絮,历代文人辞客诗赋骚人,描写之墨翰极多。但天水方言中,不称其为絮,只叫"白杨树穆穆"、"柳穆穆"。菊花、葵花盘朵中间的花蕊,方言亦称"穆穆"。穆字之音,《广韵·屋韵》莫六切,今音/mù/,入屋明,沃部。段玉裁注:"莫卜切,三部。"则为幽部之入声,今人归于沃部,如段注古韵当归觉部,王力先秦拟音[uk]。今天水方音入声基本消失,其音则同相应之阴声。声调则浊入归阳平,故方音为/mu˥/。杨柳皆有穆穆,但柳穆穆尤为陇上人所关注,因为它是陇上人生活的极重要物候。一道陇山将大西北分作两地,山之西为甘肃,俗称陇上,山之东为陕西,俗称坻下,中间只一山之隔,但人们的生活贫富悬殊很大,气候冷暖差别也很大。关中一带,地势低平,气候温暖,主产小麦,成熟且早。陇上一带,山高地陡,气候寒冷,主产高粱、玉米、豌豆、洋芋等秋粮;虽种小麦,但产量低而成熟晚。故而陇上生活苦愁(方音/tiau˥/),而关中生活富裕。因此,每当夏季,秋粮已尽,夏田未黄,青黄不接之际,天赐生机,关中小麦已黄,正待开镰收割;天传讯息,凭靠物候。民谚有"柳穆穆浲(方音/kaŋ˥/),麦客子漾。"陇上成千上万农夫,待哺饥民,一见漫天飞舞的柳穆穆,便带上刃镰子,缠件破衣衫,三五结伙,十百成帮,蜂拥而来,走下陇阪,赶向麦场。在龙口夺食的五黄六月,关中农家也如盼抢险、救火一般,盼着这些短工麦客,他们开出可观的工价,备办了可口的饭食:劲道的长面、雪白的馒头、鲜丽的花卷、大碗的米汤招待他们。间或还可喝上一杯老酒。八百里秦川的麦子,在烈火般的骄阳下,在挥汗如雨的一把把镰刀下割完了。吃了一月四十天雪白馒头、大朵花卷、如丝长面的麦客子们,比走下陇坂来时脸颊、脊背、胸膛、手臂更红更黑了,臂背不知脱了几层皮,一个个黑似一截木炭,焦黑的头上顶着一头长发,因为抢着割麦挣钱实在太忙了,几乎没功夫剃头。但他们怀揣着月余时间挣得的数十上百元票子,既疲惫又兴奋。对许多人来说,这也许就是今年挣得的最大一笔收入。"柳穆穆浲",对陇上人家是喜讯,是柳暗花明又一村,是饥饿时飘扬的吃粮旗、送来的大馒头,是贫饥交加时的救命星。夏天,人们终于盼到了"柳穆穆浲"的时候。只是,农业合作化后,这种盼头就再也没有了。

柳穆穆,实是柳籽。在每一丝絮上,都连着小虱虮子大小黑褐色的一粒种籽,用指甲将其挤破,就见流出油脂的一丝柳叶般翠绿。所有菊科植物的种籽都头顶花蕊(俗称"花儿穆穆子")长大成熟。有些非菊科植物种籽,也带有长长的丝絮,凡风媒花的种子,都有这种供其随风飘飞的先天装配。苔藓也呈丝状,天水俗称"地穆穆",以其形若头状花序之花蕊之状,故由穆引申比喻取名者也,它本身就是兼有孢子体的种籽，其繁殖力也极强。故无论何种植物之穆穆子，其实都是其种籽。这是穆字的造字本义。

三代古人最擅形象类比思维，所以穆字最切近本义的第一个引申义为"子"。《书·酒诰》："乃穆考文王，肇国在西土。"孔传："父昭子穆。"《礼记·中庸》："宗庙之礼，所以序昭穆也。"古宗庙之礼，始祖居中，所谓不祧之祖，其下父昭子穆，依序左右排成二列，凡穆皆为对应的昭位之子也。而穆表子之义，乃由植物花之穆即花之籽引申而来。应注意者，此穆所示之子，其后乃为帝王家族所专，特指王侯之子，非民人之子也。就如朕，本为第一人称，人人皆可自称朕，而秦始皇之始，则为帝王专称。上古三代为宗法社会，政治的基础是宗族统治。其统治势力全靠宗族的强大有力，而强大有力的基础首先在于人丁兴旺，子嗣众多，宗族人丁兴旺少长林立，就有可能英杰辈出，而后再封出大大小小的封国，占尽四海的角角落落。人丁要兴旺，则要求帝王子嗣成群，如初夏大柳树吐出的柳穆穆，漫天遍野，铺天盖地撒播下去。世传周之圣王文王有百子，也即说文王不仅有绝世的政治军事才能，有极高的道德品质，因而是一代圣王，而且对周邦最重要的是其有极强生育和治家能力，这才能够在子代中涌现出武王、周公这样的圣贤子孙，促使周邦从各方面逐步强大，因此文王才堪称绝世圣王。繁殖力强的植物、动物均可使古人产生类比形象思维。如《诗·螽斯》以"诜诜"、"振振"、"薨薨"、"绳绳"、"揖揖"、"蛰蛰"赞颂螽斯子群之盛。宋朱熹《螽斯》注谓："螽斯，蝗属，长而青，长角长股，能以股相切作声，一生九十九子。"又注："诜诜，和集貌。""振振，盛貌。""薨薨，群飞声。""绳绳，不绝貌。""揖揖，会聚也。""蛰蛰，亦多意。"又谓此诗写"后妃不妒，而子孙众多。故众妾以螽斯之群处和集而子孙众多比之"。又《诗·芣苢》朱熹注："芣苢，车前也。大叶长穗，好生道旁。""妇人无事，相与采此芣苢，而赋其事，以相乐也。采之未详何用。或曰，其子治难产。"车前，车前科，多年生草本，根须状，叶丛生，广卵形，天水地区俗名驴耳朵，穗状花序自叶丛中央生出，夏秋开花，密生小籽，其籽极多，药用泻利水湿，有利尿健肾之功，人采食，有健身益子之效。传统中药"五子衍宗丸"就有车前子。妇女采此，求多子，如车前之多籽也。上古之初，人或采集或渔猎或农耕,贴近大自然以求生存,深知大自然中某些物种生殖力旺盛,不仅求得生产丰收而且产生崇拜、模拟、类比、联想。《诗经》中这类作品不少。菊科、杨柳科和其他许多种类的植物,开花结籽都吐絮,也即带有穆穆,《诗经》虽未专写,但比《诗》早的殷商甲骨文及金文字中即有穆字生动逼真的造形,反映出上古人对此的关注和崇拜。周人典册更以穆字代指子嗣,希望宗庙子嗣衍绵兴盛如杨柳穆穆、如菊科花籽蕊遍布天下之意昭然若揭。但这个昭穆两字绝不是指君王之一般子孙,而是指进入帝王宗庙排序的子孙的相关位序,也即是曾登上国家最高统治地位的帝王继承者的名位了,那么,穆即是未来的君王了。

作为家天下之中统治大宗的君王,不仅要子嗣众盛,而且子嗣之中要贤俊英杰辈出,具备多种崇高优秀品德及才能。这表示君王的穆字,传统赋予它的意义,又正兼具这些基本要求。如《康熙字典》穆字列十四义项,《汉语大字典》列十六义项,大同小异,但均无贬义义项。今以《汉语大字典》所列十二个形容词义项归纳为七方面,试作分析阐述,藉以认知上古三代中政治上最成熟最有建树的周人的宗法政治观念。

(1) 穆具和谐,和睦义。唐慧琳《一切经音义》卷六引《说文》:"穆,和也。"《诗·大雅·烝民》:"吉甫作颂,穆如清风。"郑玄笺:"穆,和也。"《字汇补·禾部》:"穆,与睦同。"三国魏曹植《豫章行》之二:"周公穆康叔,管蔡则流言。"黄节注:"穆,睦也。二字古通用。"

一个品德优秀的人,尤其一个成功的政治领袖,一定是言行和谐,态度平易,能和臣民及与事者和睦相处的人。能团结族众凝聚人心的人。周之文武、周公皆其表率。国家一理,"家和万事兴",今天已成中国民众尽人皆知的箴言,足见周人穆字宗法政治观念影响之深广。

(2) 穆有美好,威仪貌。《广韵·屋韵》:"穆,美也。"《诗·大雅·文王》:"穆穆文王。"《尔雅·释诂》:"穆穆,美也。"唐孔颖达疏:"语言容止之美盛。"又,《康熙字典》:"(穆)多也。《礼记·曲礼》:'天子穆穆。'(唐孔颖达)疏:'穆穆,威仪多貌。'"字典列为两个义项,笔者将其合之,因为他们都写周天子盛大、庄严、威仪赫赫的壮美朝堂礼仪场景。

(3) 穆有恭敬,肃穆义。《广韵·屋韵》:"穆,敬也。"《书·金縢》:"我其为王穆卜。"孔传:"穆,敬。"《楚辞·九歌·东皇太一》:"吉日兮辰良,穆将愉兮上皇。"王逸注:"穆,敬也。"天子、君上所行之事,一言一行皆关乎天下民生民心,必须恭谨敬慎,严肃庄重以对待之,日理万机而皆不可轻忽儿戏之。这里讲待人对事之态度。

(4) 穆有纯义。《逸周书·谥法》:"布德执义曰穆,中情见貌曰穆。"孔晁注:"穆,纯也。"朱右曾校释:"布德不私,执义而固,情貌相符,表里若一,皆敬以成之。"历史上以穆得谥的有周穆王、晋穆侯、秦穆公、曹穆公、宋穆公、燕穆侯、蔡穆侯、秦穆公、陈穆公、郑穆公、楚穆王、卫穆公等。历史上一些大臣也有以穆得谥者,如岳飞谥武穆。他们不论是君是臣,皆纯真良俊,多有建树,彪炳史册。其所以如是者,盖其智虑纯诚,执义不私,坚定不移之作风以玉成其事也。

(5) 穆有清平,安静义。《字汇·禾部》:"穆,靖也。"《三国志·吴志·陆逊传》:"夫俊乂者,国家之良宝,社稷之贵资,庶政所以伦叙,四门所以穆清也。"这里讲,君王大臣具有平静安详的气度作风,以镇抚国家,持纲执纪,办理庶务,一切政事都办理得有条不紊的能力。

(6) 穆有深远,幽微义。清段玉裁《说文解字注》:"(经传)凡言穆穆,于穆,昭穆,皆取幽微之义。"《楚辞·九章·悲回风》:"穆眇眇之无垠兮,莽芒芒之无仪。"洪兴祖补注:"穆,深微貌。"《淮南子·原道》:"穆忞隐闵,纯德独存。"高诱注:"穆忞隐闵,皆无形之类也。"《晋书·董京传》:"焉知不有达人,深穆其度,亦将窥我,颦颇而去。"这里穆字表达的是,君王独具的深哲政治目光。即具有见微而知著,深谋而远虑,未雨而绸缪的才能。所谓哲人先知,谋虑深远的大智慧,如周之文王、武王然。

(7) 穆具诚实,忠厚义。《方言》卷一:"穆,信也。"《广韵·屋韵》:"穆,厚也。"一个符合周公君王标准的人,还应具有诚实不欺,诚信取义,忠厚待人对事的品质。

以上首先分析揭示了"穆"字的造字本义,接着论述了它的第一引申义,然后从七个大的方面阐述了作为担当国家第一等大任的君王的穆字的相关意义——也即君王的德性、质量、气度、才能,从而揭示创造了中国最初较为系统的政治文化观念的周人宗法政治观念的最基本内涵是与"穆"字的本义及引申义和相关意义密切相连的。

法国语言地图编纂者、方言地理学家齐列龙(J. Gillieron)说"每一个词都有它自己的历史。"作为人类古老文明中自始至今未曾间断传承的方块字,每一个汉字的历史更值得追溯和研究,尤其那些积淀了汉文化深刻基本内涵的文字的历史更值得仔细深入地挖掘,其每一字或包含了汉文化原初基因的奥秘,正确的解读将会解密汉文化最深奥神秘的诸多要素,于古人于今人都将展现一个前人未知的深秘境域。"穆"字就是在中华文化的初创时期诞生的,含有宗族政治核心观念的词,对它的正确认知,将会帮助我们深刻理解中华政治文化之要秘,于今天的政治文明建设也具有借鉴意义。

### ■ 作者简介

　　赵健,1948年生,天水师范学校高级讲师,天水师范学院陇右文化研究中心兼职研究员。

# 写本学对中国早期文献研究的意义

## 伏俊琏讲述 杜泽逊主持

(西华师范大学国学院 四川南充 637002)
(山东大学文学院 山东济南 250100)

**内容提要** 从殷商到北宋初期,我国有两千多年的历史主要是由写本记录下来的,由简帛写本到纸写本,记录了中华经典著作的生成和传播。写本学主要研究这一时期文献的生成和流传情况。写本学主要研究写本的材料、书写工具、书写者、写本的制作、写本的形态和文本的内容等方面具有普遍性的问题,还有解决以上问题的方法。与宋代以后的刻本相比,它有自己的特点:同一篇文章,同一部书,不同写本呈现的是不同的样子,至于刻本,则大致一样。内容的整体性,也是写本的一个重要特征。所谓整体性,要求研究要顾及一个写本的全部内容,对于纸写本来说,要考虑正、背面的全部信息,尤其要考察写本所抄各篇作品之间的关系,还包括杂写、修改痕迹等。
**关键词** 写本时代 写本学 文献结集 个体性 整体性

**主持人:杜泽逊(山东大学文学院院长)**
同学们好,老师们好!今天是我们新杏坛学术前沿讲座第228期,我们有幸请到伏俊琏教授。伏先生是我们熟悉的学者,在敦煌学、古代文学、文献学等领域都有突出的贡献。他的《敦煌赋校注》《敦煌文学总论》《俗赋研究》等著作,是我国敦煌文学、俗赋研究的代表性成果。他在先秦两汉文学文献、出土文献研究方面也做出重要贡献,有《先秦文学文献论稿》《人物志研究》等著作。近十年来,他又从写本学角度研究敦煌文献和早期文献,主持国家社科基金重大项目"5—11世纪中国文学写本整理研究",牵头成立了国内高校第一家写本学研究机构"西华师范大学写本研究中心",主编《写本学研究》学术集刊,在推动写本学研究方面做出了贡献。伏先生今天演讲的题目是《写本学对中国早期文献研究的意义》,下面我们请伏先生做报告。

**伏俊琏(西华师范大学国学院院长)**

谢谢杜院长!我非常荣幸来到山东大学这个神圣的学术殿堂作读书汇报。我虽然不是山大的学子,但我觉得自己和山大有一种缘分:其一,我是上世纪八十年代中后期进入学界,老一辈学者的著作中,高亨先生、萧涤非先生、陆侃如先生、冯沅君先生、童书业先生的著作读得较多,受其启迪也最多。其二,我和山东大学还有一层缘分。我的老师李鼎文先生的父亲叫李于锴,他是山东大学堂的创办人之一,大概光绪二十七年在威海做知县,受袁世凯推荐,被光绪皇帝任命为山东大学堂的学监。当然从地理上来说山东和甘肃离得很远,但缘分很深。《史记》上记载秦始皇的祖先,有两种说法,一种是东来说,一种是西来说。东来说就是从山东过去,从泰山周边长途迁徙到渭河上游。当然,司马迁是采用了西来说。2008年清华大学收藏的战国竹简上也记载了秦人从山东到甘肃非常漫长的迁徙,在甘肃东部休养生息,经过几百年逐渐向关中平原发展,最后统治了中国。二十世纪,在甘肃南部的礼县出土了大量的秦人早期青铜器,其中一百多件流散到国外,一百多件存在国内,其中十多件上面有铭文,是非常珍贵的研究早期秦人的文物和文献,是秦人的祖先从山东西迁后创造的光辉灿烂的文明见证。考古学者认为它的一些纹饰和山东早期的纹饰非常相近。所以李学勤先生说迁徙说是可信的。西汉初期,我的远祖伏胜就在今济南一带教授生徒,传播《尚书》,这也是我和济南的另一缘分(笑)。

我今天的题目是:写本学对中国早期文献研究的意义。在开始之前我要讲几个概念。写本学近几年比较热门,尤其是北京、上海、南京、杭州的一些高校青年学者在这方面做了很多卓有成效的工作,而且和欧美、日本的一些学者交流很多。写本,简单说,就是抄写的文本;写本和抄本,可笼统地算作一个概念。当然,学术界有不同的意见。民国时期,吕思勉先生提出六朝时期"抄"和"写"是区分严格的。抄是摘抄,精选；写则是按照原样摹写。近年，南京大学的童岭先生进一步论证"抄""写"有别，写本和抄本不同。我觉得这个细致的研究，区分抄和写的不同是有意义的，可以推进学术研究的深入。但是放在中国历史发展的长河中，我们会发现，不同时期的学者对写本和抄本的用法区分者有，混淆者亦多。所以《辞海》说：写本又叫抄本，抄本又叫写本，文义互见。因此，我们把写抄本都叫"写本"。

我国的文字载体大概经过这样几个阶段：写本阶段、刻本阶段、电子阶段。写本阶段最早可以追溯到殷商时期，虽然我们没有见到商朝的写本，但是《尚书》记载商朝"有典有册"，典和册就是简牍写本。商朝还有甲骨文，有人认为甲骨文也是一个特殊的文字载体阶段，是刀刻阶段。但是我的理解是，甲骨文是一种特殊的载体，它是给神看的，占卜之后收藏起来或埋在地下，不是用于人际交流的，不是文字传播的一个阶段，它也是属于写本时代。我们所说的写本是用于社会交流的。我国的写本时代可分为简牍写本和纸写本两个时期，前者从商周到东晋，大约一千五百年以上；后者从东晋到北宋，也有七百年左右的历史。当然，这期间有简纸并用的，东汉以后简本和纸本就并行了。东晋安帝元兴年间（402—404），当时的主政者桓玄曾下令用纸不用简，要破除人们长久以来简贵纸贱的观念，从此以后，简牍才退出了历史舞台，进入了完全的纸写本时代。宋代以后是刻本时代，但也存在着大量的写本，比如著名的《永乐大典》和《四库全书》就是写本形式。而大量的档案文书、民间的契约等也是写本形态，所以写本在刻本时代也是大量盛行的，但和写本时代的写本还是有区别的。

那么什么是写本学呢？学术界尚存争议，还在探索和研究的阶段。按照一般的说法，写本学发端于西方，是由研究早期埃及的莎草纸、羊皮纸，印度的贝叶写经等而产生的学科，与日本人的"书志学"有交叉之处。而西方的写本学和我讲的写本学还是有区别的。西方的写本学主要研究书写的物质形态。我讲的写本学呢，由于很多原因，也研究物质形态，但更重要的则是研究书写形态和写本内容。

大量写本时期写本实物的面世是近一百余年的事情。19世纪末20世纪初开始，大量的简牍写本、敦煌吐鲁番写本逐渐面世。帛书出土不多，主要是西汉马王堆帛书。简牍写本年代从战国到晋代都有出土，敦煌吐鲁番写本的年代从公元五世纪到公元十一世纪。过去我们的文献学是建立在刻本基础之上的，所以20世纪大量写本出土之后，学者用的研究方法基本上是刻本文献学的理论和方法。刻本文献学对写本的整理研究产生了巨大的推动作用，但也有一定的局限性，所以应当关注并了解研究写本的特殊性，建立更适合研究写本的理论和方法，即和刻本文献学相对的写本文献学。

孔门四科中有"文学"，古人说："著于竹帛谓之文，论其法式谓之学。"把文字按一定的规律组合起来书写在竹帛上叫作文学。写本的核心是这种合于法式的"文"（文字）。所以，有必要谈谈文字的产生。我们现在见到的最早而成熟的文字是甲骨文，但文字的产生肯定在甲骨文之前。那文字是怎么产生的呢？教科书上说，文字是记录语言的符号。这个定义当然是对的，但也不全面。我以为，"文字是记录语言的符号"是针对后来的语言和文字关系讲的。文字产生的时候恐怕不是记录语言的符号，而是记录思想意识的符号。《淮南子》记载，仓颉造字之后，天雨粟，鬼夜哭。为什么文字出现会导致"天雨粟，鬼夜哭"呢？东汉高诱的注其实没有把它讲明白。到了中唐，张彦远在《历代名画记》的序里提到这个问题。他说文字产生之后，鬼神的秘密被揭示出来了，人类可以得到诸多好处，所以天雨粟以赐福；作为想继续保持神秘状态的鬼，自然会因为失去特权而夜哭不止。所以文字不是为了人创造的，最早的文字是为了神创造的。人创造文字是为了祭祀沟通神灵的需要。世界上很多早期文字都可以说明这个问题。我国纳西族的东巴文，一般人是读不懂的，必须由东巴（经师）讲解，大东巴（大经师）和小东巴（小经师）解读的深浅不一样。所以最早的文字是传达思想的，不是和语音对应的。文字从出生就带着很神圣的意味。后来人们把字写到竹简上，编到一起，自然就带有神圣性和神秘性。

把一支一支的简牍编联一起，形成一个写本，这就是早期的结集。结集的目的有两个，一个是典藏，一个是阅读传播。最早的写本就藏在官府之中，所以说"学在官府"。清华简中有一篇《保训篇》，是周文王临终前给武王的遗训，其中讲到要把"中"交给儿子。那么"中"是什么东西呢？很多人认为"中"是一种精神层面的东西，是中庸一类的观念。中庸是一种最高的道德观念和人生境界，只有尧舜这样的圣人才能达到。"中庸"更多的是只可意会，难以言传。想把它传给后人，会坠入玄虚。所以，我想，既然"中"是可以传递的，应该是有载体的，所以"中"可能是抄在简牍上，就像"洪范"那样治理国家的大法是写成文本传递下来，由大禹传给夏朝诸王，由箕子传给武王。"中"就是简册。《国语·楚语》记载，楚灵王暴虐，白公子张多次劝谏，灵王又惧怕又烦恼，就问计于申公史老：怎么样让子张不要再劝谏了，特别烦他？史老的话很有意思："用之实难，已之易矣。"用他的谋略难，不让他说话很容易。于是出主意说：如果他再劝谏，你就说："余左执鬼中，右执殇宫，凡百箴谏，吾尽闻之矣，宁闻他言？"三国时韦昭说"左执鬼中"是"把其录籍"，中山大学的刘节先生在《古史考存》中解释说"鬼中"是画着图腾圣物的史籍。把"中"解释成"册簿"，是很正确的。"鬼中"就是阎王爷的生死簿。"殇宫"，就是后世的地狱。"左执鬼中，右执殇宫"，就是左手执生死册，右手执地狱之图。从甲骨文到小篆，"史"字从"又"持"中"，右手持简册，正是史官的职责。楚国的国王既是人主，又是神主，所以才会"左执鬼中，右执殇宫"。

可见早期结集的文字是很神圣的。公元三世纪后期，在汲县（今河南卫辉）发生了一起巨大的盗墓案，战国时魏国国王的墓被盗掘，出土了很多竹书。其中有一篇记载了周穆王的故事。周穆王姜后生了儿子后，越姬趁其不备，用"涂以彘血"的玄鸟更换了王子，并立即报告给穆王。周穆王就把这个生了怪胎的姜后打入冷宫，并请太师占卜，占辞写成简册后放入于椟中，藏于祖庙。过了三个月，那个得宠的越姬突然死去，七天后复活了，像变了个人似的讲她生前更换王子的过程，以及死后遭到先王怒斥的情况。这则故事就是后来"狸猫换太子"故事的源头。这个故事就说明典藏"简册"是非常珍贵神秘的，不是可以随便看的。

最早结集典籍的人，是巫、祝、史。史官的职责是读书、作书、藏书，他们掌握着这些典籍。西周后期大乱，这些掌握典籍档案的人能把珍贵的史料带到民间。我们看老子本为周朝史官，流落函谷关时被关尹强行留下，把他掌握的"书"抄了五千言，然后才放行。这就是官学下移，于是便有了后来孔子等的创办私学。还有一部分结集是为了给一般人看的，比如孔子授徒讲课，他主要讲六门课，整理官府流传而来的典籍作为教材，于是就有了后来的"六经""五经"(《乐经》散佚了，有人说本来就没有《乐经》，"乐经"只是诉诸听觉，无法记录，如同《汉志》上的"曲折")。"经"就是教材，写在简帛上的教材称为经，对经的解说称为传，传就是传播。经书是经过孔子整理定稿的。《史记》有孔子删诗说，当时《诗经》有三千多篇，孔子把它整理成三百零五篇。现代学术界基本上否定这个说法。其实，从写本传播的情况看，不是说有三千多首不同的诗，而是有很多写本，上面抄了三千多首诗，这些诗大多是重复抄录的。我们看汉代刘向、刘歆整理群籍的时候，情形与此差不多。刘向的《荀子叙录》说，当时他们看到的各种写本上抄有《荀子》322篇，经过校雠，重复的有290篇，去掉重复，整理成32篇。《诗经》的情况大概也是这样的。《诗经》在成为"经"之前，流传比较广泛，当然不可能把305篇作为一个完整的本子，而是有不同的写本。各个写本根据写本制作者的需要抄了不同数量的诗。我的老师郭晋稀先生、赵逵夫先生研究《诗经》，认为其中有大量的"组诗"。组诗是怎么形成的？老师没讲。我的想法是：组诗是写本的制作者或阅读者，因为阅读的必要而把某一类诗抄到一起。也就是说，这些诗是作为"一个写本"流传的。这就是最早的结集了。这是阅读领域、实用领域的结集。因为结集还有一个目的，就是"典藏"。典藏是官府的事情，刘向、刘歆校勘群经主要是为了典藏。民间大量流传的写本是供人使用阅读的。《汉书·艺文志》分了六大类书，过去人们更重视前面的书，但是出土文献证明，倒是"方技略"和"数术略"的书在民间流传的更多，汉代出土的材料主要是以后两类为主的。这说明阅读性的写本在当时占有非常重要的地位。现在看来，除了"六艺"之外，其他类的书都是以阅读的形式流传的，一直从战国流传到汉代。到了刘向、刘歆的时候才做了系统的整理，五经之外的书才开始有了典藏，有了定本。而民间流传的作为阅读的写本非常多，各各不同。

下面要说的是结集的方式。我们看《汉书·艺文志》有"篇"，有

"卷",有"编"。很多学者对"篇""编""卷"有不同的理解。著名学者钱存训认为"篇"指的是用木简抄的文章,"卷"则是抄在帛书上的文章。现在根据大量的出土文献来看,有时候恐怕也很难这么严格地区分。"编"和"篇"这两个字都是从"扁"得声的形声字,按照章太炎先生的研究,"扁"既是声符,又包含意义。海昏侯墓出土的竹简里面的"篇"都没竹字头,所以"编"和"篇"这两个字本身的意思差不多。《史记·留侯世家》记载张良在下邳的河边桥上得到神秘老人赐一"编"《太公兵法》,南朝裴骃的《史记集解》上说"编,一本作篇"。这样的例子还可以找很多。"篇"和编有共同之处,把一个编好的完整的木简或者竹简卷起来,叫作一卷。这一卷就是我说的一个写本单位。《晋书》记载《汲冢竹书》有七十五篇,而另一种王隐的《晋书》则记作七十五卷。"篇"和"卷"又等同了。这和结集方式有关,结集是用绳子把若干枚竹简或者木简编联起来。关于竹简和木简有多长,抄多少字,《观堂集林》里面收录有王国维先生写过的一篇文章《汉简检署考》,王先生当时见到的出土竹简很少,但是他把传世文献里面相关资料汇集作了考证,是一篇简牍研究的开创之作。抄经的竹简大概是二尺四寸,抄传的大概是一尺二寸,一般是一尺。这个尺是汉代的尺,大约是二十三厘米左右。后来出土的大量简证明了王国维先生说的不一定全对,但是确实有他的根据。汉代的简牍长短宽窄形制并不像我们想象的那样严格,但是大致有一个规范长度。那么把多少支简编联在一起算一个写本呢?出土的简牍因为绳子早已朽烂,我们不好判断,只能做些推测。汉代居延兵书简有七十枚简编联一起,七十枚简为一个写本算是比较长的了。最长到多少呢?我们不知道。但秦简记当时官方规定,给朝廷上报文书的简不能超过一百枚。我的初步推测,大概一个写卷40—60枚简的比较多,一枚简抄38个左右的字。这样,一个写本长的可以抄三千字,短的可以抄一千多字。两千五百个字就算比较多的了。《老子》有五千字,刚好是上篇下篇,抄了两个写本。我们要认认真真地核对的话还要通过大量的出土数据来证明。这样构成的就是一个写本,一个写本就是一卷。

现在的问题是,这样一个写本,上面到底抄几篇文章?一个写本大多数情况下就抄一篇文章,但是,也有短文章,一卷可以抄数篇的。这样就牵扯到早期文献的一个汇集问题。比如在上海博物馆的简里,有一个写本,卷背的题名叫《子羔》,但它包括三篇文章:一篇叫《子羔》,一篇叫《孔子论诗》,还有一篇是《鲁邦大旱》。这三篇文章,认真对照字体后确认是一个人抄的,竹简的规格也是一样的。问题是这个写本卷起来之后,背面的篇名叫《子羔》,《子羔》是三篇共同的名字。要特别强调的是,三篇或数篇文章用一个名字,是写本时期的一个特有现象。我们后来用一篇文章一个题目这样的思维往往就不能理解,所以一些学者就认为,这三篇是毫不相关的文章。但既然抄在一个写本上,肯定是它们之间有某种内在的关系。为什么把这三篇写在一起呢?我认为,这三篇都和孔子相关:《孔子论诗》是孔子的文学观,《鲁邦大旱》讲孔子的古史的,《子羔》是孔子的生死观,所以把它们抄到一起,合起来刚好是一个完整的写本。传世的先秦两汉的文献里有诸多类似情况:一篇题名下实际上包括了好几篇文章。怎么进行解释呢?就是写本时期特殊的写本制作的方式造成的。比如说《韩非子》第二篇《存韩》篇,题目叫《存韩》,包括韩非子刚到秦国后写的《致秦王政书》,这篇文章的核心就是"存韩"。李斯看到韩非的信,又给秦王写了一封信,劝秦始皇不要被韩非的甜言蜜语所迷惑,李斯同时还给韩王安写了一封信,说韩非实际上已经背叛韩国了。汉代人编《韩非子》,便把三篇抄到一个写本上,题目叫作《存韩》篇,实际是第一篇的名字。不同的文章抄在一个写本上,只给了一个题目,后世编的时候也就把它们编在一起了。这样的情况在先秦两汉的时候是比较多的。洛阳才子贾谊的《新书》中的许多文章,写得很平淡,感觉贾谊并没有多少文才,或者他不是用意写文章。但《史记》里面收录的《过秦论》,写得那么好。《过秦论》为什么写得这么好?其他文章为什么又写得很平淡呢?差别为什么这么大呢?实际上,《过秦论》是司马迁等当时一批文学家加工过的,是司马迁根据贾谊的文章综合修改而成的。"过秦"是西汉初期很多人写文章的一个共同主题,所以司马迁综合修改为《过秦论》,恐怕有诸多蓝本可以借鉴。这种情况在出土的简本里面还有一些,比如说郭店楚简里面有一篇叫《鲁哀公问子思》,还有一篇是《穷达以时》,我们按照简的格式判断这是一个写本,一个写本上写了两篇文章。到了后来的纸写本时期还有这样的情况。敦煌写本里面有一篇文章题目叫作《齠齬新妇文》，写的是一个刚娶到家的泼妇新娘。这篇文章有前题，也有后题，一篇文章被前题后题包围着，前后题都叫《齠齬新妇文》。但在前后题之间，却有好几篇文章，除了前面写这个齠齬新妇外，还抄有《自从塞北起烟尘》《发愤读书十二时》，最后还有上门女婿的故事。有趣的是，四篇文章，却用第一篇文章的题目《齠齬新妇文》作为它们共同的题目。研究敦煌文学的学者，多以为后三篇与第一篇没有关系，是抄手误抄造成的。但是，敦煌写本中，有三个写本都是这样抄的，抄手不可能每个写本都犯同样的错误。从写本学的角度来说，四篇文章有一个共同的题目，是写本时间的下层抄本常有的现象。它们四篇是有关联的，它们构成一个整体，这四篇文章虽然内容关联不是很大，但有共同的使用场景，是当时一个特殊的仪式上面用的。四篇文章实际上都是婚礼上的那些司仪准备的备忘录，作为调侃、祝福、调动气氛之用。

有选择地摘录也是写本的一个重要特点。写本制作者为了自己使用的方便，往往挑选一些内容抄录。比如，出土汉简里有三个本子的《老子》，这三个本子里的《老子》和现在的《老子》差距很大。过去的学者一般认为这是反映了《老子》成书的不同阶段。裘锡圭先生则认为这实际上是当初写本的制作者从现成的《老子》里面摘录抄写而成的，并不是《老子》的早期本子。裘先生的话是可信的。当然，还要补充的是，根据竹简形制排比，发现其中一个《老子》和《太一生水》是一个写本，字体完全一样，格式也完全一样，两篇为一个写本，研究时不应当完全分开。当时，抄写者把《老子》和《太一生水》放到一起。因为《太一生水》本来就是讲老子的道的，等于是《老子》读后感一类的东西。摘抄是早期写本的一个非常重要的特点。

早期写本，或者说结集还有一个特点。当抄写者抄完一个写本之后，往往会把自己的感想、理解，自己所掌握的材料补充在后面。这是写本时候一个非常重要的特点。比如说马王堆帛书里有《春秋事语》，《春秋事语》类似于当时的教材。抄完一个故事之后，抄写者还要把自己的评论和感想抄在后边，或者把同类型故事排在后面。这就出现一个问题：早期的书传到汉代以后，抄写者把汉代的材料也加在里面了。所以二十世纪的古史辩派如果发现一本书有后世的材料,就判定这本书是伪书。如果用写本学的理论来解释的话,这就是写本流传造成。我们读《史记》里的《司马相如传》,后面有"太史公曰","太史公曰"本来是司马迁评论的,但是司马迁评论的内容中还加了一段话,写的是扬雄对汉大赋的评论。扬雄是司马迁之后的人,司马迁怎么可能引用扬雄的话呢？写本的制作者把司马迁的《史记》抄完之后,又把当时的大儒扬雄的评论抄在了后面,后世就把它延续抄下来。如果我们借这个来判断《史记》是扬雄之后的伪书,不是司马迁写的,或者《司马相如传》不是司马迁写的,当然是不行的。古史辩派的一些研究方法,可以从写本学的角度来得到解释。

上个月我参加了一个关于地方志中的文学材料的会。编地方志中《艺文志》的人往往在编完以后把自己的作品附在后面。这个实际上是中国的传统。《诗经·小雅》里面有一组诗,写周宣王攻打江淮胜利以后的事情。这组诗里面恐怕有作者的诗在里面。汤炳正先生研究《楚辞》的形成问题,认为楚辞经过了宋玉、刘向、王逸等数次编集。每编一次,编集者都把自己的作品放在后面。所以写完一个写本或抄完一篇文章之后,写本的制作者往往把自己的感受和体悟抄在后面,这是阅读性写本的主要特点。我们掌握了这个特点就可以对古史辩派的一些文章重新进行思考和解释。《公孙龙子》中有一篇叫作《迹府》。这篇文章的开始一段等于这篇的内容提要。这个内容提要我们一看就是写本制作者抄完这篇之后把自己的理解概括地写了下来,后来的抄录者认为他讲的好,就把它移到前面,作为此文的开头。所以早期写本,尤其是古人们阅读的写本,它们的这些特点是值得我们关注的。先秦的子书,甚至一些史书,经书之外的很多书都有这样的一个问题。我们可以从出土的一些材料来加以验证。

所以写本有两个特点：一个是整体性特点,一个是个体性特点。所谓整体性就是,一个写本是完整的整体,不能分开,《太一生水》和《老子》抄在一个写本上,我们理解的时候不要分开了。现在整理的本子,都分开来,各是各的。我觉得能够考证确认是一个写本的内容就应该放在一起,这是写本的原生态,反映的是当时人的知识、观念和信仰,甚至这种整体性反映的是当时的一种文化形态，一种生活场景。所谓个体性特点，就是说每一个写本都是一个独立的世界。对写本文献，如果我们完全按照刻本文献的定本意识进行校勘就会有一些问题了，因为它有时候是一个整体。我举一个敦煌写本的例子，敦煌写本里面有三个写本，抄了孟姜女歌辞，按照我们过去整理的方法，把几个本子合并成一个本子，说哪些字错了，哪些句子有缺文，哪些本子有衍文，等等。实际上我们细细看来，这种整理的方法，把这个写本独特的很多信息都阉割了。三个孟姜女歌辞写本差距较大。其中一个写本，把用什么调子唱的，标注得非常清楚。可知，这个写本是某个演唱艺人写的，它反映的演唱艺人的思想。还有一个写本根本不管什么调子，把故事讲得非常详细，增加了一些成分，这是一个看重故事的民间阅读者制作的写本。它们是有个性的。

《大唐西域记》在敦煌写本里边有好几个，根据荣新江的研究，其中一个写本从题目到内容，还有抄录的内容透露，他不是为了保存《大唐西域记》之真，而是去印度西天取经人的旅行手册，所以连书名也改作"西行记"。这是当时这个写本的一个特点，尤其是文学写本，本身就是一个生命体，一个文化生态。一个写本由很多不同的个体构成，个体之间似乎毫无关系，但实际上是有关联的。这个关系的维系者，就是这个写本的制作者。他通过这个写本来透露他的个人情绪、爱好、思想情感。写本上的文本修改、校改，也能反映作者的内心世界。如今本《老子》"绝圣弃智，绝仁弃义"，郭店楚简《老子》作"绝智弃辩，绝巧弃利"，反映了作者的价值选择。敦煌 P.3967 写本中有一首诗，有"□□翻陷重围里，却遭吾曹泣塞门"两句，句中"塞门"原作"房门"，后把"房"划去，改作"塞"，这一改动，反映了作者生活在吐蕃统治时期的"战战兢兢，如履薄冰"的心情。1950 年，王重民先生在《敦煌曲子词集叙录》中说："盖当时文人学士颠沛流离者多，盖以寄其愁苦生活于文酒花妓。"几年后的修订本中，王先生把"文人学士"改为"人民"，反映了文化气氛的变化对他心理的影响。事实上"当时人民寄其愁苦生活于文酒花妓"，是不合情理的。

所以写本是包含生活细节的，是有个性的，与刻本有差异。当然作为定本的官方写本个性要少得多,与刻本比较接近。比如像经书,历代要力求规范,所以有不同时代的石经。著名文人的作品,像白居易生前,就多次编定自己的文集,并藏在不同的佛寺和私人手里。而作为个人阅读的写本,更具个性。敦煌写本中大量的诗文写本,或者只抄一首诗的一部分,或者更改题目,或者不抄作者。因为我只要为我所用的内容,用不着知道作者和完整的篇章。这种情况一直到宋人都是这样的。比如洪迈编的《万首唐诗绝句》,有些绝句是从一个完整的律诗或其他长诗里截选出来的,他们觉得这四句好,就给它重新起一个题名。这都是写本时代的做法,在文本流传过程中留下来的一些痕迹。

写本学在我们国内兴起时间不长,大家还在探索阶段。关注写本,运用写本学的方法,对我们研究学问是有启发的。不同学科的学者,都可以关注写本,运用写本。比如,研究现当代文学的,可以从一个作家的手稿、修改稿中研究他的思想的变化。鲁迅先生曾说过,从作家的定稿中可以领会"应该这么写",从作家的修订稿中可以领会"不应该那么写"。华东师大有一位研究现代文学的学者陈子善先生,他研究《鲁迅手稿全集》,发现其中收录了鲁迅写给日本友人内山丸造的一封信,信的内容是让书店老板留一本书给他。他发现,鲁迅的笔墨渐次变淡,中间没有蘸墨,反映出作家书写时的迅速随意,并非斟酌再三。有一位学者曾搜集了毛主席《在延安文艺座谈会上的讲话》的很多版本,其中有早期的不同记录本。通过对比,他发现《讲话》有一个补充完善变化的过程,反映了中国共产党文艺政策和文艺思想的发展变化。

写本,尤其是稿本,保留着作家的心绪情感与生命体温,字体、笔画、甚至笔迹浓淡都具有阐释解读的空间。敦煌写本 S.6234 抄了不少诗,项楚先生认为这个写本是作者的稿本,荣新江先生对作者也进行了考定,他认为,这个诗集写卷使我们看到,一个任职边塞的诗人,独自一人,或者率领着自己的部下,在匆匆忙忙的旅行当中,仍不忘吟咏。拾起几张废弃的公文,把自己的诗句记录下来,时不时地反复修改。透过敦煌保留下来的这几片残纸,我们似乎看到了诗人的身影,看到了唐朝诗歌创作、记录、保存、传抄、流行的整个过程。P.2555 是一个抄了 200 多首诗文的写本,我考证是一位姓毛的陷蕃诗人编集而成的写本,他还可能是这个写本的抄写者。在编集和抄录的过程中,他用散文作为不同板块的过渡,如第一个板块,他集录了写边塞战争和离愁别恨的诗歌后,抄录了唐人孔璋《代李邕死表》,表达对英雄的期盼。第二板块,在集录了陷蕃痛苦经历的诗歌之后,又抄录了《为肃州刺史刘臣璧答南蕃书》,义正辞严地警告吐蕃入侵者。最后一个板块,在集录了来自蜀中的一组诗歌之后,他似乎看到了希望,他用较大的字抄录了唐玄宗的《御制勤政楼下观灯》。这首诗所宣示的盛唐太平祥和的气象,正是编集者所向往的。

我前几年整理先师郭晋稀先生的《文字学讲义》和《庄子要极》,这是他1940年代在桂林师范学院任教时的稿本。看着讲义上修改补充的密密麻麻的墨迹、水渍以及指甲翻书的痕迹,好像就感受到老师上课时候的样子,感受到他生命的跳动。所以写本是有生命的,每一个写本就是一个生命体。

**杜泽逊:**

同学们先考虑要提什么问题。我在这先说两句,我一直在记笔记,记得很多。为什么呢?因为听了以后记不住,但听的时候感觉到很多是非常重要的,至少是我平时没考虑到的。如果伏老师讲的都是我很清楚的,我肯定就不记了。这里有很多很新鲜的结论,我把它记下来,有一些可能是我们平时不怎么考虑的。比如说贾谊的《新书》,这部书可能大家关注不太多,但是我是读过一些篇目的,不怎么精彩。有一些是讲礼制的,很刻板,反反复复地重复一个句式,和《史记》里的《过秦论》相比差距非常大,但是我没有想过这之间是什么原因。今天伏老师给了一个可能的结论,就是《过秦论》是经过加工的,是作为当时的规范话语(秦之所以亡、汉之所以兴)推广的文章,那当然是代表当时最高水平。它是不是司马迁加工的不敢说,但经过了某种加工,这个可能性还是比较大的。那文章气势真是不一般。再比如敦煌曲子词,为什么会组合在一起?《大唐西域记》敦煌的抄本为什么是摘录的?这些现象的分析,启发性非常大。《史记》中为什么混入了扬雄的话?过去的说法真是太多了。因为有一种辨伪书《伪书通考》,其中就讨论过《史记》里边为什么有司马迁之后的内容,有种种的解释。但从写本的习惯上来看,可能跟司马迁没什么关系,是在写本流传过程当中,掺入进去的东西,而掺入是有原因的。

还有,像敦煌的写本有些东西为什么抄在一起,都可以得到答案。我自己这方面也遇到了不少的问题。最近我们在校魏征的《群书治要》当中的《毛诗》,有经文有《毛传》有《郑笺》。《群书治要》存在日本宫内厅,是皇家图书馆保存下来的写本,部头非常大。《群书治要》的校勘价值非常高,因为毕竟是唐朝初年的本子,但是这个本子把《毛传》和《郑笺》都没分开来,本来应该是先《毛传》后《郑笺》,与魏征几乎同一时代的孔颖达他们撰写《五经正义》的时候,那是分得再清楚不过了。但是在魏征等编撰的《群书治要》当中,经常把《毛传》抄一小节,《郑笺》抄一小节,然后对在一起念起来很完整,其实不是一个人的话。这种情况在《群书治要》当中简直就是家常便饭,你要只读《群书治要》的话,就分不清《毛传》《郑笺》了。如果《毛诗传笺》失传的话,靠魏征这个本子来学习《毛诗》,那简直就是所有的结论都不可能正确了。这就是摘录的一种特点。比较晚的元末明初陶宗仪的《说郛》,辑录的好多书都不全,篇幅比较小的东西,一千多种抄在了一起。当然到了明朝末年,它被刊刻出来了。好多都是仅存的文献,而这个文献实际上是不全的。为什么出现了这么一个大杂烩呢?我估计是因为陶宗仪这个人博学,大概抄了这么一些资料。那像宋朝的曾慥,有个《类说》也是这种情况,摘了好多资料,价值很大,但是好多文献都不全。这到底是怎么回事?三国时期的曹丕主编了《皇览》,这是一套巨大的类书,大概700卷,到《隋书经籍志》里头出现了多种节略本,如《皇览抄》,有的只有二十卷,那就是写本时代的特点。所以有些东西,集合起来看,串在一起,它的规律就出来了。规律出来以后,有些东西就有答案了。所以写本学,就我个人来说,我的《文献学》就是伏老师所说的建立在刻本时代的文献学。我们拿着刻本时代的文献学来往前考虑写本时代的文献学,没思考的时候可能不认为它是个问题,比方说《诗经》篇数的问题,应该是很多的复本,才会有 3 000 篇。可是以前也没有这样想过。但刘向校书时说《韩非子》,尤其是《管子》,篇数很多,500多篇。哪有这么多,是不是?但是刘向说了,去重复之后还剩下多少篇,好像是八十几篇。那么《诗经》也应该是这种情况,包括各种的复本,一共3000篇,这个解释应该比较合理。如果实有3000篇的话,逸诗应该会更多,但我们现在发现诗三百之外的逸诗的量非常少。按照伏老师的这个解释,就较为合理了。民国年间,有个人整理《管子》,叫《管子今诠》,这个人叫石一参。他就把现在的《管子》拆成了几百篇,他说刘向见过的就是几百篇。那就太可笑了。我们现在接触到的经典文献,恰恰都产生在写本时代。中国的经典文献基本没有在刻本时代产生的。当然《红楼梦》也经典化了。但是中国传统的经典基本都存在写本时代。如果不了解写本时代的背景的话,会出现好多误解。下面同学们可以提问了。

**提问1**:老师,您好。我在看敦煌的文献,有时候会出现这种情况,比如说几个不同的《诗经》的写本,可能很多诗在文意上没有什么大的出入,但是它在一些虚词上,尤其是句尾的虚词,如之乎者也等,有的写本有,有的没有。我想知道就是这种情况的出现,它大约是在什么时候?是一个什么样的原因导致的?就是按说经学这个师承传授还是比较严格的。即使到了就是南北朝分为南北诗派,但是按照同一个模式的话,不应该产生这样的情况。我想知道它是怎么产生的,请教一下老师。

**伏俊琏**:谢谢这位同学!这个问题杜老师更有资格回答,我根据我的理解简单回答一下。在我国早期,包括中古时期,还没有像清代乾嘉以后那样科学的定本意识。我原来写过一篇文章,大意是说,东晋梅赜的古文《尚书》,我们现在说是伪书,其实叫伪书是后人观念,它应当是当时的一种整理古籍的方式。西汉传来的《尚书》散佚很多,不完整了,他是做辑佚,他把搜集到的《尚书》片断汇集起来,根据他的理解,根据他的师传,根据当时学界的考证,把中间残缺的部分补充一些内容,连续了起来。就像《战国策》,战国时策士要游说诸侯,得准备策文。策文相当于现在的自荐书,我要找工作,就得给某些单位写自荐书。比如,你想到山大来,就要给山大的相关单位写自荐书,自荐书除了写自己情况外,还要写山大的历史,山大的名师,山大的历史地位,显得你对山大了解。苏秦给秦惠王的上书,就是把秦国的历史文化,秦国的山川地理，写得清清楚楚。为了写好策文，就得参考前人的同类文章，所以当时流传有诸多前辈纵横家的策文，或者范文。后人把这些策文编到一起，就得考证是谁写的，是写给哪位诸侯国国君的，国君采纳他的意见没有，重用他了没有，等等。这些补充的内容，有的正确，有的不符合史实。比如，1964 年，四川大学的徐中舒先生写过一篇文章，就说《史记》中的张仪苏秦传，是有问题的，张仪和苏秦不是同一辈人，司马迁把他们写错了，司马迁被当时流传的不正确的《战国策》误导了。1973 年，马王堆出土了西汉时的帛书《战国纵横家书》，证明徐先生的说法是对的，而且证明今本《战国策》中一些策文前后说明背景和补充结果的部分，帛书中是没有的，是后来增加的。所以《战国策》这本书，我们一般是放到史部，其实放到子部可能更合适。汉代人编文章，很多是这种穿靴戴帽的方法，严可均《全上古三代秦汉三国六朝文》的叙例中就讲过。庄子里面《说剑》本来是楚国的另一个庄子（庄辛）写的，但在流传过程中和名周的庄子混淆了，就编到庄周名下。所以，不能用后世文献研究的科学规范来要求前人。

敦煌写本里面有 40 多个《诗经》写本，皆为毛诗本，大多数为故训传，也有白文传、孔氏正义、诗音。抄写的时间，六朝至唐代的都有。就内容说，《诗经》160 多首诗，包括风、雅、颂、经、序、传、笺、诗音、正义等，皆可窥其一斑。用敦煌本对校今本，胜义很多。或者能发掘千年前古义，或者能正今本之讹脱，片玉零珠，弥足珍贵。同时，我们还可以由此研究六朝以来《诗》学的大概情况，并考究六朝以来儒家经典的原有形式。至于敦煌《诗经》写本中的虚词，确实与今本相差较大，罗振玉当年就曾关注，说敦煌本的句末的语助词，与日本学者所撰《七经孟子考》一文中所记载的古本相合者比较多。西汉今文、古文经的差异，也以语助词的差异最多。《古史辩》收有民国时期的学者王正己《考经今考》指出，古文比今文少了 22 个"也"字。可见古人并不认为语助词无关宏旨。日本学者研究中国经书，曾说越是古老的本子，语助词越多。他认为原因是，汉儒注经，在句读的地方多用语助词，用来说明意思的深浅轻重。我的体会，这些语助词，多与句意无涉，主要与"讲经"时之声气有关，是口头讲说留下的痕迹。颜之推《颜氏家训·书证篇》讲到当时用"也"字的情况,说北方的经学,经常略去"也"字。可能北人与南人比,在诵的方面有所忽略。敦煌本王粲《登楼赋》,把"兮"字全部删掉了,删掉的原因,史料有一些说明。由于当时的写本随意性强,这类情况要用非常统一的严格的标准衡量恐怕比较难。刚才杜老师说《群书治要》中对经书的传笺都存在这种问题,所以我们对早期的写本文献,很难按乾嘉以后整理文献的方法去对待。明朝人都还是这样,对古书随意改的比较多。清人说:"明人好刻古书而古书亡。"。根据陈尚君先生考证,明朝人改唐诗比较多,包括我们现在家喻户晓的一些唐诗,是经过明朝人改了的。

**提问2**:您好。您刚才说到秦汉的简牍写本,有时将多篇文章抄在一个写本上,在背面写上题目,但只抄写第一篇文章的题目。这里就有个问题,为什么不把其他这几篇文章题目也抄呢?我个人认为是不是可以这么解释:作为一种阅读性质的文本,题目只是起一个提示性作用。他看到这个题目之后,大概就能回忆起来,他抄录了他曾经读过的这些篇目。抄不抄其他题目,对他并不重要,他只关心文章的内容,即便有题目,也只是起到一个提示性的作用。这是一种写作和阅读的习惯。是不是可以做一个这样的解释?

**伏俊琏**:你这个假说很有道理,因为现在我们发现在竹简后面写一个题目的现象也不是太多,所以当时可能只起一个提示的作用。我们对于中国古代的文化现象的一些解释,不要太把它神秘化。陈寅恪先生说考证越简约越接近于事实。多年前我读《仪礼》,讨论过其中的"握手"这个词,埋葬死者的时候要在死者手里握东西,《仪礼》讲是用布做的,中间加棉花一类的东西。我们看郑玄《注》,贾公彦的《疏》,再看清人胡培翚的《正义》,对"握手"的考证真是繁琐,里子是黑的,外面是黄的,长多少宽多少,绑在大拇指上的绳子如何等细节。我特意把《文物》和《考古》杂志上刊发的出土报告中有关"握手"的都查了一遍,我觉得没有那么复杂。自新石器以来葬俗中就有了"握手",其形制多种多样,贝壳、玉器、漆棒、钱币、绢帛等,其他易朽烂的东西恐怕也不少。"握手"就是死者手中所握的物,具体情况因时因地因人而有所不同,至今西北地区安葬死者时还有"握手",纸钱、食品、五谷、硬币等,变化不一。《士丧礼》所讲,仅是战国时期某一地区有代表性的"握手"之一,对其考证不必繁琐神秘。

(2019年3月11日西华师范大学伏俊琏教授应邀在山东大学文学院作学术报告,杜泽逊教授主持。本文由付婕、王萌、念珂羽根据录音整理,并经伏俊琏教授、杜泽逊教授审定。)

■ **作者简介**

伏俊琏,1960年生,男,甘肃会宁人,文学博士,西华师范大学文学院教授。

杜泽逊,1963年生,男,山东滕州人,山东大学文学院院长、教授,研究方向为中国古典文献学。

# 《先秦文学与文化》征稿启事

《先秦文学与文化》是甘肃省先秦文学与文化研究中心、国家重点(培育)学科"西北师范大学中国古代文学"主办、赵逵夫教授主编的学术辑刊,目前每年出版一辑。本刊以"探究先秦学术、弘扬民族精神"为宗旨,刊载先秦文、史、哲、考古及语言等各领域的学术论文,文求原创,不限字数,不尚空谈。

文章包括题目、作者姓名、单位、内容摘要、关键词、正文、注释几部分,注释采用脚注形式(格式参考《文学遗产》)。文末附作者简介及详细通讯地址、电话和电子邮箱。

文稿请用 A4 纸横排打印,并发送电子文稿至编辑部邮箱。来稿一经发表,即赠样刊 2 册。欢迎广大学者惠赐大作!

来稿请寄:

甘肃省兰州市西北师范大学文学院先秦文学与文化研究中心

邮编:730070

电子邮箱:gansuxianqin@163.com